"바라타여, 쿠루와 판다바 사이에 평화가 있기를, 그리고 영웅들이 죽지 않기를. 이를 위해 내가 제가 왔습니다. 왕이여, 전 더 이상 할 말이 없습니다." (3권 p.68)

아르주나와 크리슈나도 나팔을 불었다. 길고 큰 나팔소리는 전쟁터 전체에 울려퍼졌다.(3권 p.161)

크리슈나는 아르주나의 눈앞에서 자신의 위대한 모습을 드러냈다. 아르주나는 무한의 입과 눈을 가진 거대한 형태를 바라보았다.(3권 p.179)

산자야는 두 눈을 감고 왕의 발치에 앉았다. 전쟁터에서 벌어지고 있는 일들이 모두 보였다.(3권 p.221)

크리슈나는 코끼리를 향해 달려드는 사자처럼 비슈마에게 돌진했다.(3권 p.258)

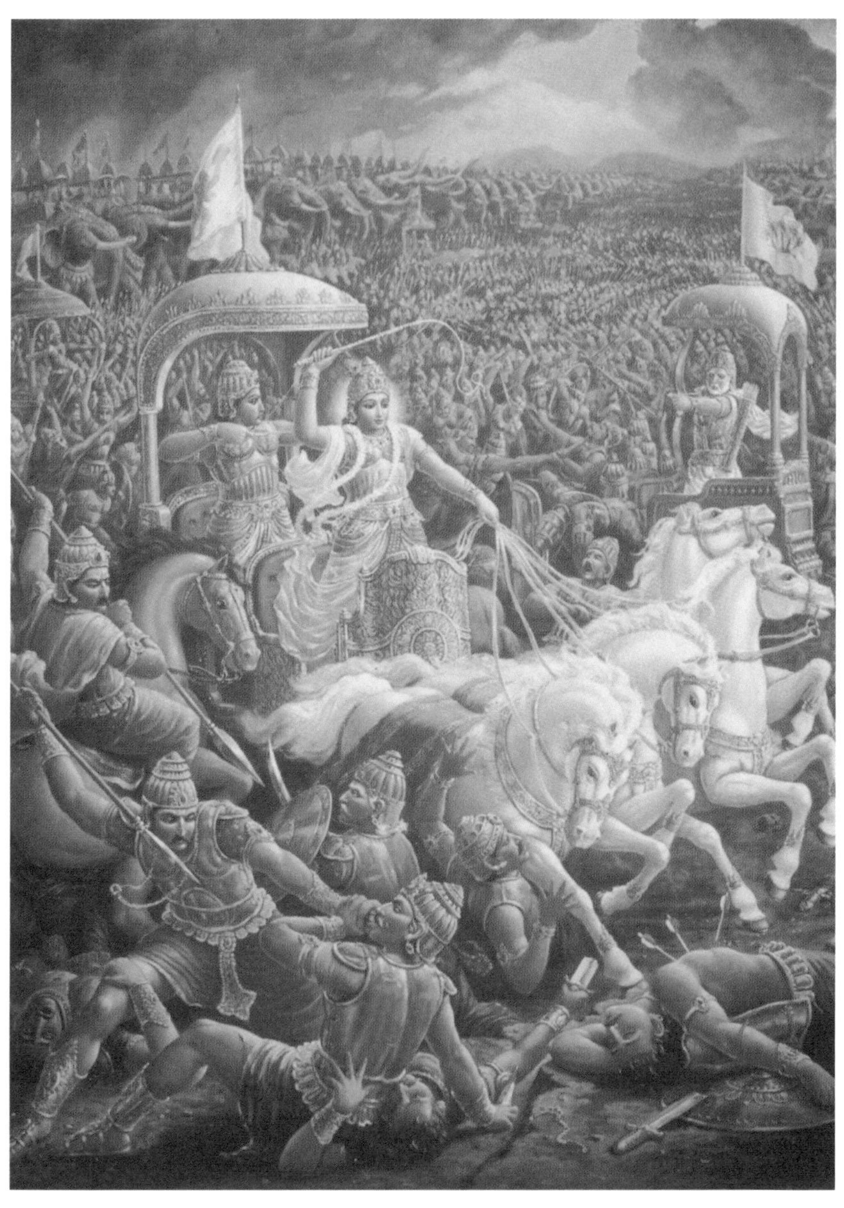

비슈마와 아르주나는 마치 사자와 같았다. 두 사람 누구도 서로에게 틈을 보이지 않았다.(3권 p.276)

두리요다나는 드로나를 찬양한 뒤 다음 날의 전략을 짜기 시작했다.(3권 p.339)

크리슈나 덕분에 전차는 드로나의 공격에서 무사히 벗어났다.(3권 p.355)

마하바라타

마하바라타 3 - 전쟁

지은이 크리슈나 다르마
옮긴이 박종인
펴낸이 양동현
펴낸곳 도서출판 나들목
출판등록 제13-493호
136-034, 서울 성북구 동소문동4가 124-2
Tel 02-927-2345 Fax 02-927-3199

초판 1쇄 인쇄 2008년 10월 10일
초판 1쇄 발행 2008년 10월 15일

ISBN 978-89-90517-58-6 / 04840
ISBN 978-89-90517-55-5(세트)

* 잘못 만들어진 책은 구입한 곳에서 바꾸어 드립니다.

---

www.nadeulmok.com

마하바라타

전쟁 3

크리슈나 다르마 지음 | 박종인 옮김

나들목

차 례

3
전쟁

윤리와 경제, 쾌락과 해탈의 영역에서
마하바라타에 있는 것은 어디에든 다 있고
마하바라타에 없는 것은
그 어디에도 없다.

1

카우라바들의 공포

두리요다나는 아침에 있을 회의를 위해 일찍 일어났다. 그는 산자야가 아버지께 전할 유디스티라의 메시지를 받아왔다는 것을 알고 있었다. 목욕을 마치고 왕실의 브라만과 시인들의 예를 받은 왕자는 회의에 들어가기에 앞서 샤쿠니와 카르나를 만났다. 그는 판다바들에게 왕국을 돌려주지 않을 것이라는 결심을 다시 한번 확고히 했고, 샤쿠니와 카르나는 그의 다짐에 격려를 보냈다. 그러면서 그들은 아들에 대한 사랑이 지극한 왕 또한 인드라프라스타를 돌려주지 않을 것이라는 말로 그를 안심시켰다. 이런 대화를 나누며 두리요다나 일행은 회의가 열리는 곳으로 향했다.

드리타라스트라가 모든 왕들을 이끌고 입장했다. 왕은 비두라의 안내를 받으며 왕좌로 향했다. 바닥에는 향수와 꽃잎들이 흩뿌려져 있었다. 왕들은 보석과 금으로 장식된 의자에 자리를 잡고는 누가 참석했는지를 서로 둘러보았다. 곧 비두라, 비슈마, 드로나, 크리파, 샬리야, 크리타바르마와 자야드라타, 바흘리카, 소마닷타, 아슈바타마, 그리고 두리요다나와 그의 형제들이 들어와 드리타라스트라 주위에 자리를 잡고 앉았다. 수많은 영웅들로 가득 찬 회의실은 마치 사자가 우글거리는 동굴 같았다. 그들의 몸을 감싼 밝고 화려한 비단과 황금 장신구 덕분에 회의실이 더욱 빛났다.

모두가 자리를 잡고 앉자 문지기가 들어와 산자야가 유디스티라의 메시지를 전하기 위해 기다리고 있다고 알렸다. 드리타라스트라는 그를 안으로 들이라고 일렀다. 산자야는 금귀고리를 찰랑이며 들어와 왕의 발치에 고개를 숙였다. 그리고는 합장을 한 뒤 회중을 향해 말했다. "쿠루의 아들들이여, 저는 유디스티라 왕과 그 형제들을 만나고 돌아왔습니다. 그는 여기 계신 모든 분들께 경의를 표하고 안부를 물었습니다. 이제 그 메시지를 전하겠습니다."

그리고는 신중하게 유디스티라에게 전해 들은 그대로 전했다. '쿠루족은 판다바의 왕국을 반환하라. 최소한 다섯 개의 마을을 반환하라. 그렇지 않으면 전쟁이 있을 것이다.' 라는 말이었다.

드리타라스트라는 말이 없었다. 생각에 잠긴 듯했다. 잠시 후 그가 입을 열었다. "아르주나의 메시지를 먼저 들려다오. 우리에게 가장 큰 위협이다. 그 아이는 천하무적이다. 그런 그에게 우리는 고통을 주었다. 산자야여, 아르주나가 무슨 말을 했느냐?"

산자야가 아르주나의 말을 전했다. "아르주나는 이미 싸울 채비를 마치고 붉은 눈을 부라리며 크리슈나와 유디스티라 앞에서 이렇게 말했습니다. '쿠루족이 보는 앞에서 두리요다나에게 전하라. 카르나도 함께 들거라. 동맹을 맺은 왕들도 듣거라. 네가 우리의 왕국을 포기하지 않겠다는 것은 그동안 우리에게 보인 적의에 대해 대가를 치르겠다는 뜻이다. 전쟁을 원하는가? 우리가 원하는 바이기도 하다. 부디 평화를 택하지 말고 전쟁을 치르도록 하자. 우리는 지난 십삼 년간 수많은 고통을 겪으며 살아왔다. 이제 네놈으로 하여금 전쟁터에서 죽어 나뒹굴며 영원히 비탄에 빠지게 해주마. 덕망 높은 유디스티라와 싸워 이길 수는 없으니 속임수를 쓴 것을 다 알고 있다. 허나 감정과 마음을 스스로 통제할 수 있는 우리의 형님은 그 모든 고난을 묵묵히 견뎌왔다. 이제 그 분노를 너희에게 돌릴 것이다. 두리요다나 너는 크게 후회하게 될 것이다.'"

산자야가 말을 잇는 동안 두리요다나는 코웃음을 쳤다. 산자야가 전한 이야기는 이러했다.

두리요다나에게 경고를 마친 아르주나는 전쟁에 대해서도 경고했다. "메마른 들풀을 태우는 여름날의 불길처럼 유디스티라의 눈길에 네놈들의 군대는 모두 사라질 것이다. 두리요다나, 철퇴를 든 비마를 보면 전쟁을 선택한 것을 후회하게 될 것이다. 네놈은 사지를 떨며 수많은 코끼리가 나뒹굴고 군사들이 죽어 가는 광경을 보게 될 것이다. 병사들을 창으로 토막내는 나쿨라의 모습에 후회하게 될 것이다. 사하데바가 날린 화살에 왕들의 목이 달아나는 순간 네놈의 후회는 하늘을 찌를 것이다."

그러면서 아르주나는 판다바들과 동맹을 맺은 영웅들을 일일이 거명하면서 자신들이 카우라바들에게 얼마나 지독하게 복수를 벼르고 있는지를 말했다. "드리스타디윰나는 드로나를 죽일 것이고, 쉬크한디는 비슈마를 처단할 것이다. 비마는 이미 두리요다나와 형제들을 처단할 것을 맹세했다."

그러면서 자신은 남은 전사들을 처단하고, 카르나와 그 아들들을 죽일 것을 맹세했다. 아르주나는 참혹하기 그지없는 전쟁의 결과를 묘사했다. 두리요다나와 그 패거리의 멸망. 그리고 난 뒤 그는 크리슈나에 대해 말을 꺼냈다.

“나는 인드라와 인드라의 벼락 대신 크리슈나를 내 전차몰이꾼으로 택했다. 크리슈나의 믿음만 있다면 절대로 패배하지 않는다. 승리는 이미 우리의 것이다. 크리슈나를 누르려 하는 것은 깊이를 헤아릴 수 없는 바다를 헤엄치겠다는 것이며, 두 손으로 불길을 집어드는 것이며, 해와 달의 움직임을 멈추려는 무모한 짓이다. 만인의 왕이며 세계의 주인이신 크리슈나는 이미 두리요다나보다 훨씬 강한 마귀들을 처단했다. 모든 신을 상대한 대지의 아들이자 난공불락의 나라카도 크리슈나의 무기 앞에선 힘을 쓰지 못했다. 두리요다나 네놈이 아무리 크리슈나를 네 편으로 만들려 해도 어림없다. 네놈은 이제 곧 네 행동에 대한 대가를 치르게 될 것이다.”

사실 판다바들은 첩자들을 통해 카우라바의 전략을 알고 있었다. 아르주나는 두리요다나의 마음속을 꿰뚫고 있었다. 크리슈나가 두려워 그를 상대할 방법을 찾고 있다는 것도 알았다. 두리요다나가 심지어 평화 사절로 오는 크리슈나를 생포할 생각까지 품고 있다는 것도 알고 있었다

아르주나는 마지막으로 자신이 겪은 신비한 일들에 대해 이야기했다. “아무도 건드리지 않은 간디바의 시위가 저절로 당겨진다. 그 속에서 화살이 저절로 튀어나온다. 칼이 번쩍 튄다. 밤이 오니, 이리가 짖어대고, 하늘에선 독수리와 까마귀가 내려온다. 이 모두 대학살이 일어날 징조다. 내가 천상의 무기를 사방에 퍼붓는 순간 이 말은 진실로 증명될 것이다. 카우라바 놈들은 흔적조차 남지 않을 것이다.”

그러면서 산자야에게 말했다. “모든 왕들과 비슈마, 드로나, 크리파, 그리고 비두라가 보는 앞에서 이 모든 말을 두리요다나에게 전하라. 원로들이 하라는 대로 할 터이니 부디 두리요다나를 말리라고 하라. 그렇지 않으면 우리에겐 전쟁뿐이다.”

산자야의 말이 다 끝났는데도 회중은 쥐 죽은 듯 고요했다. 두리요다나는 능글맞게 웃으며 태연한 척 주위를 둘러봤다. 카르나는 씩씩거리며 칼을 꽉 쥐었다.

억지로 태연한 척하는 두리요다나를 보며 비슈마가 입을 열었다.

"왕자여, 내 말을 듣거라. 그 옛날 모든 신들이 브라흐마를 알현한 일이 있었느니라. 브라흐마의 거처에서 왕들은 그 찬란한 왕궁에서도 더욱 찬란하게 빛나는 존재 둘을 발견했지. 브라흐마는 신들에게 이 두 존재를 나라와 나라야나 현자라고 소개했다. 그들은 세상의 안위를 위해 고행 중이었다. 그 둘의 목적은 오직 마귀를 물리치는 데 있었다. 아수라들이 무서워 브라흐마를 찾아온 신들은 브리하스파티와 함께 현자들에게 도움을 빌었다. 그리고 그 둘의 도움으로 신들은 아수라에게 승리를 거둘 수 있었느니라. 그 두 현자는 지금 크리슈나와 아르주나로 환생했다. 아르주나는 이미 수많은 천상의 마귀들을 물리쳤고, 비수데바의 아들인 크리슈나 역시 마귀들을 맞아 그들을 모두 물리쳤다. 칸다바에서의 일을 너도 기억하고 있을 것이다. 그런 그들이 우리와 전쟁을 하려 한다."

비슈마는 두리요다를 뚫어지게 바라봤다. 자리에 앉아 있는 두리요다나는 심기가 불편한 듯 이리저리 몸을 움직였다. 그 말을 듣고 싶지 않은 것이었다. 신경 쓰고 싶지도 않았다. 그는 다나바들이 한 말과 함께 자신을 돕겠다고 한 그들의 약속을 떠올렸다. 그리하면 비슈마의 마음도 달라질 것이고, 판다바들은 그 어떤 적보다 강한 전사들을 상대해야 할 것이다.

비슈마가 말을 맺었다. "나라와 나라야나는 이교도와 마귀들이 있는 한 끝없이 다시 태어날 것이다. 나라다 현자께서 하신 말씀이다. 전쟁터에서 무장을 하고 같은 전차에 오른 두 사람을 보는 순간 이 말이 떠오를 것이다. 그 아이들과 싸우겠다고 결정하는 순간, 너는 덕망은 물론 이득도 잃을 것이니 절대로 전쟁터에서 그 아이들을 마주치지 말거라. 내 충고를 무시하면 모든 전사가 죽음을 맞게 될 것이다."

비슈마가 말을 이었다. "아이야, 저 비천한 출신의 카르나와 저 교활한 샤쿠니, 그리고 두샤샤나의 말을 듣고 있는 네가 안타깝구나."

그 말에 카르나와 샤쿠니가 분노했다. 샤쿠니가 자리에서 벌떡 일어났다. 카르나도 자리에서 일어나 외쳤다. "어찌하여 나에게 그런 말씀을 하신단 말입니까? 참으로 불공평합니다. 나는 지금껏 크샤트리아의 의무를 이행하고, 덕과 선을 버리지도 않았습니다. 그런데 어찌하여 날 그리도 비난하신단 말입니까? 난 오로지 쿠루족의 번영을 바랄 뿐입니다. 두리요다나가 진실되게 이 세상을 통치하고 있거늘 어찌하여 이 왕국을 적에게 넘겨야 한단 말입니까? 드리타라스트라 왕에게 충성을 다하여, 나는 반드시 판다바들을 처단할 것입니다."

비슈마는 슬픈 눈으로 카르나를 바라보고는 왕에게 몸을 돌려 말했다. "왕이여, 저 비천한 자가 비록 제 힘을 자랑하고 있으나 판다바들에게 비할 바가 아니다. 그대의 아들들에게 닥칠 재앙의 많은 부분을 저 아이가 책임져야 할지도 모르는 일이다. 저 놈의 허언에 넘어가 두리요다나는 이제 전쟁터에서 아르주나를 맞이하게 되었구나. 저 약해빠진 두리요다나가 카르나에게 의지해 판다바들을 모욕했도다. 지금껏 저 아이가 무엇 하나 제대로 해놓은 것이 있는지를 곰곰이 생각해보거라. 마츠야에서의 전투에서는 심지어 아르주나가 제 동생을 죽일 때 도망가지 않았더냐? 간다르바들이 왕자를 납치했을 때는 또 어떻게 했느냐? 그런데도 저 아이는 반성의 기미는커녕 이렇게 으르렁대고만 있으니 안타깝구나. 덕망에 대해서는 전혀 아는 바 없이 입에서 튀어나오는 대로 지껄이기만 하고 있단 말이다."

말을 마친 비슈마가 자리에 앉았다. 카르나는 고개를 푹 숙인 채 아무 말도 하지 못했다. 비슈마의 말이 가슴을 꿰뚫었다. 하지만 한시라도 빨리 비슈마의 말이 틀렸다는 것을 보여주고 싶었다. 한시라도 빨리 전쟁터에서 아르주나를 만나고 싶었다. '이제는 다르다는 걸 보여줄 것이다. 인드라에게 받은 샤크티만 있으면 모든 일을 끝장낼 수 있다. 아, 그런데 어찌하여 비라타에서 싸울 땐 그것을 가져가지 않았을까? 그땐 아르주나를 만나리라고는 꿈에도 생각하지 못했다. 허나 똑같은 실수는 없다. 그리하면 비슈마도 입을 닫을 것이다.'

드로나는 오가는 말을 한 마디도 놓지 않고 경청하고 있었다. 그리고 기회가 오자 그는 자리에서 일어나 드리타라스트라를 보며 입을 열었다. "비슈마의 말에 유념하여 그의 충고를 따르는 것이 좋겠네. 왕이여, 부귀영화에 탐닉해 탐욕의 노예가 되어버린 자들에 끌려가지 마시게나. 판다바들과 평화를 맺는 것이 최선의 방법일 것이네. 만일 전쟁이 터진다면 산자야가 전한 대로 되고 말 것이네. 삼계를 통틀어 아르주나 같은 궁사는 보지 못했네."

드로나와 비슈마 그리고 비두라는 한껏 기대를 갖고 드리타라스트라를 바라보았다. 하지만 드리타라스트라는 아무 말도 않았다. 그리고는 모두의 충언을 무시한 채 산자야에게 다른 판다바들의 메시지를 전하라고 했다. "우리가 대군을 모았다고 하니 유디스티라가 뭐라고 하더냐? 출전 명령을 내리라는 자들은 누구였고, 전쟁을 포기하라고 이른 자는 누구였더냐? 그 아이들의 계획이 대체 무엇이었느냐?"

산자야가 다시 가운데로 나와 대답했다. "판찰라족은 물론 마츠야족과 케카야족도 유디스티라를 우러러보고 있었습니다. 아래로는 양치기에 이르기까지 그의 명령만 기다리고 있습니다. 모든 부족의 왕들 가운데 갑옷을 입고 앉아 있는 유디스티라는 마치 만신을 거느린 인드라와 같았습니다."

"유디스티라의 병력에 대해 더 자세히 말해다오. 드리스타디윰나와 소마카Somaka의 부대에 대해서도 소상히 전하거라."

유디스티라 군단의 위용을 생각하니 다시 충격이 몰려왔다. 산자야는 결국 길게 신음하며 순간적으로 기절해버리고 말았다.

비두라가 큰 소리로 말했다. "산자야가 저 강력한 쿤티의 아들들과 군사들을 떠올리고는 미쳐버렸구나. 인간들 틈에 있는 호랑이들을 보고 공포에 질린 것이다."

드리타라스트라는 재빨리 산자야의 얼굴에 찬물을 끼얹으라고 명했다. 비두라가 말했다. "왕이여, 산자야를 위로해주소서. 정신을 차린 뒤에 보고를 계속하라 하소서."

잠시 후, 산자야가 정신을 차렸다. 드리타라스트라의 권유에 그는 물을 한 모금 마신 뒤 다시 회중 앞에 서서 말을 이어갔다. "왕이여, 갑옷으로 무장한 그들은 마치 성난 사자들 같았습니다. 진리로 정진하며 탐욕과 두려움에 빠져 덕망을 버리는 법이 없는 유디스티라가 그 맨 위에 있었습니다. 필요하면 신과도 맞설 채비가 되어 있는 듯 보였습니다. 그 곁에는 수만 마리의 코끼리와 맞서고 맨손으로 라크샤를 처단한 비마가 있었습니다. 간다마나다 산에서는 야크샤들을 물리치고 키차카와 그 졸개들을 송두리째 처단한 영웅입니다."

"그리고 아르주나, 명망이 만방에 퍼져 있는 그의 눈은 분노로 활활 타오르고 있었습니다. 쉼 없이 간디바를 휘어대면서 전쟁을 외쳤습니다. 불사불멸의 신 시바와 싸워 천상의 무기를 손에 넣은 영웅입니다."

"그리고 마드리의 두 아들 쌍둥이 역시 끔찍한 무기들을 들고 서 있었습니다. 코에서 뜨겁고 무거운 김이 뿜어져나왔습니다."

산자야는 판다바의 주요 전사들을 하나하나 거명하며 설명을 이어 나갔다. 예언에 따르면 쉬크한디는 비슈마를 죽이고, 드리스타디윰나는 드로나를 죽일 것이라 했다. 카우라바와 맞서 싸울 위대한 영웅들의 이름에 두리요다나와 카르나는 코웃음을 쳤다. 하지만 드리타라스트라는 겁에 질렸다. 산자야가 말을 멈추자 왕이 입을 열었다.

"산자야, 네가 거명한 자들은 하나같이 용맹무쌍한 전사들이다. 하지만 비마는 그 모든 전사들을 합친 것과도 같은 힘을 가졌다. 나는 그 아이가 가장 두렵다. 우리는 오랫동안 굶주린 성난 호랑이 앞에 선 사슴과 같다. 철퇴를 들고 내 아이들을 향해 달려들 비마를 생각하며 잠 못 이룬 날이 며칠이던가. 허나 우리에겐 그 아이에 비길 만한 영웅이 없구나. 한번 성이 나면 폭풍처럼 전쟁터를 쑥대밭으로 만들어 버릴 것이니 이제 우리 아이들은 모두 끝장나고 말 것이다. 달려드는 비마에게 내 아이들은 큰 재앙을 맞이할 것이다. 비마와 그 형제들에게 이 아이들이 그리 못된 짓을 저지르고도 아직까지 살아 있는 것은 순전히 운이 좋았기 때문이다."

왕의 얼굴에서 땀이 흘러내렸다. 카우라바들을 반드시 죽이겠다는 비마의 다짐이 너무도 두려웠다. 회의실에 가득한 대신들을 바라보며 왕이 말을 맺었다.

"누구도 운명을 거역할 수는 없을 것이오. 내 비록 죽음을 피할 수 없다 해도 이 아이들의 행동을 막지 않으려 하오. 전쟁터에서 목숨을 바쳐 지상에 영원히 이름을 남기고 천상의 길을 가겠다 하는 이 아이들을 막지 않을 것이란 말이오. 이제 우리의 마지막 희망은 지혜로운 세 장로,

비슈마와 비두라, 그리고 크리파에게 있소. 우리가 그들에게 보여준 친절과 호의를 장로들은 전쟁터에서 갚아주실 것이라 확신하오. 쿤티의 아들들에게도 깊은 애정을 갖고 있지만 의무를 저버릴 분들이 아니오. 의무를 지키기 위해 죽음을 맞는 것은 크샤트리아의 덕목. 지고의 천국으로 이끌 덕목이라 했소."

그러더니 다시 산자야를 바라보며 탄식했다. "산자야야, 안다고 고통이 없어지는 것은 아니더구나. 닥쳐올 쿠루의 멸망을 생각하니 슬픔이 오감을 농락하고 머리를 어지럽히는구나. 내 아이들, 이 왕국, 사랑하는 왕비와 손자들, 그리고 이 모든 것들에 대한 집착을 버릴 수가 없구나."

드리타라스트라가 탄식했다. 비슈마와 비두라는 절망에 빠져 왕을 바라보았다. 왕은 전쟁의 결과를 뻔히 알고 있으면서도 마음을 바꾸려 하지 않았다. 왕자들에게 전쟁이 시작되기 전에 모든 것을 끝내라고 명령하기만 하면 될 일이거늘. 공식적으론 두리요다나가 왕이었지만 선왕은 여전히 왕국의 머리가 되어 왕좌를 지키고 있었다. 즉 두리요다나에게 판다바들과 평화를 맺으라고 명령하기만 하면 두리요다는 복종해야 하는 것이다.

하지만 드리타라스타는 그런 명령을 내릴 기미가 보이지 않았다. 오히려 자신이 사랑하는 만물과 만인의 멸망을 당연한 것으로 받아들이는 것 같았다. 비슈마와 비두라는 그런 왕을 바라보며 한숨을 지었다.

왕이 다시 산자야를 향해 말을 이었다. "이 모든 불행은 주사위 놀이에서 비롯된 것이다. 허욕에 가득 내 아들이 죄인이다. 영원 영속하는 운명이 계획해놓으신 일이란 말이다. 허나 시간의 신에 묶인 나는 그저 파멸을 기다려야 하는 수밖에 없구나. 내가 무엇을 할 수 있으며 어디로 갈 수 있겠느냐! 산자야여, 우리 쿠루족은 모두 죽음을 당할 터인데, 내가 할 수 있는 일은 아무것도 없구나. 이제 곧 이 아이들이 죽었다는 소식과 여인들의 통곡소리를 듣겠지. 내 어찌 죽음을 한단 말이냐. 마른 숲이 불길을 만나 타오르듯 비마와 아르주나가 우리 군대를 몰살할 것이다."

왕은 아르주나의 성품을 믿었다. 진실된 아이이기에 아무리 비마가 카우라바들을 죽이겠다고 맹세했을지라도 그는 그렇게 하지 않을 것이란 걸 알고 있었다. 하지만 다른 아이들의 분노는 어찌한단 말인가.

드리타라스트라가 다시 말을 이었다. "밤낮을 고민해봤지만 이 세상에 간디바의 화살을 막아낼 전사는 없다. 카르나나 드로나가 아르주나를 막을 수 있다고 생각할 수도 있다만 그렇지 않다. 카르나 저 아이는 신중하지 못하고 성격이 급하다. 드로나 또한 아르주나에 대한 애정이 아직도 가득하다. 그 누구도 아르주나를 죽일 수 없다. 그와 싸워서 이길 자는 아무도 없다는 것이다. 신께서도 이 진리를 거듭 밝혀주셨고, 우리 두 눈으로 똑똑히 보았다. 크리슈나가 전차를 몰고, 손에는 간디바를 쥐었다. 아, 끔찍하구나. 하지만 두리요다나 이 아이는 그 진실을 아직 모르고 있느니라. 벼락은 흔적이라도 남기지만 아르주나의 화살은 아무것도 남기지 않는다. 그 모습이 생생히 보이는구나. 우리를 향해 사방으로 화살을 날려 전사들을 쓰러뜨릴 아르주나의 모습이 보인다. 아르주나와 비마의 협공에 맞서 살아남을 자가 과연 있겠느냐. 우리는 모두 죽음을 피할 수 없을 것이다. 이제 곧 쿠루의 멸망이 임박했도다."

말을 마친 드리타라스트라는 마치 금방이라도 쓰러질 것만 같았다. 아이들의 운명이 죽음이라면 그 운명을 받아들여야 한다. 하지만 때로는 운명도 움직일 수 있는 법. 저 존귀한 판다바가 왕국을 버리고 숲으로 유배당하리라고 그 누가 생각했겠는가. 어쩌면 판다바들의 승리도 예정된 것이 아닐 수 있다. 그렇다고 해서 쿠루의 승리를 예상하기는 힘들었다.

깊이를 알 수 없는 크리슈나가 옆에 있는데 어찌 판다바들을 물리칠 수 있단 말인가.

왕이 다시 말을 이었다. "판다바들도 물론 용맹하다만 그 아이들의 힘을 합친 것보다 더 강한 인물이 있다. 원한다면 이 세상을 발아래 둘 수 있는 자, 바로 크리슈나다. 크리슈나는 판다바의 승리로 마음을 굳힌 듯하다. 우리에게는 희망이 없다. 유디스티라의 분노와 비마의 용맹, 아르주나와 쌍둥이의 힘과 천하무적 크리슈나를 생각하면 가슴이 뛸 정도다. 어떤 어리석은 자가 죽음을 각오하고 판다바들에게 몸을 던지겠느냐. 저들에게 고통을 준 대가로 이제 내 아이들이 죽임을 당하게 생겼구나. 아이들아, 싸우지 말거라. 전쟁을 벌이면 우리는 분명 멸망하고 말 것이다. 저들과 평화를 맺는 것이 좋겠다. 유디스티라는 절대 나의 제안을 무시하지 않을 것이다."

왕의 눈에서 급기야 눈물이 흘러내렸다. 회중은 여전히 침묵을 지켰다. 무슨 말을 할 수 있겠는가. 허나 드리타라스트라는 유디스티라에게 왕국을 돌려주겠다는 말은 하지 않았다. 평화에 대한 욕망은 공포에서 나온 헛된 희망일 뿐. 평화를 지키기 위해서는 그만큼의 대가가 필요했다. 전쟁은 불가피했다.

다시 산자야가 앞으로 나아가 말했다. "왕이여, 안타깝지만 말씀하신 대로 될 것입니다. 모든 전사들이 간디바의 화살에 멸족될 것이 분명합니다. 헌데, 이렇게 진리를 알고 계시면서 어찌하여 아직도 왕자님들께 끌려다니고 있는 것입니까? 이렇게 손을 놓고 있을 일이 아닙니다. 이 모든 일은 왕께서 자초하신 일입니다. 친아들과도 같았던 판다바들을 모질게 내팽개친 대가입니다. 왕이여. 이제 곧 복수심에 불타는 판다바들과 만물의 주인인 크리슈나를 만나게 될 것입니다. 카우라바가 침몰하기 직전입니다. 승리하리라는 기대는 광기의 소산일 뿐 판다바들에게 고통을 준 자는 모두 멸망할 것입니다. 바라타여, 그러니 이렇게 마냥 슬퍼하고 있는 것은 옳지 않습니다. 파멸을 막을 기회는 얼마든지 있었습니다. 허나 왕께선 그 충언을 모두 무시하셨습니다."

말을 마친 산자야는 왕과 대신들을 지나 아래 자리로 돌아갔다. 드리타라스타라가 머리를 흔들었다. 눈물이 하염없이 흘러내렸다.

한편 두리요다나는 아버지가 판다바들에게 항복하면 어쩌나 싶어 걱정이 됐다. 결국 자리를 박차고 일어나 입을 열었다. "왕이여, 슬퍼 마소서. 전쟁에서 충분히 이길 수 있습니다. 유디스티라가 군사를 모아 전쟁을 준비하고 있다는 소식을 듣고 저 또한 비슈마와 드로나, 크리파를 만났습니다. 전쟁을 해야 할지 말아야 할지 조언을 얻기 위해서였습니다. 물론 어느 편이 승리할지는 아무도 모릅니다. 허나 세 장로께서는 모두 적을 두려워하지 말라 하셨습니다. 상대가 누가 됐든 날카로운 화살로 콧대를 꺾어주겠다고도 약속하셨습니다. 우리를 상대할 자는 아무도 없다고 하셨습니다. 그들은 모두 충성을 맹세하며 제게 용기를 불어넣어 주셨습니다. 장로들을 믿습니다. 저들에겐 지금 왕국도 없고 부귀도 없습니다. 허나 우리는 이 세상의 주인입니다. 이제 우리의 정당한 지위와 패권을 주장할 때가 왔습니다. 만인의 왕이여, 이 왕국은 폐하의 것입니다. 어찌 적에게 넘겨줄 수 있겠습니까?"

지금까지 늘 그래왔듯이 두리요다나의 말에 왕의 마음은 또 다시 흔들렸다. 비슈마가 무적의 전사임에는 틀림없었다. 또 자신의 의지가 아닌 이상 절대로 죽지 않는다는 축복을 받은 것도 알고 있었다. 아무도 그를 죽일 수는 없다. 그런 비슈마가 충성을 다해 싸우겠다고 했다면 한번 해볼 만한 일이었다. 두리요다나가 말을 이었다.

"우린 저들에 대해 말로만 들었을 뿐입니다. 헌데 어찌하여 두려움에 떨어야 한단 말입니까? 우리의 군사는 저들의 두 배가 넘습니다. 인드라도 대적할 수 없을 병력입니다. 유디스티라가 다섯 개의 마을을 달라고 한 것은 우리가 두렵기 때문입니다. 비마 또한 겁낼 필요가 없습니다. 세상 그 누구도 제 철퇴를 당해낼 순 없습니다. 제 스승 발라라마와도 맞설 정도입니다. 비마쯤은 한 방에 죽일 수도 있습니다."

두리요다나는 비마의 얼굴이 떠오르는지 이마를 살짝 찡그렸다. 그는 왕실 장인에게 명하여 무쇠로 된 비마의 동상을 만들라고 했다. 그리고는 지금껏 단 하루도 빠짐없이 거대한 철퇴로 비마의 동상을 내려치는 연습을 했다. 이제 진짜 비마를 내려칠 기회가 온 것이다.

"아르주나도 마찬가지입니다. 협공하는 비슈마, 드로나, 크리파, 아슈바타마, 샬리야, 그리고 부리스라바와 자야드라타를 아르주나 혼자 어찌 막을 수 있겠습니까? 드로나께서 한쪽 팔로 싸워도 충분할 것입니다. 불멸의 현자 바라드바야에게서 태어난 우리의 스승 드로나를 감히 바라볼 수도 없을 것입니다. 강력한 현자의 피를 받아 태어난 크리파 또한 저들에겐 만만한 존재가 아닐 것입니다. 인간은 물론 신도 그를 꺾을 순 없습니다. 게다가 비슈마와 드로나, 크리파 세 분을 합친 것과 같은 용맹을 가진 카르나까지 우리 편에 섰습니다. 만신의 왕에게 천하무적의 무기를 선물받았으니 분명 그 무기를 가지고 아르주나를 물리칠 것입니다."

두리요다는 계속해서 부대의 위용을 칭송했다. 지원을 약속한 왕들의 이름을 거명하면서 그는 상심해 있는 왕에게 자신감을 불어넣었다. 그렇게만 된다면 판다바들이 이길 확률은 없었다. 드리타라스트라는 그제야 마음이 편해지는 것을 느꼈다.

두리요다나가 산자야에게 물었다. "겨우 악샤우히니 일곱 개 정도로 우리와 맞서겠다고 했단 말이냐? 정녕 그들이 우리와 전쟁을 치를 준비하고 있단 말이냐?"

산자야가 대답했다. "유디스티라와 그 형제들 모두 기쁨에 들떠 있습니다. 그 어떤 두려움도 느낄 수 없었습니다. 제가 돌아오려 할 때 아르주나가 전차에 오르며 이렇게 말했습니다. '우리의 승리를 알리는 신성한 징조를 보았다' 고요. 구름 속에서 번뜩이는 번개처럼 갑옷을 입고 전차 위에 우뚝 선 아르주나를 보니 그의 말에서 진실이 느껴졌습니다."

두리요다나가 냉소하며 말했다. "너는 언제나 판다바 놈들을 찬양하는구나. 주사위 놀이에 진 그놈들을 말이다. 아르주나의 전차에 대해 말해 보거라. 자세히 설명하거라."

두리요다나는 불의 신 아그니가 선물했다는 아르주나의 전차에 대해 들은 적이 있다. 간다르바의 왕 치트라라타는 말을 선물했다고 했다. 산자야가 설명을 시작했다.

"그 전차는 천상의 것으로, 누구도 막을 수 없다 했습니다. 그 전차를 끄는 백마는 마치 대지와 하늘을 오가는 바람처럼 빠르게 달립니다. 치트라라타는 전쟁 중에 행여 말이 죽어도 언제나 백 마리를 다시 채워주겠다고 약속했다 합니다. 허나 깃발은 표현하기가 쉽지 않습니다. 비슈바카르마가 만든 깃발에서는 천상의 환영이 보입니다. 사방 십 리에 걸쳐 펄럭이며, 무엇으로 만들었는지는 알 수 없으나 마치 불과 연기가 합쳐진 듯했습니다. 인드라의 화살에는 모두 색깔이 있습니다. 그 가운데에 다른 천상의 존재와 함께 하누만 신이 앉아 있었습니다."

그러더니 산자야는 다른 판다바 형제의 전차에 대해서도 설명했다.

설명이 끝나자 드리타라스트라가 말했다. "잘 들었다. 산자야야, 판다바들의 지원군들은 제각각 누구와 맞설 것이라 하더냐?"

"불에서 태어난 드리스타디윰나는 드로나와 맞설 것입니다. 쉬크한디는 비슈마를 선택했고, 유디스티라는 자신의 삼촌인 샬리야를 죽이겠다고 맹세했습니다. 비마는 두리요다나 왕자와 왕자님들 모두를, 아르주나는 카르나와 아슈바타마, 그리고 자야드라타를 선택했습니다. 스스로 천하무적이라 자칭하는 자 모두 아르주나에 의해 죽을 것이라 맹세했습니다. 왕이여, 당신의 손자들은 모두 아비만유와 맞서게 될 것입니다. 나쿨라는 샤쿠니의 아들 울루카Uluka와 그 전사들을 상대할 것이고, 사하데바는 샤쿠니와 싸울 것입니다. 왕이여, 군대에 있는 모든 왕과 전사들이 판다바들과 맞서 싸워야 할 것입니다. 곧 전쟁이 시작되니 한시 바삐 해야 할 일을 행하소서."

그 말에 드리타라스트라는 또 다시 두려움에 휩싸였다. 희망과 절망이 계속해서 오갔다. 그는 몸을 떨며 말했다.

"비마와 맞설 내 아이들은 살아남기를 포기한 것이나 다름없다. 다른 왕들과 영웅들 역시 불꽃을 향해 뛰어드는 나방처럼 간디바에 맞아 전멸할 것이다. 내 눈에는 벌써 패배가 보이는구나. 그런데도 이 아이들은 바다와도 같은 유디스티라와 맞서려 하는구나. 냉정하고, 침착하고, 히말라야까지 파괴할 수 있는 그 아이들을 인드라께서도 버텨내지 못했거늘. 그런 그 아이들과 싸우길 원하고 있구나."

두리요다나가 자리에서 벌떡 일어나 외쳤다. "우리 모두 인간입니다. 어찌하여 폐하께선 승리가 저들의 것이라고만 생각하십니까? 우리 편에 선 영웅들을 생각해보십시오. 저는 판다바가 그리 능하다고 생각지 않습니다. 우리의 승리를 염원하는 왕과 통치자들은 덫으로 사슴을 잡듯 판다바들을 잡을 것입니다."

드리타라스트라는 자리에 앉아 머리를 흔들었다. 머리로는 크리슈나의 도움을 받는 판다바의 승리가 확실하다는 것을 알았지만 가슴은 아직도 아들에 대한 애정에 잡혀 있었다. 그의 목소리가 다시 회의장에 울려 퍼졌다.

"산자야야, 이 아이가 어찌 유디스티라를 정복할 수 있겠느냐. 물론 전쟁을 원치 않는 비슈마께서는 판다바들의 힘을 잘 알고 계실 것이다. 원하건대, 다시 한번 그 아이들의 용맹에 대해 말해주거라. 우리에게 닥친 위험을 다시 한번 알려주거라."

산자야가 명을 받들어 다시 자리에서 일어나 말했다. "먼저 드리스타디윰나가 끊임없이 판다바들을 격려하고 있습니다. 그의 말을 그대로 전하겠습니다. '카우라바들에게 가서 종말이 임박했다고 전하라. 순수하고 정직한 자를 보내 유디스티라에게 왕국을 돌려줘야만 재앙을 피할 수 있다고 말하라. 아르주나가 분노의 불길을 던지지 않게 하거라. 그는 천상의 모든 신과 주재자의 보호를 받고 있다. 그 누구도 아르주나를 죽일 수는 없으니 싸울 생각조차 하지 말라'."

그 말에 드리타라스트라의 슬픔은 더욱 깊어졌다. 왕은 고개를 들어 두리요다나에게 말했다. "아들아, 이제 그만 마음을 돌리거라. 왕국은 반으로도 충분하다. 그들의 것을 돌려주어라. 쿠루의 장로들은 이것이 선한 길이며, 네가 그들의 뜻을 받아들여야 한다고 생각한다. 아들아, 너와 카르나 외에는 아무도 전쟁을 원하지 않고 있다. 너는 지금 카르나와 두샤샤나, 그리고 샤쿠니에게 이끌려 파멸의 길을 가고 있다. 사랑하는 아들아, 정신을 차리거라. 삿된 길로 가서는 아니 되느니라."

그러나 드리타라스트라의 말에는 권위가 없었다. 자리에 앉은 어느 누구도 왕의 구슬픈 외침을 진심이라고 받아들이지 않았다. 그는 분명 두리요다나에게 권력을 넘겨주었고, 결국 아들이 어떤 결심을 하든 그것을 따를 것이었다.

드리타라스트라가 말을 마치자 두리요다나는 자리에 일어나 회중을 돌아보며 도전적으로 말했다. "난 여기에 있는 그 누구에게도 의지하지 않을 것입니다. 오직 카르나와 함께 유디스티라를 제물로 제사를 지낼 것입니다. 내 전차는 제단이 될 것이고, 내 무기는 공물이 될 것입니다. 내 창을 제단에 올릴 마른풀로 삼고, 내 명성을 맑은 기름으로 삼을 것입니다. 죽음의 신에게 경의를 표하며 제사를 지내고 영광을 등에 업고 돌아올 것입니다. 우리는 전쟁을 시작할 것입니다. 판다바를 멸한 뒤 이 넓은 세계를 통치하거나 그들이 나를 죽이고 왕국을 차지하거나 둘 중 하나뿐입니다."

두리요다나는 자신의 말에 무게를 싣기 위해 잠시 말을 멈췄다. 자부심과 오만함으로 가득 찬 그의 목소리가 다시 울려퍼졌다. "왕이여, 전 저의 인생과 부, 왕국, 그리고 제 모든 것을 희생할 수 있습니다. 허나 판다바들과 죽어도 함께 살 순 없습니다. 저는 그들에게 바늘구멍만큼의 땅도 내어주지 않을 것입니다."

두리요다나가 자리에 앉은 뒤에도 회의장 안은 조용했다. 비슈마와 비두라는 서로를 힐끗 쳐다봤다. 그들은 두리요다나의 말에 놀라지 않았다. 무슨 말을 할 수 있겠는가. 드리타라스트라만이 전쟁을 막을 수 있다. 하지만 왕은 그렇게 하지 않았다. 그는 여전히 판다바들에게 왕국을 돌려주라고 제대로 명하지 않았고, 아무에게도 두리요다나를 말리라고 하지 않았다. 운명은 분명 전쟁을 향해 가고 있었다.

침묵을 깬 것은 드리타라스트라였다. "통치자들이여, 이 어리석은 아이를 따르는 당신들을 보니 가슴이 아프오. 하여 이제 나는 이 아이와 인연을 끊을 것이오. 곧 판다바들이 우리 군사들을 헤집고 다닐 것이오. 산이 움직이듯 판다바가 오면 모두가 내 말을 떠올리며 후회하게 될 것이오."

두리요다나는 카르나와 두샤샤나를 바라보았다. 늙은 아버지는 전쟁에 대한 두려움에 사로잡혀 있었다. 그렇다고 마냥 지체할 수만은 없는 노릇이었다. 혼자서든, 다나바의 축복을 받은 군대의 도움을 받든 그는 전쟁에 나갈 준비가 되어 있었다. 다른 길은 없었다.

드리타라스트라는 산자야에게 크리슈나가 무슨 말을 했는지를 다시 한번 물었다. 산자야는 크리슈나의 말을 거듭 전한 뒤 크리슈나와 아르주나를 만난 이야기를 했다.

"아르주나의 거처에 초대받아 갔었습니다. 두려운 마음은 안고 궁 안의 가장 깊숙한 방으로 들어갔지요. 아르주나와 크리슈나는 머리를 낮추고 손을 맞잡고 기도하는 저를 편하게 맞아주었습니다. 그들은 보석으로 장식된 황금 침대 위에 앉아 있었습니다. 크리슈나의 발은 아르주나의 무릎에, 아르주나의 발은 크리슈나의 무릎에 있었습니다. 그 곁에는 드라우파디와 사티야브하마가 자리하고 있었습니다. 아르주나가 의자를 가리켰습니다. 전 의자를 손으로 만진 뒤 의자 옆 바닥에 앉았습니다. 바로 그때 크리슈나와 아르주나가 일어났습니다. 우뚝 솟은 검은 피부의 그들을 보는 순간 전 두려움에 사로잡혔습니다. 마치 인드라와 비슈누처럼 보였습니다."

산자야는 그날의 기억이 떠오르는 듯 두 눈을 감았다. 그리고는 잠시 침묵한 뒤 낮은 목소리로 말을 이어갔다. "그들은 절 안심시킨 뒤에 음식과 마실 것을 권했습니다. 전 깍지 낀 손을 머리 위로 올려 왕께서 평화를 원한다고 말씀드렸습니다. 아르주나는 크리슈나에게 답을 권했습니다. 크리슈나의 목소리는 매력적이고 부드러웠지만 그 속에 숨겨진 뜻은 그렇지 않았습니다. 한 마디 한 마디가 쿠루족에게는 공포였습니다. 그러더니 이렇게 말했습니다. '산자야여, 드리타라스트라와 쿠루의 모든 장로들에게 경의를 표하고 그들의 안부를 물은 뒤 전하거라. 상서로운 제사를 올리고 브라만들에게 선물을 바치거라. 그리고 곧 닥칠 재앙에 대비해 가족들과 함께하라고 전하라. 내 아직 드라우파디에게 빚을 갚지 못했다. 그녀가 쿠루족에게 모욕을 당할 때 난 그녀를 도와주지 못했다.'"

크리슈나의 말을 전하는 산자야의 얼굴에서 눈물이 흘러내렸다. "그러더니 크리슈나는 이렇게 말했습니다. '쿠루족은 나의 화신이자 간디바의 주인인 아르주나를 적으로 만들었다. 그 누가 감히 우리에게 도전한단 말이더냐? 비록 신들의 도움을 받는다 해도 어림없다. 아르주나를 무찌르는 자라면 세상을 두 팔로 들 수도 있을 것이다. 살아 있는 모든 것을 태워버리고, 천상도 파괴할 수 있을 것이다. 삼계의 존재 가운데 아르주나와 맞설 자는 아무도 없다. 마츠야의 전쟁이 기억나지 않는단 말인냐? 아르주나에게는 그 누구도 가지고 있지 않은 용맹과 민첩함, 용기, 기세, 인내가 있다. 쿠루여, 전쟁을 시작하기 전에 신중히 생각하거라.'"

그러면서 산자야는 크리슈나가 평화의 사절로 곧 하스티나푸라에 올 것이라는 말을 덧붙였다.

드리타라스트라는 고개를 숙인 채 앉아 있었다. 그동안 아르주나의 힘에 대해 끊임없이 생각하고, 과연 쿠루의 전사들이 그와 맞설 수 있을지를 생각하며 많은 밤을 지샜다. 그러나 아직도 결심하기 힘들었다. 아르주나는 지금 크리슈나와 함께 있다. 크리슈나의 힘은 누구도 예측할 수 없다. 현자들은 그를 모든 신들의 주인이라고 말했다. 그에게 저항한다는 것은 신에게 저항하는 것과 같다.

드리트라스트라가 다시 말을 이었다. "아르주나와 크리슈나의 말은 나에게 전쟁은 어리석은 짓이라는 확신을 주었다. 두리요다나야, 다시 생각하거라. 네가 맞설 상대를 생각해보거라. 위대한 자는 항상 빚을 갚는다 했다. 아그니는 칸다바에서 아르주나에게 도움을 받은 만큼 이번 전쟁에서 분명 아르주나를 도울 것이다. 다르마 또한 그의 아들 유디스티라와 함께할 것이다. 비마는 바유의 아들이고, 쌍둥이는 두 아슈비니 신의 피를 받아 태어났다. 인간과 신 모두와 맞서야 한다는 말이다. 난 우리가 이길 것이라고 절대로 생각지 않는다. 아들아, 판다바들과 화해하거라. 그렇지 않으면 우린 멸망하고 말 것이다."

두리요다나는 더 이상 참지 못하고 자리에서 일어났다. "왕이여, 어찌하여 왕께선 판다바를 숭배하십니까? 그들은 우리와 같은 인간입니다. 신들이 어떻게 그들을 돕는단 말입니까? 신들은 절대 감정에 휘둘리지 않습니다. 세속적인 욕망을 버리고 탐욕과 분노, 증오를 멀리함으로써 천상의 자리에 앉았거늘 어찌 감정에 집착하여 보잘것없는 인간들의 전쟁에 휘둘린단 말입니까? 제 말이 틀리다면 판다바들이 지금껏 겪은 고통은 과연 어떻게 설명하실 겁니까? 신들이 그들의 편이라 해도 상관없습니다. 전 그들과 동등합니다. 제가 가진 신비한 힘으로 삼계를 태워버릴 불길도 잡을 수 있단 말입니다. 마법을 써서 전차와 보병이 물 위를 행진할 수 있도록 물을 굳힐 수도 있습니다. 산을 조각낼 수 있고, 바위로 된 소나기를 내리게 할 수도 있습니다."

두리요다나는 스스로를 찬양하며 점점 더 오만을 부렸다. 그러더니 두 팔을 휘두르며 왕들을 노려보며 무례하게 말했다. 그의 안중에 원로들은 없었다. "당신들은 모두 내 왕국에 계신 신들의 덕을 보고 있는 것이오. 맹수나 뱀이 없는 것도 모두 내 덕분이오. 모든 시민들이 선을 실천하며 내 통치 아래 평화롭게 살아가고 있소. 아무리 신과 아수라라 해도 나를 분노하게 하는 자는 감히 보호하지 못할 것이란 말이오. 그렇지 않았다면 어찌하여 신들은 내가 판다바들을 추방하고, 그들의 부를 빼앗는 것을 막지 못했겠소? 내가 행복을 빌어준 자는 행복해지고, 내가 불행을 빈 자는 어김없이 불행해질 것이오. 누구도 나를 방해할 순 없소. 군주들이여, 내 말은 틀림없소. 내가 진실을 이야기한다는 것은 세상이 다 알고 있는 이치. 이 세상은 나의 명성과 영광을 다 알고 있소. 이제 우리는 곧 판다바들이 패배했다는 소식을 듣게 될 것이오. 안심하시오. 지성과 힘, 용기, 지식과 능력 모두 우리가 우세하오. 저들을 반드시 파괴할 것이오."

말을 마친 두리요다나는 성큼성큼 자리로 돌아가 앉았다. 카르나가 그에게 박수를 보냈다. 그러더니 입을 떼려는 드리타라스트라를 무시하고 자리에서 일어났다. 카르나의 목소리가 회의장 안에 우려퍼졌다. "판다바들을 죽이는 일은 제가 맡겠습니다. 난 파라수라마에게 브라하마스트라를 받았고, 인드라에게 샤크티를 받았습니다. 이 두 무기로 판다바들을 파멸시킬 것입니다. 판다바들을 저에게 맡기고 다른 왕들께서는 두리요다나 왕자를 보호하십시오."

그 말에 비슈마가 큰 소리로 웃으며 입을 열었다. "아이야, 방금 뭐라고 하였느냐? 다가오는 전쟁 앞에 네가 잠시 정신을 놓은 듯하구나. 어리석다. 칸다바가 불타던 일을 기억한다면 말을 자제하거라. 네가 자랑스러워하는 샤크티는 크리슈나의 원반에 맞으면 금세 타버릴 것이다. 우주의 신은 너보다 훨씬 더 강력한 자들도 무찔렀느니라. 크리슈나와 아르주나를 만나는 순간 너는 물론이고 모든 무기들이 망가질 것임을 정녕 모른단 말이냐."

그러면서 비슈마는 카르나에게 파라수라마의 저주를 상기시켰다.

그는 브라흐마스트라가 절실하게 필요한 순간 무기를 부르는 주문을 외울 수 없을 것이다. 카르나는 그 현자의 가르침을 받기 위해, 현자가 자신을 브라만으로 생각하도록 일을 꾸며 그를 속였다. 파라수라마는 그런 카르나의 거짓을 알아차리고는 저주를 내렸다. 절실한 순간에 브라흐마스트라를 쓰지 못하게 될 것이라는 저주였다. 그러나 아르주나는 그렇지 않았다.

카르나가 날카롭게 소리쳤다. "예, 당신의 말씀대로 그가 강한 것은 맞습니다. 하지만 저에 대한 그런 잔인한 말들을 더 이상 참을 수 없습니다. 당신의 그 잔인한 말이 던진 결과를 생각해보십시오. 난 당신이 살아있는 동안에는 전투에 임하지 않을 것입니다. 당신이 죽을 때까지는 무기를 땅에 놓고 기다릴 것입니다. 당신이 죽은 뒤 세상은 나의 뛰어난 솜씨를 보게 될 것이란 말입니다."

말을 마친 카르나는 회의장을 뛰쳐나갔다. 비슈마는 다시 한번 웃으며 두리요다나를 향해 말했다. "저 아이는 분명 맹세를 지킬 것이다. 헌데 저 아이가 어떻게 저들의 군대를 일소하겠다는 것이냐? 저 아이는 여기 있는 우리 모두가 증인이 되어야 한다고 했다. 그렇게 하면 판다바들을 죽일 것이라 했다. 이제 어떡해야 하는 것이냐? 저 아이는 성미가 급하고 무례하다. 신성한 현자 파라수라마를 속이던 순간 저 아이는 모든 덕목과 금욕을 잃어버렸느니라."

두리요다나도 카르나의 갑작스러운 행동에 당황했지만 애써 아무렇지 않은 척하며 자신은 누구에게도 의지하지 않을 것이라고 다시 한번 힘주어 말했다. 어찌 되었든 판다바들과 맞서 이길 것이라는 의미였다.

조용히 듣고 있던 비두라가 일어나 입을 열었다. "한 사냥꾼이 새를 잡기 위해 그물을 치고 기다리고 있었느니라. 얼마 지나지 않아 큰 새 두 마리가 그물에 걸려들었고, 그물과 함께 하늘로 날아가 버렸다. 이 광경을 본 사냥꾼은 새를 뒤쫓아갔다. 그때 한 고행자가 사냥꾼을 보며 말했다. '두 발로 걷는 자가 하늘을 나는 새를 쫓다니 이 얼마나 무모한 일인가.' 그 말에 사냥꾼은 이렇게 대답했다. '저 새들이 비록 내 그물을 가져갔지만 저들끼리 다투게 되면 분명 땅으로 떨어질 것이다.' 아니나 다를까, 머지않아 새들은 서로 싸우기 시작했고, 땅으로 떨어지고 말했다. 결국 사냥꾼에게 잡혀 죽임을 당하고 말았다. 이처럼 서로 싸우는 형제들에게 남는 것은 죽음뿐이다. 두리요다나, 형제끼리는 함께 먹고, 함께 강해지며 공생해야 하는 법이다. 절대 싸워서는 아니 되느니라."

비두라는 두리요다나에게 판다바의 힘을 다시 한번 상기시키며 고집을 꺾을 것을 충고했다. 허나 왕자는 아무 말도 하지 않았다. 그는 비두라가 무슨 말을 할지 알고 있었다. 비두라는 판다바들 편이었다.

아무리 의견을 나눈들 더 이상 진전될 것 같지 않았다. 산자야는 판다바의 메시지를 전했고, 쿠루들은 이에 답을 내놓았다. 만약 드리타라스트라가 유디스티라에게 왕국의 일부라도 돌려주지 않는다면, 평화에 대한 열망은 헛된 일이 되고 말 것이다. 허나 왕은 단 한 번도 평화를 택하겠다는 말을 하지 않았다. 이제 크리슈나가 마음을 바꾸지 않는다면 전쟁은 시작될 것이다. 왕과 대신들은 천천히 회의장을 떠났다.

드리타라스트라는 산자야와 마지막까지 함께 앉아 있었다. 왕은 그의 생각을 듣고 싶었다. 산자야는 쿠루족이 절대로 판다바들을 이길 수 있다고 했다. 카우라바와 판다바 모두를 보아왔고, 그랬기에 두 진영이 가진 힘도 잘 알고 있었다. 그러나 왕은 여전히 산자야가 조금이라도 쿠루의 승리를 기대하고 있기를 바랐다.

한편 산자야는 왕이 자신과 단둘이 있을 때조차도 자신의 의견을 진지하게 받아들이지 않는 것이 걱정됐다. 산자야는 자신의 마음이 판다바들에게 기울고 있다는 것을 드리타라스트라가 느끼고 있음을 알았다. 산자야는 드리타라스트라를 향해 왕궁에 와 있는 비야사데바를 모셔도 되겠느냐고 물었다. 비야사데바 현자마저 산자야의 의견에 동의한다면 드리타라스트라의 마음이 조금이나마 움직일 것 같았다.

왕이 동의했다. 왕비인 간다리도 함께 불렀다. 이윽고 비야사데바와 간다리가 들어와 자리를 잡고 앉았다. 산자야는 정신적 스승인 비야사데바를 향해 입을 열었다. "주인이시여, 당신 앞에서 제가 왕에게 말할 수 있도록 허락해주소서. 그는 판다바들의 힘에 대해 물었습니다."

비야사데바가 오른손을 들어 허락했다. "그리하거라. 크리슈나에 대해 모든 것을 말하거라. 그는 판다바들이 가진 힘의 원천이니라."

산자야가 손을 모은 뒤 말했다. "왕이여, 당신은 판다바들의 능력과 나약함에 대해 계속 물으셨습니다. 무한한 크리슈나의 힘을 생각하면 판다바들의 힘을 미뤄 짐작하실 수 있을 것입니다. 이 세상 전체가 한쪽에 위치하고 크리슈나가 반대쪽에 있다 해도 그의 힘은 이 세상을 능가합니다. 그는 대지와 그 안의 모든 존재를 한순간에 재로 만들어버릴 수 있습니다. 진리와 정의, 선과 겸손, 자애가 있는 곳에 크리슈나가 있습니다. 그리고 크리슈나가 있는 곳에 승리가 있습니다. 그는 세상 모든 생명이 살아 있게 만든 지고의 영혼입니다. 판다바들은 단지 그의 목적을 실현하는 도구일 뿐입니다. 그 전지전능한 분은 세상의 모든 사악하고 불경한 것들을 없애려 합니다. 왕이여, 불행하게도 당신의 아들들이 그런 자들입니다."

산자야의 말에 드리타라스트라는 아내의 손을 꽉 잡았다. 산자야가 말을 이었다. "크리슈나는 시간과 죽음, 움직이는 존재와 움직이지 않는 모든 존재의 주인입니다. 비록 환상을 써서 평범한 모습으로 인간 세상에 왔지만 그를 아는 사람들은 그 모습에 절대 속지 않습니다."

늙은 왕은 크리슈나에 대해 더 알고 싶어했다. 그는 산자야가 크리슈나를 전지전능한 신으로 생각하고 있다는 것을 알았다. 산자야는 크리슈나를 숭배하는 비야사데바의 제자였다.

허나 드리타라스트라는 아직도 확신할 수 없었다. 크리슈나가 비범한 자임에는 틀림없다. 그가 막강한 마귀들을 물리친 것도 놀라웠다. 현자들 또한 그를 신성의 원천이라고 찬양했다. 그럼에도 불구하고 그는 너무나도 인간적으로 보였다.

왕이 물었다. "어찌하여 크리슈나를 전지전능한 신으로 받아들이는 것이냐? 어찌하여 그대는 그는 알고 나는 모르는가? 산자야, 그대가 옳다고 생각한다면 나에게도 설명을 해다오."

"물질에 집착하는 자는 그분에 대해 알지 못합니다. 그저 알 수 없는 존재로 생각하거나 아예 신으로 인정하지 않습니다. 허나 전 물질에 사로잡히지 않으려 욕망을 억제하는 동시에 베다를 연구하고, 저의 스승 비야사데바와 같은 분들의 말씀에 충실한 결과 크리슈나에 대해 조금이나마 알게 되었습니다. 왕이여, 당신도 이 지혜를 얻을 수 있습니다. 크리슈나가 당신의 지지자가 될 수 있도록 그의 안식처에 머무소서. 그와 그의 충고를 무시하지 마소서. 크리슈나에 대한 믿음이 없는 당신의 어리석은 아들은 당신과 쿠루족을 파멸로 이끌 것입니다."

간다리도 산자야의 말에 동의하며 고개를 끄덕였다. "왕이여, 두리요다나는 분명 쿠루의 파멸을 몰고 올 것입니다. 그 아이는 질투심이 강하고 어른의 말을 듣지 않습니다. 사악한 자들의 즐거움이나 채워주고 있으니 결국 비마의 손에 죽고 말 것입니다. 왕이여, 두리요다나를 붙잡아 주소서."

비야사데바도 산자야의 말이 힘을 실어주었다. "왕이여, 그대는 크리슈나를 아끼는 사람이다. 내 충고를 듣거라. 산자야의 말에 신중해야 한다. 산자야는 그대가 크리슈나의 안식처로 가는 길을 알려줄 것이다. 인간은 극단적 욕망과 증오에 사로잡혀 신을 부정한다. 세상의 부와 명예를 탐내는 모든 자는 환상에 사로잡혀 있노라. 그 대가로 인간은 죽음의 지배를 받는다. 허나 현명한 자는 집착을 버리고 해탈의 길을 택하니, 그 길은 크리슈나에게로 향한다."

드리타라스트라는 산자야에게 그 길에 대해 설명해달라고 했다. 비야사데바에게 머리를 숙여 존경을 표한 뒤 산자야가 말했다. "감각을 통제하는 것이 그 길의 시작입니다. 감각을 통제하지 않고 제사만 지내는 것으로는 신을 알 수 없습니다. 육체적 욕망은 진리를 깨달음으로써 버릴 수 있습니다. 진리에 대한 깨달음은 지혜에서 얻어집니다. 지혜는 다양한 경험과 현명한 자의 말을 통해 얻을 수 있습니다. 진정한 지혜는 곧 감각의 통제입니다. 감각을 통제하면 자아 실현의 길을 가면서도 기쁨을 경험할 수 있습니다. 왕이여, 당신은 그 길을 통해 크리슈나에게 다가갈 수 있습니다. 알고 싶어하는 진정한 욕망으로 신을 기쁘게 하며 그 길을 따른다면 이루어질 것입니다."

드리타라스트라는 산자야에게 크리슈나가 어떤 인물이며 어떤 능력을 소유하고 있는지를 더 말해달라고 했다. 그 말에 산자야는 크리슈나를 창조자요, 지지자라고 했다. 그러면서 물질과 정신을 아우르는 모든 것의 파괴자로 묘사하는 다양한 이름들과 그것이 지닌 각각의 의미에 대해 설명했다.

설명을 들은 드리타라스트라는 생각에 잠겼다. 산자야가 물러나고 비야사데바가 자리를 뜬 뒤에도 그는 계속 자리를 지켰다. 왕은 아직도 갈피를 잡지 못하고 있었다. 크리슈나의 권위를 부정할 수 없었다. 비야사데바도 조언했듯이 산자야의 말은 명백하고 완전했다. 크리슈나와 그 세력에 맞서는 것은 분명 패배를 의미했다. 그러나 쿠루족의 파멸이 크리슈나의 뜻이라면 더 이상 무슨 일을 할 수 있겠는가. 드리타라스트라는 머리를 감싸고 한숨을 내쉬었다. 크리슈나는 진정으로 우리를 파멸시키려는 것일까? 그렇다면 평화를 이야기하기 위해 하스티나푸라로 오겠다는 그의 의도는 무엇인가?

눈먼 왕이 풀지 못할 수수께끼였다.

2

판다바들, 크리슈나에게 묻다

비라타에 있던 판다바들은 쿠루족의 회답을 받았다. 왕국은 물론 빼앗은 재산도 전혀 돌려주지 않겠다는 것이었다. 드리타라스트라는 평화를 주장하면서도 통치권을 유지하고 싶어했다. 두리요다나는 고집이 세고 험악한 또 다른 드리타라스트라였다.

유디스티라는 그 결과에 별로 놀라지 않았다. 이제 남은 일은, 크리슈나가 약속했듯이 하스티나푸라로 가는 것이었다.

"신이여, 당신의 우정을 보여줄 시간이 왔습니다." 유디스티라는 합장한 채 크리슈나를 향해 말했다. "당신이 우리를 위해 헌신하고 있다는 것은 주지의 사실입니다. 당신의 말에 따라 우리는 쿠루족에게 왕국을 돌려줄 것을 요청했습니다. 이 난관을 해결할 분은 당신뿐입니다. 비슈누의 화신이시여, 당신은 우리에게 하나뿐인 피난처입니다."

크리슈나는 유디스티라보다 약간 낮은 옥좌에 앉아 있었다. 미소 띤 얼굴에는 곱슬곱슬한 머리카락이 늘어져 있었고, 머리에서는 다이아몬드로 장식된 왕관이 빛났다. 크리슈나가 대답했다. "알겠다. 그대가 청한 일을 행할 준비가 되어 있다. 더 하고 싶은 말이 있는가?"

유디스티라는 크리슈나의 대답에 가슴이 뭉클해지는 것을 느꼈다. '나와 내 형제들이 크리슈나의 도움을 받기 위해 한 일이 무엇이던가? 여기 최고의 인격을 가진 크리슈나가 우리의 뜻을 전하러 평화의 사절로 나설 준비가 되어 있다.'

다섯 형제 모두 크리슈나의 얼굴을 응시했다. 모두의 눈에 눈물이 고여 있었다.

"크리슈나여, 당신은 산자야를 통해 드리타라스트라의 속내를 들으셨습니다. 그는 우리 것을 돌려주지 않고 평화를 원하고 있습니다. 아들의 고집을 꺾지 못하고 원하는 것을 모두 들어주고 있습니다. 약속에 따라 우리는 십삼 년이라는 시간 동안 유배 생활을 했습니다. 우리는 약속을 지켰지만 그들은 약속을 어겼습니다. 브라만들도 이 사실을 다 알고 있습니다. 허나 드리타라스트라 왕은 어리석은 왕자의 말만 듣고 그릇된 길을 가려고 합니다. 왕은 우리에게 다섯 개의 마을조차 주지 않으려 합니다. 자신이 세상을 다 가졌다고 생각합니다. 부끄러움조차 모릅니다. 그의 탐욕 때문에 우리는 고통의 세월을 살아야 했고, 크샤트리아의 도리를 실천하지 못했습니다. 부 없이는 선을 얻기 힘든 법. 크리슈나여, 고행과 구걸은 크샤트리아의 의무가 아닙니다. 우리에게는 시민들을 통치하고 브라만들과 빈곤한 자들을 도울 재산이 필요합니다. 의무를 행하기 위함입니다. 부유한 자에게 재산을 잃는 것보다 더 비참한 일이 어디 있겠습니까."

그러면서 유디스티라는 조용히 앉아 있는 형제들을 바라보았다. 판다바들은 단지 각각 한 개의 마을만이라도 갖길 원했다. 그러나 드리타라스트라는 그 작은 바람조차도 들어주지 않았다. 늙은 군주의 제안은 기가 막혔다. 막강한 크샤트리아가 구걸을 한다는 것은 상상할 수조차 없는 일이었다. 왕국을 위해 쿠루족에게 애원해야 한다는 일 자체가 고통스럽고 치욕적이었다.

유디스티라가 말을 이었다. "친족을 죽여 왕국을 찾는 부도덕한 행동이 벌어진다 할지라도 다른 방도가 없습니다. 적당한 때가 왔을 때 싸우는 것이 크샤트리아의 당연한 도리지만 전쟁은 모든 것으로부터의 고통을 의미합니다. 우리가 이길지라도 후회하며 괴로워할 것이고, 우리가 패배한다 해도 후회하고 괴로워할 것입니다. 또한 친족과 친구들의 죽음을 보며 슬퍼할 것입니다. 허나 왕국이 없는 한 우리는 죽은 것이나 다름없습니다. 그래서 저는 왕에게 원래 우리 것이었던 왕국을 돌려달라고 한 것입니다. 하지만 우리의 청을 받아들이지 않는 이상 고통을 무릅쓰고라도 전쟁을 치르는 것이 바른 길입니다."

유디스티라는 장로들과의 전쟁이 달갑지 않았다. 경전에 따르면, 분쟁이 있을 때는 항상 윗사람의 말을 따라야 한다고 했다. 그는 크리슈나에게 의구심을 없애달라고 청했다. "크리슈나여, 당신의 생각을 알고 싶습니다. 제가 가야 하는 선의 길을 알려주소서. 드리타라스트라와 그의 추종자들과 싸우는 것이 옳은 일입니까? 그는 두리요다나에게 빠져 어떤 평화적인 방법도 받아들이지 않을 것입니다. 아무리 부탁해도 우리를 비웃고 말 것입니다."

크리슈나가 대답했다. "유디스티라여, 어찌 됐든 전쟁은 그대들이 선택할 일이 아니다. 오히려 선택권은 드리타라스트라에게 있다. 그대들을 위해 내가 그곳으로 가서 평화를 청하겠다. 만약 받아들여진다면 나는 덕을 행한 것이 될 것이고, 쿠루와 판다바 역시 죽음의 덫에서 자유로워질 것이다."

하지만 유디스티라는 여전히 미심쩍었다. "크리슈나여, 저는 당신이 쿠루에게 가는 것을 바라지 않습니다. 아무리 두리요다나에게 우호적으로 말씀하신들 그는 당신 말을 듣지 않을 것입니다. 어떤 방법으로든 당신을 해칠 것입니다. 당신에게 위험이 닥친다면 이 모든 일이 무슨 소용이 있겠습니까?"

크리슈나가 웃었다. "나는 두리요다나의 사악한 본성을 알고 있다. 하지만 쿠루족에게 가서 평화를 구한다고 해서 비난받을 일은 없을 것이다. 걱정하지 마라. 세상 모든 왕이 연합해서 달려든다 한들 분노한 나를 막을 수는 없다. 쿠루족을 위하는 나를 모욕한다면 나는 그들을 집어삼킬 것이다."

"그리하소서." 유디스티라가 동의했다.

"하스티나푸라로 가십시오. 부디 좋은 결과를 가지고 무사히 돌아오시기를 빌겠습니다. 아르주나뿐 아니라 저에게 주시는 애정과 우정에 기대어 이제 모든 근심을 버리겠습니다. 우리가 덕행을 버리는 한이 있더라도 평화를 지킬 수 있도록 두리요다나와 대화를 나누고 오소서. 전쟁을 피할 수 있다면 우리가 받을 정당한 몫보다 적을지라도 받아들일 것입니다. 필요하다면 주사위 놀이라도 하겠습니다."

유디스티라는 이제 주사위 놀이에 지지 않을 자신이 있었다. 유배지에 있을 때 브리하다슈와에게 주사위의 비밀을 배웠기 때문이다. 그는 드리타라스트라 왕이 어떤 작은 마을을 주더라도 불만 없이 받을 예정이었다. 친족, 나아가 스승들과의 싸움을 피하기 위해 자신의 것을 희생할 용의도 있었다. 심지어 카우라바들에게 왕국을 그냥 맡기는 것이 나을 수도 있다는 생각도 해보았다. 다른 연합국으로 가 살면 된다는 생각도 했다. 크리슈나와 드루파다에게 영토를 준다면 두 사람도 기뻐할 것이라 생각했다.

하지만 크리슈나의 표정은 근엄했다. "두리요다나와 그대의 마음을 잘 알고 있다. 그대는 평화를 원하지만 의로운 전쟁을 피하는 것은 크샤트리아의 도리가 아니다. 창조자께서는 크샤트리아라면 승리 아니면 죽음을 택해야 한다고 했다. 크샤트리아는 구걸을 하거나 과일과 뿌리를 주워먹으며 살아서는 아니 되는 법이다. 때가 이르면 겸손한 마음으로 물러나지 말고 힘을 보여주어야 한다."

유디스티라는 겸손했다. 그런 상냥함과 관대함 때문에 유디스티라가 두리요다나에게 이용당하리라는 것을 크리슈나는 잘 알고 있었다. 강력하고 위협적인 말이야말로 카우라바의 사악한 의도를 뒤흔들 유일한 방법이었다. 두리요다나가 잔인함과 속임수를 지니고 살아가는 이상 그 누구도 안전할 수 없었다. 세상은 가장 선한 지도자 하나를 잃고, 욕심과 이기심에 가득 찬 자에게 통치될 것이다. 크리슈나는 유디스티라에게 판다바들이 겪은 숱한 모욕들을 상기시켰다.

"두리요다나는 그대들을 속여 유배 보낸 사실에 양심의 가책을 느끼거나 조금도 부끄러워하지 않았다. 또한 참으로 그대들을 거칠게 대했다. 쿠루족 장로들은 그런 그대들의 모습을 그저 바라보고만 있었다. 또한 두샤사나는 눈물을 흘리는 드라우파디의 머리채를 잡고 집회장으로 끌고 들어갔다."

모욕당하던 드라우파디의 모습이 떠오르자 크리슈나의 눈이 타올랐다. 단호한 목소리가 홀 안에 울렸다. "자리에 있던 왕들은 눈물을 흘리며 두리요다나를 비난했다. 하지만 그들은 아무런 행동도 하지 않았다. 두리요다나는 그 잘못만으로도 죽어 마땅하다. 그는 브라만들과 덕망 있는 자들에게 비난과 책망을 받고 있다. 이미 죽은 것이나 다름없다. 큰 뱀을 죽이는 것이 죄악이 아니듯 그를 죽이는 것 또한 죄악이 아니다. 전쟁에서 그를 따르는 자는 사악한 자를 도운 죄로써 죽어 마땅하다."

크리슈나가 잠시 말을 멈췄다. 유디스티라는 지금껏 그렇게 화난 모습의 크리슈나를 본 적이 없었다. 크리슈나를 이토록 격분하게 만든 카우라바에게 이제 희망은 없다. 그가 뿜는 섬광만으로도 우주 전체를 파괴할 것처럼 강해 보였다.

유디스티라는 크리슈나의 눈이 드라우파디를 향해 있는 것을 보았다. 크리슈나의 말에 그녀 또한 분노가 되살아난 듯 얼굴이 붉어져 있었다. 그녀의 눈에서 눈물이 떨어졌다. 무거운 한숨을 내쉬는 그녀를 보며 크리슈나가 다시 말을 이어갔다.

"하스티나푸라로 가 모든 의구심을 없앨 것이다. 모든 이가 그대의 선함과 두리요다나의 사악함을 보게 될 것이다. 그대들에게 저지른 모든 악을 상기시킬 것이다. 그 누구도 평화를 희구하는 그대들을 사악하다고 하지 못할 것이다. 세상은 드리타라스트라가 이끄는 쿠루족을 비난할 것이다. 유디스티라, 그대의 권리를 희생하는 일 없이 저들에게 평화를 요청할 것이다. 저들의 대답을 듣고, 저들의 의도를 알아서 돌아오리라."

말을 마친 크리슈나는 방 안을 둘러보더니 유디스티라에게 눈을 돌려 다시 말을 이었다. 모두의 눈이 크리슈나에게 꽂혔다. "전쟁은 반드시 일어난다. 이것을 알아두어라. 두리요다나는 그대들에게 단 한 뼘의 영토도 돌려주지 않을 것이다. 과거에 저지른 죄악으로 인해 이미 죽어 있는 그를 다시 한번 죽이는 것이 그대들의 임무다. 내가 그대들을 도울 것이다."

유디스티라는 크리슈나의 말을 받아들였다. 크리슈나는 언제나 모든 존재의 안위를 위해 행동했다. 크리슈나가 그렇게 생각한다면 전쟁은 불가피하다. 그것이 비록 쿠루의 장로들을 살해하는 일일지라도.

크리슈나는 떠나기 전에 모든 판다바들의 말을 듣고 싶었다. 그가 비마를 쳐다보았다. 크리슈나가 무엇을 원하는지 알아차린 비마가 말했다. "크리슈나여, 평화를 위해서라면 무슨 말씀이든 하소서."

그의 목소리는 놀랄 만큼 침착했다. "그러나 조심하십시오. 거칠고 무례한 두리요다나는 당신의 충언을 듣지 않을 것이니 거친 말투는 피하십시오. 그렇지 않으면 그는 난폭하게 굴 것입니다. 평화를 구하기가 쉽진 않을 것이나 최선을 다하소서. 저는 아직도 쿠루족의 멸망이 눈앞에 있다고 생각합니다. 파괴의 여신 칼리가 아수라 사이에서 태어났듯 두리요다나는 쿠루족 사이에서 태어났습니다. 크리슈나여, 부드러운 말로 그를 달래주소서. 그렇지 않으면 모두 사라지고 말 겁니다. 우리에게 평화가 오게 하시고, 혈족간의 싸움을 부디 피할 수 있게 해주소서. 우리가 형제로서 함께 살아갈 수 있도록 해주소서."

비마의 말에 크리슈나는 깜짝 놀랐다. 유디스티라와 아르주나를 보며 그는 웃음을 지었다. "비마야, 네 말은 마치 화염 속의 냉기와 같으면서 지상의 빛과도 같구나."

그 말에 비마는 어색한 미소를 지었다.

크리슈나가 다시 물었다. "무엇이 그대의 마음을 변하게 했느냐? 지금까지 오직 전쟁만을 주장해왔고, 그 많은 밤을 한숨을 내쉬며 지내지 않았더냐? 여기저기를 뛰어다니며 땅을 치는 모습이 마치 미친 듯 보였느니라. 그 어떤 것도 그대에게 기쁨을 주지 못하는 것 같아 보였거늘. 갑자기 크게 웃는가 하면 흐느껴 울기도 하고, 오랜 시간 눈을 감고 생각에 빠지기도 했지. 그 모든 것이 분노에서 나오는 행동으로 보였다. 두리요다나와 그의 모든 형제를 죽일 거라 맹세한 그대가 어찌하여 마음이 바뀐 것이더냐?"

크리슈나가 미소지었다. "아무리 강한 자라도 전쟁이 임박해오면 공포를 느끼나 보구나. 불길한 징조를 본 것이 틀림없다. 그러니 평화를 원하겠지. 두려움에 사로잡혀 그렇게 변한 것이더냐? 쿤티의 아들아, 인간의 마음은 나무가 바람에 움직이듯 변덕스럽고 쉽게 흔들리는 법이다. 담대하여라. 두려움에 꺾이지 말거라. 그대가 없으면 형제들은 절망의 바다에 가라앉고 말 것이다. 그대가 지닌 고귀한 혈통을 생각하여라. 그대는 크샤트리아이니라. 크샤트리아의 생명은 굳건함이다. 이런 나약함은 그대에게 어울리지 않는다."

그 말에 비마는 자리에서 일어나 큰 소리로 말했다. "크리슈나여, 제 마음이 흔들렸다고 생각하지 마소서. 오히려 전쟁을 치른다는 생각에 날아갈 것만 같습니다. 우리와 오랫동안 함께해온 만큼 당신도 잘 아실 겁니다. 아니, 어쩌면 호수에서 수영하는 사람이 그 깊이를 모르듯 당신도 저를 잘 모르고 있을지도 모릅니다. 허나 저를 잘 아시는 당신께서 어찌 그런 말씀을 하십니까?"

비마는 코끼리 코를 닮은 두 팔을 벌리고는 말을 이어갔다. "이 두 팔에 들어왔다가 빠져나간 사람은 지금껏 없었습니다. 그 상대가 인드라나 저 바다, 아니 히말라야의 도움을 받는다 해도 내 적은 이 손에서 절대로 빠져나갈 수 없습니다. 대지와 하늘이 거대한 산맥처럼 서로를 향해 달려들어야만 떼어놓을 수 있을 것입니다. 우리에게 저항하는 자는 모두 내 이 두 발로 짓밟을 것입니다. 비슈누의 화신이여, 지금은 비록 기회가 없으나 전쟁이 일어나면 제 진면목을 보실 수 있을 것입니다. 당신의 말은 오래된 종기 고름을 짜는 것처럼 굉장히 저를 아프게 합니다. 허나 때가 오면 당신과 세상이 보는 가운데서 이 두 손으로 저들의 군사들과 코끼리, 말, 전차를 모두 해치울 것입니다. 삼계가 송두리째 달려든다 해도 두렵지 않습니다. 바라타족을 위해서라면 그 어떤 고난도 이겨낼 준비가 되어 있습니다. 다만 저들이 불쌍해서 한 말일 뿐입니다."

비마가 자리로 돌아가자 크리슈나가 크게 웃으며 말을 이었다. "내 그대의 속뜻을 알아보려고 그리했을 뿐, 내 어찌 그대를 비난하겠느냐. 그대는 그대가 말한 것 이상으로 뛰어나다는 것을 나도 잘 알고 있느니라. 그대의 영혼이 위대하다는 것과 그 힘에 대해서도 잘 알고 있느니라. 조금 전에 한 말은 그대의 결심을 북돋우기 위함이었다. 단호하게 행동해야 할 것이다. 행동으로 실천하지 않는 자는 목표를 성취할 수 없다. 운명이 모든 일의 근본적인 이유일지라도 운명만으로는 충분하지 않다. 결과에 집착하지 않고 원인과 그에 따른 결과를 알고 행하는 자만이 지고의 목표를 달성할 수 있다. 나태한 자는 절대 성공할 수 없다."

크리슈나가 아르주나를 바라보았다. "아르주나, 그대는 어떻게 생각하는가? 나는 새벽에 하스티나푸라로 떠나야 한다. 하고 싶은 말이 있느냐?

아르주나는 모든 것을 묵묵히 받아들이겠다는 표정이었다. 웅장한 홀 안을 주욱 둘러보더니 입을 열었다. "크리슈나여, 유디스티라 형님께서 제 할 바를 다했다고 생각합니다. 그런데 당신은 평화가 쉽지 않다고 생각하시는군요. 당신은 인간의 욕망은 실천하지 않으면 쓸모가 없고, 하여 운명에 모든 것을 맡겨서는 안 된다고 생각하십니다. 저 역시 당신 말에 동의합니다. 제 생각은 이렇습니다. 참된 지식을 가지고 행하는 자는 모든 것을 얻을 수 있습니다. 저는 당신이 우리와 쿠루족 모두의 안위를 바란다는 것을 압니다. 당신이 어떤 결정을 내리든 저는 그 결정을 받아들일 것입니다. 평화를 원하신다면 그렇게 될 것이고, 전쟁을 원하신다면 싸울 준비가 되어 있습니다."

아르주나가 말을 멈췄다. 그의 손은 옆에 있는 기다란 검 위에 놓여 있었다. 마치 전쟁터에서 무기를 휘두르기 위해 태어난 사람처럼 보였다.

크리슈나가 하스티나푸라에 간다 해도 문제가 평화롭게 해결되기는 어려울 것이다. 크리슈나는 막강한 힘을 가지고 있었지만 다른 이에게 원치 않는 길을 강요하진 않았다. 그저 지혜를 주고 논리와 이성을 선물할 뿐이었다. 결국 모든 것은 드리타라스트라 왕과 두리요다나에 의해 좌우될 것이다. 그러나 상대가 호의적으로 응할 것이라는 기대는 하지 않는 것이 좋을 것이다. 크리슈나는 분명 모욕만 당하고 돌아올 것이다.

아르주나가 침착한 목소리로 말했다. "두리요다나는 죽어 마땅합니다. 그와 그 형제들은 우리를 속여 왕국을 빼앗았고, 순결한 드라우파디를 모욕했습니다. 그가 당신의 충고를 받아들일 일은 없을 것입니다. 당신의 말은 메마른 땅에 뿌려진 헛된 씨가 되고 말 것입니다. 만약 두리요다나가 처단돼야 한다면 지금 당장 파멸시키소서. 망설이거나 생각할 필요도 없습니다. 그것이 아니라면 전쟁을 벌이겠습니다. 어떤 크샤트리아가 전쟁을 피하겠습니까?"

크리슈나는 천천히 고개를 끄덕였다. "아르주나, 그대의 말이 옳다. 평화와 전쟁은 모두 내 손에 달려 있다. 허나 나는 어떤 것도 강요하지 않을 것이다. 원인과 결과를 연결하는 신조차 인간에게 자유로운 선택권을 허락하는 법. 모든 사람은 자신이 한 행동의 결과를 받아들여야 한다. 집착에 눈이 먼 자는 자신이 한 행위의 결과까지는 생각하지 못한다. 하지만 신의 힘은 항상 결과를 가져오는 법이다. 쿠루족에게 유디스티라의 뜻을 상세히 전하마. 아르주나 그대의 말대로 유디스티라는 해야 할 말을 모두 다했다. 허나 두리요다나는 내 조언을 받아들이지 않을 것이다.

작은 땅 한 뼘도 결코 포기하지 않을 것이다. 곧 전쟁이 벌어질 것이니 싸울 준비를 하라. 정신을 전쟁에 집중하거라. 그대가 결심한다면 두리요다나는 이미 패배한 것이나 다름없다. 나는 오직 유디스티라를 위해 행동할 것이다. 언제나 유디스티라의 지시에 따를 것이다. 허나 두리요다나에 대해서는 사리를 따져볼 것이다."

크리슈나는 마지막으로 쌍둥이 형제에게 눈을 돌렸다. 두 형제도 기꺼이 전쟁을 하고 싶어했다. 사티야키 또한 싸울 것이라고 했다. 전쟁이 불가피하다는 것은 누구나 알고 있었다. 드라우파디 역시 자리를 지키고 앉아 동의의 눈빛을 보냈다. 허지만 평화라는 말이 나오자 그녀는 깜짝 놀랐다.

지난 십삼 년 동안 그녀는 두리요다나와 그 패거리가 죽을 날만을 기다려왔다. 당장 전쟁이 시작되길 기다렸다. 크리슈나가 평화 사절로 떠난다는 말에 그녀는 속이 타들어갔다. '혹시라도 크리슈나가 그들을 설득한다면? 만약 크리슈나가 권리를 희생하지 않으면서도 어떻게든 평화를 지켜낸다면?'

그렇게 되면 남편들 모두, 심지어 비마까지도 그 결정을 받아들일 것만 같았다. 그렇게 되면 그녀가 카우라바들에게서 당한 모욕은 어떻게 되갚아줄 것인가? 더럽혀진 명예는 어떻게 회복할 수 있겠는가? 그녀는 고통스러운 목소리로 크리슈나에게 말했다.

"크리슈나여, 어찌하여 당신은 하스티나푸라로 가시려 합니까? 무엇을 얻길 바라십니까? 두리요다나는 왕국을 돌려주지 않을 것이 확실합니다. 겨우 다섯 개의 마을을 돌려달라고 했음에도 불구하고 그는 그 작은 제안을 받아들이지 않았습니다. 평화적 수단과 항복만으로는 목적을 달성할 수 없습니다. 오직 전쟁으로만 왕국을 되찾을 수 있습니다. 크리슈나여, 저는 당신이 그곳에 가는 목적을 알 수가 없습니다. 사악한 자들을 전멸하기 위해 가는 것이 아니라면 말입니다. 이번만은 자비를 베풀어서는 아니 되옵니다. 죄를 범한 자를 죽이지 못한 통치자에게는 결백한 자를 죽인 죄까지 더해진다고 했습니다. 크리슈나여, 스스로를 죄로 물들게 하지 마소서."

드라우파디는 십삼 년 전에 당한 모욕이 다시 떠오르는 듯 몸을 떨었다. 그리고는 숨이 막힐 듯한 목소리로 다시 말을 이었다.

"두리요다나가 아직도 목숨을 부지하고 있다니. 신이여, 제가 당신의 은총을 받을 자격이 있다면, 그리고 제게 은혜를 베푸시려 한다면 당신의 분노를 드리타라스트라의 아들들에게 퍼부어주소서."

그러면서 그녀는 자리에서 일어나 자신의 머리카락을 쥐고 크리슈나에게 다가갔다. "연꽃 같은 눈을 가진 분이여, 바로 이것이 두샤샤나가 움켜쥐었던 머리카락입니다. 비마와 아르주나가 평화를 택한다면, 대신 제 늙은 아버지와 오라버니들이 저를 위해 싸울 것입니다. 내 아이들 역시 어미의 원수를 갚기 위해 기꺼이 올 것입니다. 잘려진 두샤샤나의 손을 제 눈으로 보지 않는 이상 제 마음은 절대로 편안해질 수 없습니다. 지난 십삼 년간 제 마음은 오로지 복수로 가득 차 있었습니다. 관대해지려고 애쓰는 비마의 모습에 이 가슴이 산산조각처럼 흩어집니다."

드라우파디는 말을 멈췄다. 뜨거운 눈물이 가슴으로 떨어졌다. 그녀는 두 손으로 얼굴을 가렸다. 그런 그녀를 크리슈나가 위로했다. "여인아, 그대는 머지않아 카우라바의 부인들이 그대처럼 눈물 흘리는 모습을 보게 될 것이다. 그대를 분노에 차게 한 자들은 이미 파멸한 것이나 다름없다. 모든 것이 신이 정한 운명이다. 비마, 아르주나, 나쿨라, 사하데바, 그리고 나와 유디스티라와 그들을 죽일 것이다. 나를 믿거라. 내 충고를 듣지 않는다면 저들은 개와 승냥이의 먹이가 되고 말 것이다. 울지 마라. 그대는 곧 적을 죽이고 왕국을 되찾는 남편들을 보게 될 것이다."

드라우파디는 크리슈나의 말에 마음을 추슬렀다. 더 이상 할 말은 없었다. 이미 시간도 훌쩍 지나 있었다.

크리슈나는 내일 아침 일찍 떠날 것이다. 크리슈나는 자리에서 일어나 유디스티라에게 인사를 한 뒤 구름 뒤에 숨은 태양처럼 회의장을 떠났다. 판다바들이 그를 따랐다. 다른 이들도 크리슈나의 말을 되새기며 천천히 회의장을 빠져나갔다.

3 평화의 사절 크리슈나

새벽이 오기 전, 시인과 브라만들이 크리슈나의 침실 밖에 모였다. 악사들이 기타와 북을 연주하는 소리에 맞춰 그들은 행운을 비는 베다의 송가를 읊었다. 크리슈나는 이미 일어나 침실에서 아침 예식을 올리고 있었다. 목욕을 마치고 태양과 성스러운 불을 예찬한 그는 노란 비단옷을 입었다. 시녀들이 보석이 박힌 황금 장신구로 그의 몸을 치장해주었다. 크리슈나는 브라만들에게 경의를 표하며 소와 황금을 선물했다.

그때 사티야키Satyaki가 방으로 들어왔다. 크리슈나는 밝은 표정으로 인사를 나누고는 그에게 말했다. "영웅이여, 전차를 준비해다오. 공격용, 방어용 무기를 모두 갖추어다오. 상대가 아무리 약한 자라 해도 적을 무시해서는 안 되는 법이지."

사티야키는 병사를 보내 엄청난 속도를 가진 전차를 대령하라고 했다. 전차에는 태양과 달을 닮은 커다란 바퀴 두 개가 달려 있었다. 불처럼 타올랐고, 달과 별, 상어, 동물, 새, 그리고 온갖 보석이 장식되어 있었다. 호랑이 가죽으로 싸인 그 전차에는 작은 종들이 달려 있었다. 높은 청금

석 깃대에는 가루다를 상징하는 문장이 그려진 거대한 깃발이 나부꼈다. 그리고 그 앞에 갑옷을 입은 네 마리 말 샤이비야, 수그리바, 메그하푸슈파, 발라하카라가 묶여 있었다.

크리슈나는 궁에서 나와 사티야키와 함께 전차에 올랐다. 전차몰이꾼 다루카Daruka가 말을 몰았다. 크리슈나는 사람들의 환송을 받으며 길을 떠났다. 상서로운 베다 송가를 부르며 크리슈나를 찬양하는 브라만들이 길가에 쭉 늘어섰다. 그가 길을 지날 때 하늘에서 맑고 부드러운 바람이 불어왔다. 신과 간다르바, 현자들이 하늘에 모여 기도를 올리고 있었다. 판다바들은 천천히 움직이는 전차를 따라 함께 걸었다. 시민들이 나와 크리슈나의 행렬 앞에 꽃과 쌀을 뿌렸으며, 나팔과 북을 비롯한 여러 가지 악기소리가 사방에 울려퍼졌다.

전차가 도시 외곽에 다다르자 크리슈나가 전차에서 내렸다. 유디스티라는 크리슈나의 성공을 기원하며 그를 꼭 껴안았다. 눈물이 가득 고인 눈으로 유디스티라가 말했다. "크리슈나여, 하루하루를 슬픔 속에서 아들들이 돌아오기만을 기다리는 우리의 어머니 쿤티에게 가주소서. 언제나 최고의 신을 숭배하고 모든 존재에게 관대한 여인입니다. 그분께 우리의 마음을 전해주소서. 제가 언제 어머니에게 은혜를 갚을 수 있겠습니까? 크리슈나여, 제 어머니를 위로하시고, 우리의 소식을 전해주소서."

판다바들이 쿤티를 마지막으로 본 것은 십삼 년 전 자신들이 추방되던 날이었다. 그녀는 얼굴이 눈물로 범벅된 채 슬픔과 고통에 비틀거리며 아들들 뒤를 따랐다. 적어도 전쟁 전까지는 그녀를 볼 수 없을 것이다. 판다바들은 각자 크리슈나를 통해 어머니께 자신의 메시지를 전했다.

유디스티라가 말을 이었다. "비슈마 할아버지와 스승인 드로나께도 안

부를 전해주시고, 끝없는 지식을 가진 비두라께도 우리의 마음을 전해주소서. 쿠루의 모든 원로들에게 우리의 경의와 사랑을 전해주소서."

그러면서 유디스티라는 드리타라스트라에게 전한 메시지를 다시 한번 확인한 뒤 합장을 하고 크리슈나 주위를 한 바퀴 돌았다.

아르주나가 작별 인사를 하기 위해 앞으로 다가왔다. 그는 크리슈나와 포옹을 한 뒤 말했다. "크리슈나여, 당신은 우리를 위해 왕국의 절반을 요구하겠다고 했습니다. 허나 두리요다나가 거절한다면 난 저들의 크샤트리아를 모두 몰살할 것입니다. 신이여, 어서 출발하소서. 우린 여기서 항상 당신을 생각하겠습니다. 모든 것은 당신 뜻대로 될 것입니다."

판다바들이 크리슈나 주변을 한 바퀴씩 돌았고, 크리슈나는 다시 전차에 올랐다. 다루카가 박차를 가하자 말이 움직이기 시작했다. 판다바들은 멀어져가는 크리슈나의 전차를 지켜보았다. 전차 뒤로 먼지 구름이 일었다. 다섯 형제는 먼지가 가라앉을 때까지 크리슈나를 바라보았다. 이내 그들 앞에서 전차가 사라졌다.

사티야키는 하스티나푸라로 가며 주변을 둘러보았다. 지상과 천상에서 여러 가지 징조가 나타났다. 마른 하늘에서 번개가 번쩍이는가 하면 소나기가 퍼붓고, 강물이 거꾸로 흐르거나 땅이 흔들렸다. 우물에서 물이 흘러나오고, 수평선 위로 불길이 타오르는 것도 보았다. 주변이 어두워지고, 아무것도 보이지 않는 하늘에서 큰 소리가 울려퍼지기도 했다. 모두 불길한 징조였지만 전차 주변만은 부드럽고 고요했다. 시원한 바람이 연꽃 향과 물방울을 싣고 왔으며, 가는 길은 그 어떤 방해도 없이 평탄하기만 했다.

일행은 가는 곳마다 수많은 브라만들의 환영과 칭송을 받았다. 브라만들은 아르기야와 꽃을 바치며 크리슈나를 찬양했다. 아름다운 옷과 장신구로 치장한 여인들은 기쁨의 환호를 보내며 꽃잎과 갓 수확한 곡식을 뿌렸다. 크리슈나는 그들에게 감사의 인사를 하고, 때로는 예를 받기 위해 전차를 멈추기도 했다.

여정 첫째 날, 그는 브리카스탈라Brikasthala에 도착하여 그곳 사람들이 준비한 웅장한 집에서 하룻밤을 보냈다. 산해진미를 내온 사람들에게 크리슈나는 축복을 내렸다. 그리고는 브라만들의 칭송을 받으며 넓고 편안한 침대에서 휴식을 취했다.

* * *

크리슈나가 하스티나푸라 근처에 도달했을 때 사나운 바람이 몰아쳤다. 도시는 황폐했다. 거목들은 뿌리째 뽑혀 있었고, 건물들은 부서져 있었다. 이 역시 불길한 징조였다. 하늘이 점점 어두워지더니 천둥이 치기 시작했다. 승냥이들이 울부짖고, 독수리와 까마귀가 원을 그리며 하늘을 날았다.

크리슈나의 도착을 하루 앞둔 저녁, 드리타라스트라는 크리슈나를 어떻게 맞이할 것인지를 논의하기 위해 회의를 소집했다. 소식에 의하면 크리슈나는 브리카스탈라에 도착해 있다고 했다.

늙은 왕은 비두라의 가르침을 생각하며 입을 열었다. "우리가 크리슈나를 만족시킨다면 그가 우리의 바람을 이루어줄 수 있을지도 모르오. 세상은 그에 의해 좌우되오. 그는 모든 생명체의 신이고, 모든 힘과 지혜, 부의 근원이오. 우리의 경배와 찬송을 받을 만한 가치가 충분한 사람이오. 그를 존중하지 않으면 우리는 곤경에 처할 것이오. 그를 신으로 모시며 환영할 준비를 해야 할 것이오. 그리해야만 우리의 목적을 이룰 수 있을 것이오."

그러면서 드리타라스트라는 모든 것을 누릴 수 있는 집을 주는 것이 좋겠다고 말했다. 왕의 제안에 따라 하스티나푸라에서 가장 호사스러운 두샤샤나의 왕궁을 크리슈나에게 주기로 결정했다. 왕은 왕궁과 함께 수많은 재물을 함께 준비하라고 시종들에게 지시했다. "준마가 이끄는 황금 전차 열여섯 대와 쟁기처럼 큰 어금니를 가진 코끼리 여덟 마리, 그리고 백 명의 처녀와 백 명의 시종을 준비시켜라. 사슴가죽과 담요, 비단, 금은보화도 함께 바쳐야 한다. 두리요다나를 제외한 모든 왕자들이 나가서 그를 맞이하라. 시민들로 하여금 그를 환영하고, 아름다운 무희와 배우들을 불러 그를 기쁘게 하라고 일러라. 왕성을 깃발과 꽃줄, 화환으로 장식하고, 도로를 깨끗이 하고, 향수를 흠뻑 뿌리거라. 내일 우리는 크리슈나에게 영광을 돌리는 축제를 열 것이다."

드리타라스트라가 말을 멈추자 비두라가 말했다. "왕이여, 당신은 덕이 높은 사람으로 많은 이들의 존경을 받고 있습니다. 지혜로운 데다 옳은 것을 판단할 수 있는 왕께선 지금 크리슈나를 기쁘게 해주고 싶어하는 것 같습니다. 좋은 일이긴 하지만 순수한 마음은 아니라고 생각됩니다. 왕께선 지금 야두족의 주인에게 부귀라는 미끼를 던져 그를 끌어들이려 하고 있습니다. 하지만 마을 다섯 개를 양보하라는 크리슈나의 요구는 받아들이려 하지 않고 있습니다. 왕께서 유디스티라의 권리를 인정하지 않는 한 이 모든 일은 아무 소용이 없을 것입니다. 그는 물질적인 것에는 눈길조차 주지 않을 것입니다. 진정 그를 기쁘게 해주고 싶다면 그의 청을 들어주소서. 아버지로서의 행동은 아이들에게나 어울리는 법입니다. 어리석은 짓으로 아들들을 파멸의 길로 이끌지 마소서."

두리요다나가 샤쿠니를 힐끗 바라보며 자리에서 일어섰다. "예, 맞습니다. 친절한 말과 선물로는 그를 판다바들에게서 떼어놓을 수 없을 것입니다. 물질로 그를 맞이하는 것은 저 또한 옳지 않다고 생각합니다. 크리슈나는 물론 그 모든 경배를 받을 가치가 있습니다. 하지만 이 모든 노력이 결국엔 우리가 힘이 없다는 것을 의미할 뿐입니다. 품위를 떨어뜨리는 이런 비싼 선물로는 그의 마음을 흔들지 못할 겁니다. 오히려 그를 화나게 만들 수도 있습니다."

그 말에 비슈마가 머리를 흔들더니 입을 열었다. "그가 선물을 받아들이든 그렇지 않든 그는 화내지 않을 것이다. 우린 그를 모욕할 수도, 이길 수도 없기 때문이니라. 그가 원하면 무슨 일이든 일어날 것이고, 우린 어떤 수단으로도 그를 막을 수 없다. 다만 우리가 할 수 있는 일은 그의 마음에 안주하는 것뿐이다. 크리슈나는 분명 우리 모두의 번영을 위한 말을 할 것이다. 우리는 반드시 그의 말을 따라야 할 것이다. 왕이여, 그 아이들과 평화를 맺거라. 그것이 크리슈나의 마음일 것이다."

그 말에 두리요다나가 불만 가득한 눈으로 반박했다. "아니요, 절대로 판다바들과 권력을 나눌 수는 없습니다. 저에게 생각이 있습니다. 크리슈나가 여기에 들어서는 순간 그를 포로로 잡는 것입니다. 그를 포로로 잡으면 판다바들은 물론 야두족과 드와라카에 사는 브리슈니족까지 지배할 수 있습니다. 의심받지 않고 계획을 실현할 방법을 강구하는 것이 좋겠습니다."

두리요다나는 이미 샤쿠니, 카르나와 함께 음모를 꾸몄다. 장로들의 동의와는 상관없이 일찌감치 작업을 끝내 놓고 있었던 것이다. 크리슈나를 포로로 잡는 것이 가장 좋은 방법이라고 생각했다. 자신들이 크리슈나를 잡고 있는 한 판다바들은 감히 카우라바들을 공격해오지 못할 것이었다.

두리요다나의 무모한 제안에 왕은 숨이 막혔다. 놀란 왕이 화를 내며 말했다. "그런 말은 꺼내지도 말거라. 지고지선에 반하는 일이란 것을 모르느냐? 적의 사신에게 무력을 써서는 아니 되는 법, 하물며 크리슈나를 향해 어찌 그런 짓을! 그는 우리의 혈족이자 우리를 아끼는 분이시다. 그가 우리에게 무슨 잘못을 했느냐. 절대 그리해서는 안 된다."

이어 격분한 비슈마의 목소리가 울려퍼졌다. "왕이여, 저 아이의 목숨이 위태하구나. 이리 많은 사람들이 충고해주고 있거늘 그 반대의 길을 가고 있으니 말이다. 크리슈나는 손끝 하나 움직이지 않고도 자신이 원하는 바를 이룰 수 있는 자다. 그와 맞서는 자는 누구든 죽음을 맛볼 것이다. 저 아이가 하는 말은 더 이상 듣기 싫구나."

비슈마는 말을 마치고는 회의실 밖으로 나가버렸다. 드리타라스트라는 침울한 표정으로 폐회를 선언했다. 모든 사람이 두리요다나를 비난하며 자리를 떴다. 그의 제안은 이성을 한참 벗어난 것이었다.

드리타라스트라도 이제 아들을 지지한다는 것이 어리석은 짓임을 알 것이다. 왕과 대신들은 홀을 떠나면서 조용히 앉아 있는 눈먼 왕을 보았다. 내일 아침, 크리슈나는 무슨 말을 할 것인가.

* * *

브리카스탈라에서 기분 좋은 밤을 보낸 크리슈나와 사티야키는 새벽이 되기 전에 일어나 아침 제사를 올리고는 해가 뜨기 무섭게 마을을 떠났다. 전차는 엄청난 속도로 달려 두 시간 만에 하스티나푸라 근처에 닿았다. 시민들은 크리슈나와 비슈마, 드로나와 크리파를 본다는 기대에 가득 차 길에 줄지어 서서 그들을 기다렸다. 쿠루의 원로들 또한 위대한 영웅을 맞이하기 위해 나와 있었다. 들뜬 표정에, 모두 아름답게 차려 입은 모습이었다. 드디어 크리슈나가 사람들이 가득 찬 도시로 들어섰다.

길을 따라가며 크리슈나는 보석으로 꾸며진 아치 길과 많은 건물들을 보았다. 저택 발코니에서는 여인들이 향기로운 꽃을 뿌리고, 많은 악기들을 연주하는 소리가 길에 가득했으며, 천 개의 나팔소리가 허공을 가득 메웠다.

길은 영웅들을 보기 위해 나온 시민들로 혼잡했다. 크리슈나는 그들 사이를 지나가기 위해 전차에서 내렸다. 중무장한 군사들이 군중 사이로 길을 내기 위해 앞장서서 걸어갔다. 그는 매끄러운 돌길을 따라 걸으며 사람들에게 미소를 보냈다. "보호자여, 환영하옵니다." 도처에서 그를 환영하는 목소리가 들려왔다. 크리슈나는 천천히 걸어 거대한 정원이 있는 엄청난 규모의 드리타라스트라의 궁으로 향했다. 활과 창을 든 젊은 전사들이 지키고 있는 수많은 문을 지나 그는 안으로 인도됐다.

크리슈나는 곧장 드리타라스트라가 있는 방으로 안내됐다. 그는 칭송의 말로 드리타라스트라에게 경의를 표했다. 왕 역시 그를 정중히 맞이한 뒤 갖가지 보석으로 장식된 자리를 내주었다. 젊고 아름다운 시녀 두 명이 부채질을 하며 크리슈나의 양옆에 섰다.

환영 의식을 치르고 예를 받은 뒤, 크리슈나는 쿠루족과 서로 가벼운 이야기를 나누며 조정에 잠시 머물렀다. 크리슈나가 뜻을 전하는 순간에는 이곳이 사람들로 가득 찰 것이었다. 드리타라스트라의 허락을 받고 크리슈나는 쿤티를 만나기 위해 비두라의 집으로 향했다.

비두라는 집으로 들어오는 크리슈나를 보고 기쁨의 눈물을 흘리며 크리슈나의 발아래 절을 올렸다. 크리슈나는 그런 그를 일으켜 세워 애정을 가득 담아 그를 껴안았다. 비두라는 크리슈나의 얼굴을 가만히 바라보았다. "이렇게 다시 만나다니 기쁨을 말로 다 표현할 수 없소. 형체를 가진 모든 존재의 영혼이여, 기쁘기 그지없소."

비두라는 크리슈나를 집 안으로 안내하여 아내와 함께 크리슈나에게 예를 올렸다. 판다바들이 잘 지내고 있고, 그들에게 많은 동맹국이 있다는 크리슈나의 말에 비두라는 매우 기뻐했다.

한시라도 빨리 쿤티를 보고 싶어하는 크리슈나의 마음을 잘 알기에 비두라는 그를 쿤티의 방으로 안내했다. 크리슈나가 방에 들어서자 쿤티는 재빨리 일어나 그에게 달려갔다. 자식들 생각이 났는지 그녀는 이내 울음을 터뜨렸다. 크리슈나가 그런 쿤티를 위로했다. 눈물이 멎자 그녀는 크리슈나를 방으로 데리고 가 흰 비단이 깔린 긴 의자에 앉게 했다. 아르기야를 바치는 고모의 모습을 보며 크리슈나는 그녀가 많이 야위었다는 것을 느꼈다. 넓은 방 한쪽에서는 브라만들이 제단의 불을 돌보고 있었다. 그들이 만트라Mantra를 노래하자 방 전체에 노래가 울려퍼졌다. 제단 위에는 아름답게 차려 입고 꽃으로 치장한 비슈누의 형상이 세워져 있었다. 제단에 향을 피우자 기분 좋은 향기가 방 안 가득 퍼졌다.

쿤티는 아이들이 추방된 이후로 크리슈나를 보지 못했다. 그녀는 크리슈나 곁에 앉아 슬픔에 잠긴 목소리로 입을 열었다. "내 아이들이 잘 지내고 있느냐? 크리슈나여, 그 아이들은 어렸을 때부터 어른을 섬기고 겸손하고 관대하며 항상 모든 이의 안녕을 빌어왔다. 하지만 저 쿠루에게 속아 왕국을 빼앗기고 유배지로 떠나야 했다. 이 얼마나 잔인한 운명이란 말이냐? 그래도 아이들은 분노와 기쁨을 절제하며 브라만들에게 헌신하며 언제나 진실만을 말해왔다. 모든 부귀영화를 버리고 유배 생활까지 해야 했다. 그동안 내 심장은 찢어질 듯했다. 크리슈나, 아이들이 숲에서 어떻게 살았는지 말해다오. 수많은 하인들의 시중을 받으며 살던 그 아이들이 어떻게 살아왔는지 말해다오. 아, 내 아이들이 너무도 큰 고통을 받았구나."

쿤티의 슬픔은 매우 컸다. "내가 그 아이들을 다시 볼 수 있겠느냐?" 그녀가 울부짖었다. "크리슈나, 드라우파디는 어떻게 살고 있느냐? 내 아이들보다 나를 더 사랑하는 아이, 그 아이는 언제나 자신의 아버지나 아이들보다 남편들과 함께 있는 것을 좋아했다. 덕이 높은 그 아이도 지금까지 참을 수 없는 고통을 받았을 것이다. 덕을 쌓은 결과가 항상 좋은 것만은 아니었구나. 그 아이가 집회장으로 끌려나가던 일을 생각하면 아직도 가슴이 아리다. 그보다 더한 고통은 없을 것이니. 그 아이가 비열하고 탐욕에 찬 자에게 끌려갈 때 쿠루족 누구도 나서지 않았다. 비두라를 제외하곤 그 누구에게도 도움을 구할 수 없었을 것이다. 고매한 영혼을 가진 비두라야말로 이 세상에 빛을 더해주는 사람이다."

쿤티는 눈물을 흘리며 잠시 그대로 앉아 있었다. 크리슈나는 눈물로 범벅된 그녀의 얼굴을 안타까운 표정으로 바라보았다. 나이가 들었어도 그녀는 여전히 아름다웠다. 남편을 잃었다는 것을 의미하는, 머리에 덮은 하얀 비단은 오히려 그녀의 아름다운 얼굴을 더욱 두드러져 보이게 했다. 판두가 죽은 뒤 단 한 번도 얼굴을 치장한 적이 없었지만 그녀는 왕족의 운명을 타고난 듯 몸 전체에 기품이 감돌았다.

쿤티는 깊은숨을 몇 번 내쉬더니 냉정을 되찾고 다시 말을 이었다. "그 아이들이 태어났을 때 하늘의 신들이 말씀하셨다. 이 아이는 세상의 주인이 될 것이라고. 유디스티라가 태어나던 날의 일이지. 아르주나가 태어나던 날 하늘은 그 아이가 전쟁에서 쿠루족을 멸할 것이라고 했다. 나는 그 예언을 믿어 의심치 않는다. 이제 그 아이들의 능력을 보여줄 때가 되었다. 유디스티라에게 그에 대한 경건한 마음이 조금씩 줄어들고 있다는 사실을 주지시켜다오. 드라우파디를 모욕한 사악한 두리요다나와 그의 형제가 아직 살아 있고 죄에 대한 대가를 치르지 않는 한 그 경건함은 계속 줄어들 것이라고. 주사위 놀이에서 패배하고 왕국을 잃고 아이들과 헤어진 것은 참을 수 있다. 하지만 저들이 드라우파디를 모욕한 일은 내 결코 용서할 수 없다. 내 어찌 그런 재앙을 경험할 수 있겠느냐. 그대와 나의 보호자인 무적의 발라라마는 물론 우리 모두를 경악케 할 일이었다."

말을 마친 쿤티는 크리슈나를 가만히 응시했다. 그녀는 그가 누구인지 잘 알고 있었다. 그는 어떻게든 모든 일을 정상으로 돌려놓았다. 그래서 이해하기 힘들었다. 어찌하여 드라우파디가 모욕당하도록 그대로 내버려두었단 말인가? 어찌하여 사악한 두리요다나가 이 세상을 지배하도록 내버려둔단 말인가? 당연히 그 뒤에는 모두를 위한 신성한 계획이 깔려 있을 것이다. 쿤티는 판두에게 자주 듣던 속담을 떠올렸다. '계획은 사람이 하지만 성패는 하늘에 달려 있다.' 그녀는 또한 비야사데바와 다른 현자들의 가르침을 통해 난해한 신의 섭리를 이해할 수 있게 되었다. 신은 인간이 받을 만한 가치가 있는지에 따라 그들의 욕망을 충족시켜준다. 그리고 모든 행동은 그에 타당한 결과를 가져온다. 선한 자가 고통받는 동안 사악한 자가 번창하는 듯 보여도 결국에는 선이 이기고 악은 파멸하고 만다. 쿤티는 이 사실을 믿어 의심치 않았다. 쿠루족의 파멸이 임박했음을 느꼈다.

크리슈나는 비탄에 잠긴 고모를 위로했다. "쿤티여, 이 세상에 당신 같은 여인이 또 어디 있겠나이까? 귀족으로 태어난 당신은 이 세상의 주인과 결혼해 다섯 명의 영웅을 낳았습니다. 그 아이들은 마치 선의 화신과 같습니다. 악에 대한 욕구와 게으름, 화, 즐거움, 배고픔을 통제할 줄 알고, 어떠한 쾌락도 갈망하지 않습니다. 진정한 힘을 얻는 자만이 가질 수 있는 행복이 그들이 원하는 전부입니다. 그 아이들은 또한 최고의 행복과 고통만 찾을 뿐 평범한 것은 받아들이지 않습니다. 지상을 지배하고, 엄격하게 금욕합니다. 당신의 아이들은 이것을 선택했습니다. 이제 그들이 세상을 통치할 시간이 왔습니다. 이제 곧 당신은 당신의 아이들이 왕위를 되찾고 번영의 길을 가는 모습을 보게 될 것입니다."

크리슈나는 판다바들이 쿤티에게 보낸 메시지를 전했다. 쿤티가 기뻐하며 대답했다. "그대가 생각하는 것은 모두 옳다. 크리슈나, 그대는 세상의 평화를 원하는 사람이다. 원수를 징벌하는 자여, 나는 그대를 잘 알고 있다. 무한한 브라만인 동시에 모든 권력과 재물에 존재하는 근원이자 신이라는 것을. 모든 것은 그대에게 의존하고, 진실 또한 그대에게 의지하여, 그대의 말은 모두 이루어진다는 것도 알고 있다. 그대에게 머리숙여 절하노니, 영원한 도움을 받기를 원하며, 자비를 베풀어줄 것을 원하노라."

떠날 때가 임박해오자 크리슈나는 미소를 지으며 쿤티에게 위로의 말을 전했다. 마치 친어머니를 대하듯 경의를 표했다. 그리고는 쿤티의 방을 나와 두리요다나의 왕궁으로 갔다. 그는 아무런 제재도 받지 않고 철통같은 수비대가 지키고 있는 보안 통로를 지나 두리요다나가 살고 있는 거대한 성으로 들어갔다. 구름 떼처럼 보이는 성은 마치 인드라의 성과 필적할 만했다. 흰 대리석으로 된 건물에 수많은 보석과 금이 장식되어 있었다. 크리슈나는 황금 신상으로 장식된 넓은 복도를 따라 들어가 각각 다른 분위기로 장식된 세 개의 커다란 문을 지나 중앙 홀에 도착했다. 두리요다나는 천 명의 왕과 전사들 가운데 앉아 있었다. 샤쿠니와 카르나, 두샤샤나가 그 옆에 자리를 잡고 있었다. 크리슈나가 들어서자 그들은 모두 자리에서 일어나서 그를 맞아주었다.

두리요다나는 의자에서 내려와 크리슈나를 따뜻하게 환영하고는 비단

융단과 부드러운 방석이 깔린 큰 옥좌로 그를 안내했다. 크리슈나가 자리에 앉자 친히 경의를 표하면서 소를 선물했다. 그의 형제들 역시 다른 왕들과 함께 크리슈나에게 다가와 예를 표했다.

환영 예식이 끝나자 두리요다나가 합장을 하고 말했다. "보호자여, 영광입니다. 우리가 당신을 위해 무엇을 할 수 있겠습니까? 이 거대한 왕국과 모든 부귀가 당신 것이라고 생각하소서. 부디 자비를 베푸시고, 저희의 만찬 초대에 응해주소서. 당신을 위해 두샤샤나의 성을 준비해 놓았습니다. 제 것보다 훌륭한 성이옵니다."

"영웅아, 난 그대와 함께 식사하지 않을 것이고, 두샤샤나의 성에도 머물지 않을 것이다."

예상치 못한 크리슈나의 발언에 두리요다다는 잠깐 멈칫했다. 하지만 재빨리 냉정을 되찾고 더욱 겸손한 태도로 말을 이었다. "크리슈나여, 어찌하여 초대를 거절하십니까? 우리가 판다바들만큼 당신을 사랑하지 않아서입니까? 물론 당신은 우리를 동등하게 생각하십니다. 드리타라스트라와 당신의 관계도 판다바와 당신의 관계만큼이나 가깝습니다. 그런데 어찌하여 우리의 환대를 받아들이지 않으려 하시는 겁니까?"

그는 긴 팔을 들어 두리요다나를 향해 손바닥을 내민 뒤 말했다. "오직 목표를 이룬 사절만이 그의 메시지를 받은 사람이 권하는 환대를 받아들이는 법이다. 내 뜻을 만족시킨 뒤에야 나와 내 추종자들을 초대할 수 있을 것이다."

두리요다나는 화가 났지만 꾹 참으며 말했다. "크리슈나여, 이런 식으로 우리를 대하는 것은 옳지 않아 보입니다. 목표와 상관없이 우리는 당신을 기쁘게 하기 위해 애쓰고 있습니다. 허나 당신은 타당한 이유 없이 우리의 마음을 거절했습니다. 우리는 당신에게 적의가 없습니다. 어찌하여 이런 식으로 딱 잘라 거절하시는지 저는 이해할 수가 없습니다."

크리슈나는 침착했다. "나는 욕망과 분노, 증오와 집착에 빠져 선을 포기하지 않는다. 만약 가난한 자가 있다면 나는 다른 쪽의 음식을 가져다 먹일 것이다. 왕이여, 너는 나를 기쁘게 하지도 않았을 뿐더러 나 역시 빈궁하지 않다. 허나 너는 아무 이유 없이 판다바들에게 악의를 품고 있다. 선한 네 사촌들은 모든 것을 위해 자신을 헌신했다. 결백한 자들에게 악의를 갖는 것은 곧 나에게 악의를 갖는 것이다. 선을 따르는 자는 나를 따른다. 나는 판다바들과 하나다. 그들과 떨어질 수 없다는 것을 알아두어라."

크리슈나는 침착하게 말하면서 얼굴을 찡그린 두리요다나를 응시했다. "바라타여, 욕망과 분노를 가지고 덕이 높은 자와 맞서는 자는 타락한 것이나 다름없다. 그런 자는 오랫동안 부귀를 유지할 수 없는 법. 허나 봉사와 친절한 말로 덕을 쌓은 자들을 아군으로 둔 사람은 비록 그들에게 사랑받지 않아도 이미 세상의 명망을 얻은 것이나 다름없다. 네 음식은 사악함에 더럽혀졌다. 하여 난 그것을 먹지 않을 것이다. 난 비두라와 함께 그가 준비해준 음식을 먹는 것이 더 좋다."

말을 마친 크리슈나는 홀을 나와 비두라의 집으로 갔다. 곧 쿠루의 원로들이 뒤쫓아와 모두 자신의 거처로 옮길 것을 권했다. 하지만 크리슈나는 고마움을 표한 뒤 모든 청을 거절했다. "영광입니다만 나는 비두라와 함께 있을 것이오."

크리슈나와 사티야키는 먼저 브라만들에게 음식을 권하고 비두라의 아내가 준비한 음식을 맛있게 먹었다. 식사를 마친 뒤 비두라가 말했다. "두리요다나는 당신의 방문을 그리 좋아하고 있지 있소. 그 사악하고 어리석은 자는 신앙의 규율을 어기고 있소. 조언을 받아들이는 데 능하지 못할 뿐더러 파멸을 향해 가고 있단 말이오. 자신이 현명하다고 생각하면서 자신의 욕망 외에는 어떤 것도 따르지 않고, 친구들조차 적으로 만들고 있소. 지금 그는 감정의 노예가 되어 있소. 분명 당신의 조언을 무시할 것이오."

그때 비두라의 아내가 들어와 크리슈나에게 입 안을 상쾌하게 해주는 약초와 향신료를 권했다. 그리고는 향을 피우고 크리슈나에게 부채질을 해주었다. 크리슈나는 그런 그녀를 향해 따뜻하게 미소지으며, 함께 자리에 앉으라고 권했다.

"두리요다나는 비슈마와 드로나, 크리파, 카르나, 아슈바타마, 그리고 자야드라타를 굳게 믿고 있소. 싸울 준비를 해놓고 평화는 생각조차 하지 않고 있단 말이오. 그는 판다바들이 자신의 상대가 되지 않을 것이라 생각하오. 절대로 판다바들에게 아무것도 돌려주지 않을 것이오."

비두라는 크리슈나가 카우라바들의 회의에 참석하는 것이 내키지 않았다. 모욕을 당하거나 어쩌면 폭행을 당할지도 모르기 때문이었다. 그는 그런 일이 일어나는 것을 원치 않았다. 쿠루족이 더 이상 죄를 저질러 망가지는 것 또한 원치 않았다.

"두리요다나는 당신이 여기에 온 목적을 의심하고 있소." 비두라는 크리슈나의 발을 지그시 누르며 말을 이었다. "그 아이는 당신의 조언을 결코 받아들이지 않을 것이오. 그는 전차와 코끼리들에 둘러싸인 자신을 천하무적이라고 생각하고 있소. 왕국 또한 자신의 것이라고 생각하오. 그는 당신의 마음이 판다바에게 기울었다고 생각하고 있소. 그를 따르는 많은 왕들은 이미 당신의 적이란 말이오. 그들은 이미 두리요다나와 힘을 합쳤소. 판다바들과 싸울 기대감에 그들 모두 기뻐하고 있소. 상황이 이러할진대 어찌하여 그들이 모인 곳으로 가려 하시오? 당신의 지위와 힘, 그리고 당신이 천하무적이라는 것은 나도 잘 알고 있소. 하지만 조언이 받아들여지지 않을 것이 불을 보듯 뻔한데 불구하고 그들에게 가려는 목적을 모르겠소. 사랑과 존경, 우정을 담아 드리는 말이오. 내가 당신을 보며 느끼는 기쁨을 어떻게 설명해야 하겠소? 당신의 최고의 영혼이자 모든 존재의 생명이오."

크리슈나는 비두라에게 다가가 손을 꼭 잡으며 말했다. "지혜로운 이여, 나를 위하는 당신의 마음에 감사하오. 당신의 말은 아버지나 어머니의 충고처럼 늘 도덕적, 현실적으로 많은 도움이 되어주고 있소. 당신의 말이 모두 사실이지만, 내 이유를 들어보시오. 난 두리요다나의 적개심과 사악함을 알면서도 선을 행하러 왔소. 그들을 죽음의 손아귀에서 해방시키는 자는 공덕을 얻을 것이오. 현자는 말했소. 힘을 다해 선을 행하면 만일 실패한다 해도 그 행위로 인한 공적을 얻을 것이라고. 이 재앙은 쿠루족 때문에 시작되었고, 두리요다나와 카르나로 인해 초래되었소."

그러더니 그는 자리에서 일어나 방을 가로지르며 다시 말을 이었다. "재앙으로부터 친구를 구하지 않는 자는 친구가 아니오. 머리채를 잡아서라도 그를 악의 구렁텅이에서 빼내야 하는 것이 친구란 말이오. 두리요다나의 목적을 막는 것이 나의 도리라 생각하오. 만약 그가 날 무시한다 해도, 내가 친구를 위해 최소한의 행위라도 했다고 느낄 수는 있을 것이오. 그 어리석은 자가 내 충고를 받아들이지 않는다면, 훗날 그는 자신을 돌이키며 스스로를 탓할 것이오. 허나 평화를 이루는 데 실패한 나를 비난하는 자는 없을 것이오. 더욱이 판다바의 권리를 희생시키지 않고 양쪽에 평화를 줄 수 있다면 난 그들 모두를 위해 일한 것이 될 것이오. 그렇게 되면 세상 모든 지배자들은 나에게 저항할 수 없을 것이오."

크리슈나는 비두라와 밤새 이야기를 나눴다. 새벽이 되자 시인들이 비두라의 집 앞에 모여들었다. 그들은 베다 경전을 읊고 송가를 낭송했다. 크리슈나는 음악소리에 잠에서 깨어 아침 목욕을 하고는 불의 신에게 경배를 한 뒤 떠오르는 태양을 찬양하며 아침 예식을 행했다.

아침 기도를 드리고 있을 때 두리요다나와 샤쿠니가 그를 보러왔다. 그들은 합장을 하고 드리타라스트라와 다른 쿠루족이 회의장에 모여 있다고 전했다. "하늘의 신들이 인드라를 기다리듯 모두가 당신을 기다리고 있습니다."

크리슈나는 곧 나가겠다고 대답했다. 두 사람이 나가고 난 뒤 크리슈나는 공양하기 위해 가지고 온 보물을 꺼내 브라만들에게 나누어주고는 회의장으로 갈 준비를 했다. 다루카가 몰고 온 전차가 비두라의 집 앞에 도착했다. 크리슈나는 신성한 불 주변과 브라만들을 한 바퀴 돈 뒤 집을 나섰다.

크리슈나는 사티야키, 비두라와 함께 전차에 올라탔다. 두리요다나와 샤쿠니는 자신들의 전차를 타고 뒤를 따랐다. 전차와 코끼리를 탄 크리타바르마와 다른 전사들도 뒤를 따랐다. 브라만들은 행운의 기도를 올리며 따라 걸어갔고, 악사들은 악기를 연주했다. 갑옷과 투구로 무장한 전사들도 뒤를 따랐다. 길은 시민들로 붐볐다. 모두 그 유명한 크리슈나를 보기 위해 모인 사람들이었다. 발코니마다 크리슈나의 전차를 내려다보는 여인들로 가득했다.

4

고집불통 두리요다나

홀 안에 모인 쿠루의 원로들은 큰 기대를 하며 크리슈나를 기다렸다. 크리슈나의 전차가 다가오는 소리에 홀 안은 어수선해졌다. 드디어 크리슈나가 모습을 드러내자 환영의 목소리가 울려퍼졌다.

크리슈나는 양옆에 있는 비두라와 사티야키의 손을 잡고 홀 안으로 들어왔다. 드리타라스트라와 비슈마, 드로나, 크리파 그리고 다른 이들이 모두 자리에서 일어났다. 크리슈나는 드리타라스트라에게 정중히 인사를 올렸다. 왕은 보석으로 뒤덮인 의자를 권했다. 크리슈나는 천상의 눈으로 많은 현자들이 하늘에서 내려오는 것을 보며 입을 열었다. "오늘 여기서 어떤 일이 일어날지 보기 위해 많은 현자들이 모이셨습니다. 여기 나라다 무니Narada Muni가 계시니 어서 의자를 드리세오. 위대한 분이 서 계신데 내 어찌 앉을 수 있겠습니까."

드리타라스트라는 시종들에게 금으로 된 의자를 가져올 것을 명했다. 현자들은 마치 행성처럼 홀 안으로 내려와 의자에 앉았다. 그런 뒤에야 크리슈나도 의자를 앉아 순서에 따라 쿠루족의 예를 받았다. 비두라는 크리슈나 옆자리에 자리를 잡고 앉았고, 그 맞은편에는 두리요다나와 카르나가 앉았다. 군주들이 자리를 찾아가는 동안 브라만들은 베다의 찬송가를 낭송했다. 장내는 곧 조용해졌고, 모두가 크리슈나를 응시했다. 옥좌에 앉은 크리슈나는 마치 황금 위에 놓인 검은 보석처럼 빛났다. 정적 속에서 모두가 그의 입이 떨어지기만을 기다렸다.

크리슈나가 드리타라스트라를 보며 말했다. "바라타여, 쿠루와 판다바 사이에 평화가 있기를, 그리고 영웅들이 죽지 않기를. 이를 위해 내가 제가 왔습니다. 왕이여, 전 더 이상 할 말이 없습니다."

크리슈나의 목소리는 마치 가을 비구름의 부드러운 천둥 같았다. 모든 시선이 그에게 고정되었다. "왕이여, 당신은 상황이 이렇게 된 이유를 잘 알고 있을 것입니다. 평화는 당신 손에 달려 있습니다. 당신의 책임이 막중합니다. 쿠루족의 덕망과 고귀함은 유명합니다. 쿠루족은 특히 경전에 대한 지식과 바른 행실, 다정함, 연민, 관대함, 그리고 정직함으로 널리 알려져 있습니다. 당신의 유산이 더럽혀지도록 놔두지 마소서. 당신은 쿠루족의 지도자이고, 그들이 행하는 어떤 사악한 행동의 결과도 견뎌내야 합니다. 당신 앞에 있는 재앙은 쿠루족의 행실에 대한 결과입니다. 군주여, 만약 당신이 막지 않는다면 세계는 파멸하고 말 것입니다."

그러면서 크리슈나는 두리요다나를 바라보았다. 왕자는 심란해 보였다. 그는 크리슈나의 눈을 피하며 손으로 얼굴을 문질렀다.

크리슈나가 계속했다. "왕이여, 당신의 아이들은 도덕을 생각하고 있지 않습니다. 사악하고 탐욕에 빠져 있으며, 친구들에게 정직하지 못합니다. 나는 평화를 성취하는 것이 그리 어려운 일이라고 생각지 않습니다. 그것은 당신과 나에게 달려 있습니다. 당신은 명령을 해야 하고, 당신의 아이들은 복종해야 할 것입니다. 판다바들은 내 조언을 무시하지 않습니다. 당신이 아이들을 평화의 길 위에 서게 한다면 나도 그렇게 하겠습니다. 왕이여, 신중하게 생각하십시오. 판다바들과 평화롭게 지내는 것이 그들을 적으로 만드는 것보다 이로운 일이라는 것을. 그 아이들은 당신을 존경받을 만한 원로라고 생각합니다. 하여 그 아이들은 당신을 기다릴 것이고, 당신을 보호할 것입니다. 그들을 당신 편으로 만든다면 당신은 비슈마, 드로나, 크리파, 카르나, 아슈바타마, 유디스티라, 비마, 아르주나, 그리고 수많은 영웅들을 이끄는 군대를 가질 수 있습니다. 그러니 판다바들과의 전쟁을 피해야 합니다."

눈먼 왕은 고개를 숙인 채 앉아 있었다. 크리슈나의 말은 예상한 그대로였다. 예리하고, 비참할 정도로 정확했다. 왕은 목이 타는지 물을 가져오라고 명했다. 크리슈나가 계속해서 말을 이었다.

"왕이여, 판다바들과 싸워 얻을 수 있는 것이 무엇입니까? 수많은 사람들을 죽음으로 내몰고 얻는 것이 과연 무엇입니까? 최고의 바라타여, 전쟁의 비참한 결과를 상상해보십시오. 양쪽 모두 살아남을 수 없다는 데 의심의 여지가 없습니다. 서로가 서로를 잔인하게 죽일 것입니다. 황제여, 죽음에서 그들을 구하십시오. 재앙으로부터 세상을 구하십시오. 판다바에 대한 애정이 당신의 심장에 다시 흐르게 하십시오. 그 아이들을 당신의 아이들로 다시 데려오십시오. 세상의 덕에 따라, 아버지 없이 괴로워하는 아이들은 보호받아야 합니다. 이제 그들이 나에게 보낸 메시지를 전하겠습니다."

크리슈나는 자신이 떠나기 전 유디스티라가 했던 말을 되풀이했다.

"'왕이여, 당신의 말에 따라 우리는 당신이 약속을 지킬 것을 기대하며 십삼 년을 살아왔습니다. 큰 고통을 받았고, 이제 왕국을 돌려받기 원합니다. 바라타여, 당신은 선의 본질을 알고 있습니다. 우리에게 아버지처럼 대해주십시오. 우리는 당신의 아들처럼 행동할 것입니다. 당신은 우리가 존경할 만한 원로입니다. 왕이여, 우리를 바로잡아 주소서. 우리가 바른 길을 갈 수 있게 하시고, 당신은 선의 길을 따르십시오.'"

드리타라스트라는 마음이 불편한 듯 자세를 고쳐 앉았다. 그 무엇보다 판두의 아이들을 학대한 것이 그를 가장 고통스럽게 했다. 아버지와 형제들이 죽고 난 뒤 그들은 마치 어린아이처럼 그에게 왔다. 보호받아 마땅한 아이들을 돌보지 않고 오히려 상처를 준 것은 죄악이었다. 크리슈나가 말을 잇는 순간 눈먼 왕의 눈에서 눈물을 흘러내렸다.

"선이 악에 압도된 집회에서는 악을 제거해야 합니다. 악이 제거되지 않는 이상 그 악은 자신과 관련된 모든 사람을 죽일 것입니다. 악이 선을 넘고 거짓이 진실을 넘는 것을 허용한 자는 파멸하고 말 것입니다."

크리슈나가 잠시 말을 멈췄다가 다시 말을 이었다. "당신이 판다바에게 왕국을 돌려주는 것 말고 무슨 일을 할 수 있겠습니까? 난 양쪽 모두에게 도움을 주고 싶습니다. 내 말이 진실이라 생각된다면 쿠루 왕자들에게 이 말을 확신시키고 크샤트리아들을 죽음의 족쇄에서 해방시키십시오. 관대하고 덕망 높은 유디스티라와 동맹을 맺으십시오. 여기 모인 왕들을 악으로 파괴하지 마시고, 행복을 이유로 도덕을 파괴하지 마십시오. 악을 위한 선과 선을 위한 악을 혼동하지 마십시오. 지상의 주인이여, 탐욕에 집착하는 당신의 아들들을 말리십시오. 쿤티의 아들들은 당신을 섬기고, 당신을 위해 싸울 준비가 되어 있습니다. 이것이 저의 조언입니다. 왕이여, 당신을 위한 최선의 길을 선택하십시오."

말이 끝났지만 모두가 침묵을 지켰다. 왕은 신중한 표정으로 크리슈나의 말을 듣고 있었지만 아무 말도 하지 않았다. 그 누구도 입을 열지 않았다. 오직 두리요다나만이 교활한 미소를 띠며 크리슈나를 쳐다보았다.

마침내, 침묵을 깨고 현자들 사이에 있던 파라수라마Parasurama가 일어났다. 그의 목소리가 홀 안에 울려퍼지자 모든 시선이 그에게 쏠렸다. 검은 사슴가죽옷을 입고 머리카락은 헝클어져 있었지만 눈동자는 빛이 났고 몸에서는 신비로운 광채가 뿜어져나왔다. 그는 고대 왕 담보드브하바의 이야기로 말문을 열었다.

그 왕은 비교할 수 없을 정도로 강한 힘을 가지고 있었다. 하지만 시간이 흐를수록 자신에 힘에 대한 자신감이 지나쳐 결국 오만에 빠지고 말았다. 그는 전쟁을 치러 이길 적수들을 계속해서 찾고 있었다. 어느 날, 그는 현자 나라와 나라야나가 지상에서 가장 강한 자라는 말을 듣게 되었다. 그는 단숨에 두 현자가 고행하고 있는 간드하마다나로 찾아가 전쟁을 제안했다. 현자들은 싸움을 거절했지만 왕은 억지를 부려 결국 나라의 동의를 받아내고 말았다.

"그대가 그렇게 원한다면 그리하거라. 크샤트리아여, 그대의 모든 군대와 무기를 가져오거라. 전쟁에 대한 갈망을 곧 파괴해주겠노라."

왕은 모든 힘을 동원하여 현자를 공격했다. 나라는 풀을 한 움큼 집어 신비의 힘을 불어넣은 뒤 왕과 군대를 향해 던졌다. 나라가 던진 풀은 곧 예리한 강철 화살로 바뀌었고, 모든 병사의 귀와 눈을 잘라버렸다. 수많은 화살이 비처럼 쏟아졌다. 아무도 움직일 수 없었다. 그제서야 담보드브하바는 자신의 오만을 깨닫고 무릎을 꿇은 채 자비를 빌었다. 현자는 그의 오만함을 용서하며 다시는 자신들을 모욕하지 말라고 했다.

파라수라마는 홀 안을 둘러보았다. "나라의 솜씨는 굉장했다. 허나 나라야나는 더 강했다. 그 현자들은 지금 아르주나와 크리슈나로 나타났다. 허영심이 강한 담보드브하바처럼 감히 그들에 맞서려 하지 말지어다. 사람은 그들 인생의 시간을 훔치는 여덟 개의 악, 즉 욕망, 분노, 부에 대한 탐욕, 자만심, 오만함, 자부심, 악의, 이기심 때문에 고통받느니라. 사람은 이런 악의 영향을 받아 당황하고, 그래서 어리석은 행동을 하게 되는 것이다. 영웅들이여, 악의 희생자가 되어 인생을 잃지 말거라. 삼계에서 아르주나를 무찌를 수 있는 자는 없다. 그리고 그 위에 크리슈나가 있다. 판다바들과 화해하거라. 그리고 이 세상 전체를 위한 일을 하라."

그 말이 끝나자 또 다른 현자 칸와Kanwa가 일어나 파라수라마의 이야기가 진실이라며 이렇게 덧붙였다. "그가 육체적으로만 강하다고 생각해서는 아니 된다. 진정한 힘은 덕행에 있다. 더군다나 모든 선의 보고인 크리슈나가 판다바들 편에 있다. 크리슈나와 함께하는 다섯 영웅의 힘은 다르마와 바유, 인드라와 쌍둥이인 아슈비티신들이 비슈누와 결합한 힘에 필적한다. 두리요다나, 그들을 바라볼 수조차 있겠느냐? 당장 평화를 선언하지 않으면 전멸하고 말 것이다."

그 말에 두리요나다는 이맛살을 찌푸리더니 이내 큰 소리로 웃으며 입을 열었다. "내가 누구이건 나를 만든 것은 신입니다. 신은 날 창조했고, 내 운명을 결정했습니다. 난 그가 정한 대로 행동할 것입니다. 이런 회의가 무슨 소용이란 말입니까?"

그는 어떠한 신도 믿지 않았다. 말투에는 비웃음이 가득했다. 그는 카르나를 보며 미소지었다. 카르나도 그런 두리요다나를 보며 미소로 답했다. 그들은 현자의 말에는 관심이 없었다.

이어 나라다 현자가 입을 열었다. 파라수라마가 그랬던 것처럼 고집과 무지로 인해 고통받았던 왕에 대한 이야기였다. 그는 이야기를 마치며 이렇게 덧붙였다. "지상의 지배자여, 그대의 행복을 비는 자의 조언을 듣거라. 고집의 끝은 파멸뿐이니 분노와 자만을 버리고 판다바들과 화해하거라. 지적인 가르침으로 충만하고 박학한 자들이 인정한 내 이야기를 신중히 생각해야 한다. 이런 가르침을 이해하고, 욕망과 분노를 억제해야 세상에 대한 통치권을 얻게 될 것이다. 그렇지 아니 하면 오직 파멸뿐이다."

두리요다나는 아무 말도 하지 않았다. 드리타라스트라가 손을 들어 대답했다. "나라다여, 지당한 말씀입니다. 저 역시 평화를 원하지만, 유감스럽게도 선택권이 없습니다."

드리타라스타라는 크리슈나를 향해 돌아서서 계속 말을 이어갔다. "크리슈나여, 그대의 말을 진실로 받아들이노라. 그대의 말은 우리와 세상의 이익을 위한 것이다. 그대의 말을 따라 우리는 천국으로 갈 것이다. 허나 나의 주인은 내가 아니다. 최고의 인간이여, 모든 경전을 무시하고, 나를 기쁘게 하는 일은 절대 하지 않는 저 아이 두리요다나를 설득해다오. 내 말은 물론 비두라와 비슈마 그리고 모든 장로들의 말을 들으려 하지 않고 있다. 크리슈나여, 부디 저 아이를 가르쳐다오. 잘못된 생각과 사악한 마음을 가진 저 아이를 바로잡을 수 있다면 그대는 친구로써의 도리를 수행할 수 있을 것이다."

크리슈나가 두리요다나를 바라보며 말했다. "그대를 위해 말하노라. 위대한 자여, 나 역시 그대만큼 그대의 번영과 행복을 바라노라. 허나 지금 그대가 꾸미는 일은 결국 그대를 고통에 빠트릴 것이다. 세상의 현자들은 오로지 명예와 이익을 위해 행동한다. 그리하여 그들은 그들의 원하는 바를 이루노라. 허나 그대의 생각으로는 그대가 원하는 바를 이루지 못할 것이다. 그대의 고집은 사악하고 무서우며 파괴적이다. 그것이 그대를 해칠 것이며, 의미 없는 희생이 되고 말 것이다. 포기하라. 그대와 그대의 형제, 추종자들, 그리고 친구들을 이롭게 하는 길을 가거라.

판다바들과 평화를 맺는 것이야말로 그대의 아바지와 쿠루의 모든 장로들을 기쁘게 할 것이니. 그대의 아버지가 평화를 명하노라. 훌륭한 자는 아버지의 명을 거역하지 않으며, 무엇이 옳은지를 아는 친구의 충고를 무시하지 않는다. 원로들의 명과 복을 바라는 사람의 충고를 따르지 않는 자는 독이 든 과일을 먹고 사라지리니. 그는 뜻하는 바를 이루지 못하고 죄악의 수렁에 잠길 것이다."

크리슈나는 잠시 말을 멈추었다. 그는 침묵하고 있는 두리요다나를 응시했다. 왕자는 바닥을 보며 샌들로 바닥을 문질렀다. 홀 안에 있는 모든 사람의 시선이 왕자에게 쏠렸다.

크리슈나가 근엄하게 말을 이어갔다. "경륜 있는 원로가 아닌 열등한 사람의 충고를 받기 좋아하는 자는 위험해질 것이다. 어떤 것도 그를 구할 수 없다. 그 누가 전쟁을 벌여 미천하고 정직하지 못한 낯선 자들 때문에 인드라와도 같은 혈족을 버리겠느냐? 판다바들과의 평화가 사악한 자들과의 결속보다 더욱 중차대하니라. 비록 그대는 판다바들을 속였지만 그들은 그대를 용서하고 친구로 지내려 한다. 위대한 바하라여, 그 아이들에게 분노를 품지 말거라. 즐거움뿐만 아니라 지혜로운 말씀을 따라 살도록 하라. 그래야 비로소 뜻을 이룰 수 있을 것이다. 판다바들과 평화를 맺는 것이야말로 그대가 이루고자 하는 바를 이루는 길이며, 그렇게 할 때 그대의 명성은 널리 퍼질 것이다. 어찌하여 고귀한 혈족보다 카르나와 샤쿠니, 두샤사나의 거처를 선호할 수 있느냐?"

카르나는 크리슈나의 말에 모욕감을 느꼈다. 그는 여전히 고개를 떨군 채 앉아 있는 두리요다나를 슬쩍 바라보았다. 두 사람 모두 크리슈나의 말에 속이 뒤집혔다. 두 사람은 자신들의 명분이 판다바들의 그것보다 못할 것이 없다고 믿었다. 드리타라스타라의 주장이 동생 판두의 주장보다 못할 수 있겠는가? 두리요다나의 왕국에 대한 권리는 판다바들의 권리보다 크면 컸지 작지는 않았다. 아니, 적어도 동등했다. 카우라바와 판다바들이 평화를 이루기란 어려울 것이다. 그렇다면 어찌하여 두리요다나가 양보해야 한단 말인가? 판다바들은 이미 오래 전에 하스티나푸라를 떠났다. 그들이 없어도 모든 일이 순조롭게 이루어졌다. 크리슈나는 오랜 친구인 판다바들의 편을 드는 것 같았다. 그런 그가 어떻게 두리요다나와 입장을 같이한다고 말할 수 있겠는가?

카르나는 분노한 눈빛으로 크리슈나를 쳐다보았다. 둘의 태도를 보며 크리슈나가 말했다. "영웅아, 성난 비마를 상대할 수 있는 자가 누구인지를 보여다오."

부드러운 말로 시작해 평화의 이익을 말하며 크리슈나는 판다바들과의 전쟁으로 인해 야기될 결과로 끝을 맺었다. 그는 두려움과 평화에 대한 의지를 전달하고자 했다.

"다시 말하지만 그 누가 아르주나를 상대로 살아남을 수 있겠느냐? 어찌하여 전쟁을 하려고 하느냐? 어찌하여 그 많은 사람들을 살육하여 이익을 얻고자 하느냐? 아르주나는 칸다바에서 신들과 간다르바, 아수라, 나가들을 없애버렸다. 그렇다면 그대들이 이길 가능성은 얼마나 되느냐? 마츠야 왕국을 공격할 때와 다를 것이 없다. 혈족들과 친구들을 보거라. 그대의 너의 어리석음으로 인해 그들이 죽을 수도 있다. 너의 이득 때문에 쿠루족이 파멸할 수도 있단 말이다. 평화로운 방법으로 판다바들을 데려오거라. 그들이야말로 너의 아버지를 황제로 추대할 것이며, 너는 황태자가 될 것이다. 그것이야말로 지속적인 번영과 행복을 보장하는 유일한 길임을 잊지 말아라. 판다바와 평화 조약을 맺게 되면 너는 은총을 받을 것이다."

그러나 두리요다나는 크리슈나의 말에 전혀 응하는 기색이 전혀 없었다. 오히려 이글거리는 석탄 위에 앉아 있는 듯했다.

그런 왕자를 보며 비슈마가 입을 열었다. "아이야, 크리슈나의 말은 친구로서의 충고다. 그러니 그의 충고를 따르고 분노를 품지 말거라. 만일 네가 크리슈나의 말을 무시한다면 너는 번영과 행복을 누릴 수 없을 것이다. 그는 너를 위하고 있다. 여타의 것들은 패망으로 이끌 뿐. 쿠루의 번영을 파멸하지 말지어다. 네 스스로를 파멸하지 말지어다. 네 어미와 아비를 한탄의 바다에 수장하지 말지어다. 크리슈나의 충고를 받아들이거라."

비슈마가 말을 마치자 드로나가 일어나 두리요다나를 향해 말했다. "나 또한 크리슈나의 충고를 받아들이는 것이 옳다고 생각한다. 그의 충고는 우리에게 선함과 이익을 가져다줄 것이다. 두리요다나, 충고를 따르거라. 괜한 오해로 크리슈나를 욕되게 하지 말거라. 지금 너로 하여금 싸움을 부추기는 무리들은 진정 네가 필요로 할 때는 나서지 않을 것이니, 내 말을 듣거라. 우리 중 그 누구도 아르주나나 크리슈나를 상대할 수 없음을 알아야 한다. 이 말을 거역한다면 머지 않아 통곡하게 될 것이다. 이 말을 듣고 또 들어왔으니 더 이상의 말은 필요 없을 것이다. 네가 바라는 대로 하거라. 나는 더 이상 할 말이 없구나."

쿠루의 원로들은 두리요다나에 대한 인내심을 잃었다. 그 무엇도 그를 설득할 수는 없을 것 같았다. 이제 크샤트리아의 파멸은 피할 수 없다. 크리슈나와 다른 이들의 예상 외에 다른 가능성은 없어 보였다.

드로나에 이어 비두라가 입을 열었다. 두리요다나가 그의 말을 듣지 않으리라는 것을 알면서도 크리슈나의 부탁대로 크리슈나에 대한 지지를 보이고 싶었다. "두리요다나, 나는 너를 위해 슬퍼하지 않는다. 대신 너의 늙은 부모를 위해 슬퍼하노라. 너만이 부모를 지킬 수 있다. 허나 그들은 곧 주위에 아무도 없이 외로운 길을 가게 될 것이다. 친지와 대신들은 날개 잘린 새들처럼 죽임을 당할 것이고, 네 부모는 사악한 아들을 둔 죄로 나락으로 떨어지고 말 것이다."

크리슈나를 지지하는 세 대신의 말을 들으며 드리타라스타라는 몸을 앞으로 숙였다. "두리요다나, 평화의 순간이 왔다. 위대한 영혼 크리슈나가 우리의 이익과 영원한 구원을 위해 진실을 말했다. 그의 도움으로 우리는 원하는 바를 얻을 수 있을 것이다. 그와 함께 평화를 요청하러 바라타로 가 판다바들을 데려오거라. 그리고 적대심을 풀거라. 유디스티라가 너의 등에 애정 어린 손바닥을 얹도록 하거라. 넓은 어깨를 가진 비마가 너를 안도록 하거라. 아르주나와 쌍둥이들이 너의 축복을 받으며 너에게 경의를 표하도록 하거라. 너와 그들은 이 세계를 함께 지배하게 될 것이다. 아이야, 때가 왔다. 내 말을 거역하지 말거라. 전쟁에서 그 아이들을 이길 수는 없으니 평화를 찾도록 하거라."

그 말에 두리요다나는 불같이 분노했다. '어찌하여 모두들 판다바들을 두려워하는가? 과거에 그들을 상대한 것은 불행이었을지 모르지만 이제 상황은 역전되었다. 다나바의 신비한 능력과 막강한 쿠루의 영웅들 덕분에 나를 상대할 자는 아무도 없다. 헌데 아버지는 어찌하여 이러한 명령을 내린단 말인가. 비마의 포옹을 용납하라고? 그는 평생의 적이다.'

두리요다나는 몸서리를 쳤다. 세상을 지배하는 자가 어찌하여 유디스티라에게 경의를 표할 수 있단 말인가?

두리요다나는 자신의 생각을 피력할 때가 왔다고 느꼈다. 그는 자리에서 일어나 크리슈나를 향해 말했다. "크리슈나여, 비록 당신께선 저를 걱정하고 계시는 듯하나 그것은 저를 비판하는 것에 지나지 않습니다.

어찌하여 정황에 대한 정확한 이해도 없이 저를 비난하십니까? 당신은 물론 비두라, 비슈마, 드로나 그리고 제 아버지 모두 저에게서만 잘못을 찾고 있습니다. 허나 저는 이 문제에 관해서 만큼은 가치 없는 행동을 했다고 생각하지 않습니다. 저는 어떠한 잘못도 저지르지 않았습니다. 저는 어떠한 것도 잘못되었다고 생각하지 않습니다."

두리요다나는 잠시 멈추었다 다시 말을 이어갔다. "판다바들은 도박으로 왕국을 잃었습니다. 하지 않아도 되는 경기였습니다. 하지만 판돈을 되찾고 난 뒤에도 그들은 마지막 판에 도전했고, 그 결과 경기에 패배하여 추방된 것입니다. 그것이 어찌하여 저의 잘못이란 말입니까? 어찌하여 그들이 저를 적으로 삼는단 말입니까? 약하고 무능한 저들은 지금도 쿠루족을 위협하고 있습니다."

두리요다나는 카르나를 쳐다보았다. 그는 주먹을 꽉 쥐고 있었다. "우리는 막강한 크샤트리아이며 공포에 굴하지 않을 것입니다. 그 누구도 감히 쿠루의 군대에 맞설 수 있을 거라 생각하지 않습니다, 크리슈나여, 어찌 판다바가 전쟁으로 위협한다고 해서 우리가 무언가를 내주어야 한단 말입니까? 전투에 응하는 것이 저의 의무입니다. 만일 제가 전투에서 몸을 누이게 되더라도 나는 내생의 영예로운 곳에 도달할 것입니다. 고귀한 집안에서 태어난 크샤트리아가 어찌 적이 두려워 전투를 피하겠습니까? 자긍심 있는 지배자는 그 어떤 위협에도 스스로를 굽히지 않습니다. 저는 판다바들이 두렵지 않습니다. 크리슈나여, 나는 판다바들에게 왕국을 넘겨줄 생각이 조금도 없습니다. 왕국은 내 아버지 드리타라스타라 왕의 것이며, 앞으로도 그럴 것입니다. 우리는 그저 그의 충복일 뿐입니다. 비록 그가 주지 말아야 할 것을 주었지만 우리는 그 실수를 정정했습니다. 제가 나약하고 어려 다른 이들에게 의지하고 있을 때 판다바들은 엉겁결에 왕국을 넘겨받았습니다. 같은 실수를 두 번 반복하진 않을 것입니다."

두리요다나는 잠시 멈추고 청중들을 살폈다. 한손은 허리에, 다른 손은 칼춤에 얹었다. 그는 말을 매듭지었다. "이것이 나의 입장입니다. 아버지를 대신하여 왕국을 지배하는 동안은 바늘구멍만 한 땅도 판다바들에게 넘기지 않을 것입니다."

두리요다나는 크리슈나를 응시한 채 자리에 앉았다. 카르나는 붉은 박달나무 수액을 바른 큰 팔을 들어 두리요다나의 어깨 위에 얹었다. 비두라는 그 두 사람을 보며 슬픈 표정으로 고개를 저었다. 닥쳐올 불행을 막을 유일한 사람인 드리타라스타라 왕은 마치 듣지도 보지도 못하는 양 긴 침묵에 빠져 있었다. 만일 왕이 그의 말처럼 평화를 원한다면 어떤 방법을 동원해서든 아들을 막았으리라. 두리요다나는 행동으로 증명하기 전에는 그의 말을 듣지 않을 것이다. 그는 왕자를 잡아들여야만 할 것이다. 그렇지 않으면 그의 말은 권위를 잃게 된다.

잠시 생각에 잠겨 있던 크리슈나가 입을 열었다. "그대는 영웅이 영원히 잠들기를 원하는 듯싶구나. 곧 그리 될 것이니 조금만 기다리거라. 그대가 그토록 원하는 학살이 일어날 것이다. 그대는 아무런 잘못도 없다고 생각하지만 여기 있는 모두는 진실을 알고 있느니라. 주사위 놀이에서 유디스티라를 이기기 위해 그대가 샤쿠니와 음모를 꾸몄으며, 판다바들의 번영을 시샘하고 있었다는 사실을. 또 하나, 드라우파디는 고귀한 혈통을 지닌 순결한 처녀이며 품행이 바른 여인이다. 판다바들은 그런 그녀를 자신의 목숨보다 아낀다. 허나 너는 모든 쿠루 앞에서 그녀를 욕보였다."

그러면서 크리슈나는 판다바들이 하스티나푸라를 떠날 때 카우라바들에게 얼마나 분노했었는지를 상기시켰다. 무고하다고 주장하는 것은 순전히 그의 오만함의 증거였다.

크리슈나는 엄한 표정으로 다시 말을 이었다. "지금 당장 그들에게 순순히 왕국을 돌려주지 않는다면 전쟁에서 패배하고 난 뒤에 넘겨주게 될 것이다. 그대는 판다바들에게 무수히 나쁜 행위를 일삼았다. 그리고 이제는 무고하다고 주장하고 있다. 또 원로들의 충고에도 불구하고 지금껏 그것을 무시해왔다. 평화만이 그대를 포함한 모든 이들을 이롭게 할 것이다. 그 밖의 것은 그대의 어리석음을 증거해줄 뿐이다."

크리슈나의 말에 두리요다나의 형제 몇몇의 마음이 움직이기 시작했다. 두샤샤나가 특히 동요했다. 심장을 찢어놓을 것이라는 비마의 맹세를 떠올리며 두샤샤나가 두리요다나에게 말했다. "형님, 만일 형님이 평화를 맺지 않을 만큼 어리석다면 내가 형님의 손과 발을 묶어 유디스티라에게 보내겠소."

그 말에 두리요다나는 홀을 박차고 나갔다. 두리요다나의 형제들과 대신들도 따라 나갔다.

그들이 나간 뒤, 비슈마가 말했다. "선과 이익을 분노로 저버리는 자는 고해의 바다에 잠기고 말 것이다. 저 아이는 지혜와 깨달음이 아직 한참 부족하다. 오로지 분노와 탐욕에만 싸여 있다. 크리슈나여, 저 아이들과 대신들이 저러하니 우리의 멸망이 멀지 않았구나."

크리슈나는 연꽃 같은 눈을 드리타라스타라에게로 돌렸다. "이는 모든 쿠루 지도자들의 잘못입니다. 왕께서는 두리요다나를 강제로라도 제지해야 합니다. 무고한 자들이여, 이제 당신들이 행동할 때가 왔나니, 내가 말하는 바를 듣고 무엇이 이익인지를 생각하소서."

그러더니 크리슈나는 남아 있는 사람들을 둘러보며 말을 이었다. "당신들은 보자스와 우그라세나의 아들 캄사가 자신의 혈족들에게 어떻게 배척당했는지를 잘 알고 있을 것입니다. 그는 결국 내 손에 죽고 말았습니다. 그리하여 야다바와 안다카, 브리슈니는 행복을 되찾았습니다. 한 사람은 종족의 대의를 위해, 종족은 마을을 위해, 마을은 국가를 위해, 세상은 영혼을 위해 희생되어야 합니다. 바하라타여, 두리요다나와 카르나, 샤쿠니, 두샤샤나를 포박한 뒤 판다바들과 평화를 맺게 하십시오. 그리함으로써 크샤트리아는 영속하게 될 것입니다."

그 말에 드리타라스타라 왕은 난처한 표정을 지었다. 두리요다나가 처음 태어났던 날, 대신들은 그 아이를 버리라고 충고했다. 허나 왕은 거절했다. 이제야 왕은 잘못된 판단의 쓰디쓴 열매를 맛보고 있다. 그는 아들에게 집착했고, 세월이 가도 그 애착은 사그라들지 않았다.

두리요다나는 그런 그의 약점을 이용하고 무시했다. 두리요다나를 죽이거나 적어도 감옥에 넣어야만 그를 막을 수 있을 것 같아 보였다. 이제 크리슈나는 이러한 것들을 실천에 옮기라고 제안하고 있다. 허나 그 제안을 어찌 받아들일 수 있겠는가. 왕은 간다리를 떠올렸다. 적어도 어미의 말은 들으리라.

그는 비두라를 시켜 간다리를 회의에 참석하라고 지시했다. "비두라, 가서 왕비를 모셔 오거라. 그리고 두리요다나에게 가 다시 회의에 참석하라고 일러라. 어쩌면 간다리가 그 아이를 설득할 수 있을지도 모르겠구나."

비두라를 통해 왕의 명을 받은 간다리가 곧 홀 안으로 들어왔다. 눈을 가린 왕비를 시녀들이 왕 옆으로 안내했다. 자리에 앉아 모든 정황을 들은 그녀가 입을 열었다. "두리요다나 그 아이는 욕망과 탐욕으로 가득 차 있습니다. 왕의 은혜로만 이 왕국을 손에 넣을 수 있으나 그것은 힘든 일입니다. 왕이여, 당신께서는 그 아이의 죄가 많음을 알고 있으면서도 그 아이를 총애하고 있습니다. 왕께서는 왕자와 함께 이 일에 책임이 있습니다. 이제 와서 두리요다나를 저지하기에는 역부족입니다."

간다리가 말을 마치는 순간 두리요다나가 다시 들어왔다. 그는 화가 난 얼굴로 홀을 가로질러 왕과 왕비를 향해 가볍게 절을 올린 뒤 자리에 앉았다. 여전히 숨을 몰아쉬고 있었다. 두 눈은 충혈되어 있었다.

간다리가 먼저 입을 열었다. "아들아, 너를 이롭게 하려는 나의 충고를 들어다오. 네가 판다바들과 평화를 맺는 것이 나의 바람이니라. 원로들의 말씀을 따라 선의 열매를 수확하도록 하거라. 아들아, 네가 세상을 지배하고자 함은 욕망과 분노로 가득 차 있기 때문이다. 그것을 극복하는 것만이 삶을 이룰 수 있는 길임을 너는 모르고 있다. 감정에 지배되어서는 왕국을 통치할 수 없다. 자신을 정복한 자만이 세상을 정복할 수 있다. 그러지 않고는 세상을 지배할 수 없다. 길들여지지 않은 말이 능숙하지 않은 주인을 죽일 수 있듯 절제되지 않은 감정은 사람을 죽일 만큼 강력하다. 열정을 다스리고 침입자들을 막아낼 준비가 되어 있고, 사려 깊게 행동하는 왕에게만 번영이 오는 법. 욕망과 분노에 모든 것을 맡기는 자는 결국 모든 것을 잃고 마느니라. 그런 자는 죽어서 천상에 갈 수 없다. 그리하니 선을 속이는 네 감정을 자제하거라."

간다리의 말은 스스로 깨우쳐 얻은 것이다. 판다바들이 추방된 뒤로 그녀는 엄격한 금욕 생활을 했다. 쿠루들이 드라우파디를 욕보인 것에 대한 죄책감으로 그녀는 단식을 하며 꾸준히 재물을 바쳤다. 속죄하면서 자신의 아들이 이성을 되찾기를 기도한 것이다. 그러나 그것은 불가능해 보였다. 자신의 속이 탐욕과 질시로 깊게 패였다는 것을 왕자는 알지 못했다.

왕비는 간청하며 말을 이었다. "선하고 절제력 있는 판다바들과 힘을 합친다면 너는 이 세상을 즐길 수 있을 것이다. 그 아이들과 싸워 네가 얻는 것이 무엇이겠느냐? 여기 크리슈나는 손끝 하나로도 막강한 힘을 발휘하느니라. 혼자서도 모든 왕들을 파멸시킬 수 있느니라. 그런 그가 아르주나와 연합하면 어떤 일이 벌어질지 불을 보듯 뻔하지 않느냐? 얘야, 아버지께서는 판다바를 두려워하여 그들에게 몫을 나누어주셨다. 이제 너는 그 선물의 열매를 즐기고 있다. 세상을 통치하는 것은 영웅이다. 왕국의 절반은 너의 요구를 충족시켜주고도 남을 것이다. 판다바들과의 대립으로 파멸을 불러오지 말거라. 그들은 지난 십삽 년간 충분한 고통을 받았다. 그들의 몫을 돌려주고 재앙으로부터 세상을 구하거라. 비슈마, 드로나, 크리파, 카르나, 비마, 아르주나, 유디스티라, 그리고 드리스티디윰나가 성나면 모든 것이 파멸할 것이다. 그러니 부디 탐욕을 잠재우고 현명하게 행동하거라. 이것이 나의 충고이니라, 아들아."

허나 두리요다나는 어머니의 말에도 코방귀를 뀌었다. 그런 충고는 이미 신물이 날 정도로 많이 들었다. 모두가 판다바들의 편을 들며 자신을 비판해 오지 않았던가. 그 어떤 말도 왕자를 설득할 수 없을 것 같았다. 어머니의 말이 끝났음을 알고 왕자는 다시 홀을 떠났다. 이제 남은 것은 행동뿐이다.

그는 곧장 두샤샤나의 궁전으로 갔다. 그는 카르나, 샤쿠니와 함께 앉아 있었다. 분노에 찬 왕자가 그들을 향해 말했다. "크리슈나가 모든 이들의 마음을 판다바에게로 향하게 흔들고 있다. 왕으로 하여금 우리를 체포하라고 주장하고 있다. 이 점이 걱정된다. 크리슈나는 매우 설득력 있는 사람이다."

두리요다나는 두샤샤나를 힐끗 보더니 계속해서 말을 이었다. "심지어 크리슈나는 네 마음까지 돌려놓았다."

그 말에 두샤샤나는 미안한 표정을 지었다.

"크리슈나를 생포하려는 계획을 빨리 행동으로 옮겨야겠다. 비슈누 신이 발리를 붙잡은 것처럼 크리슈나를 잡아 꽁꽁 묶어버려야겠단 말이다. 판다바 놈들이 이 소식을 들으면 독니가 부러진 독사처럼 전투 의지와 힘을 잃겠지? 아버지가 또 다시 모든 것을 저들에게 내주기 전에 빨리 행동에 옮겨야 한다."

두샤샤나와 샤쿠니가 동의했다. 하지만 카르나는 망설이고 있었다. "내가 보기엔 우리가 크리슈나를 잡을 수 있을 것 같지 않소. 왕이여, 최대한 돕긴 하겠으나 그를 능가하리라 생각하긴 어렵소."

두리요다나와는 달리 카르나는 크리슈나에 대해 분노하지 않았다. 크리슈나는 지금까지 수많은 강력한 전사들을 이겨왔다. 현자들에 따르면 크리슈나는 태초의 주재자가 환생한 존재라 했다. 카르나는 그것을 믿었다. 허나 그는 두리요다나와의 우정을 생각하며 두리요다나의 계획에 참여하기로 했다. 그러나 성공하리라 생각하진 않았다.

두리요다나는 카르나의 걱정을 웃어넘겼다. "크리슈나는 우리의 움직임에 준비되어 있지 않을 것이오. 무기를 들고 오지도 않았고, 싸울 생각도 하지 않고 않소. 무슨 일이 일어나고 있는지를 알아차리기 전에 그를 잡아 묶어서 데려갈 것이오."

왕자는 자신의 계획에 한 치의 의구심도 갖지 않았다. 계획이 실패할지 모르지만 이미 잃을 것도 없었다. 이미 판다바들에 대한 적개심이 만천하에 드러난 판이었다. 전쟁은 지금 당장 시작될 수도 있다. 만일 크리슈나만 잡을 수 있다면 상황은 급반전될 것이다. 못내 아쉬워하는 카르나와 함께 그는 거사를 치를 시간을 정하기 위해 밖으로 나갔다.

* * *

한편 사티야키는 두리요다나를 유심히 지켜보았다. 두리요다나가 자리를 박차고 나간 뒤 쿠루 지도자들 마음 역시 떠났다는 것이 느껴졌다. 두리요다나가 일을 꾸미고 있는 것이 분명했다. 사티야키는 그가 크리슈나를 잡으려는 의도를 천명했음을 알아차렸다. 그리고 그것을 행동으로 옮기려 한다는 것도.

사티야키는 크리슈나 쪽으로 몸을 기울여 속삭였다. "두리요다나가 아무래도 당신을 잡으려 하는 것 같습니다. 한 무리의 전사들을 데리고 나간 것으로 보아 당신의 목을 노리는 것이 분명합니다. 두리요다나가 이성을 잃은 모양입니다."

허나 크리슈나는 웃으면서 사티야키를 안심시켰다. "걱정 말거라. 이 땅의 모든 왕들이 나를 잡지 못했다. 왕에게 말하여 그가 결정한 것 중 무엇을 해야 하는지 살펴다오."

사티야키는 연로한 왕에게 간언했다. "왕의 아둔한 아들이 크리슈나를 잡으려는 계획을 품고 있는 듯합니다. 왕이여, 욕망과 분노에 눈이 먼 그와 그를 따르는 세력이 악행을 저지르려 하오나 그것은 불길을 잡으려는 어린애들의 장난에 불과한 뿐 결코 성공할 수 없을 것입니다."

비두라 역시 두리요다나의 의도를 알아챘다. "왕이여, 때가 임박한 듯합니다. 그들은 결코 이룰 수 없는 일을 하려 하고 있습니다. 그런 일을 계획했다는 것만으로도 죄악의 한계를 넘어섭니다. 크리슈나를 상대로는 불길에 떨어지는 벌레처럼 죽음을 당할 것이 뻔합니다. 크리슈나는 아마도 양떼를 쳐부수는 사자처럼 그 아이들을 지옥의 신에게 보낼 것입니다."

크리슈나가 웃으며 말했다. "왕이여, 해보라고 하시지요. 어쩌면 그것이야말로 이 문제를 해결할 방법일 수도 있지 않겠습니까? 허나 그리 걱정하진 않아도 될 것입니다. 내 비록 그들을 모두 죽음의 땅으로 보내버릴 순 있지만 그렇게 하진 않겠습니다. 이미 그들은 어떤 의미에서 죄악의 욕망에 빠져 죽은 것이나 다름없습니다. 유디스티라의 부를 탐내면서 그들은 약해졌고, 곧 파멸할 것입니다. 왕이여, 두리요다나가 마음대로 하도록 내버려두십시오."

크리슈나의 말에 드리타라스트라가 시종들에게 명했다. "어서 가서 두리요다나와 그 아이를 따르는 자들을 데려오거라. 내가 그놈을 바른 길로 인도할 것이다."

왕의 명을 받은 두리요다나가 다시 들어왔다. 카르나와 두샤샤나가 그 뒤를 따라 들어왔다. 그는 홀을 가로질러 자신의 자리로 가 앉았다.

드리타라스트라가 역정을 내며 말했다. "무리들과 작당해 패륜을 저지르고 극악무도한 죄를 지으려 하다니. 네가 도저히 할 수 없는 일을 하려 하는구나. 달을 잡으려 하는 아이처럼 어찌하여 크리슈나를 상대로 그런 음모를 꾸몄단 말이냐? 모든 선한 이들이 너를 경멸할 것이다. 너는 결코 그 일을 성공할 수 없다. 신이라 할지라도 그를 잡을 수는 없다는 것을 아직도 모른단 말이냐? 아들아, 무모한 계획을 포기하고 어서 이성을 찾거라."

두리요다나는 애써 화를 참고 있었다. 그는 아무 말도 하지 않았다. 크리슈나가 떠나려고 일어나면 그를 잡으라고 이미 수하들에게 명령해놓은 상태였다. 다른 이들은 그를 두려워할지 몰라도 그는 아니었다. 크리슈나는 여유롭게 웃고 있었다. 곧 모든 사람이 그가 얼마나 강한지를 알게 될 것이다.

쿠루들이 드라우파디를 범한 일을 마치 어제 일처럼 똑똑히 기억하고 있는 비두라는 크리슈나 또한 그런 수치를 겪게 될 것이라는 생각에 치를 떨었다. 그는 마지막으로 두리요다나의 마음을 돌리기 위해 입을 열었다. "바라타여, 수많은 악귀들이 크리슈나에게 도전했으나 모두 실패했다. 대지의 여신의 아들이요, 엄청난 힘의 소유자인 나라카는 막강한 군대에 둘러싸여 수천 년을 지냈지만 크리슈나는 그런 그를 간단히 처치했다. 신들을 두려움에 떨게 한 머리 다섯 달린 무리를 처치한 것이 크리슈나라는 사실을 너도 알고 있을 것이다."

비두라는 잠시 말을 멈추었다가 다시 말을 이었다. "크리슈나는 무엇이든 할 수 있다. 그는 원인의 원인이다. 모든 힘과 부가 그에게서 나온다. 두리요다나, 너는 아직 크리슈나를 모른다. 그의 위대함은 누구와도 비교할 수 없으며, 너와 네 추종자들은 그 앞에서 재가 되고 말 것이다. 그를 잡아두려는 생각은 우둔함의 소치일 뿐이라는 말이다."

크리슈나가 두리요다나를 보며 말했다. "내가 혼자이고 무방비일 것이라 생각했단 말이냐? 어리석은 자여, 진실을 보여주마. 여기 모든 판다바들과 바리슈니, 안드하카들이 있다. 신들과 아다티야, 루드라와 바수, 위대한 현자들이 함께 있도다."

그 말에 두리요다나는 더 이상 참을 수 없다는 듯 또 다시 자리를 박차고 일어나 크리슈나를 가리키며 말했다. "이놈을 잡아라." 순간 사방에서 병사들이 쏟아져 나와 크리슈나를 향해 칼과 화살을 들이댔다.

크리슈나가 웃음을 터트렸다. 바로 그 순간 그의 몸이 번개처럼 번쩍이더니 몸이 점점 커지면서 무수한 신들이 눈앞에 모습을 드러냈다. 이마에서는 브라흐마가 나오고, 가슴에서는 시바가 나왔다. 팔 위에는 로카팔라들이, 입에서는 아그니가 나왔다. 연이어 인드라와 마루트, 간다르바, 야크샤, 라크샤사가 등장했다. 두 눈에서는 발라라마와 아르주나가 나와 그의 양옆에 우뚝 섰다. 뒤에는 유디스티라와 비마, 쌍둥이 형제가 서고, 그 뒤에는 브리슈니들과 안드하카들이 프라디윰나를 앞세우고 섰다. 크리슈나의 방망이에서는 수많은 원반과 막대가 튀어나왔다. 온몸이 빛을 발하며 불꽃과 연기를 내뿜었다.

무시무시한 광경이었다. 홀에 모인 사람들은 눈을 질끈 감았다. 오로지 비슈마와 드로나, 비두라, 산자야만이 크리슈나의 변신을 지켜보았다. 현자들도 기도를 올리며 크리슈나를 응시했다. 하늘에서 천상의 북소리가 울려퍼지더니 천상의 꽃들이 쏟아져 내렸다.

산자야는 이 광경을 드리타라스트라에게 설명했다.

왕이 말했다. "세상에 선을 베푸는 크리슈나여, 이 두 눈을 축복하여 그대의 모습을 볼 수 있게 해다오. 야두족의 으뜸이여, 내가 바라노라."

크리슈나가 대답했다. "쿠루의 지도자여, 당신께 이 광경을 보여드리겠습니다."

순간 드리타라스타라의 눈에 홀 안의 모습이 펼쳐졌다. 수많은 신들이 크리슈나에게 다가가 베다의 경전을 외우며 그를 경배하고 있었다.

한편 홀 밖에는 매서운 바람이 불어닥쳤다. 바다에선 큰 파도가 일고, 하늘에선 천둥이 쳤다. 땅은 크게 흔들렸다.

크리슈나는 신의 모습에서 다시 사람의 모습으로 돌아왔다. 그리고는 현자들의 허락을 받은 뒤 사티야키와 크리타바르마의 손을 잡고 홀을 떠났다. 나라다를 수장으로 한 현자들도 자리에서 일어나 모두 자리를 떴다.

모두가 경외에 휩싸였다. 드리타라스타라 왕의 눈은 또 다시 보이지 않게 되었다. 모두가 놀라움에 말을 잇지 못하고 자리에 그대로 주저앉았다.

크리슈나가 자리를 뜨자 쿠루들은 마치 신들이 인드라를 따르듯 합장하며 그의 뒤를 따랐다. 두리요다나와 수하 대신들만이 자리에 남았다. 무엇에 크게 맞은 듯 멍하니 앉아 아무것도 하지 못했다. 크리슈나를 잡으려는 계획은 물거품이 되고 말았다.

바다와 하늘, 땅을 뒤엎을 듯한 천재지변이 멈추고 다시 산들바람이 불었다. 크리슈나는 전차에 올라 떠날 채비를 했다. 그가 호랑이 가죽으로 덮인 전차에 앉았을 때 드리타라스타라가 홀 밖으로 나왔다. 그리고는 비두라의 안내를 받으며 크리슈나의 전차가 있는 곳으로 와 말했다. "크리슈나, 그대는 모든 것을 볼 수 있고, 모든 것을 알고 있다. 내가 평화를 바라고 있다는 것도 알 것이다. 나는 판다바 그 아이들에게 악한 마음을 품고 있지 않다. 그대는 두리요다나를 향한 내 말을 모두 들었을 것이다. 나는 최선을 다했노라."

어느새 원로들이 드리타라스타라 왕을 에워싸고 있었다. 크리슈나가 모두를 보며 말했다. "당신들도 모든 것을 보았을 것입니다. 모두의 충고를 무시하고 유유히 걸어나가는 오만한 왕자의 모습도 보았을 것입니다. 또한 당신들은 지상의 지배자가 그를 향해 나약하다고 하는 말도 들었을 것입니다. 왕이여, 허락하신다면 이제 그만 유디스티라에게 돌아가겠습니다."

크리슈나 옆으로 사티야키와 크리타바르마가 자리를 잡고 앉았다. 다루카가 말에 채찍질을 하자 전차가 움직이기 시작했다. 쿠루의 대신들은 시민들의 배웅을 받으며 돌아가는 크리슈나의 전차를 지켜보았다. 크리슈나는 떠나기 전에 다루카에게 명하여 비두라의 집으로 갈 것을 지시했다. 비라타로 돌아가기 전에 자시 한번 쿤티를 만나 이야기를 나누고 싶었다.

사티야키를 대동하고 쿤티 앞에 나아간 크리슈나는 그녀의 발에 절을 올린 뒤 홀에서 일어난 일을 자세히 설명했다. 쿤티는 별로 놀라지 않았다. 그녀는 두리요다나가 제안을 받아들일 거라 기대하지 않았다. 유디스티라가 지나치게 관대해지는 것을 염려하여 그녀는 크리슈나에게 반드시 싸워달라고 강력하게 설득했다. 그녀는 그가 왕국 때문에 친족과 원로들과의 싸움을 피할 것이라 생각했다.

크샤트리아 공주로서 쿤티는 전사의 도를 교육받았다. 그녀는 크리슈나에게 원칙을 상기시키면서 전쟁이 유디스티라를 위한 길임을 피력했다. 그녀의 아이들은 그에 대해 조금의 의심도 품지 않아야 했다.

다시금 쿤티는 크리슈나에게 아이들의 미래를 예견한 태몽 속의 예언을 상기시켰다. "크리슈나, 현자들이 예언한 대로 되게 해다오. 그 아이들은 운명을 이루어 이 세상을 지배해야 한다. 허나 그것은 평화로이 달성되지 않을 것이다. 그 아이들이 싸우지 않는 이상 드라우파디의 명예도 되찾을 수 없을 것이다. 이것이 바로 내게 있어 전쟁을 해야 하는 가장 큰 이유이니라. 그 아이들은 드라우파디를 위해서라도 반드시 복수를 해야 한다. 그렇지 않고선 그 죄에서 자유롭지 못할 것이다. 비록 아이들이 주사위 놀이에 패배하여 사악한 무리들로부터 그녀를 보호하지 못했으나 이제는 그 잘못을 바로잡아야 한다."

쿤티는 머리를 조아려 크리슈나의 발을 손으로 만지고는 자리에서 일어나 말을 맺었다. "아이들에게 나는 잘 있다고 전해다오. 이제 영예로운 길을 가거라."

크리슈나는 자리에서 일어나 쿤티의 주위를 한 바퀴 돈 뒤 작별 인사를 하고 방을 나섰다. 비슈마를 비롯한 쿠루의 원로들이 기다리고 있었다. 크리슈나는 그들에게 절을 올리고 작별 인사를 한 뒤 사티야키와 함께 전차에 올라 판다바들이 기다리고 있는 곳으로 향했다.

쿠루들은 도시의 남문을 향해 속도를 높이는 전차를 지켜보았다. 다루카의 채찍질에 크리슈나를 실은 말들은 마치 하늘로 치솟는 듯 달려 금세 시야에서 사라졌다. 쿠루의 원로들은 다시 왕궁으로 향했다. 크리슈나의 임무는 실패했다. 전쟁은 일어나고야 말 것이다.

5 쿠루크셰트라를 향해

크리슈나가 출발하던 이른 아침, 카르나는 늘 그랬듯이 태양신을 경배하기 위해 아침 일찍 일어났다. 어릴 적 태양신에게 끌린 뒤로 의식이나 기도를 빼먹은 적은 단 하루도 없었다. 해가 뜨기 한 시간 전, 그는 한 무리의 브라만들을 거느리고 갠지스로 향했다. 그는 강물에 목욕을 하고 베다를 읊으며 동쪽을 향했다. 강어귀에서는 브라만들이 성스러운 불을 지피고, 그를 대신하여 수리야에게 제물을 바쳤다.

카르나는 경배가 끝난 뒤에는 보시를 했다. 자신에게 무언가를 요구해 오는 자의 청을 절대로 거절하지 않겠다고 맹세한 그였다. 인드라는 이미 그의 말을 빌미 삼아 천상의 갑옷을 얻어 가지 않았는가?

바로 그때 쿤티가 그를 향해 다가왔다. 젊은 카르나가 드로나의 무술대회에 입장하는 것을 본 순간, 그녀는 카르나가 자신의 아들이라는 사실이라는 것을 직감했다. 또한 그가 그 사실을 모르고 있다는 것도. 그 아이가 형제들과 맞서는 것을 지켜보는 일은 고통스러웠다. 그녀는 아이들이 전투에서 서로를 죽이게 되리라는 생각에 몸서리가 쳐졌다. 이제는 카르나에게 진실을 말할 때다. 그럼 어쩌면 형제들 편에 서게 되리라.

그래서 해가 뜨기 전에 홀로 갠지스로 나온 것이다. 강가에 도착한 쿤티는 카르나가 큰 소리로 기도하는 모습을 보았다. 그녀는 어머니가 아들을 보듯 그를 바라보았다. 아이는 해를 향해 선 채로 팔을 머리 위로 들어 합장한 채 기도를 하고 있었다. 해가 중천에 이를 때까지 그리할 참이었다.

쿤티는 강가에 앉아 카르나를 기다렸다. 때는 여름이었고, 머리를 감싼 비단옷은 열에 약했다. 두 시간이 지나서야 카르나는 경배를 마치고 돌아섰다. 쿤티를 보고 놀랐으나 그는 침착하게 말했다. "고귀한 분이여, 환영합니다. 아드히라타Adhiratha와 라드하Radha의 아들 카르나입니다. 당신께 예를 올립니다. 제가 무엇을 해드릴 수 있겠습니까?"

쿤티는 자리에서 일어나 천천히 카르나에게 다가갔다. 이제 막 강에서 나온 아이의 몸에서는 물이 뚝뚝 떨어지고 있었다. 카르나의 눈에 여왕의 아름다운 모습이 눈에 들어왔다. 그를 향한 그녀의 눈이 초조하게 바닥으로 떨어졌다. 손을 깍지 낀 채 그녀가 부드럽게 말을 시작했다. "아이야, 너는 라드하와 아드히라타의 아들이 아니니라."

그녀의 목소리는 떨렸고, 진정을 되찾기 위함인지 잠시 말을 멈추었다. "아이야, 너는 전차몰이꾼으로 태어나지 않았다. 너는 수리야의 피를 받은 내 아들이니라. 네가 태어나던 순간, 너는 네 아버지처럼 번뜩였다. 몸과 하나인 갑옷을 입고 있었으며, 빛나는 귀걸이를 하고 있었다. 허나 그때 나는 아직 결혼하지 않은 몸이었다. 나와 네 아버지의 명성에 먹칠을 할까 두려워 나는 너를 버렸느니라."

말을 마친 쿤티의 눈에서 눈물이 흘러넘쳤다. 카르나를 버린 일을 생각할 때마다 가슴이 미어졌다. 그러나 누구에게도 혼자서 오랫동안 숨겨

온 진실을 털어놓을 수 없었다. 카르나가 무술 대회에 나왔을 때도 마찬가지였다. 그녀는 아드히라타와 그의 아내가 아이를 데려다 돌봐준 것에 감사하게 생각해왔고, 진실을 밝힐 일은 없을 것이라 생각했다. 그러나 이제는 그의 목숨이 경각에 달렸다. 그녀는 그를 구해야 했다. 만일 카르나가 죽지 않으면 이 아이는 아르주나를 죽이고 말 것이다. 허나 그녀는 두 아이 가운데 누구도 잃고 싶지 않았다.

카르나가 놀라서 눈을 크게 떴다. "태생을 알지 못했으니 판다바들이 네 형제들이라는 사실도 몰랐을 것이다. 너는 지금 두리요다나를 섬기고 있다. 허나 그것은 옳지 못하다. 아들아, 유디스티라의 왕국을 훔친 사악한 자들이 너를 이끌고 있다. 그들을 계속 따른다면 너는 파멸하고 말 것이다. 허니 그들을 버리고 선한 길을 따라 네 형제들에게 가거라."

카르나는 쿤티의 말이 머릿속에 몰아치는지 두 손으로 머리를 세게 눌렀다. '어찌 이런 일이 있을 수 있단 말인가? 이 말이 진실이라면 어찌하여 이 사실을 진작에 알리지 않았단 말인가. 혹시 판다바들에게 대항하려는 의지를 꺾으려는 책략은 아닌가? 아니, 그렇지는 않을 것이다. 선과 진실로 유명한 왕비가 아니던가. 이 말은 진실이리라.'

카르나는 마치 그곳에 뿌리박힌 듯 움직이지 않았다. 너무 놀라 아무 말도 할 수 없었다.

쿤티는 눈물을 훔치고 태양을 바라보았다. 어찌하여 신은 나를 이런 고통에 몰아넣었단 말인가? 아이에게 태생의 비밀을 밝히는 것은 무척이나 어려운 일이었다. 카르나를 너무도 사랑했지만 진실을 밝히려 할 때마다 두려움이 그녀를 막았다. 아이가 내 손을 뿌리치면 어떻게 한단 말인가. 내가 이 아이를 내친 것처럼. 하지만 이제는 상관없다. 이 아이를 살릴 수만 있다면 그 어떤 것도 두렵지 않다.

"저들에게 가서 네가 아르주나와 합류했음을 보여주거라. 형제애가 싹트면 카우라바들도 경외심을 갖고 너에게 절을 올릴 것이다. 너와 아르주나가 발라라마와 크리슈나처럼 힘을 합친다면 이루지 못할 것이 없느니라. 아이야, 형제들의 도움을 받는다면 너는 마치 신들에 에워싸인 브라흐마처럼 찬란하게 빛날 것이다. 너는 내가 낳은 나의 장남이니라. 아이야, 다시는 네 스스로를 전차몰이꾼이라고 부르지 말거라."

바로 그 순간 태양의 목소리가 들려왔다. "카르나야, 쿤티는 진실을 말하고 있느니라. 그녀의 충고를 따르거라. 너를 위한 길이니라."

카르나는 그 말을 믿었다. 그는 쿤티의 아들이었으며, 유디스티라의 형이었다. 이제야 모든 것이 사리에 들어맞았다. '아버지 아드히라타는 갠지스 강에서 바구니에 담겨 떠다니던 나를 발견했다고 했다. 아버지는 내가 별자리처럼 빛을 발했고, 신이 거룩한 목적을 위해 나를 보냈을 거라 생각했다고도 했다. 아버지는 나를 집으로 데려가 사랑으로 키웠다. 그리고 태양신을 통해 내가 입은 갑옷에 대한 비밀을 들었을 때 나는 그 말이 사실이었음을 깨달았다. 내가 어떤 강력한 신의 아들이었을 것이라는. 그러나 진실까지는 알지 못했다.'

흐르는 물소리를 뚫고 카르나가 입을 열었다. "왕비여, 당신의 말을 의심하지 않습니다. 그러나 그 말을 곧이 받들 수는 없습니다. 판다바들과 함께하는 것이 선한 것인지 아직 알 수 없으며, 당신이 나를 버린 것 또한 옳은 일이었다고 생각하지 않습니다. 당신께선 나의 이름을 산산조각 냈습니다. 나는 지금껏 전차몰이꾼의 이름으로 살아왔고, 그로 인해 정당하게 할 수 있었던 크샤트리아의 의식도 행하지 못했습니다. 어떤 적이 이보다 더 저를 해칠 수 있겠습니까?"

카르나는 눈을 꼭 감은 채 주먹을 쥐고는 자리에 주저앉았다. 그리고는 태양을 향해 고개를 젖혔다. 뜨거운 눈물이 얼굴을 적시고, 비탄과 분노로 온몸이 뒤틀렸다. 생모를 알고 싶었고, 언젠가 만나게 되기를 오랫동안 바라왔다. 그리고 지금, 그토록 찾고 싶던 어머니가 앞에 서 있다. 쿤티. 쿠루의 여왕이자, 그토록 증오하는 적들의 어머니다. 그러나 나의 어머니이기도 하다.

가슴속에 어머니에 대한 사랑이 샘솟았지만 그는 애써 부정했다. '수리야의 음성 또한 진실로 나를 위한 것이라고는 생각되지 않는다. 또한 두리요다나가 나를 가장 필요로 하는 때에 그를 떠나는 것도 싫다. 쿤티와는 달리 두리요다나는 처음부터 진정 어린 애정과 우정으로 나를 대해주지 않았던가. 그런데 어떻게 하루아침에 그를 버리고 판다바들 편에 설 수 있단 말인가?'

카르나의 목소리가 매서워졌다. "당신이 나를 위한다는 말은 받아들일 수 없습니다. 정작 필요했을 때는 자비를 보여주지 않더니 이제 와서 제가 필요했나 보군요. 나는 당신 말대로 행할 수 없습니다. 전쟁이 일어나기 전날 두리요다나를 떠나 판다바들에게 합류한다면 모두가 나를 겁쟁이라 부를 것입니다. 카우라바들은 나의 소원을 모두 들어주었습니다. 또한 그들은 나를 숭배했습니다. 그런 그들을 버리라니요. 그들은 마치 뱃사람이 배에 의지하듯 나에게 의지하고 있습니다. 이제는 내가 드리타라스트라의 아들들에게 보답할 차례입니다."

카르나는 쿠루족 회의에서 비슈마를 향해 했던 맹세를 떠올렸다. 비슈마가 죽기 전까지는 싸우지 않겠다는 맹세였다. 그는 두리요다나를 배신하는 것에 대한 크나큰 죄책감을 느끼고 있었다. '이제 나는 비슈마가 죽기 전까지는 싸울 수 없다. 쉬크한디가 비슈마를 죽일 것이라는 것은 이미 예언된 일이다. 그렇다면 두리요다나에게는 그 어느 때보다 내가

필요하다. 그를 떠나는 것은 불가능하다.'

카르나가 다시 말을 이었다. "나는 두리요다나를 배반할 수 없습니다. 그를 떠나지 않겠습니다. 그러나 당신의 부탁은 헛되지 않을 것입니다. 아르주나를 제외하곤 설령 내 힘이 더 강하더라도 전투에서 당신의 아들들을 죽이지 않겠습니다. 내가 아르주나를 죽인다면 나는 세상에 용맹을 떨칠 겁니다. 그가 나를 죽인다 해도 나는 이름을 떨치게 될 겁니다. 아르주나와 나 둘 중에 하나만 살아남을 뿐 둘 다 동시에 살아남을 수는 없습니다."

쿤티는 카르나를 향해 한 발 한 발 내딛으며 손을 들어 흐르는 눈물을 닦았다. 자신의 의지와는 달리 카르나는 마치 약속이라도 한 듯 팔을 뻗어 쿤티를 감쌌다. 아니 어머니를 안았다. 어머니와 아들로서 둘은 처음으로 서로를 껴안았다.

쿤티가 말했다. "아이야, 운명을 거스를 수는 없구나. 네 말대로 되리라. 쿠루들은 멸망할 것이고, 나는 너와 아르주나 둘 중에 하나를 잃게 될 것이다. 더 많은 네 형제들을 잃을 수도 있다. 무기를 휘두를 때 지금의 약속을 잊지 말아다오. 세상 모든 행운과 축복이 너와 함께하기를. 나는 이만 가련다."

쿤티는 뒤로 물러나 다시 한번 카르나의 얼굴을 바라본 뒤 서둘러 돌아갔다.

카르나는 전차에 올랐지만 한참을 움직이지 못했다. 쿤티의 말이 머릿속에서 맴돌고 또 맴돌았다. 만일 그녀의 아들로 자랐더라면 얼마나 많은 것이 달라졌을까? 그러나 운명은 그에게 다른 길을 주었다. 이제 그의 운명은 두리요다나, 카우라바와 함께 가고 있었다. 일어났을지도 모르는 일을 위해 슬퍼할 수는 없다. 카르나는 쿤티와의 일을 누구에게도 털어놓지 않으리라 다짐했다. 그렇게 했다간 모든 일이 복잡해지고, 맹세를 지키기가 어려워질 것이었다. 참담한 심정으로 그 역시 자신의 처소로 향했다.

* * *

한편 크리슈나는 떠나기 전에 카르나와 개인적으로 이야기를 나누고 싶었다. 하스티나푸라의 남문에 도착했을 때 마침 카르나가 기다리고 있었다. 크리슈나는 멈추어 서서 카르나에게 전차에 오르라고 했다. 그리고는 도시 밖으로 나가 비라타로 향하면서 말을 꺼냈다. 카르나의 전차몰이꾼이 사티야키를 태우고 크리슈나의 전차를 뒤따랐다. 사티야키는 둘만의 시간을 원하는 크리슈나의 뜻을 알고 자리를 비켜주었다. 크리슈나는 닥쳐올 전쟁에서 판다바들에게 가장 위협적인 인물이 카르나라고 생각했다.

크리슈나는 카르나의 어깨에 손을 얹으며 입을 열었다. "경전에 따르면 어머니가 결혼하기 전에 태어난 아들은 어머니와 결혼한 자의 아들이 된다 하였다. 그대는 그대의 어머니가 혼인하기 전에 태어났으니 곧 판두의 아들이다. 판다바들은 그대 아버지의 핏줄이다. 또한 브리슈족은 그대 어머니의 핏줄이다. 그러니 너는 두 부족의 핏줄이다. 영웅아, 나와 함께 왕이 되는 것이 어떻겠느냐? 판다바들은 나와 다른 추종자들과 마찬가지로 그대를 연장자로 경배할 것이다. 또한 모든 왕족들이 그대를 성스러이 대접할 것이다. 드라우파디 또한 그대의 아내가 될 것이다. 다섯 형제들은 신들이 인드라를 따르듯 그대를 따를 것이다. 나 역시 그리할 것이며, 안드하카라족과 브리슈족도 동참할 것이다. 카르나여, 이 세상을 지배하거라. 시인들로 하여금 그대를 칭송하게 하거라. 쿤티의 마음을 기쁘게 하고, 장자의 정당한 권리를 되찾거라."

카르나는 크리슈나의 웃는 얼굴을 보았다. 현자들의 말대로 그는 모든 것을 알고 있었다. 하지만 그의 마음은 쉽게 움직이지 않았다.

카르나는 고개를 저었다. "크리슈나여, 당신의 말이 나를 위한 것임은 의심할 여지가 없습니다. 이제 나는 내가 판두의 아들임을 압니다. 왕비께서 모든 것을 털어놓았습니다. 허나 그녀는 나를 버렸습니다. 나를 키운 것은 아드히라타와 그의 아내입니다. 그들은 나를 사랑했고, 지금까지 나를 아들로 대해주었습니다. 그분들이 내 부모입니다. 그들은 내게 필요한 모든 것을 해주었습니다. 나를 데려간 뒤에 태어난 그의 아이들에게 나는 형이 되었습니다. 그들은 내 아내들을 골라주었고, 아내들은 내 아이들을 낳아주었습니다. 하늘과 땅을 모두 얻는다 한들 그들을 버릴 수는 없습니다. 그들을 공포로 내몰 순 없습니다."

카르나는 조금도 거리낌이 없었다. 크리슈나의 제안을 받아들이는 것은 곧 인륜을 저버리는 것이었다. 그는 지평선을 바라보며 말을 이어갔다. "지난 십삼 년간 나는 오로지 두리요다나의 은혜로 이 땅의 주인으로 살아왔습니다. 그에게 많은 빚을 졌습니다. 그는 나에게 의지하여 판다바들에 대항할 힘을 만들어왔습니다. 나는 전쟁에 나가 아르주나를 만나기로 결심했습니다. 만약 지금 물러난다면 모든 사람들이 나를 비웃고 욕할 것입니다. 크리슈나여, 나는 겁쟁이로 불릴 수 없습니다. 두리요다나에 대한 충성을 저버릴 수도 없습니다. 만일 내게 다스릴 세상이 있었다면 나는 그것을 두리요다나에게 넘겨주었을 것입니다. 그가 나에게 베푼 은혜를 저버리고 이제 와서 어찌 판다바들과 함께할 수 있겠습니까?"

그러면서 카르나는 판다바들에 대한 감정을 곱씹었다. 어렸을 적, 그는 유디스티라와 비마, 그리고 쌍둥이 형제를 존경했다. 그러나 드로나에게 무술 교육을 받기를 원했던 자신의 마음을 거절당하면서 아르주나를 증오하게 되었다. 그가 다시 하스티나푸라로 돌아와 무술 대회에 참가하려 했을 때 드로나는 카르나가 몇 년 전 자신이 모욕을 주고 돌려보낸 소년임을 알아채지 못했다. 그는 오로지 왕족만이 자신의 무술 교육을 받을 수 있다고 했다. 카르나는 전차몰이꾼의 아들이었다. 수치심에 달아올라 그는 복수를 다짐하며 돌아섰다. 드로나가 사랑하는 제자 아르주나를 물리치는 것만이 최고의 복수임을 다짐했다. 아르주나가 경기장에 들어서는 것을 본 순간 그의 가슴은 질투로 끓어올랐다. 그리고 그 질투는 아직 사그라들지 않았다. 곧 전쟁터에서 폭발하리라. 이제 다른 길은 없었다.

"크리슈나여, 나는 이번 전쟁이 우리에게 희망이 없다는 것을 압니다. 그렇다고 해서 이제 와 마음을 바꾸지는 않겠습니다. 나는 유디스티라가 옳고 선하다는 것을 알고 있습니다. 그는 곧 다가올 전투에서 제사장이 되어 드리타라스타라의 아들들을 제물로 삼을 것입니다. 정성으로 신을 섬기는 판다바들은 세계를 통치할 만합니다. 내가 지금껏 그들을 가혹하게 대한 것은 오로지 두리요다나를 기쁘게 하기 위함이었습니다. 죄책감이 나를 죄어오고 있다는 것을 알아주십시오."

잠시 말을 멈추었다가 카르나가 다시 말을 이어갔다. "그럼에도 불구하고 나는 아르주나와 싸울 것입니다. 크리슈나여, 그것이 인간이자 크샤트리아로서 나의 소명입니다. 카우라바들이 이길 가능성이 없으니 나는 분명 죽을 것입니다. 이 전쟁은 아르주나가 나를 죽이고 비마가 두리요다나를 죽이면 끝날 것입니다. 전투는 우뚝 솟은 산처럼 오래도록 기억될 만큼 장대할 것입니다. 막을 수는 없습니다."

크리슈나가 웃었다. "영웅아, 그대는 이 땅을 지배할 욕망이 없느냐?

내가 말한 대로 왕국을 평화롭게 받아들일 수는 없느냐? 의심할 여지 없이 판다바들의 승리가 확실하다. 파괴의 여신 칼리의 시대가 다가오고 있음을 알거라. 수많은 이들이 목숨을 잃을 것이다. 하스티나푸라로 돌아가 드로나와 크리파에게 준비하라 일러라. 이레 후 보름달이 뜨는 날 전쟁이 시작될 것이다. 두리요다나의 지휘 아래 있는 모든 왕들은 판다바의 창칼에 모두 죽음을 맞이할 것이다."

카르나는 크리슈나의 의도를 이해할 수 없었다. 어찌하여 지금 와서 마음을 바꾸라고 하는가? 그것은 전투에 별반 영향을 미치지 않을 것이다. 운명은 모든 것을 이미 정해 놓았다.

카르나는 길고 검은 머리를 바람에 날리며 앉아 있는 크리슈나에게 물었다. "크리슈나여, 어찌하여 나를 이토록 혼란하게 하십니까? 어째서 나를 바보 취급하시는 겁니까? 당신은 모든 것을 알고 있습니다. 두리요다나와 샤쿠니, 두샤사나 그리고 나의 명분과 세상의 파멸이 손안에 있습니다. 당신이 말한 대로 이루어질 것이며, 다른 길은 없습니다. 두리요다나의 패배를 뜻하는 징조들이 이미 나타났습니다. 심지어 판다바들이 전투에서 승리하는 꿈까지 꾸었습니다. 그와 그의 형제들이 천 개의 기둥을 가진 궁전에 입성하였습니다. 당신 역시 아르주나 옆에 있었습니다. 그러나 카우라바들과 그를 따르는 자들은 선명한 핏빛 망토를 걸치고 죽음의 신 야마라자가 머무는 남쪽을 향해 가고 있었습니다. 나를 비롯한 수많은 전사들은 곧 간디바가 쏟아붓는 불길 속으로 들어갈 것입니다."

크리슈나는 연민의 눈길로 카르나를 보았다. "카르나, 그대가 나의 제안을 받아들일 준비가 되어 있지 않으니 그 일은 분명 닥쳐올 것이다. 아이야, 파멸이 손안에 있거늘 내 더 이상 무슨 말을 하겠느냐?"

카르나는 머리를 살짝 숙여 절했다. "만일 내가 요행으로 전투에서 목숨을 부지한다면 당신을 다시 만나게 되겠지요, 크리슈나여. 그렇지 않으면 우리는 하늘에서 만날 것입니다. 무결한 분이여, 이제 내가 당신을 만날 곳은 그곳뿐인 듯합니다."

크리슈나는 다루카에게 다시 전차를 댈 것을 명했다. 그리고는 카르나를 포옹한 뒤 작별 인사를 건넸다. 카르나는 전차에서 뛰어내려 자신의 전차로 올라탔다. 크리슈나는 사티야키와 다시 전차에 올라 전차몰이꾼을 재촉해 길을 떠났다. 카르나는 서글픈 마음을 안은 채 하스티나푸라로 향했다. 곧 그는 형제들을 상대로 전쟁을 벌이게 되리라. 또한 크리슈나를 상대로 맞서야 하리라.

그의 제안은 진정 카르나를 위하는 말이었다. 허나 따를 수는 없었다. 쿤티의 말과 크리슈나와의 대화를 생각하며 카르나의 마음은 더욱 무거워졌다. 삶의 행복과 번영을 만끽하는 운명은 그에게서 멀리 떨어져 있었다.

* * *

크리슈나가 하스티나푸라를 떠나고 난 뒤 드리타라스타라는 마지막 전략 회의를 소집했다. 전쟁은 이제 피할 수 없었고, 그 때문에 왕은 초조했다. 크리슈나의 진면목을 확인하고 난 뒤라 마음이 더욱 불안하고 심란했다. 어느 누구도 그에게 맞설 수는 없을 것이다. 하지만 마지막 가능성이 아직 남아 있을지도 모른다.

왕은 대신들을 천천히 둘러보며 말했다. "지혜로운 자들이여, 우리 모두 크리슈나의 말을 들었고, 그의 초인적인 능력을 목격했소. 세상 모든 왕들이 판다바들과의 전투에 참여할 것이오. 내 아들이 그들을 욕보였고, 크리슈나마저 분노에 차 돌아갔소. 우리는 이제 커다란 위험에 직면했소. 이 재앙을 막을 수 있는 방책을 말해보시오."

비슈마가 머리를 저었다. "우리의 운명은 이미 봉해졌노라. 왕이여, 우리는 신조차 경배하는 크리슈나를 홀대했다. 이제 우리에게 남은 기회는 없다. 수많은 영웅이 세상을 나눠 갖기 위해 전쟁에 참여할 것이다. 더 이상의 논의는 의미가 없다. 전쟁을 위한 준비밖엔 남지 않았다."

드로나와 크리파도 자포자기한 듯 비슈마에 말에 고개를 끄덕였다. 이제 남은 것은 전쟁뿐이다.

두리요다나는 미소를 지었다. 드디어 그가 그토록 기다리던 순간이 온 것이다. 이제 더 이상의 탁상공론은 없을 것이다. 판다바들을 상대하는 길은 오로지 전쟁뿐이었음을 진작에 알았어야 했다. 크리슈나는 초자연적인 힘을 보여주었다. 허나 그것이 어떻단 말인가? 그는 전투에 참여하지 않는다. 카우라바 진영에도 신묘한 무기를 다루는 자들이 많다. 조금도 겁나지 않는다.

비두라는 절망했다. 두리요다나를 보니 미소를 지으며 만족한 표정을 짓고 있었다. 분노한 비두라가 자리에서 일어나 왕자를 쏘아보았다. 크리슈나를 욕되게 한 것은 도저히 용서할 수 없었다. "당장 유디스티라에게 왕국을 돌려주지 못하겠느냐. 유디스티라에겐 적이 없다. 게다가 지금껏 참을 만큼 참았다. 그를 응당 두려워해야 할 것이다."

두리요다나 역시 비두라를 매섭게 노려보았다. 비두라가 말을 이었다. "절대자 크리슈나는 쿤티의 아들들을 혈족으로 받아들였다. 그는 야두족의 왕족과 함께 드와라카에 살고 있다. 그 모두의 주인이 바로 크리슈나다. 너는 당연히 그들을 두려워해야 할 것이다."

비두라가 왕에게 돌아섰다. "이 땅의 지배자여, 그리 앉아만 계시는 탓에 저 아이가 이렇게 기고만장해졌습니다. 저 아이는 크리슈나를 질투하고 있습니다. 그로 인해 왕께선 희망을 상실하셨습니다. 저 아이를 당장 엄벌에 처하여 비극에서 벗어나소서. 그리하여 이 나라와 영웅들을 구하소서. 그렇지 않으면 우리 모두가 죽고 말 것입니다."

두리요다나는 더 이상 참을 수가 없었다. '어릴 때부터 비두라는 늘 판다바들에게 호의적이었다. 하지만 나와 내 형제들에게는 별 애정이 없었다. 이제 그는 도를 넘었다.'

두리요다나가 분노에 치를 떨며 벌떡 일어났다. 입술이 심하게 떨리고 있었다. "시종의 아들에게 누가 이 회의에 참석하라 일렀소? 비두라는 우리 편이 아니다. 그는 자신을 지지해준 이들을 배신하고 적과 내통하고 있다. 어서 궁전 밖으로 내치고, 모든 것을 뺏어야 할 것이다."

드리타라스타라는 아들의 고함에 깜짝 놀랐다. 왕이 손을 들어 타일렀지만 비두라는 미소를 지으며 일어났다. 그리고는 아무 말 없이 활을 들고 밖으로 나갔다. 그는 지금껏 단 한 번도 화를 내며 활을 잡은 적이 없었다. 어떻게 하면 판다바들과의 싸움을 피할 것인지에 대해서만 고민했다. 이제 기회가 왔다. 그는 활을 문 앞에 세워 쿠루를 위해 싸우지 않을 것을 암시하고는 홀 밖으로 나와 현자들의 아슈람으로 향했다. 성지 순례를 결심한 것이다.

한편 홀 안의 다른 쿠루의 원로들은 큰 소리로 웃어대는 두리요다나를 질책했다. 드리타라스타라는 거기서 회의를 끝냈다. 이제 남은 것은 전쟁뿐이다. 전쟁을 준비해야 한다.

* * *

유디스티라와 그의 형제들은 비라타에서 돌아온 크리슈나를 따뜻하게 맞이했다. 크리슈나는 형제들에게 하스티나푸라에서 일어난 일을 모두 설명했다. 카르나와의 일은 제외하고. 카르나의 정체를 알리면 유디스티라는 그와 싸우지 않으려 할 것이다. 그것은 비밀에 부쳐져야만 했다.

판다바들은 두리요다나가 크리슈나의 제안을 무시했다는 말에 크게 놀라지 않았다. 그가 수차례 무례한 행동을 했다는 사실에도 놀라지 않았다.

왕들에게 둘러싸여 판다바들과 나란히 앉은 크리슈나가 말했다. "모든 외교술을 총동원했소. 판다바와 평화를 맺으면 판다바는 자존심을 꺾고 드리타라스트라를 섬길 것이라는 말도 했소. 다섯 개의 마을만 넘겨주면 왕국을 그대로 유지할 수 있다고도 말했소. 그럼에도 불구하고 그들이 거부하기에 초인적인 힘까지 발휘해 보였소만 두리요다나는 아둔함에서 벗어나지 못했소. 그 아이는 판다바들에게 절대로 왕국을 돌려주지 않을 것이오, 이제는 남은 것은 단 하나, 그들을 응징해야 하는 것이오. 그래야만 받아들일 것이오. 이제 이 위대한 영웅들이 왕국을 되찾을 길은 전쟁뿐이오. 두리요다나의 군대는 이미 전쟁이 치러질 쿠루크셰트라 Kurukshetra로 진격하고 있소. 그들은 모두 학살당할 것이오. 죽음의 그림자가 몰려오고 있소."

그 말에 유디스티라는 슬픔에 젖어 형제들과 왕들을 둘러보았다.

"영웅들이여, 크리슈나의 말을 잘 들었을 것이오. 이제 우리도 전쟁을 준비하는 수밖에 없게 되었소. 전쟁을 지휘할 장군을 뽑아야 하오. 우리는 이미 일곱 명의 후보를 정해놓았소. 드루파다, 비라타, 드리스타디윰나, 쉬크한디, 사티야키, 체키타나, 그리고 비마요. 이들 가운데 누가 전투를 지휘해야 하겠소? 사하데바, 네 생각을 먼저 말해보거라."

유디스티라는 가장 연소자부터 말하는 전통에 따라 동생을 쳐다보며 물었다. 사하데바가 왕들을 둘러보며 대답했다. "비라타가 맡아야 할 것 같습니다. 그는 우리와 혈연 관계를 맺고 있으며, 선하고 뛰어난 용맹을 지녔습니다. 마츠야의 왕은 전투에서 절대로 패배하지 않을 것입니다. 우리는 오랫동안 그에게 의지해왔으며, 다가올 전투에서도 그리할 것입니다."

유디스티라는 나쿨라에게 돌아섰다. 나쿨라가 말했다. "경전에 해박하고 인내심이 강하며 출생이 고귀하고 가장 존경받는 자가 맡아야 합니다. 드로나를 죽일 뻔한 바라드바자의 무기술을 익힌 분이 있습니다. 수많은 가지에 둘러싸인 나무처럼 그는 아들과 손자들 사이에 우뚝 서 있습니다. 막강한 힘을 가진 드루파다 왕이 군대를 이끌어야 합니다."

이제 아르주나 차례였다. 그의 목소리가 울렸다. "그는 겸손함과 현자에 대한 경배로서 무기를 들고 황금갑옷을 입고 불 속에서 살아나왔습니다. 불을 닮았으며 천상의 전차를 타고 구름처럼 호령합니다. 사자의 심장과 가슴, 어깨를 가진 분이기도 합니다. 태양처럼 빛나는 아름다움을 갖추었으며 진실을 말하고 감정을 절제합니다. 그는 드로나를 죽이기 위해 태어났습니다. 드리스타디윰나가 군대를 이끌어야 합니다. 누구도 그를 찌를 순 없습니다. 그는 비슈마와 어깨를 나란히 하며, 그의 화살은 번개와 야마라자의 사신처럼 날아가 꽂힙니다. 오직 그만이 비슈마를 대적할 수 있습니다."

비마가 말했다. "쉬크한디가 이끌어야 합니다. 현자들의 예언대로 그는 비슈마를 파멸시키기 위해 태어났습니다. 그는 위대한 파라수라마를 닮았습니다. 그가 전차에 올라 무기를 들면 대적할 자가 없을 것입니다. 오직 쉬크한디만이 비슈마를 죽일 수 있습니다."

형제들의 말을 모두 들은 유디스티라가 말했다. "크리슈나만이 모든 것의 진실과 거짓을 알고 강함과 약함을 알며 그에 따른 이치를 아오. 야두족의 왕 크리슈나가 지목하는 사람이 우리의 장군이 될 것이오. 크리슈나는 승리와 패배의 근원이요, 우리의 목숨과 왕국, 성공, 행복 그리고 불행 또한 그에게 달려 있소. 친애하는 형제들이여, 그는 모든 것을 지배하고 통치하니 그의 의견을 듣고 따르는 것이 좋겠소. 밤이 깊었소. 날이 밝는 즉시 브라만들에게 경배를 올리고 쿠루크셰트라로 진격할 것이오."

크리슈나가 드디어 입을 열었다. "모든 영웅이 군대를 이끌 자격이 있소. 또한 모두가 인드라조차 공포에 떨게 만들 만큼 능력이 있소. 드리타라스트라의 아들들을 떨게 하는 것은 일도 아닐 것이오. 비록 죄가 많아 나약하지만 저들은 저들 스스로 강하다고 생각하고 있소. 허나 두리요다나의 오만은 아르주나와 비마, 그리고 쌍둥이 형제를 보면 달라질 것이오. 당신들을 보는 순간 저들은 자신들의 아둔함을 후회할 것이오. 나는 이 일을 평화롭게 해결하여 우리의 선을 보이고 싶었소. 허나 그리하지 못했소. 앞으로 일어날 일에 대해서는 누구도 우리를 비난하지 못할 것이오. 이제는 전쟁이오. 아르주나의 말에 동의하오. 강력한 드리스타라디윰나를 장군으로 추대하겠소."

크리슈나의 말이 끝나자 모든 왕과 크샤트리아가 큰 소리로 찬동했다. 전쟁을 통해 얻을 이익에 벌써부터 모두가 흥분했다. 크리슈나의 결정에 누구도 이의를 제기하지 않았다.

이제 날이 밝으면 쿠루크셰트라로 진격할 것이다. 예닐곱 날이 걸리는 여정이었다.

* * *

드디어 아침이 밝았다. 전사들이 사방으로 달려나가고, 동물을 묶고 무기를 실으라는 고함소리가 사방에서 들렸다. 요란한 고동소리는 전사들을 더욱 흥분하게 만들었다. 브라만들은 판다바 군의 승리를 기원하는 주문을 외웠다. 거대한 군대가 쿠루크셰트라로 진격하자 북소리가 울려 져졌다. 비마와 마드리의 두 아들이 선봉에 섰다. 그 뒤로 드라우파디의 아들들과 아비만유에 둘러싸인 드리스타디윰나가 섰다.

군사들은 사기가 충만하여 함성을 질렀다. 유디스티라는 중간 즈음에서 달렸다. 황금 전차에 오른 그는 황금 갑옷을 입고 커다란 창을 들었다. 그 옆으로 아르주나가 크리슈나가 따랐다. 유디스티라를 따르는 수많은 전차에는 각종 보물이 실리고, 시종들이 올라탔다. 군대 뒤로는 수송 전차가 보급품과 창 등의 물건을 실어 나르고 있었다. 수천 명의 의사들도 따랐다.

판다바들은 행군하는 중에도 브라만들에게 보시를 아끼지 않았다. 수많은 마을과 식민지를 지났건만 사원과 은거지는 조심스레 피해 갔다. 성스러운 곳에 누를 끼치지 않음으로써 군대에 재앙이 드리우지 않도록 한 것이다. 수많은 사람들이 지나가는 동안 브라만들은 계속해서 경전을 외웠다.

해가 지면 멈추어 야영을 해야 했기 때문에 행군 속도는 더딜 수밖에 없었다. 엿새째 되는 날 밤, 드디어 군대는 쿠루크셰트라에 도착했다. 그들은 하란바티 호수 근처에 자리를 잡고 야영을 했다. 야영지 중심에 판바다들이 머물 거대한 천막이 쳐졌다. 천막은 지휘소 기능도 했다. 그 주변으로 크리슈나, 드리스타디윰나, 드루파다, 비라타, 그리고 다른 부대의 수장들의 천막이 세워졌다. 보급품을 보관하는 중앙의 천막은 철통같은 수비대가 지키고 있었다. 갑옷과 무기, 전차 부품이 산처럼 쌓였고, 곡식과 꿀도 풍부했다. 수천 마리의 코끼리가 집결하니 마치 움직이는 산과 같았다. 투석기, 새총, 불기름, 벌겋게 달아오른 쇠 등 오만 가지 전쟁 도구들이 갖춰졌다.

유디스티라는 크리슈나와 드리스타디윰나를 비롯한 형제들과 의논하여 전투를 위해 군사들을 대기시킬 것을 군에 명했다. 먼발치에서 카우라바 군대가 요동치는 소리가 들려오는 듯했다. 이제는 두 진영의 지도자가 결전의 날을 정하는 일만 남았다.

* * *

한편 크리슈나가 하스티나푸라를 떠난 뒤 두리요다나는 장로들에게 이렇게 말했다. "계획이 무산되어 크리슈나는 판다바들에게 돌아갔습니다. 의심할 여지없이 분노한 그는 판다바들에게 총력전을 펴라고 요구할 것입니다. 곧 거대한 전투가 펼쳐질 것입니다. 힘을 하나로 모으는 데 실패해서는 안 됩니다. 지금 당장 쿠루크셰트라로 진격해야 합니다. 길을 고르고, 장애가 없도록 준비해주소서. 우리도 서둘러 출발 준비를 해야 합니다."

카르나와 샤쿠니, 두샤샤나를 위시한 대신들이 자리에서 일어났다. 모두들 전쟁에 대한 기대가 커 보였다.

각자 무기를 꺼내 전차에 실었다. 하스티나푸라 전체가 전투 준비로 분주했다. 도시는 전차와 코끼리, 말, 그리고 무기들로 넘쳐났다. 북이 울리고 고동소리가 울려퍼졌다.

두리요다나는 자신이 이끄는 군대의 풍광과 소음에 무척 만족했다. 전차에 옮겨지는 무기를 감독하기까지 했다. 활과 화살, 도끼, 창, 몽둥이를 비롯하여 판다바들을 공격할 모래와 사탕수수도 준비되었다. 바구니에는 치명적인 독을 내뿜는 독사들이 가득 담겼다. 전차는 탄알과 폭탄으로 가득 찼다. 이들 무기는 영웅들을 들뜨게 하는 한편 심약한 자들을 공포에 몰아넣었다.

금과 보석으로 수놓은 망토를 두른 전사들이 한자리에 모였다. 무기에 능숙한 이들은 더 강한 전사들을 위한 전차몰이꾼으로 배정됐다. 각종 무기가 실린 전차에는 상처 치료에 쓸 약과 약초가 가득했다. 목에 종과 진주를 단 네 필의 말이 전차를 끌었다. 깃발이 높이 달렸고, 바퀴에는 장식과 방패, 칼이 붙어 있었다. 칼날은 모두 바깥쪽을 향해 있었다. 전차들은 마치 움직이는 요새처럼 접근하기가 어려워 보였다.

거대한 코끼리들은 모두 보석과 진주로 장식된 갑옷을 입었다. 여기에 일곱 명씩 올라탔다. 최고의 실력을 갖춘 두 명의 궁수와 두 명의 칼잡이, 갈고리를 지닌 두 명의 군사, 그리고 투창을 지닌 한 명으로 구성되었다. 코끼리 떼가 걸음을 옮기자 땅이 울렸다. 그 뒤로 무기와 깃발을 든 수천의 기마대가 따랐다. 말들은 모두 명령을 잘 따랐다. 기병대 뒤쪽으로 수많은 보병대가 진군했다. 잘 손질된 무기들은 태양에 찬란하게 빛났다. 모든 전차에 코끼리 열 마리가 따랐다. 그 코끼리에는 열 명의 기병이 타고 있었고, 기병마다 열 명의 보병이 뒤따랐다.

이만 마리가 넘는 코끼리 부대인 악샤우히니를 열한 개나 총지휘하는 두리요다나는 자부심에 가슴이 터질 듯했다. 끝없이 나아가는 병사들을 보면서 판다바들은 감히 이 광경을 목격할 엄두조차 내지 못할 것이라고 생각했다. 그는 최고의 전사들을 뽑아 각 부대를 지휘하게 했다. 그리고는 크리파와 드로나, 샬리야와 자야드라타, 수다크쉬나, 캄보자, 크리타바르마, 아슈바타마와 브리슈라바스, 샤쿠니와 바흘리카를 각각 악샤우히니의 사령관으로 임명했다.

대오를 정렬하는 동안 두리요다나는 비슈마에게 다가가 정중하게 말했다. "총사령관이 없으면 제 아무리 큰 군대라도 개미떼처럼 무너지고 말 것입니다. 사단장들은 서로를 시기하고 의견도 통하지 않게 마련입니다. 하이하야족의 크샤트리아들은 비록 수는 적었지만 바이샤, 수드라와 연합해 브라만을 이겼습니다. 패배한 브라만들이 크샤트리아게게 승리의 원인을 묻자 이렇게 대답했다 들었습니다. '우리는 전투에서 가장 지혜로운 자를 사령관으로 모시고 그의 말만 따랐다. 하지만 당신들은 뿔뿔이 흩어져 자신들의 채찍만 믿었다.' 이 말을 들은 브라만들은 곧바로 사령관을 임명했고, 결국엔 브라만들이 승리를 거뒀다고 합니다.

두리요다나는 잠시 말을 멈추었다가 다시 말을 이었다. "하여 우리에게도 사령관이 필요합니다. 할아버지께선 위대한 아수라의 현자 슈크라와 맞먹는 분이십니다. 언제나 저의 행복을 빌고, 정의의 길만 걸어오신 분이여, 사령관이 되어주소서. 모든 존귀한 분들 가운데 태양 같은 분이요, 야크샤에겐 쿠베라이며, 만신들 사이에서는 인드라와 같고, 산들 가운데선 수미산과 같으며, 새들 가운데에는 가루다와 같은 분이시여, 천상의 군을 이끄는 사령관인 카르티케야처럼 우리를 이끌어주소서. 어미를 따르는 송아지처럼 따르겠습니다."

비슈마가 두리요다나를 내려다보았다. 두리요다나는 두 손을 꽉 움켜쥐고 서 있었다. "아이야, 그리하겠노라. 허나 나에겐 너나 판다바들 모두 똑같느니라. 너희들을 함께 보살피는 것이 나의 도리이나 약속을 지키겠노라."

그러면서 비슈마는 오래 전 자신의 아버지 샨타누 왕에게 한 맹세를 떠올렸다. 군주가 되지 않고, 오로지 왕을 지키겠다고 했던 맹세를. 이런 순간이 올 것임을 샨타누 왕은 알았단 말인가? 그래서 몇 달 전 두리요다나가 그에게 도움을 청하러 왔을 때 비슈마는 그의 거절하지 못했던 것이다.

한때 아버지가 앉았던 홀 건너편의 커다란 왕좌를 보면서 비슈마가 말을 이었다. "아르주나를 제외하고 나와 맞설 전사를 지금껏 본 적이 없느니라. 아르주나 그 아이는 지혜의 소유자다. 그는 천상의 무기를 불러내는 주문을 알고 있다. 하지만 전투에서 그 아이를 볼 일은 없을 것이다. 저들이 손을 쓰기 전에 내 무기를 써서 지상의 인간과 신, 그리고 아수라들을 휩쓸어버릴 것이다. 허나 내 손으로 그 아이들을 죽이는 일은 절대로 없을 것이다."

비슈마가 덧붙였다. "그러나 한 가지, 조건이 있다. 카르나와 나 둘 중 하나를 선택하거라. 저 비천한 놈과는 함께 싸우고 싶지 않노라."

그 말에 카르나가 발끈했다. "당신이 싸우는 동안에는 절대 나서지 않겠습니다. 당신이 죽은 뒤에 간디바의 활에 맞설 것입니다."

두리요다나는 브라만들을 불러 비슈마를 사령관으로 임명하는 의식을 치렀다. 수많은 북과 조개나팔이 뿜어대는 소리를 들으며 비슈마는 머리에 기름과 성수를 붓는 의식을 행했다. 자리에 모인 전사들은 기쁨에 찬 함성을 질렀다. 비슈마가 사령관으로 있는 부대를 감히 누가 넘어뜨리겠는가? 그는 한손으로도 적들을 섬멸하고, 스스로 죽기를 작정하지 않는 이상 절대 죽지 않는 불사의 존재다.

하지만 의식이 행해지는 동안 성 밖에서는 이미 곳곳에 불길한 징조가 나타나기 시작했다. 하늘에선 피가 쏟아지고 땅이 흔들렸으며, 회오리바람에 수많은 나무들이 쓰러졌다. 허공에선 비명이 들렸고 별똥별이 쏟아져 내렸다. 승냥이들도 거침없이 울어댔다. 하스티나푸라의 시민들은 공포에 질려 신에게 제물을 바쳤다.

비슈마가 밖으로 나왔다. 그의 모습이 보름달처럼 환하게 빛났다. 브라만들의 경배를 받으며 전차에 오른 그는 군단의 선두에 서서 쿠루크셰트라로 향했다.

쿠루의 군대는 쿠루크셰트라 서쪽에 진지를 만들었다. 갑옷으로 무장한 병사들은 햇살에 퍼지는 물방울 같았다. 전사들은 포효했고, 조개 나팔은 끝없이 소리를 뿜어냈다. 마침내 기다리던 순간이 왔다. 전쟁에서 승리하거나 아니면 죽어서 천상으로 오르는 순간이 온 것이다.

6

출정 완료

드리스타디윰나를 총사령관으로 세운 뒤 유디스티라와 장군들은 크리슈나에게 의견을 물었다. 그들은 두리요다나가 비슈마에게 쿠루족의 총사령관이 되어줄 것을 요구했고, 그것이 받아들여졌다는 것을 알았다. 유디스티라는 아르주나에게 그의 군대를 이끌고 드리스타디윰나 밑에서 전투에 임할 것을 청했다. 아르주나의 전쟁술이 전쟁에서 빛을 발하도록 하기 위함이었다. 판다바 군이 이끄는 일곱 개의 악샤우히니에도 각각 일곱 명의 장군들이 배치됐다.

판다바들이 군사들을 배치하는 문제에 대해 논의하고 있을 즈음 발라라마가 도착했다. 그는 아크루라, 웃다바, 삼바, 프라디윰나, 그리고 드와라카에서 온 다른 왕들과 함께 유디스티라의 막사로 들어왔다. 푸른 옷과 금빛 꽃으로 된 화관을 쓴 그는 수미산처럼 위엄 있어 보였다. 크리슈나가 그를 반갑게 맞이했다. 다른 왕들도 모두 그를 반갑게 맞이하며 발라라마를 칭송했다. 유디스티라는 발라라마의 손을 반갑게 잡으며 그를 따뜻하게 맞이한 뒤 자리에 앉으라고 청했다. 발라라마는 드루파다와 비라타 등 원로들에게 예를 표한 뒤 자리에 앉아 판다바들을 향해 말했다.

"많은 사람들이 죽음에 이르고 있다. 그것은 운명이며, 우리는 그 운명을 피할 수 없다. 크샤트리야들에게 죽음의 시간이 온 것이다. 세상은 이제 인간의 살과 피로 뒤덮일 것이다. 하지만 그대들은 영웅이며, 모두 살아남을 것을 믿어 의심치 않는다. 나는 크리슈나에게 카우라바와 판다바들을 모두 공평하게 대할 것을 요구했다. 허나 그는 그대들 편에 서겠다고 결정했다."

크리슈나는 발라라마를 바라보며 웃음을 지었다. 발라라마는 그에게 곁눈질을 하며 말을 이어 나갔다. "내 동생은 판다바들을 위해, 특별히 아르주나를 위해 마음을 바쳤다. 크리슈나가 갈망하는 이상 그대들의 승리는 확실하다. 나는 언제나 그와 함께한다. 그러나 나는 전쟁에서 어느 편도 들지 않을 것이다. 두리요다나와 비마는 모두 나에게서 철퇴 기술을 배운 제자들이다. 나에겐 모두 소중한 제자들인 만큼 내가 나가 싸울 수는 없다. 허나 가만히 앉아 보고만 있을 수도 없구나. 하여 나는 이제 여기를 떠나 성지 순례를 나서려 한다."

발라라마는 자리에서 일어나 투구를 썼다. 발라라마는 동행했던 야두족들과 함께 판다바들을 떠나 갔다.

얼마 후, 판다바들은 또 다른 일행을 맞이했다. 한 개의 악샤우히니를 이끌고 도착한 사람은 바로 비슈마카Bhishmaka 왕의 아들이자 크리슈나의 처남인 루크미Rukmi였다. 여동생을 기쁘게 하기 위해 크리슈나를 도우러 온 것이었다. 막사로 들어온 그는 판다바들의 환영을 받았다. "위대한 왕이시여, 쿠루와의 전쟁을 두려워 마시게. 내가 여기 있소. 나의 용맹함에 대응할 자는 아무도 없을 것이오. 당신의 적들은 나를 이기지 못할 것이오. 아무리 많은 군대가 덤벼도 모두 내동댕이쳐 버릴 것이오. 비슈마와 드로나 그리고 크리파조차도 대적할 수 없을 것이오. 모든 쿠루군을 물리치고 그대에게 승리를 선사하겠소."

자신감에 찬 루크미의 말에 아르주나가 그만 소리내어 웃었다. "나는 쿠루족의 피를 받아 태어났습니다. 나는 판두의 아들이고 드로나의 수제자이며 크리슈나의 도움을 받고 있습니다. 이런 내가 무엇을 두려워하겠습니까? 내가 간다르바들과 맞닥뜨렸을 때 나의 편이 누구였습니까. 맹렬한 다나바들과 전쟁을 치를 때 내가 누구의 도움을 받았는지도 알고 있지 않습니까. 또한 마츠야 왕국에서 쿠루족과 전쟁을 치룰 때 나를 도와준 이가 누구인지도 잘 알고 있지 않습니까. 나는 두려울 것이 없습니다. 그 어떤 도움도 필요가 없습니다. 그러니 갈 길을 가시거나 이곳에 머물러 계시거나 마음대로 하십시오. 어찌됐건 우리는 쿠루족과 싸워 이길 것입니다."

자신감 넘치는 아르주나의 모습에 다른 전사들이 동의하는 듯하자 루크미는 못마땅한 듯 얼굴을 찌푸리고는 화살을 챙겨들고 말 없이 막사를 떠났다. 그리고는 군대를 이끌고 두리요다나가 있는 곳으로 향했다. 판다바들이 그를 원치 않으니 이제 카우라바들 편에 서면 된다. 적어도 유디스티라에게 먼저 손을 내밀었다. 그걸로 됐다.

솔직히 그는 두리요다나를 위해 싸우게 된 것이 기뻤다. 루크미는 과거에 여동생이 남편으로 시슈팔라를 택하기를 바랐었다. 허나 크리슈나는 루크미니를 납치했고, 루크미는 크리슈나를 쫓아가 싸움을 벌였지만 그에게 돌아온 것은 패배와 굴욕뿐이었다. 이제 그 복수를 할 때가 온 것이다.

루크미는 두리요다나 앞에 나가 유디스티라에게 했던 말을 다시 한번 했다. "왕이여, 내가 여기 왔소. 판다바들을 두려워하지 마시오."

하지만 두리요다나도 루크미의 제안을 거절했다. "세상에서 가장 위대한 영웅들과 함께하고, 내가 최고의 전사인데 내가 무엇이 두렵겠소?"

양쪽 진영에게 모두 거절당한 루크미는 전쟁에 참여하지 않기로 결심하고 집으로 돌아왔다. 아무도 도움을 필요로 하지 않는다면 싸우지 않으면 된다. '그래, 나 없이 망하는 꼴을 두고 보자.'

루크미가 떠난 뒤 두리요다나는 고문들을 소집했다. 그는 샤쿠니의 아들인 울루카를 판다바들에게 전령으로 보내기로 했다. 병력이 더 많다는 이유로 자신감에 차 있는 왕자는 적들을 조롱하고 모멸감을 주고 싶었다. "울루카야, 가서 크리슈나에게 이 말을 그대로 전하라. '이제 전장을 시작할 시간이 되었다. 우리가 오랫동안 기다려온 시간이 다가오고 있다. 이 전쟁은 모두 너희들 때문이다. 산자야를 통해 전한 말이 허풍이 아니라는 것을 보여라. 진정한 힘을 보여라.'"

두리요다나는 검은 눈을 가늘게 뜨고 일어나면서 울루카를 향해 명했다. "유디스티라에게 가서 전하라. '바라타의 후손아, 어떻게 감히 고결한 사람인 척하느냐? 부귀를 얻으려고 온 세상을 파괴하려는 자여, 사악한 마음을 숨기고 고결한 사람 행세를 하는 사람들에게 해줄 이야기가 있다.'"

"오래 전에 갠지스 강으로 간 고양이가 있었다. 그 고양이는 강둑에 서서 앞발을 들고 덕을 행하기로 마음먹었다. 시간이 지나 새들은 그의 말을 믿기 시작했고, 심지어 그의 헌신을 칭찬하기도 했다. 그 고양이는 금욕 생활을 지속했고, 쥐들 또한 고양이의 모범적인 행실과 오랜 수행을 인정해 주기 시작했다. 고양이는 쥐들의 천적이었지만 쥐들은 그 고양이가 자신들을 보호해주리라 믿었다. 쥐들은 고양이를 믿고 말했다. '우리를 보호해주세요. 이제 당신은 우리의 피난처이며 우리의 좋은 친구입니다. 당신은 덕망을 쌓았고 경건합니다. 그러니 우리의 가족처럼 우리를 보호해주세요.' 고양이는 망설이다가 그 제안을 흔쾌히 받아들였다. '할 수 있다면 무엇이든 다 해주마. 하지만 나 또한 너희들의 도움이 필요하다. 금욕 생활로 인해 몸이 약해져 거동이 불편하다. 그러니 너희들 중 몇몇이 내가 씻을 수 있도록 매일 강기슭까지 가는 것을 도와다오.'"

"쥐들은 흔쾌히 동의하고 고양이 주변에 모여 살기 시작했다. 매일 몇몇 쥐가 고양이를 강까지 인도했다. 그런데 고양이가 함께 간 쥐들을 잡아먹기 시작한 것이다. 덕분에 고양이는 점점 기운을 차리며 힘을 쓰기 시작한 반면 쥐의 수는 급격히 줄어들었다. 머지않아 쥐들은 고양이가 벌이고 있는 일을 알아차렸다. 그중 한 지혜로운 쥐가 '풍요 속에 살고 있는 동물은 똥 속에 털이 있을 수 없다'고 지적하며 '이 고양이는 우리를 잡아먹을 목적으로 위장 헌신을 했던 것'이라고 결론을 내렸다."

"쥐들은 뿔뿔이 흩어졌고 사악한 고양이도 원래대로 돌아갔다. 유디스티라여, 그대는 지금 동족에게 이와 같은 짓을 하고 있다. 말과는 전혀 다르게 행동하고 있는 것이다. 부드럽고 친절한 것처럼 꾸미는 짓을 그만두어라. 진짜 크샤트리야처럼 나와서 싸우자. 전쟁에서 이겨 네 어머니에게 기쁨의 눈물을 선사하라. 그리고 드라우파디가 당한 모욕을 기억하라. 네 힘을 보여라."

말을 마친 뒤 두리요다나는 웃음을 터뜨렸다. 그러면서 그는 그들이 했던 맹세를 다시 한번 상기시켰다. 이제 그들이 맹세를 지킬 때가 된 것이다.

두리요다나는 크리슈나가 하스티나푸라에서 보여주었던 절대적인 모습을 기억하고 있었다. "바수데바에게 그의 허깨비는 겁나지 않는다고 전하라. 나도 많은 것을 보여줄 수 있지만 그런 것들이 무슨 필요가 있겠느냐? 크리슈나에게도 전쟁터에서 신비하고 특별한 능력을 보여달라 전하거라. 나는 그의 힘을 알고 있고, 아르주나의 힘도 알고 있다. 간디바와 끝없는 화살 그리고 아그니가 선물한 전차도 알고 있다. 하지만 나는 도전할 것이다. 천 명의 크리슈나와 백 명의 아르주나와 맞닥뜨린다 해도 모두 물리칠 수 있다. 그의 힘을 알지만 나는 두려움 없이 왕국을 빼앗을 것이다."

두리요다나는 거만한 말투와 함께 한 걸음씩 나아갔다. 카르나, 두샤샤나 그리고 샤쿠니는 그의 자신감 넘치는 말에 환호했고, 그들의 환호에 두리요다나는 더욱 용기를 얻었다. 두리요다나는 주사위 놀이와 그로 인한 결과를 떠올렸다.

"이것으로도 나의 위대함이 증명되지 않는단 말인가? 비마는 비라타의 주방에 있는 항아리들을 치우느라 많이 지쳐 있을 것이다. 아르주나는 환관 행세를 하고 있다. 유디스티라는 비라타의 주사위 놀이 친구가 되었다. 이 모든 것은 크샤트리야가 자신보다 약한 사람을 벌주는 방법이다. 나는 판다바나 크리슈나, 그리고 저들을 도와 싸우겠다는 그 어떤 자도 두렵지 않다. 이 왕국의 아주 작은 것 하나도 절대 돌려주지 않을 것이다."

그러더니 잠시 말을 멈추었다가 다시 말을 이었다. "내일이면 전쟁이 시작된다. 이제 저들은 자신들이 얼마나 어리석었는지 알게 될 것이다. 바다를 모르는 우물 안 개구리처럼 저들은 나의 힘이 얼마나 위대한지를 모르고 있다. 비슈마와 드로나, 그리고 크리파를 무너뜨리려면 머리로 산을 부수고 바다를 헤엄쳐 건널 능력이 있어야 한다. 거대한 바다처럼 쿠루의 힘이 모이는 것을 보면 저들은 두려움에 휩싸여 왕국을 되찾으려는 꿈을 포기하고 말 것이다. 세상을 통치하겠다는 모든 생각이 사라질 것이다. 무언가에 헌신해 본 적 없는 자가 하늘을 갈망하듯 왕국을 얻겠다는 것은 단지 희망일 뿐이다. 우리는 내일 이 땅의 진정한 통치자가 누구인지 보게 될 것이다."

두리요다나는 울루카에게 당장 가서 이 말을 전하라고 지시했다. 울루카는 전차를 타고 두리요다나의 말을 머릿속에 새기며 판다바들의 진지로 향했다. 허나 두리요다나의 메시지가 판다바들을 분노케 할 것을 알고 있었기에 마음은 무거웠다.

판다바들 앞에 도착한 울루카는 마음이 불편했다. "저는 그저 사절에 지나지 않습니다. 그러니 제가 가지고 온 소식에 분노치 마십시오. 저는 그저 제가 받은 명을 그 이상도 그 이하도 아닌 그대로 전할 뿐입니다."

유디스티라는 웃으며 울루카에게 자리를 마련해주었다. "두려워하지 말고 편하게 말하거라. 어서 두리요다나가 한 말을 전하거라."

울루카는 막사를 둘러보았다. 모든 판다바의 지도자들이 자리하고 있었다. 빛나는 갑옷과 화려한 비단으로 치장한 그들의 모습은 마치 하늘에 빛나는 별처럼 보였다. 그들은 모두 울루카를 바라보며 두리요다나의 메시지를 기다리고 있었다. 울루카는 용기를 내어 두리요다나의 말을 전했다.

울루카가 말을 마치자 판다바들은 놀라움에 자리에서 벌떡 일어났다. 예상했던 대로 분노에 말을 잇지 못했다. 모두의 숨소리가 거칠어지고, 마치 독기 어린 뱀처럼 보였다. 비마는 붉게 충혈된 눈으로 건너편에서 웃고 있는 크리슈나를 쳐다봤다.

크리슈나가 말했다. "울루카, 두리요다나에게 가서 전갈을 잘 받았고, 그 뜻을 충분히 이해했다고 전하거라. 원하는 대로 해주겠다고. 전쟁은 내일 시작될 것이다."

두리요다나의 독설을 듣고 난 뒤 분위기는 마치 폭풍이 어지럽힌 바다처럼 변했다. 왕들은 모두 자리를 차고 일어났다. 비마가 화를 참지 못하고 입을 열었다. "어리석은 놈, 기어코 우리를 부추기는구나. 울루카, 가서 네 주인에게 이 말 그대로 전하거라. '지금까지 참아 온 것은 형님 때문이다. 덕망 높은 유디스티라가 평화를 제안했음에도 불굴하고 네놈은 거부했다. 운명이 그러하니 이제 곧 야마라자를 보겠구나. 좋다. 전쟁을 시작하자. 네놈과 네 동생놈들을 몰살시킬 것이다. 맹세를 꼭 지킬 것이니 걱정하지 마라. 바다가 둑을 넘고 산이 조각나더라도 내 맹세는 변함없다. 어리석은 놈, 신과 마귀가 함께 달려들어도 이제 네놈은 구제할 수가 없다. 두샤샤나 네 놈의 피를 마시고, 동생 놈들은 먼지로 만들어버릴 것이다. 샤쿠니의 꼬임에 빠져 언제나 우리를 괴롭혀 온 놈아, 졸개들에 앞서 너를 먼저 처단해주마.'"

두리요다나의 메시지는 판다바들 진영에 일대 소동을 몰고 왔다. 왕들과 전사들은 고함을 지르며 울루카에게 무기를 들이댔다. 아르주나가 겨우 그들을 진정시켰다. 아르주나가 비마를 향해 말했다. "형님, 진정하시오. 형님을 적으로 삼은 놈들은 곧 멸망할 것이오. 울루카를 힐난할 필요는 없소. 이자는 그저 사절일 뿐 모두 두리요다나 말이지 않소."

아르주나는 왕들을 둘러보았다. "두리요다나는 위대한 크리슈나까지 무시하는 발언을 했습니다. 허락 없이, 저는 이 말을 전해야겠습니다."

떨고 있는 울루카에게 아르주나가 말했다. "두리요다나에게 가서 전하라. 내일 너는 간디바의 응답을 듣게 될 것이라고."

상황을 보고만 있던 유디스티라도 입을 열었다. "네 주인의 뜻을 잘 전해 들었다. 그에게 가서 전하라. '어리석은 자여. 결국 이렇게 파국을 자초하는구나. 네 스스로 지킬 힘조차 없으면서 우리에게 도전하다니. 주변 영웅들에게 목숨을 의지하면서 감히 우리를 위협하려 하다니. 진정한 크샤트리아는 자신의 힘으로 적에 맞서야 하는 법이거늘 그럴 힘도 없으면서 어찌하여 전쟁을 감행하려 하는 것이냐?'"

유디스티라의 말이 끝나자 울루카는 떠나기 위해 자리에서 일어섰다. 크리슈나가 떠나려는 전령에게 마지막 경고를 했다.

"내 말도 전하거라. '죄 많은 자여. 너는 내가 전쟁에 나가지 않을 것이라고 믿고 있겠지만 그것은 너의 착각이다. 나는 아르주나의 전차를 몰 것이다. 마른 숲을 삼키는 산불처럼 너의 군사들을 쳐부수는 아르주나를 보게 될 것이다. 내일 네가 이 세상이 아닌 다른 곳에 숨더라도 우리의 전차는 널 지옥까지 쫓아갈 것이다. 비마의 맹세를 빈말이라 생각하느냐? 비마는 네 형제들을 죽이고, 그 피를 마실 것이다. 유디스티라와 그의 형제들은 너를 조금도 두려워하지 않는다. 너는 오직 말로만 강한 척할 뿐이다.'"

크리슈나가 말을 마치자 아르주나가 벌떡 일어났다. 조금 전에 한 말이 만족스럽지 않았던지 더욱 강력한 어조로 말했다. "이 말도 덧붙여 전하거라. '네가 비슈마를 지휘관으로 두었다고 우리가 그를 공격하지 못할 것이라고는 생각지 마라. 비슈마가 나의 첫 번째 희생양이 될 것이다.'"

아르주나는 분노에 이를 악 물며 말을 이어갔다. "비슈마가 아무리 뛰어난 양식과 지혜를 지녔다 해도 그는 네 편이 됐고, 죽기를 선택했다. 나는 주저 없이 그를 향해 화살을 겨눌 것이다. 두리요다나, 헛된 꿈은 꾸지 마라. 오만하고 사악하며, 비인간적이고 불의를 일삼는 공정하지 못한 자여, 네 악한 본성에 대한 대가를 치르게 될 것이다. 너에 대한 나의 분노가 하늘을 찌르고, 크리슈나가 나를 도와주는데 어찌 네가 승리하기를 바라느냐? 이제 곧 네 가족들은 너의 죽음을 비통해할 것이다. 비마가 너에게 죽음을 선사할 때 비로소 너는 네 죄를 뉘우치게 될 것이다."

아르주나가 자리에 앉자 유디스티라도 한 마디 덧붙였다. "이 말도 전하거라. '너는 나를 잘못 보았다. 나는 개미 한 마리조차 죽이지 않는 사람이다. 혈족은 더더욱 그러하다. 나는 그저 다섯 개의 마을만 돌려받기를 원했다. 허나 너는 우리가 요구한 최소한의 제안마저 거절했다. 이 전쟁은 오직 너로 인해 일어난 것이다. 어리석은 자여, 너는 욕심에 눈이 멀어 크리슈나의 충고를 귀담아 듣지 않았다. 사리를 분별하지 못하고 헛소리를 지껄여 대고 있다. 이제 말은 집어치우고 나와서 싸워라. 오직 죽음만이 너를 기다리고 있다.'"

비마가 주먹을 꼭 쥐고 무겁게 숨을 내쉬었다. 평화적으로 해결할 수도 있었지만 간악한 카우라바들과 싸우게 되었다는 기대감도 부인할 수 없었다. 울루카가 전한 메시지는 그들의 오랜 분노에 기름을 끼얹는 꼴이 되었다. 이제 아침이 밝아오기만을 기다리면 된다. 오늘밤은 참으로 길게 느껴질 것이다. 분노를 억누르며 비마가 입을 열었다.

"이 말 또한 빼먹지 말라. '사악한 두리요다나, 하스티나푸라에 남든지 죽음의 계곡에서 독수리의 밥이 되든지 선택은 네 몫이다. 지금 내가 하는 말은 모두 현실이 될 것이다. 나는 네놈의 피를 마시고, 네놈의 허벅지를 부숴 놓을 것이다. 네놈과 네놈의 형제들에게 죽음을 선사할 것이다.'"

드리스타디윰나도 자신의 결의를 드러냈다. "울루카, 나는 드로나를 죽이기 위해 태어난 몸이라고 전하거라. 드로나와 그의 추종자들은 모두 내 손에 죽을 것이다. 더 이상 말할 필요가 없다. 내가 하고자 하는 말은 이것뿐이다."

울루카는 천막을 나와 두 손을 모으고 허리를 굽혀 절을 한 뒤 곧바로 전차로 가 말을 몰고 떠났다.

유디스티라는 전쟁에 대비해 군사를 배치하기 시작했다. 드리스타디윰나는 선두에 설 전사들에게 각각의 임무를 정해주었다. 각 전차의 전사들은 적군으로부터 보병 사단을 보호할 것이다. 각자 자신의 위치에 맞는 적군과 대적하게 될 것이다. 장군은 적군의 장군과 싸울 것이다. 비마는 두리요다나, 사하데바는 샤쿠니, 나쿨라는 아슈바타마, 쉬크한디는 비슈마, 웃타마우자는 크리파, 드리스타디윰나는 드로나를 맡아 싸울 것이다. 아르주나만큼이나 강한 아비만유는 두리요다나를 보호하는 모든 왕들을 맡을 것이다. 그리고 아르주나는 모든 군사를 보호하는 임무를 맡았다.

판다바 군은 점차 전열을 정비해 갔다. 저녁이 되자 모두가 각자의 위치에서 다음 날 아침 전쟁터로 행군할 준비를 마쳤다.

* * *

한편 두리요다나는 영웅들 가운데 앉아서 울루카가 전하는 판다바들의 전언을 듣고 있었다. 울루카가 말을 마치자 그는 코웃음을 치며 비슈마에게 말했다. "할아버지, 이제 내일이면 전쟁이 시작됩니다. 어떻게 준비해야 하겠습니까?"

전쟁은 분명해지고, 이제 두리요다나의 마음을 돌릴 수 없다는 것을 깨달은 비슈마가 대답했다.

"전쟁의 신인 쿠마라Kumara에게 경배를 한 뒤 장군으로서의 임무를 맡겠노라. 브리하스파티만큼 군대를 조직하는 데 정통하며, 신과 인간들의 모든 공격술과 방어술을 알고 있으니 판다바들을 이길 수 있을 것이다. 경전에 나와 있는 규칙대로 싸울 것이다. 모두 두려움을 떨쳐버려라."

두리요다나는 두려워하는 모습을 보이기 싫었다.

"신과 아수라가 협공해온다고 해도 저는 전혀 두렵지 않습니다. 당신과 드로나가 저를 보좌하는데 무엇이 두렵겠습니까? 신의 권좌도 어렵지 않게 얻을 수 있을 것입니다."

두리요다나는 잠시 말을 멈추고 생각했다. 분명 그의 군사는 강력하다. 게다가 비슈마와 드로나가 이끌어주고 있지 않은가? 그러나 판다바들은 군사가 많지 않음에도 불구하고 제압하기 쉽지 않을 것이다. 일곱 개의 악샤우히니가 군집해 있고, 간교한 크리슈나가 그들을 돕고 있다. 또한 저들은 분노로 가득 차 있다. 두리요다나는 비슈마에게 진지하게 물었다.

"저들의 강점과 약점 그리고 우리의 강점과 약점을 알고 싶습니다. 모든 것을 말씀해주소서."

비슈마가 대답했다. "우리 진영의 라타ratha와 마하라타maharatha, 그리고 아티라타atiratha에 대해 듣거라. 라타는 천 명의 전사를 한꺼번에 상대할 수 있는 전사다. 우리에게는 수천 명의 라타가 있다. 일만 대군을 한꺼번에 상대할 수 있는 마하라타도 수없이 많다. 무한한 적군을 상대할 수 있는 강력한 아티라타도 있다. 간다리의 아들 두리요다나 너는 아티라타다. 그리고 네 동생들은 마하라타들이다. 숙련된 코끼리 같고, 능숙한 전차몰이꾼이며, 무기에도 능숙하니 저들을 능히 이길 수 있을 것이다."

비슈마는 이렇게 말하고 나서 선두에 설 다른 전사들의 위력에 대해 설명했다.

그는 크리타바르마, 샬리야, 크리파, 드로나, 아슈바타마, 그리고 바흘리카를 아티라타로 분류했다. 그러나 두리요다나의 희망이자 모두가 아티라타로 믿고 있는 카르나에 대해 설명할 차례가 되자 비슈마는 이렇게 말했다.

"파라수라마의 저주를 받고 천상의 갑옷을 잃어버린 카르나는 더 이상 강력하지 않다. 비록 스스로 자신의 위력을 과신하고 있고, 두리요다나 네가 저 아이를 높은 위치에 앉히긴 했으나 저 아이의 힘을 판다바들의 절반에 미치지 못한다. 만약 저 아이가 아르주나와 맞선다면 목숨을 보전할 수 없을 것이다."

드로나가 동의했다. "그렇다. 비슈마의 말은 틀린 적이 없다."

그 말에 성이 난 카르나가 자리를 박차고 일어났다. "무슨 말을 그렇게 하십니까? 도대체 내가 무슨 잘못을 했기에 나를 그리 항상 모욕하시는 겁니까? 내가 참는 것은 오직 두리요다나를 위해서입니다. 내가 보기엔 두 원로야말로 저들의 반밖에 미치지 못하는 것 같습니다. 저는 두 원로가 우리의 적이라고 말하고 싶습니다. 친구로 위장한 쿠루족의 적이라고 말입니다. 그렇지 않다면 어찌하여 내분을 조장하고, 나를 모욕하여 이렇게 사기를 떨어뜨린단 말입니까? 편협한 기준으로 누가 누구보다 못하다는 말이 무슨 필요가 있냐는 말입니다. 혹시 당신들의 욕망과 원한 때문은 아닙니까?"

카르나의 목소리가 천막에 울려퍼졌다. 더 이상 비슈마의 말을 듣고 있을 수 없었다. 카르나는 두 주먹을 불끈 쥔 채 두리요다나를 향해 말했다. "왕이여, 저 사악한 자들을 어서 내치시오. 그렇지 않으면 내분의 씨앗을 퍼뜨려 우리 군을 파괴하고 말 것이오. 저들의 평가가 무슨 소용이 있겠소? 그냥 나를 내보내어 판다바들과 맞붙게 해주시오. 비슈마는 세상의 모든 것과 싸워 이길 수 있다고 자랑하지만 그것은 말뿐이오. 그러니 나를 택하시오. 혼자서도 판다바들과 그의 추종자들을 처치할 수 있소. 허나 난 비슈마가 지휘하는 동안에는 싸우지 않을 것이오. 승리의 영광은 오로지 지휘관에게 돌아갈 뿐 전사들에게는 미치지 않소. 비슈마에게 영광을 돌리기 위해 싸우지는 않을 것이란 말이오. 그가 죽으면 전쟁터에 나가 위력을 보일 것이오."

비슈마가 경멸에 찬 눈으로 카르나를 쏘아보았다. "전쟁이 다가오고 있다. 곧 참변이 일어날 것이다. 바다처럼 넓고 무거운 전쟁의 짐이 내 어깨에 걸려 있다. 내분을 일으킬 생각은 추호도 없느니라. 그래서 네가 아직 살아 있는 것이다. 수리타의 아들아, 내 비록 늙었으나 너를 단번에 죽여버릴 수도 있다는 것을 알아야 하느니라."

비슈마 역시 카르나의 말에 화가 난 듯했다. "훌륭한 자는 스스로를 높이지 않는 법이다. 카슈에서 열린 스와암바라에 참석했을 때 나는 이 한 손으로 모든 왕들을 제압했다. 그때 너는 무엇을 했더냐? 불행을 가지고 왔을 뿐이다. 네가 쿠루족을 찾아온 이래로 재앙이 그친 날이 없었다. 네 능력을 보이고 싶다면 전쟁터에서 네 말을 증명해 보이거라. 어리석은 아이야, 전장에서 도망치는 네 모습을 보면 그때서야 만인이 네 본모습을 알게 될 것이다."

결국 두리요다나가 나섰다. "그만하시오. 나는 전쟁에서 두 사람 모두 필요합니다. 모두 큰 공훈을 세울 것이라 믿어 의심치 않습니다. 사소한 말다툼은 그만두고 두 진영의 강점과 약점에 대한 얘기를 계속하는 것이 좋겠습니다."

카르나를 노려보며 비슈마는 판다바들의 강점에 대해 다시 설명을 이었다. "신앙심이 강한 유디스티라는 마하라타다. 그는 전장에서 화염 덩어리처럼 사방을 돌아다닐 것이다. 그 동생 비마는 위력을 가늠할 수 없을 만큼 강력하고 초인간적인 힘을 가졌다. 그 아이가 철퇴나 활을 들면 아무도 그를 당해낼 수 없다. 마드리의 두 아들 또한 대적할 자가 없을 만큼 강한 전사들이다. 숲 속에서 겪은 수많은 시련을 떠올리면서 분노의 독을 뿜어낼 것이다. 왕이여, 저들은 모두 신에게 헌신하는 훌륭한 영혼의 소유자들이다. 그들은 고행으로 몸을 수련하고 덕을 행해왔다. 라자수야에서도 보았듯 그 아이들의 힘은 비길 데가 없다. 아이야, 너는 전쟁에서 그들을 피해야 할 것이다."

두리요다나의 표정을 살피며 비슈마는 계속해서 말을 이어갔다. "붉은 눈동자의 아르주나는 나라야나와 동맹이다. 자, 다들 듣거라. 그 어떤 전사도 그 아이에 대적할 수는 없다. 신들과 간다르바, 나가, 라크샤사, 야크샤조차도 그를 대적하지 못하는데 인간이야 말해 무엇하겠느냐. 그는 간디바와 바람의 속도로 달릴 수 있는 말이 이끄는 전차, 그 어떤 것도 뚫을 수 없는 갑옷, 그리고 무한한 화살이 나오는 화살통을 가지고 있다. 그 아이는 천계의 무기에 정통하다. 우리에게 막대한 피해를 입힐 것이다. 오직 드로나와 나만이 그 아이를 제압할 수 있다. 우리 둘 외에는 아무도 막을 수 없다. 그러나 그는 젊고 건강하고 드로나와 나는 이미 노쇠했다. 아르주나는 크리슈나와 함께 전쟁의 시간만을 기다리고 있을 것이다."

비슈마의 이야기에 왕들은 두려움에 빠졌다. 비슈마는 다른 판다바들에 대해서도 설명했다. 일일이 아티라타와 마하라타로 분류하면서. 그리고는 마지막으로 쉬크한디에 대해 입을 열었다.

"그 아이가 나를 죽일 운명을 타고났다는 것은 모두 알고 있을 것이다.

그러나 그는 애초에 여자로 태어났느니라. 그러므로 전쟁터에서 그 아이와 내가 만날 일은 없을 것이다. 현자 나라다가 들려준 이야기를 들려주마."

7

비슈마가 들려주는 쉬크한디의 운명

모두 알고 있겠지만 나는 이미 오래 전 왕위를 물려받지도 않을 것이고, 왕권을 주장할 자손도 낳지 않겠다고 맹세했다. 나의 아버지 샨타누는 아름다운 사티야바티와 결혼하여 두 아들 치트랑가다와 비치트라비리야를 낳았다. 그러나 아버지는 이들이 장성하기 전에 돌아가셨고, 나는 이들의 보호자로 남겨졌다. 치트랑가다는 간다르바 왕과의 전쟁에서 전사했고, 비치트라비리야가 유일한 왕위 계승자가 되었다.

그 아이가 결혼할 나이가 되자 나는 마땅한 신붓감을 물색했다. 마침 카슈의 왕이 그의 세 딸인 암바Amba와 암비카Ambika, 암발리카Ambalika를 결혼시키기 위해 스바얌바라를 개최한다는 소식을 듣게 되었고, 나는 전차를 타고 그곳으로 가 무술을 겨룰 준비를 했다. 각 국의 왕과 왕자들이 그곳에 모여 공주와 결혼하게 되기만을 바라고 있었다.

나는 현자들께서 다양한 방법으로 결혼을 허락한다는 사실을 알고 있었다. 크샤트리아는 전투에서 이겨 신부를 데려가는 것이 최선이다. 그래서 나는 왕에게 세 공주를 데려갈 테니 나를 막으려면 나에게 도전하여 나를 쓰러뜨리라고 선언했다.

그리고 나서 나는 세 공주를 전차에 태우고 달리기 시작했다. 왕은 격노하여 갑옷을 입고 나를 추격해왔다. 수백 명의 군사가 나를 추격했다. 수천 개의 화살이 날아왔지만 나는 모두 막아냈다. 공주들이 두려움에 떨고 있는 동안 나는 화살을 날려 왕에게 대항했다. 나에게 날아오는 화살을 막아내는 동시에 적에게 화살을 날렸다. 적들은 나의 위력에 모두 떨어져나갔다. 어떤 이는 목숨을 잃고, 어떤 이는 무기를 버리고 달아났다. 그러나 살바는 계속해서 나를 쫓아왔다. 한 명의 공주라도 구하기 위해 사력을 다해 나를 쫓아왔다.

나는 뒤돌아서서 그와 맞섰다. 짧지만 치열한 격투가 벌어졌다. 나는 곧 그를 제압했고, 그의 전차도 박살냈다. 그러나 나는 그를 죽일 마음이 없었다. 결국 그를 내버려두고 공주들만 데리고 하스티나푸라로 돌아왔다.

하스티나푸라에 도착했을 때 가장 언니인 암바가 나에게 말했다. "저에게는 이미 살바Shalva라는 정혼자가 있습니다. 우리는 서로의 마음을 확인했고, 아버지도 우리 결혼을 허락하셨습니다. 스와얌바라에서 그를 택할 생각이었으나 당신이 나를 납치하는 바람에 그러지 못하게 됐습니다. 제발 덕을 행하여 주십시오. 제가 어떻게 해야 하겠습니까?"

나는 그녀를 잠깐 기다리게 하고 브라만과 상의한 끝에 그녀를 살바에게 보내주기로 했다. 많은 사람들의 호위를 받으며 그녀는 살바에게 돌아갔다. 그러나 살바는 돌아간 그녀에게 이렇게 말했다. "당신을 내 부인으로 맞아들일 수 없소. 당신은 이미 다른 이가 데려갔던 몸이오. 많은 왕들 중에서도 비슈마가 차지해버렸소. 나는 법률을 지켜야 하오. 그러니 내가 어찌 당신을 맞이할 수 있겠소. 이미 다른 사람이 당신에게 손을 댔소. 나는 당신을 아내로 삼을 수 없소."

암바는 그것은 자신의 뜻이 아니었다며 샬바의 마음을 돌려보려 했다. 그녀는 처음부터 샬바에게 가려고 했다. 하지만 샬바의 마음은 무정하기만 했다. 샬바는 끝내 그녀를 받아들이지 않았다. 암바는 흐느끼며 생각했다.

'세상에 나보다 더 비참한 여자가 또 있을까? 친구들도 모두 빼앗기고, 샬바는 나를 무정하게 내쳤다. 수치스러워서 하스티나푸라에도 갈 수 없고, 집으로도 갈 수가 없구나.'

그녀는 모든 불행이 나 때문이라고 결론짓고 복수를 다짐했다. 하스티나푸라로 돌아가는 대신 그녀는 은둔자의 집으로 가서 밤을 지냈다. 그녀가 우는 모습을 본 현자가 연유를 물었다. 그녀는 지금껏 일어난 일을 말하고는 도움을 요청했다. 현자가 대답했다. "우리는 모든 속세의 인연을 버린 사람들이다. 어떻게 그대를 도와줄 수 있겠는가?"

암바는 그들과 함께 지내며 고행할 수 있게 해달라고 부탁했다. 그녀는 이 모든 시련이 그녀가 과거에 지은 죄에서 비롯됐다 여기고, 고행을 통해 죄에서 자유로워지려 했다.

현자는 자기들끼리 의논했다. 샬바가 그녀를 받아들여야 한다는 의견과 내가 그녀를 책임져야 한다는 의견으로 갈렸다. 결국 그들은 그녀를 아버지에게 돌려보내기로 결정했다. 여인은 남편이나 아버지의 보호를 받아야 한다고 생각했기 때문이다. 그러나 그녀는 수치심 때문에 절대로 아버지의 왕국으로는 돌아가지 않겠다고 했다.

고행자들이 고민하고 있을 때 왕실의 현자인 호트라바하나Hotravahana가 찾아왔다. 암바의 외할아버지였던 그는 손녀의 불행이 마음 아팠다. 손녀의 삶이 무너진 것이 너무도 화가 났다. 그는 입술을 바르르 떨면서 손녀에게 말했다.

"암바, 충분히 슬퍼했다. 집으로 돌아가면 그 슬픔이 더욱 커질 것이니 집으로 가지 말거라. 비슈누의 화신인 위대한 현자 파라수라마에게 네 사정을 이야기하거라. 그는 나의 절친한 친구이자 사람들의 평안을 빌어주는 사람이다. 나를 봐서라도 네 문제를 해결해 줄 것이다. 비슈마가 너를 책임지도록 설득해보는 것이 좋겠다. 그가 말을 듣지 않으면 그를 없애버릴 것이다. 오직 그만이 이 일을 해결할 수 있을 것이다."

이렇게 해서 파라수라마가 다음 날 고행자의 오두막을 찾아왔다. 검은 사슴가죽을 걸친 그를 많은 제자들이 둘러싸고 있었다. 어깨에는 도끼를 달고, 한손에는 활을 든 모습은 조금 두렵기까지 했다. 길고 부스스한 머리카락은 어깨까지 내려와 있고, 눈은 불처럼 활활 타올랐다. 다른 현자들의 경배를 받은 뒤 그는 자리에 앉아 자초지종을 들었다.

"호트라바하나가 너를 아끼는 것처럼 나 역시 너를 소중히 생각하느니라. 내가 널 위해 무엇을 해주었으면 좋겠느냐? 원한다면 비슈마에게 너를 책임지라고 해주마. 만약 거절한다면 그와 그 신하들의 목숨을 빼앗을 것이다. 아니면 살바에게 그리하라고 명할 것이다. 결정은 네가 하거라."

암바가 대답했다. "제 불행의 원인은 비슈마에게 있습니다. 그를 죽여야 합니다. 제가 바라는 것은 오직 그의 죽음입니다. 위대한 분이시여, 저를 위해 그 욕심 많고 사악한 자를 죽여주십시오."

하지만 나를 죽이고 싶지 않았던 파라수라마는 그녀를 설득했다. "나는 그가 대결을 청해와야만 싸울 것이다. 그것이 나의 도리다. 그러나 비슈마나 살바에게 내 지시를 따르라고 할 수는 있느니라. 그러니 둘 중 한 명을 남편으로 선택하거라. 그러면 나머지는 내가 알아서 하마."

암바는 내가 죽는 것 외에는 관심이 없었다. 그녀는 파라수라마에게 나를 죽여달라고 계속 간청했다. 그녀를 불쌍히 여기는 또 다른 현자 아크리타바나Akritavana 역시 파라수라마에게 나와 싸울 것을 부탁했다. 그리고 파라수라마는 마침내 결정을 내렸다. "알겠노라. 비슈마를 찾아가 평화로이 해결할 방법을 찾아보마. 그가 거부한다면 그때는 그를 죽이마."

다음 날, 그는 암바를 데리고 하스티나푸라에 왔다. 나는 진심을 다해 그를 환대했다. 그는 나를 향해 노여운 목소리로 말했다. "비슈마, 대체 무슨 생각으로 암바를 납치한 것이냐? 비록 네가 이 아이를 다시 돌려보내긴 했지만 너는 이미 이 아이의 고귀함을 훼손했다. 누구도 이 아이를 받아들이려 하지 않고 있다. 네 형제나 네가 책임져야 한다."

그 말에 나는 이렇게 말했다. "그녀는 이미 다른 사람에게 마음을 주었으니 나는 그녀를 다시 받아들일 수 없습니다. 덕이 있는 자의 도리가 아닙니다. 두려움이나 욕심, 애정, 연민 때문에 도리에 어긋나는 행동을 할 수 없습니다. 맹세하나이다, 라마여."

예상대로 그는 불같이 화를 냈다. "내 말을 따르지 않는다면 너와 네 신하들을 모두 죽이는 수밖에 없다."

나는 그의 마음을 누그러뜨리려 애썼다. 그가 마음을 굳힌 것을 깨닫고 나는 이렇게 말했다. "어찌하여 저와 싸우려 하십니까? 저는 스승님의 제자입니다. 저에게 무예를 가르쳐주셨지 않습니까?"

하지만 그는 단호했다. "내가 너의 스승임에도 불구하고 너는 나의 말을 따르지 않았다. 나를 만족시킬 방법은 단 하나, 공주를 책임짐으로써 네 가문을 보존하거나 죽음을 택하는 것뿐이다."

그러나 스승의 말도 나를 설득할 수는 없었다. "스승이여, 어찌하여 제가 할 수 없는 일을 요구하십니까? 소용없습니다. 어떤 어리석은 자가 다른 이와 정혼한 여인을 아내로 맞이하겠습니까? 게다가 저는 이미 독신으로 살기로 맹세한 몸입니다. 하여 따를 수가 없습니다. 바유 신은 쓸모 없고 옳은 길을 걷지 않으며 마땅한 의무를 알지 못하는 스승은 버리라고 했습니다. 스승님의 요청을 거절하고 결투를 한다 해도 도리에 어긋나는 일이 아니라 생각합니다. 당신의 이익을 위해 제자에게 옳지 못한 일을 강요하다니요. 정 원하신다면 쿠루크셰세트라로 가시지요. 제 화살에 맞아 죽음을 당하면 고행으로 도달한 영광스런 영역에 이르게 될 것입니다. 헌신만으로 평생을 살아온 분이여, 부디 말씀을 거두소서."

그때 나는 화가 나서 이렇게 덧붙이고 말았다. "당신은 모든 크샤트리아를 다 꺾었다고 자랑해왔습니다. 허나 오늘 제가 그것이 모두 허풍이었음을 알려드릴 것입니다. 당신이 크샤트리아들을 대할 때 저는 아직 태어나지도 않았습니다. 그만큼 강력한 크샤트리아가 없었다는 말입니다. 이제 스승님을 꺾을 상대가 태어났으니 오늘 당신의 자부심은 무참히 조각나고 말 것입니다."

내 말에 파라수라마는 웃으며 이렇게 대답했다. "비슈마, 네가 나와 싸우길 원한다니 잘된 일이구나. 좋다, 내 오늘 너의 오만함을 꺾어주마. 쿠루크셰트라로 가자. 네 어머니 강가 여신도 그곳에서 네가 쓰러져 독수리 밥이 되는 것을 보겠구나. 안타깝지만 어리석고 오만한 아들의 불행을 지켜보게 되었구나."

브라만들에게 축복 의식을 받은 뒤 나는 전차에 올라 내가 가진 모든 무기를 챙겨 결전의 장소로 향했다. 쿠루크셰트라에 도착하니 파라수라마는 이미 커다란 활을 손에 든 비슈누의 화신, 라마로 변해 나를 기다리고 있었다.

그를 따르는 수천 명의 추종자들과 수많은 현자들과 함께 서 있었다.

하늘에서는 인드라가 이끄는 신들이 지켜보고 있었다. 천계의 음악이 퍼지고, 하늘에선 꽃잎이 떨어졌다.

나의 어머니가 인간의 모습으로 나타나 물었다. "나의 아들아, 무엇을 원하느냐?"

나의 대답에 어머니께서는 나를 꾸짖었다. "브라만과 싸워서는 아니 되느니라. 위대한 현자 자마다그니의 아들과 싸우지 말거라. 그는 시바만큼 강력하고, 모든 크샤트리아들을 해치운 자다. 너도 잘 알고 있지 않느냐. 그런데 어찌하여 그와 싸우려 한단 말이냐?"

나는 자초지종을 설명하고 내가 왜 물러설 수 없는지에 대해서도 얘기했다. 그러자 어머니는 라마에게 가서 나와 싸우지 말아줄 것을 간청했다. 그러나 라마는 나에게 교훈을 주겠다고 작심하고 있었다. 결국 설득하기를 포기하고 어머니는 나를 걱정하면서 자리를 떠났다.

멀리서 본 라마는 활만 들었을 뿐 전차도 없이 갑옷도 입지 않은 상태였다. "비슈누여, 어떻게 땅 위에 서서 나와 겨루겠다는 것입니까? 저는 이제 무기를 꺼낼 것이니 어서 전차에 올라 갑옷을 입으소서."

그가 웃으면서 대답했다. "대지가 나의 전차이고 베다가 나의 말이며 바람이 나의 전차병이다. 베다의 어머니인 가야트리와 사비트리, 사라스바티가 나의 갑옷이다. 나는 이들의 보호를 받으며 싸울 것이다."

말을 마친 그는 비처럼 화살을 쏘아댔다. 화살을 물리치면서 나는 그가 도시처럼 거대하고 빛나는 전차에 올라타는 것을 보았다. 천계의 말들이 그 전차를 몰았다. 그 전차는 황금 방패와 장식으로 덮여 있었다. 그가 마음으로 창조해낸 전차는 가히 훌륭했다. 최고의 갑옷을 입은 그는 인간의 형상을 한 천상의 무기들에 에워싸여 있었다. 마치 지옥의 신 야마라자와 같았다. 그의 제자 아크리타바나가 어느새 전차에 올라타 그의 명령에 따라 솜씨 좋게 전차를 몰고 있었다.

라마가 소리쳤다. "덤비거라!"

나는 또 다시 화살 세례를 피했다. 그리고는 전차에서 내려 무기를 내려놓고 그에게 가 엎드려 말했다. "스승님께서 저와 대등하건 저를 능가하건 저는 최선을 다해 스승님과 맞서겠습니다. 제가 승리할 수 있도록 축복해소서."

그가 미소를 지으며 말했다. "너의 행동에 내 마음이 흡족해지는구나. 네가 이렇게 나오지 않았더라면 나는 너를 저주했을 것이다. 나 역시 너를 이길 것이므로 너의 승리를 빌어줄 수는 없다. 영웅아, 이제부터 정당하게 겨뤄보자꾸나."

나는 내 전차로 돌아가 결투의 시작을 알리는 나팔을 불었다. 우리는 승리를 쟁취하기 위해 치열하게 겨루었다. 나는 큰 소리로 웃으며 화살을 날려 그의 활을 산산조각내버렸다. 다른 화살은 그의 몸을 베었다. 그의 몸에서 피가 뚝뚝 떨어졌다. 마치 혀를 내밀며 기어나오는 뱀처럼 보였다. 그러나 강한 정신력을 가진 그는 굴하지 않고 계속해서 무섭게 공격해왔다.

온몸이 피에 덮인 그는 용암을 분출하는 화산처럼 전차에 서 있었다. 그가 쏜 날카로운 화살이 번개처럼 내 몸을 꿰뚫었다. 나는 모든 인내와 힘을 발휘해 그에게 반격의 화살을 날렸다. 그는 내 화살에 맞아 의식을 잃고 쓰러졌다.

그 순간 나는 후회에 사로잡혔다. '내가 지금 무슨 짓을 한 것인가? 나는 나의 스승이자 덕망 높은 브라만을 죽였다.'

나는 무기를 떨어뜨린 채 두 손으로 머리를 감싸고 괴로워했다. 라마가 다시 일어섰다. 전차몰이꾼이 전차에 꽂힌 화살들을 제거하고 그의 상처를 치료했다. 해가 지고 날이 저문 뒤 우리는 다시 친구가 되었다.

다음 날 아침, 해가 뜸과 동시에 우리는 다시 결투에 임했다. 라마는 뱀의 혓바닥 같은 화살을 계속해서 쏘아댔고, 나 역시 화살을 날려 그것을 저지했다. 그는 천계의 무기들을 불러내고, 나는 전력을 다해 막아냈다. 치열한 격전을 벌이던 중 나는 가슴에 투창을 맞고 쓰러져 의식을 잃었다. 전차몰이꾼이 나를 데리고 후퇴했다. 라마의 추종자들이 환호성을 질러댔다.

얼마 후 나는 의식을 회복했고, 전차몰이꾼에게 다시 결전의 장소로 갈 것을 명했다. 말들은 춤을 추듯 나를 라마에게 데려갔다. 라마를 본 나는 수백 개의 화살을 날렸다. 그러나 비명 같은 소리를 내며 날아간 화살은 모두 라마에 의해 부러지거나 땅으로 떨어졌다. 그가 마지막 나의 공격을 막아내고 있을 때 나는 수백 개의 화살을 날렸다. 방심하고 있던 그는 화살에 맞아 정신을 잃었다. 그가 전차에서 떨어지자 추종자들 사이에서 안타까운 탄성이 터져나왔다.

하늘에서 태양이 떨어지듯 전차에서 떨어지는 라마를 보고 카슈의 공주는 다른 제자들과 라마에게 다가가 그를 위로했다. 그녀는 그의 얼굴에 물을 뿌리고 축복의 노래를 불렀다. 라마는 천천히 일어나 전차에 앉아 있는 나를 보며 성난 목소리로 외쳤다. "비슈마, 꼼짝 말고 있거라. 너는 이미 죽은 목숨이다."

전차에 다시 올라타기도 전에 그는 죽음의 회초리 같은 화살을 쏘아댔다. 화살은 내 몸에 맞았고, 나는 그 자리에 쓰러졌다. 라마는 내 말을 죽인 뒤 나에게 수천 개의 화살을 쏘아댔다.

하지만 나는 그에 굴하지 않고 민첩하게 손을 놀려 그의 화살을 막아냈다. 내가 그의 화살을 막아내는 동안 전차몰이꾼은 새로운 말들로 전차마를 바꿨다. 가공할 만한 공격이 오갔다. 서로를 향해 쏘아댄 화살은 공중에서 부딪혀 하늘에 떠 있었고, 수많은 화살이 해를 가린 채 하늘을 뒤덮었다. 그는 수없이 많은 화살을 쏘아댔지만 나는 천상의 무기로 그것을 모두 막아냈다. 하늘에선 엄청난 불꽃이 일어났고, 주변은 모두 잿더미로 변해 버렸다. 이렇게 싸움이 진행되는 동안 해가 저물고 또 다시 결투는 중단됐다.

우리는 몇날 며칠을 모든 천상의 무기와 전술을 동원하여 격전을 벌였다. 라마는 온갖 종류의 무기를 날렸다. 그것들은 다양한 형태로 사방에서 날아들었다. 나 역시 공격을 막으려고 고군분투했다. 우리는 서로의 허점을 찾으려 애썼고, 스스로를 철저히 방어했다. 해가 뜨면 결투를 시작하고, 해가 지면 휴식을 취했다. 오랫동안 계속된 결투에 우리는 지칠 대로 지쳤다.

결투를 시작한 지 스무 날 하고도 삼 일째 되던 날, 라마는 두 배로 힘을 내어 결투에 임했다. 갑자기 그는 엄청난 양의 화살을 쏘았고, 화살은 독사처럼 날아들어 내 전차마와 전차몰이꾼에게 꽂혔다. 나는 움직이지 못하게 된 전차에 혼자 남았다. 라마는 나를 죽이려고 화살을 쏘았다. 내가 화살을 막는 동안 라마는 나를 향해 번개처럼 강력한 무기를 날렸다. 곧장 날아온 무기는 내 가슴에 박혔고, 나는 전차 밖으로 날아가 떨어졌다.

내가 죽었다고 생각한 라마와 추종자들은 환호성을 질렀다. 반면 나를 지켜보던 쿠루족들은 비통해했다. 내가 멍하니 쓰러져 있는 동안 천상에서 내려온 듯한 여덟 명의 브라만이 나를 둘러쌌다. 그들은 나를 일으켜 세우며 따뜻하게 격려해 주었다. 그러면서 나에게 이렇게 말했다.

"두려워하지 마라. 그대가 승리할 것이다."

다시 힘은 얻은 나는 일어섰다. 기운을 차린 말도 이미 대기 중이었다. 나는 어머니의 발아래 경배를 올린 뒤 다시 전차에 올라탔다. 그리고는 고삐를 잡고 결투를 재개했다. 내가 날린 강력한 화살은 곧 라마의 몸에 그대로 꽂혔다. 그는 그 자리에 쓰러졌다. 손에 쥐고 있던 활을 떨어뜨린 그는 의식을 잃었다.

순간 불길한 징조가 나타났다. 하늘에서 비처럼 피가 쏟아지고, 별똥별이 쏟아졌다. 해가 사라지고 세찬 바람이 불며 땅이 진동했다. 라마는 그 자리에 꿈쩍도 하지 않고 쓰러져 있었다. 잠시 후 그는 다시 일어나 싸우기 시작했다. 우리 둘은 해가 질 때까지 강력한 무기로 서로를 겨냥했다. 밤이 찾아와 우리는 다시 휴전했다.

그날 밤, 나는 침대에 누워 의사들의 치료를 받았다. 이 결투가 끝이 나지 않을 것이란 생각이 들었다. 라마를 이길 수 있는 방법을 알려달라고 신에게 기도했다. 잠이 든 동안 나는 전쟁터에서 나를 찾아왔던 여덟 명의 브라만을 꿈속에서 만났다. 그들을 다시 나를 위로하며 말했다.

"강가의 아들아, 두려워 말라. 그대는 우리와 한몸이니 우리가 그대를 보호하리라. 그대는 반드시 라마를 이길 것이다. 이 무기는 그대가 아주 오래 전부터 알고 있던 것이다. 비슈바카르마가 만든 것으로 이름은 프라슈와파Prashwapa다. 라마도 이 무기에 대해서는 모른다. 내일 결투 중에 마음속으로 이 무기를 부르거라. 라마는 이 무기로 인해 쓰러지겠지만 죽지는 않을 것이다. 의식만 잃을 것이니 그때 삼보드하나Samvodhana를 사용해 그를 살려내면 된다."

이렇게 말하고 브라만은 빛 속으로 사라졌다. 나는 기쁨에 차 깨어났다. 해가 뜨고 결투가 재개됐다. 브라만의 말에 힘을 얻은 나는 다시 살아난 듯 기운이 났다. 몇 차례의 공격이 오간 뒤 나는 프라슈와파를 떠올렸다. 머릿속에서 저절로 주문이 외워졌다. 바로 그때 하늘에서 무시무시한 목소리가 들려왔다. "비슈마, 프라슈와파를 불러내서는 안 되느니라."

하지만 나는 그 말을 무시한 채 프라슈와파를 내 활에 올려 라마를 향해 조준했다. 그 순간 나라다 현자가 내 앞에 나타났다.

"하늘에서 신들이 그대를 지켜보고 있다. 이 무기를 사용하는 것은 금지되어 있다. 라마는 성자이며 브라만이고 그대의 스승이다. 쿠루의 아들이여, 어떤 식으로든 스승에게 굴욕을 주어서는 아니 되느니라."

나라다의 말을 듣고 나는 하늘에 있는 여덟 명의 브라만을 바라보았다. 그들은 웃으며 말했다. "나라다의 말을 들으라. 모두에게 이로울 것이다."

파라수라마는 내가 프라슈와파를 들고 있는 것을 보고는 내가 그 무기를 사용하지 못하게 된 것을 모르는 채 소리쳤다.

"비슈마, 내가 졌다!"

그리고는 손에서 활을 놓았다. 그의 아버지 자마다그니Jamadagni가 천상의 현자들과 함께 내려와 그에게 결투를 멈출 것을 명령했다. 그들은 파라수라마에게 내가 여덟 명의 바수 가운데 하나이며, 그는 절대로 나를 꺾을 수 없다고 말했다. 자마다그니가 말했다. "인드라의 아들 아르주나가 언젠가 비슈마를 죽일 것이다. 브라흐마가 이미 정해 놓았다."

이렇게 해서 결투는 끝이 났다. 큰 부상을 입은 몸을 이끌고 나는 스승에게로 가 발 밑에 절을 올렸다. 파라수라마는 암바에게 이렇게 말했다. "공주여, 내가 비슈마를 죽이기 위해 최선을 다한 것을 보았을 것이다. 그러나 나를 그를 제압할 수 없었다. 그러니 이제 그대가 하고 싶은 대로 하거라. 내가 해줄 수 있는 것이 더 이상 없구나."

공주는 슬픈 목소리로 대답했다. "알겠습니다. 당신은 저를 위해 최선을 다하셨습니다. 허나 아직도 저의 마음은 분노로 가득 차 있습니다. 저는 수행의 길을 걷겠습니다. 고행으로 힘을 얻어 제 힘으로 비슈마를 없애겠습니다."

나의 스승은 나의 용맹스러움에 흡족해하며 나를 대적할 자는 아무도 없을 것이라고 칭찬했다. 그리고 그는 자신의 추종자들을 이끌고 자리를 떠났다.

암바는 그 후 숲 속으로 들어갔다. 야무나 강으로 간 그녀는 고행을 시작했다. 나는 하스티나푸라에 돌아온 뒤 그녀의 일거수일투족을 감시하라고 명령했다. 나는 정기적으로 그녀에 대한 소식을 들었다. 암바는 일 년 동안 아무것도 먹지 않은 채 강둑에 서서 고행을 했다. 깡마르고, 피부는 거칠어지고 햇빛에 그을렸으며, 머리카락은 말라 갔다. 그렇게 일 년 동안 그녀는 힘든 고행을 견뎌냈다.

일 년 뒤, 그녀는 단식을 중단하고 하루에 나뭇잎을 한 장씩 먹기 시작했다. 그리고는 또 다시 일 년간 물속에 허리까지 몸을 담근 채 한쪽 다리로 서서 고행을 했다. 오직 나를 향한 분노로 그렇게 한 것이다.

열두 해 동안 그녀는 그런 힘든 고행을 했다. 그 누구도 그녀가 고행을 그만두도록 설득할 수 없었다. 그 후 그녀는 여기저기를 떠돌아다녔다. 많은 현자들의 은둔처를 방문했다. 그러면서도 매일 세 번씩 목욕을 하고 명상을 하며 단식하는 고행을 계속했다. 시간이 지나면서 그녀의 아름답고 온화하던 모습은 날카롭고 독기에 찬 모습으로 변했지만 고행을 통해 얻은 능력 덕분에 빛이 나기 시작했다.

하루는 그녀가 갠지스 강에서 목욕을 하고 있을 때 나의 어머니가 찾아가 말했다. "여인아, 왜 이렇게 힘든 고행을 감내하는 것이냐?"

"저는 비슈마를 없앨 것입니다. 허나 그는 너무도 강력해서 파라수라마조차도 그를 꺾을 수 없었습니다. 저는 고행을 통해 그를 꺾을 힘을 기를 것입니다."

나의 어머니는 그 말에 이렇게 말씀하셨다. "여인아, 그대의 마음이 비뚤어져 있구나. 그대는 너무 약해서 그런 힘은 얻을 수 없다. 카슈의 딸아, 계속 고집을 부린다면 나는 그대가 흉측한 강이 되게 저주를 내리겠다. 그 강은 홍수가 나야만 물이 흐를 것이다. 악어와 온갖 무시무시한 물고기들만이 우글댈 것이다."

어머니는 이렇게 말한 뒤 차가운 미소를 흘리며 사라졌다. 그러나 암바는 마음을 바꾸지 않고 더욱 엄격한 고행에 들어갔다. 모든 음식과 물을 끊고 숨쉬는 것조차 조절했다. 그녀는 그렇게 떠돌다가 바챠부미에 도착했다. 그러나 그녀는 엄격한 고행으로 그만 그 자리에 쓰러졌고, 그녀의 몸은 강물로 변해 흐르게 되었다. 전하는 말에 따르면 바챠부미에 있는 그 강은 홍수 때만 물이 흐르며, 악어와 위험한 물고기들이 우글대는 바람에 다가가기조차 힘들다고 한다.

허나 그녀의 고행을 높이 샀는지 하반신은 강물이 됐지만 상반신은 인간의 모습 그대로였다. 그녀는 그 상태로 고행을 계속했다. 시간이 흘러 어느 날 현자들이 그녀에게 다가가 고행을 계속하는 연유를 물었다. 그녀의 설명을 들은 현자들은 그녀에게 이렇게 말했다.

"마하데바, 즉 시바 신에게 소원을 빌어 보라. 마하데바는 어떤 소원이든 들어줄 것이다."

현자들의 조언에 암바는 간절히 시바 신을 불렀고, 곧 그녀 앞에 시바 신이 나타났다. 시바 신은 그녀에게 무엇을 원하느냐고 물었다. 그녀는 나를 죽일 수 있는 힘을 달라고 간청했다. 시바 신이 대답했다. "너는 그와 대결하여 그를 죽일 것이다."

암바는 여자로 태어난 자신이 어떻게 나와 결투를 하여 죽일 수 있겠느냐고 물었다. "나의 말은 반드시 이루어진다. 축복받은 자여, 그대는 남자가 되어 비슈마를 전쟁터에서 죽일 것이다. 그대는 환생한 뒤에도 과거의 기억을 모두 떠올릴 수 있을 것이다. 드루파다 가문의 자손으로 태어나 마하라타가 될 것이다. 전쟁에 익숙하고 노련한 전사가 될 것이다. 이 모든 것이 실현될 것이다."

시바 신이 사라지자 암바는 장작을 모아 화장터를 준비했다. 그리고는 모든 현자들 앞에서 스스로의 몸에 불을 붙였다. 그녀의 마음은 분노로 가득했다. 화장터로 올라가며 암바가 외쳤다.

"비슈마를 죽이기 위해서!"

그 후 암바는 쉬크한디로 태어났다. 쉬크한디는 본래 여자로 태어났으나 지금은 남자가 되었다. 거기에도 사연이 있다.

드루파다의 왕비는 오랫동안 자식이 생기지 않자 시바 신에게 자식을 달라고 기도했다. 드루파다 왕은 힘이 센 아들을 달라고 기도했으나 시바 신은 그에게 왕비는 딸을 낳게 될 것이고, 후일 그 딸아이가 아들이 될 것이라고 말했다. 오직 아들을 원한다는 드루파다 왕의 말에 시바 신은 이렇게 대답했다. "그대가 말한 대로 이루어질 것이다. 그것이 운명이다."

얼마 지나지 않아 왕비는 아이를 갖게 됐고, 예언대로 딸이 태어났다. 시바 신의 말대로 드루파다는 아들이 태어났다고 선포하고 아들을 위한 예식을 행했다. 아무도 아이를 볼 수 없었고, 아이가 딸이라는 사실은 몇몇 왕실 관리밖에는 몰랐다.

드루파다는 아이를 애지중지 키웠다. 글 쓰기는 물론 모든 예술을 가르쳤다. 활쏘기와 무예도 가르쳤다. 아이가 어른이 되자 왕비는 아이에게 마땅한 신부를 찾아주자고 왕에게 제안했다. 드루파다 왕은 걱정됐다. 아이가 아직 아들로 변하지 않았는데 시바 신의 예언이 잘못된 것은 아닐까? 하지만 왕비의 뜻은 완고했다. 마하데바의 예언은 절대로 틀리지 않는다고 믿었다. 쉬크한디가 남자가 될 것이기 때문에 아내를 맞아야 한다는 것이다.

왕비의 설득에 왕은 결혼 준비를 하게 됐다. 다샤르나카Dasharnaka의 왕인 히라냐바르만Hiranyavarman의 딸이 신붓감으로 간택됐다. 히라냐바르만은 강력한 왕이었다. 그래서 드루파다의 왕자에게 딸을 주는 것에 매우 흡족해했다.

드디어 결혼식 날이 밝았다. 진실을 아는 사람은 아무도 없었다. 젊은 쉬크한디는 갑옷을 걸치고 신랑 옷을 입은 채 나타났다. 쉬크한디는 자신의 전생을 알고 있었기 때문에 시바 신의 말대로 자신이 남자가 될 것이라 믿었고, 실제로 남자처럼 행세했다.

그러나 히라냐파르만의 딸은 곧 진실을 알게 됐다. 그녀는 아버지에게 전령을 보내 쉬크한디가 여자라는 사실을 알렸다. 왕은 이 소식에 불처럼 화를 냈다. 왕은 드루파다에게 전령을 보냈다. "당신은 사악한 뜻을 품고 나를 모욕했다. 어떻게 당신의 딸을 내 딸과 결혼시킬 수 있느냐? 내 곧 군사를 이끌고 가 당신과 신하들을 모두 없애버릴 것이다."

드루파다는 도둑질을 하다 들킨 듯 아무 말도 하지 못했다. 왕은 며느리가 될 여인에게 쉬크한디는 곧 남자가 될 운명이라고 설명했지만 아무 소용이 없었다. 신부의 아버지는 이미 수많은 군사를 이끌고 캄필리야로 행군해오고 있었다. 두루파다는 두려움에 떨며 왕비에게 말했다. "우리가 어리석어 결국 스스로 파국을 불러오고 말았소. 이제 어찌해야 한단 말이오." 왕과 왕비는 신에게 기도를 올리는 것 외에는 아무것도 할 수 있는 일이 없다고 결론지었다. 히라냐파르만이 진군해오고 있는 동안 그들은 신에게 기도를 올렸다.

한편 쉬크한디는 모든 불행이 자신 때문에 일어났다는 데 죄책감을 느끼고 도시를 떠났다. 스스로 목숨을 끊기로 결심하고 숲 속으로 들어갔다. 마침 그곳에는 스투나Sthuna라는 이름을 가진 야크샤의 집이 있었다. 흰 벽돌로 된 궁전으로 들어간 쉬크한디는 고행을 위해 자리에 앉았다. 집은 비어 있었다.

며칠 뒤 집으로 돌아온 스투나는 자신의 집에 앉아 있는 쉬크한디를 발견했다. 쉬크한디는 며칠간의 고행으로 수척해져 있었다. 천성이 착한 스투나는 쉬크한디에게 무엇 때문에 고행을 하느냐고 물었다.

"내가 도와줄 수 있는 일이 있다면 말해보거라."

"아무도 저를 도와줄 수 없습니다."

"아니다. 나는 네가 원하는 무엇이든 들어줄 수 있느니라. 여인아. 나는 쿠베라의 제자다. 어떤 소원이라도 들어줄 수 있느니라. 그러니 어서 말해보거라."

쉬크한디는 자신의 기나긴 사연을 얘기하고 난 뒤 스스로 결론지었다. "이 일을 해결할 수 있는 단 한 가지 방법은 제가 남자가 되는 것입니다."

야크샤는 쉬크한디의 이야기에 강한 운명의 끌림을 느꼈는지 그녀의 소원을 신중히 고민했다. 마침내 그가 대답했다.

"좋다. 내가 네 소원을 들어주마. 하지만 조건이 있느니라. 나는 나의 남성성을 너에게 빌려주는 방법으로 소원을 들어줄 것이다. 그러니 빠른 시일 내에 나에게 남성성을 다시 돌려주어야 한다."

쉬크한디는 히라냐바르만이 떠나고 나면 곧바로 남성성을 되돌려주겠다고 약속했다. 이렇게 해서 둘은 서로 성을 바꾸었고, 쉬크한디는 남자가 되어 왕국으로 돌아왔다.

드디어 히라냐바르마가 군사를 이끌고 캄피랴에 도착했다. 왕은 드루파다에게 사제를 보냈다. "어서 나와 맞서거라. 사악한 놈, 감히 나를 속였겠다?"

바로 그때 쉬크한디가 돌아왔다. 드루파다 왕이 자신감에 차 말했다. "뭔가 착오가 있었던 것 같소. 내 아들을 보시오. 남자가 분명하지 않소."

놀란 히라냐파르만은 시녀들을 보내 쉬크한디의 남성성을 확인했다. 남자가 확실하다는 시녀들의 말에 왕은 기뻐했다. 그리고는 드루파다 왕과 시간을 보낸 뒤 새로운 동맹국이 생긴 것을 기뻐하며 자신의 왕국으로 돌아갔다.

한편 스투나는 쉬크한디가 돌아오기만을 기다리며 집에 숨어 있었다. 그때 마침 쿠베라가 하늘을 나는 마차를 타고 지나가다가 아름다운 깃발과 보석으로 치장한 스투나의 궁전을 보게 되었다. 마차에서 내려 성에 들른 쿠베라는 아무도 자신을 환대해주지 않자 그만 화가 났다.

"대체 어떤 어리석은 자가 이곳에 살길래 아무도 나를 환대하지 않는 것이더냐?"

그 말에 다른 야크샤들이 쿠베라에게 자초지종을 설명했다. 스투나는 지금 여자가 된 수치심에 숨어 있다는 것이었다. 쿠베라가 말했다. "그 어리석은 자를 당장 불러내거라. 내가 그를 벌할 것이다."

스투나가 밖으로 나왔다. 여자가 된 그는 스승 앞에서 미처 얼굴을 들지 못했다.

"어찌하여 그런 짓을 한 것이냐? 너는 너의 남성성을 빌려줌으로써 모든 야크샤의 얼굴에 먹칠을 했다. 나는 네가 다시는 남성성을 찾지 못하도록 저주를 내릴 것이다. 쉬크한디 또한 그녀의 여성성을 돌려받지 못할 것이다."

다른 야크샤들은 스투나를 불쌍히 여겼다. 선한 의도를 가지고 행한 일이었기 때문이다. 야크샤들은 쿠베라에게 처벌의 강도를 낮춰 달라고 애원했다.

"좋다. 쉬크한디가 죽으면 스투나는 남성성을 되찾을 수 있을 것이다."

이 말을 마친 뒤 쿠베라는 자리를 떴다.

잠시 후 쉬크한디가 돌아왔다. "스투나여, 약속한 대로 제가 돌아왔습니다."

스투나가 대답했다. "그대는 죽을 때까지 남자로 살 것이오. 그러니 어서 돌아가시오."

이 말을 들은 쉬크한디는 스투나에 대한 미안함보다 자신이 남성이 되었다는 사실에 기뻐하며 캄필리야로 돌아갔다.

* * *

비슈마는 쉬크한디에 대한 이야기를 마친 뒤 이렇게 덧붙였다.

"그러니 쉬크한디는 전생에 암바였고, 그는 나를 증오하고 있다. 그러나 쉬크한디는 본래 여자로 태어났으니 나는 그에게 무기를 겨눌 수가 없다. 나는 도리를 따를 것이다. 여자를 상대로 싸우지 않는다. 두리요다나, 쉬크한디가 나를 공격하고 죽이려 해도 나는 그와 싸울 수 없노라. 차라리 죽고 말 것이다."

두리요다나는 고개를 끄덕였다. 그는 비슈마를 존경어린 눈으로 바라보았다. 그동안 날카롭고 심한 말을 내쏘긴 하지만 그의 고귀함을 부정할 수는 없었다. 두리요다나는 제왕의 홀에 손을 얹고 비슈마에게 말했다. "강가의 아들이여, 우리는 이제 강력한 판다바의 군대와 전쟁을 치러야 합니다. 저들에게는 많은 영웅이 있습니다. 그들을 이기는 것은 대양을 건너는 것만큼이나 힘들 것입니다. 우리가 저들을 격퇴하는 데 얼마나 오래 걸릴 것 같습니까?"

비슈마가 미소를 지으며 대답했다. "두리요다나 그대의 질문은 지당하다. 지도자는 마땅히 전투를 시작하기 전에 적군과 아군의 강점과 약점을 파악해야 한다. 나는 전투에 전력을 다할 것이다. 일반 병사에겐 일반 무기를 사용하고, 천상의 무기를 사용할 줄 아는 전사에겐 천상의 무기를 사용할 것이니라. 나는 하루에 만 명의 병사와 천 명의 전차몰이꾼을 처치할 수 있다. 격노한다면 더 많은 적군을 없앨 수도 있을 것이다. 허나 나는 오직 정당한 수단으로만 전투에 임할 것이다. 이렇게 전투에 임한다면 저들을 제압하는 데 한 달이 걸릴 것이다."

두리요다나는 이제 드로나에게 물었다. "스승께선 어떠신가요? 저들을 제압하는 데 얼마나 걸릴까요?"

비슈마와 마찬가지로 드로나도 두리요다나에게 미소지으며 대답했다.

"나는 늙었고, 예전처럼 위력이 강하지도 않다. 그러나 아직도 전력을 다해 싸울 수 있고, 판다바들에게 무기를 휘두를 수도 있다. 나 역시 적군을 처치하는 데 한 달이 걸릴 것이다."

크리파는 두 달이 걸릴 것이라고 했고, 아슈바타마는 대담하게도 열흘이면 될 것이라고 대답했다. 카르나는 닷새면 끝낼 수 있을 것이라고 호언했다. 그 말에 비슈마가 코웃음을 쳤다.

"바수데바의 인도를 받으며 나팔을 불고 무기를 휘두르는 아르주나를 대적해보지 않았으니 그리 말하는 것이다. 그래 마음껏 해보거라."

카르나는 얼굴을 찡그렸지만 아무런 대꾸도 하지 않았다. 두리요다나는 그의 장군들에게 전쟁에 임하는 결의를 확인할 수 있었다. 카우라바들은 밤새 전략을 짰다. 이제 해가 뜨면 전쟁이 시작될 것이다.

8

전투 배치

다음 날 아침, 유디스티라는 전쟁을 앞두고 마지막 점검을 하고 있었다. 카우라바 진영에 보냈던 밀정이 돌아와 지난 밤 상황을 낱낱이 보고했다. 유디스티라는 보고를 듣고 나서 걱정스럽게 아르주나에게 물었다.

"너도 들었다시피 비슈마와 드로나가 한 달 만에 우리를 꺾겠다고 했다. 카우라바들 또한 승리에 대한 굳은 결의를 다졌다. 카르나는 닷새라고 장담했다. 말해보거라. 네가 적군을 치는 데는 얼마나 걸리겠느냐?"

아르주나는 크리슈나를 바라보며 대답했다. "쿠루족 전사들은 모두 고결한 영웅들이고 무기에 정통합니다. 그러나 걱정할 필요는 없습니다. 저들은 우리를 이길 수 없습니다. 우리에겐 크리슈나 당신이 있으니 순식간에 세상을 뒤엎어버릴 수도 있습니다. 게다가 우리는 시바의 신성한 무기도 가지고 있습니다. 카우라바 군은 이 무기에 대해 알지 못합니다. 물론 이런 엄청난 무기를 저들에게 사용하는 것은 정정당당하지 못한 일입니다. 허나 이 무기를 사용할 일은 없을 것입니다. 지금의 군사력만으로도 승리는 이미 우리 것입니다."

아르주나는 자리에 있는 많은 왕들을 가리키며 말을 이어갔다. "우리에겐 수많은 영웅들이 있습니다. 전쟁이 시작되는 순간 수많은 적군들이 죽어나갈 것입니다. 카우라바들은 절대로 우리를 이길 수 없습니다."

아르주나의 말에 힘은 얻은 유디스티라는 첫날의 전투에 대비하여 전열을 가다듬었다. 갑옷을 입은 지휘관들이 유디스티라 주변에 둘러섰다. 모두 성스런 의식을 치르고 브라만들에게 재물을 나누어주었다. 멋스럽게 장식된 검을 흔들며, 그들은 자신들이 맡은 사단을 전투 대형으로 배치시키기 위해 하나둘씩 천막을 빠져나갔다.

해가 뜨자 쿠루크셰트라를 뒤덮은 양쪽 군사들의 모습이 드러났다. 그들은 마치 반대 방향으로 물결치는 거대한 바다처럼 보였다.

모든 준비가 끝나자 유디스티라는 형제들과 크리슈나를 대동하고 천막 밖으로 나왔다. 무기와 전차 준비를 완료한 군사들은 사기가 충천해 있었다. 판다바 형제들과 크리슈나가 전차에 오르자 브라만들이 다가와 그들을 축복했다.

전략대로 그들을 군사들을 여러 가지 대열로 배치했다. 선봉에 설 전사들 또한 자리를 이동해가며 카우라바 군을 교란시켰다. 이에 카우라바 쪽도 사단을 다양한 형태로 이동시켜 판다바들이 자신들의 전술을 파악하지 못하게 했다. 양쪽 군사들이 전술대로 이동을 계속하니 엄청난 흙먼지가 솟아 하늘을 뒤덮고 태양을 가렸다. 수천 마리의 코끼리가 움직일 때마다 땅이 진동하고 검은 구름이 피어올랐다. 전차군단은 코끼리 떼와는 달리 밤하늘에 빛나는 별처럼 반짝이며 이동했다.

양측의 군대 뒤편에는 천막과 가게들이 즐비하게 늘어서 있어 마치 두 개의 큰 마을처럼 보였다. 요리사와 신하, 무역상들이 북적댔다. 전사들은 전쟁터에 나갔고, 해가 지면 돌아올 것이다. 양쪽은 조금씩 서로를 향해 진군했다. 나팔소리가 전쟁터를 가득 채웠다. 북과 트럼펫소리가 코끼리 떼의 울음소리와 합쳐져 엄청난 굉음을 만들어냈다.

비슈마와 드리스타디윰나가 먼저 만나 전쟁의 규칙을 확인했다. 전사는 반드시 자신과 대등한 전사와 대등한 무기로 겨루어야 한다. 경고 없이 상대를 공격해서는 안 되며, 먼저 도전을 알려야 한다. 힘을 잃은 상대나 달아나는 상대를 공격해서는 안 된다. 무기나 비품을 나르는 하인들은 죽여서는 안 된다 등이었다.

그러나 드리스타디윰나는 신중한 사람이었다. 두리요다나와 그의 추종자들은 그리 믿을 만한 사람이 아니라는 것을 잘 알고 있었다. 과연 상황이 자신들에게 불리하게 돌아가도 저들이 규칙을 준수할 것인가? 드리스타디윰나는 협상을 마치고 돌아가려는 비슈마와 영웅들에게 마지막 조건을 달았다.

"우리는 규칙을 준수할 것이오. 그러나 한 가지 조건이 있소. 만약 카우라바 쪽에서 먼저 협상을 깨고 규칙을 지키지 않는다면 그때는 우리도 합당하다고 생각되는 반격을 취할 것이오. 그러나 우리 쪽에서 먼저 규칙을 깨는 일은 없을 것이오."

"알겠소." 비슈마는 이렇게 대답하고는 자신의 진영으로 돌아갔다. 곧 전쟁 개시를 알리는 나팔소리가 울려퍼질 것이다.

* * *

드리타라스트라는 수심에 잠겨 왕궁에 앉아 있었다. 기다리는 일 외에 그가 할 수 있는 일은 아무것도 없었다. 근심을 함께해줄 이가 필요했으나 비두라는 곁에 없었다. 왕은 산자야를 불러 말했다.

"일이 어떻게 진행되어 가고 있느냐? 저들이 쿠루크셰트라에 도착했느냐? 운명은 사람의 힘으로는 바꿀 수 없는 법이거늘. 허나 이젠 아무 소용이 없구나. 도대체 무엇이 잘못된 거란 말이냐. 나는 두리요다나의 어리석음을 알면서도 그 아이를 말리지 못했다. 어쩌면 이 전쟁은 운명인가 보다. 크샤트리아에게는 전쟁에서 장렬한 최후를 맞이하는 것이 가장 큰 명예가 아니더냐."

산자야는 할 말이 없었다. 그는 몇 번이나 이 재앙을 불러온 것은 두리요다나이고, 왕 역시 그 책임을 면할 수 없다고 말해왔다. 그러나 왕은 도무지 받아들이려 하지 않았다.

"폐하, 당신의 잘못으로 초래한 비극에 대해 어느 누구도 탓해서는 아니 되옵니다. 인간은 자신의 죄로 인한 대가를 치릅니다. 폐하는 도리에 맞게 행동하지 못했습니다. 판다바들은 폐하가 언젠가는 불의를 심판하실 것이라 믿었습니다. 그러나 폐하는 그들의 희망을 저버리셨습니다. 이제 남은 것은 왕자님들의 죽음뿐입니다."

바로 그때 비야사데바가 궁 안으로 들어왔다. 그는 과거와 현재, 미래를 볼 수 있는 능력을 가지고 있었다.

"왕이여, 그대의 아이들과 동맹군은 이제 인생의 끝자락에 도착했다. 전쟁터에 모인 이들은 서로 죽고 죽일 것이다. 모든 살아 있는 것은 시간이 지나면 죽는 법이니 너무 슬퍼하지 말거라. 전쟁이 진행되는 모습을 보기 원하느냐? 원한다면 네게 그 능력을 주마."

드리타라스트라는 한숨을 쉬며 대답했다. "나는 내 아이들이 죽는 것을 보고 싶지 않습니다. 현자여, 저에게 그저 상황을 들려주기만 하소서."

"그렇다면 산자야에게 그 능력을 주겠다. 이제 너는 전쟁터에서 일어나는 모든 일을 볼 수 있을 것이다. 밤에 일어나는 비밀스런 일까지도 모두 볼 수 있을 것이다. 전쟁이 지속되는 동안에는 전혀 피곤함을 느끼지 않을 것이다. 어느 쪽이든 정의롭게 싸우는 쪽이 이길 것이다. 허나 승리와는 상관없이 수많은 전사들이 죽음을 맞이할 것이다. 모든 징조가 그것을 말해주고 있다. 시체를 뜯어먹는 수천 마리의 새가 전쟁터 주변의 나무에 앉아 울어대고, 왜가리들이 끔찍한 비명을 지르며 남쪽으로 날아갔다. 태양은 삼색 구름에 가려 희미했고, 사원에 모셔져 있는 신상이 땀을 흘리고 진동하며, 심지어는 쓰러지기까지 했다. 이 모든 징조가 대참사를 예고하고 있다. 수많은 영웅들이 영원히 잠들 것이다. 대지가 그들을 연인처럼 끌어안을 것이다."

말을 마친 뒤 비야사데바는 이렇게 결론내렸다.

"모든 징조가 크샤트리아의 전멸을 예고하고 있다. 너무나 자명하다."

드리타라스트라는 현자의 얼굴을 올려다봤다. "현자여, 이 전쟁은 분명 운명이 정해놓은 것입니다. 크샤트리아들은 죽어서 영웅으로 남고 영원한 천상의 행복을 얻게 되겠지요? 전쟁터에서 희생함으로써 그들은 명예를 얻고, 내세에서 행복을 얻겠지요?"

바사데바는 즉답을 피하고 한동안 명상을 한 뒤 대답했다.

"시간은 우주와 만물을 사멸시킨다. 세상에 영원한 것은 없다. 오직 영혼만이 사라지지 않는 법. 그러므로 왕자들이 바른 길을 걷도록 해야 한다. 크리슈나의 뜻을 따라야 했느니라. 영원한 존재인 크리슈나는 올바른 도리가 무엇인지 보여주었다. 허나 그대는 그의 말을 받아들이지 않았다. 친족을 죽이는 것은 선이 아니다. 그대는 지금도 충분히 이 전쟁을 막을 수 있다. 허나 그대는 그렇게 하지 않을 것이다. 이 왕국에 집착하고 있기 때문이다. 그대의 덕은 사그라들고 있다. 그대는 그대의 가문을 죽음으로 이끌 아들로 하여금 쿠루족을 멸족시키도록 내버려두었다."

드리타라스트라는 고개를 떨구었다. 비야사데바의 목소리가 계속해서 왕실에 울려 퍼졌다.

"죄를 짓고 얻은 왕국이 무슨 가치가 있겠느냐. 명예를 지키고 덕을 행하거라. 그리하면 하늘에 오를 수 있을 것이다. 판다바들에게 왕국을 돌려주고 전쟁을 멈추고 쿠루족이 평화롭게 살도록 하거라."

드리타라스트라는 부끄러웠다. 그는 애처로운 목소리로 대답했다. "현자여, 모두 옳은 말씀입니다. 저도 알고 있습니다. 허나 제가 사악하다고는 생각지 말아주소서. 두리요다나는 제 말을 듣지 않습니다. 최선을 다해 말려보았지만 소용이 없었습니다. 제 명예와 덕을 지켜주소서. 저는 그저 선한 뜻과 부족한 힘을 가진 보통 사람일뿐입니다. 쿠루족의 위대한 지도자여, 저에게 선을 베풀어주소서."

바사데바는 더 이상 쿠루족을 도울 방법이 없다는 것을 깨달았다. 그는 자리를 떠나며 말했다. "나는 이제 그만 떠날 것이다. 마지막으로 나에게 원하는 것이 있느냐?"

"예, 한 가지 있나이다. 어떤 징후가 승리의 징조인지 궁금합니다."

왕은 아직도 자신의 아들들이 전쟁에서 이길지 모른다는 희망을 버리지 않고 있었다. 사실 카우라바의 군의 규모는 판다바의 두 배나 되지 않는가. 그런 드리타라스트라의 마음을 이해하고 바사데바는 말해주었다.

"군대의 규모는 중요하지 않느니라. 규모가 큰 군대는 큰 공격을 받아 전열이 흐트러지면 오히려 재정비하기가 매우 어려운 법. 중요한 것은 용기와 전우애다. 비록 규모가 작다 해도 물러서지 않고 서로를 믿는다면 대군을 이길 수도 있다. 전쟁터에서의 승리는 누구도 확신할 수 없다. 가장 현명한 방법은 평화적으로 협상하는 것이다. 협상을 통해 얻은 결과가 최선이고, 내분으로 생기는 결과는 중간이며, 전쟁으로 생기는 결과가 최악이다. 비록 전쟁에서 승리한다 해도 그 손실은 엄청날 것이다."

현자는 이 말을 끝으로 자리를 떠났다. 드리타라스트라는 한숨을 내쉬며 산자야에게 전쟁이 진행되는 상황을 보고해달라고 했다.

* * *

한편 유디스티라는 아르주나와 얘기하고 있었다. 그 누구도 뚫을 수 없는 무적의 갑옷을 입고 있는 아르주나의 모습은 그 자체로 빛이 났다. 그의 손에선 간디바가 형형한 빛을 발하고 있었다. 그 옆에는 크리슈나가 말고삐를 잡고 전차에 앉아 있었다. 유디스티라는 빛나는 갑옷과 보석 장식이 박힌 투구를 쓰고 있었다. 유디스티라가 말했다.

"적군의 수가 우리보다 우세하다. 이럴 경우 브리하스파티는 바늘형 일자 대열을 취하라고 했다. 어서 대열을 바꾸는 것이 좋겠다. 혹시 네게 다른 좋은 방법이 있느냐."

"인드라가 고안한 천둥 대형을 취하고, 비마를 선두에 세우겠소. 적들은 선봉에 선 비마를 보기만 해도 사자를 본 짐승처럼 도망갈 것이오. 비마의 눈을 똑바로 마주볼 자는 없을 것이오. 인드라가 천상의 보호자이듯 비마가 우리의 보호자가 될 것이오."

아르주나는 전차에 올라 대열을 정비하기 위해 출발했다. 선두에 설 전차들이 비마와 드리스타디윰나, 나쿨라, 사하데바, 드리스타케투를 선봉으로 하여 대열을 만들었다. 수십만의 군사가 검과 창, 도끼를 쳐들고 장군들을 따라 움직였다. 선두를 중심으로 기수와 보병들로 이루어진 군사들이 거대한 덩어리처럼 그 뒤를 따랐다. 후미에는 비라타와 그의 악샤우히니가 뒤따랐다. 나쿨라와 사하데바는 비마의 양옆을 호위하고, 아비만유와 드라우파디의 아들들은 비마의 뒤를 호위했다. 바로 뒤에 쉬크한디가 아르주나의 호위를 받으며 비슈마를 죽이겠다는 굳은 결의를 다지며 따라왔다. 유디스티라는 군대의 한가운데에 위치했다. 전사들에 둘러싸인 그는 빛나는 별들 가운데서도 가장 빛나는 태양 같았다.

전사들은 금과 은으로 장식한 야자수처럼 군사들 사이에 우뚝 솟아 있었다. 그 위로 아르주나의 깃발이 휘날렸다. 하누만이 포효하는 모습이 보였다. 비마는 철퇴를 휘두르며 괴성을 질렀다. 눈빛만으로도 카우라바 군을 태워버릴 것 같았다.

판다바 군은 대열 정비를 모두 마치고 명령이 떨어지기만을 기다렸다. 아직 두 지휘관은 전쟁 개시를 알리는 나팔을 불지 않았다. 동쪽에는 카우라바의 대군이 끝없이 펼쳐져 있었다. 바람이 불어 자갈들이 바람에 섞여 날아들더니 구름 한 점 없는 하늘에 천둥이 쳤다. 별똥별이 쏟아지고 대지가 진동했다. 혼탁한 흙먼지가 솟아 태양을 가렸다.

판다바가 천둥 대형을 취하는 것을 보고 비슈마도 그에 대비해 대형을 취했다. 하얀 머리와 하얀 깃발, 하얀 활, 하얀 햇빛 가리개까지 갖춘 그는 거대하고 하얀 산처럼 보였다. 두리요다나는 푸른빛이 도는 코끼리를 타고 군대 한가운데에 자리잡고 있었다. 어깨에는 거대한 철퇴를 매고, 한 손에는 활을 들고 있었다. 시인과 악사들이 그를 축복하고 수십만의 병사들이 그를 보호했다.

카우라바들은 모두 비슈마 사단의 보호를 받고 있었다. 전 세계에서 몰려온 왕과 왕자들이 대군을 이끌고 진군했다. 후진에는 드로나가 배치하고 있었다.

선두에 서서 지휘하는 카우라바 군의 비슈마를 보면서 유디스티라는 다시 한번 근심 어린 얼굴로 아르주나에게 물었다. "저들이 누구도 뚫을 수 없는 대형을 취한 것 같구나. 비슈마를 제압할 방법이 떠오르지 않는다. 무한한 위력과 영광을 가진 비슈마를 누가 대적할 것이며 어떻게 승리를 이끌 수 있겠느냐?"

유디스티라의 약한 모습에 아르주나가 격려하며 말했다. "적은 수의 전사로도 얼마든지 대군을 이길 수 있소. 그 옛날 신과 마귀들이 전쟁을 할 때 브리하스파티가 설명했던 것이오. 승리를 원하는 자는 힘으로 이기는 것이 아니라 진실과 연민, 신앙심과 덕으로 이긴다고 했소. 신념을 가지고 싸우면 된단 말이오. 바른 길을 걷는 자만이 승리를 얻는 법이오."

하지만 유디스티라는 여전히 확신이 서지 않았다. 그가 전쟁을 하는 대의가 과연 옳은 것일까? 왕국에 대한 욕망이 이 전쟁을 만든 것은 아닌가?

아르주나가 그런 형의 기분을 알아채고 말을 이어 갔다. "덕과 진실의 화신 크리슈나가 우리 편에 있소. 나라다는 크리슈나가 있는 편은 반드시 승리한다고 했소. 크리슈나는 영생의 표상이오. 그의 위력은 누구도 측정할 수 없소. 그는 속세의 모든 정치와 고통을 초월한 자요. 천상의 주인이 우리 편이고 우리의 성공을 바라는데 무엇이 걱정이란 말이오?"

크리슈나를 생각하니 유디스티라는 마음이 놓였다. 그는 군사들을 바라보았다. "아르주나, 네 말이 옳다. 크리슈나가 전쟁을 원한다. 이제 망설일 것이 없다. 군사들에게 정당한 방법으로 하늘에 오를 각오를 하고 최선을 다해 싸우라고 전하거라."

유디스티라는 이렇게 말한 뒤 그를 따라온 수많은 브라만들에게 시주를 했다. 그를 둘러싼 현자들이 전쟁의 승리를 기원하며 노래를 부르고 축복해주었다. 그들은 황금과 소, 과일, 꽃, 옷을 받은 뒤 전쟁의 승리를 기도하며 자리를 떠났다.

드디어 아르주나의 전차가 맨 앞으로 나아갔다. 크리슈나가 말했다. "적의 선두에 비슈마가 있다. 이제 곧 비슈마가 사자처럼 맹렬한 공격을 해 올 것이다. 또 셀 수 없이 많은 군사가 그를 보호하고 구름처럼 그를 덮을 것이다. 그를 목표로 삼아라. 그를 대적할 자는 오직 그대뿐이다."

크리슈나는 아르주나를 향해 두르가Durga 여신에게 힘을 달라고 기도하라고 했다. 아르주나는 전차에서 내려 무릎을 꿇고 두 손을 모아 기도를 올렸다. 동쪽을 바라보며 베다의 노래를 불러 두르가 여신을 불렀다.

잠시 후 기도를 들은 여신이 나타났다. "판두의 아들아, 너는 승리를 얻을 것이다. 무적의 나라야나가 너를 돕고 있다. 인드라조차도 너를 이길 수 없을 것이다."

두르가가 사라지자 아르주나는 자리에서 일어나 다시 전차에 올랐다.

이제 두 진영 모두 대형을 갖추고 준비가 끝났다. 드디어 비슈마는 전쟁을 알리는 나팔을 불었다. 그러자 양쪽의 전사들이 이에 동참하였고, 곧 수백 개의 나팔소리가 울려퍼졌다.

아르주나와 크리슈나도 나팔을 불었다. 길고 큰 나팔소리는 전쟁터 전체에 울려 퍼졌다.

비마와 쌍둥이도 나팔을 불었다. 천상의 소리처럼 우렁찬 소리에 카우라바 군은 심장이 죄어들었다. 그러나 비슈마는 힘이 솟았다. 크리슈나의 나팔소리에 비슈마의 눈에서는 눈물이 흘러내렸다. 만물영생의 주인인 크리슈나가 그를 섬기는 이들을 보호하기 위해 인간들의 전쟁에 참여한 것이다. 비슈마는 아르주나의 전차를 바라보았다. 크리슈나, 그리고 판다바들과 전쟁을 해야 하다니 이 무슨 운명이란 말인가. 그러나 크샤트리아의 의무는 그보다 강했다.

9
바가바드 기타

첫 번째 작전이 시작되었다. 아르주나는 간디바를 꺼내들고 크리슈나를 향해 말했다.

"나를 저 가운데로 데려다주소서. 저들이 어떤 대형을 취하고 있는지 봐야겠습니다. 전진하십시오. 나와 맞붙을 자가 누군지 볼 것입니다. 저 사악한 카우라바들을 위해 싸우러 나온 얼간이들을 한번 보지요."

크리슈나는 전차를 몰아 한가운데로 나가갔다.

크리슈나가 웃으며 말했다. "보아라, 쿠루족이 저기 모여 있다."

아르주나는 그들을 바라보았다. 크리슈나는 아르주나의 마음을 이해할 수 있었다. 오랫동안 기다려온 전쟁이다. 그러나 그것은 끔찍한 동족상잔의 비극이기도 했다. 허나 이제는 돌이킬 수 없다. 아르주나는 갑자기 공포감을 느꼈다. 그의 눈앞에는 스승과 삼촌, 친구, 친척은 물론이요, 아버지 같고 형제 같았던 사람들이 서 있었다.

아르주나는 그만 갈등에 휩싸였다. '어떻게 내 핏줄과 친구들을 죽일 수 있단 말인가?' 결국 그는 마음이 약해져 크리슈나에게 자신이 마음을 털어놓았다. "내 친구와 친족들이 나와 싸우기 위해 모여 있는 것을 보니 사지에 힘이 빠지고 입이 마릅니다."

아르주나는 온몸이 떨리고 힘이 빠져서 들고 있던 간디바를 떨어뜨리고 말았다. 얼굴은 화끈거리고 머리카락은 쭈뼛 섰다. "저는 이 전쟁을 할 수 없습니다. 이 전쟁은 악과 불행만을 가져오고 말 것입니다. 핏줄을 죽인 자가 무슨 이익을 얻을 수 있겠습니까? 친구와 사랑하는 이들을 죽이고 얻은 승리가 무슨 가치가 있습니까?"

아르주나는 그 자리에 주저앉았다. 싸워야 할 어떤 이유도 생각나지 않았다. 비라타 전투에서 카우라바들과 맞섰을 때와는 상황이 달랐다. 그때는 단지 저들에게 겁만 주었을 뿐이다. 허나 이번에는 그 누구도 살아 돌아갈 수 없다. 크리슈나에게 속마음을 털어놓는 아르주나의 눈에서 눈물이 흘러내렸다.

"저는 빼앗긴 왕국을 되찾고 싶은 욕심이 없습니다. 스승과 아버지, 그리고 아들과도 같은 저들을 보는 순간 싸우려던 마음도 사라졌습니다. 저들이 나를 죽인다고 해도 나는 저들을 죽일 수 없습니다. 세상을 다 얻는다 해도 저들을 죽이고 싶지 않습니다. 이 전쟁은 불행만을 낳을 것입니다."

아르주나의 눈썹에 땀이 맺혔다. 그는 무거운 한숨을 내쉬었다. 그가 존경해온 비슈마와 드로나, 샬리야, 바흘리카, 그리고 그가 사랑한 모든 이들 앞에서 아르주나는 슬픔으로 가득 찼다. 카우라바의 아들들과 동맹국의 왕자들은 그에겐 모두 아들이나 마찬가지였다. 아르주나는 그들에게도 깊은 연민을 느꼈다. 두리요다나마저도 불쌍하게 느껴졌다. 단지 어리석은 것이 죄일 뿐이다. 그들을 죽이는 것이 어떻게 덕행이 될 수 있는가?

아르주나가 크리슈나에게 슬픈 목소리로 말했다. "저들을 죽이는 것은 죄를 짓는 일입니다. 우리는 마땅히 저들을 용서해야 할 것입니다. 욕심에 눈이 멀어 도리를 저버렸지만 우리는 신앙에 바탕을 두고 저들을 대해야 합니다. 우리가 저 고매한 분들을 죽인다면 대대로 내려온 의식은 잊혀질 것입니다. 저들은 이 세계에 꼭 필요한 분들입니다. 전통이 없다면 온 세상이 신을 저버리게 될 것입니다. 전쟁터에 나온 남자들을 다 죽여버리면 여인들은 보호자 없이 남겨집니다. 그러면 여인들은 사악한 자들에게 더럽혀지고, 그로 인해 원치 않는 아이들이 태어날 것입니다. 누가 그 아이들을 가르치겠습니까. 크리슈나여, 이 모든 악이 저로 인해 생겨날 것이고, 그러면 저는 지옥에 가게 될 것입니다."

아르주나는 도덕률을 떠올리며 베다를 근거로 생각해 보았다. 베다에 의하면 혈족을 죽이는 것은 부도덕한 짓이다. 더군다나 왕조의 종교적인 전통을 유지하는 원로들을 죽이는 것은 천인공노할 짓이다. 저들을 죽여서는 안 된다. 그 이유가 왕국과 부를 차지하기 위한 것이라면 더더욱 안 된다.

아르주나가 흐느꼈다. "카우라바들이 저를 죽이도록 내버려두는 것이 차라리 낫겠습니다. 저들 앞에서 무기를 버리고 저항하지 않는 것이 저의 행복을 위한 일입니다." 그리고는 무기를 버리고 바닥에 쓰러졌다.

크리슈나는 슬픔에 찬 친구를 바라보면서도 여전히 온화한 미소를 짓고 있었다. 아르주나처럼 두려움 없는 전사가 이런 나약한 모습을 보이다니. 크리슈나는 단호하게 대답했다. "이런 중요한 순간에 그런 불순한 생각을 하다니. 아르주나, 참된 인생의 가치를 아는 이에게 이런 행동은 전혀 도움이 안 되느니라. 그대의 행동은 고결한 것이 아니라 그대의 명예를 깎아 내리는 것이다. 쿤티의 아들아, 무기력한 모습을 보이지 말거

라. 나약함을 던져버리고 어서 자리에서 일어나거라."

아르주나는 깜짝 놀라 크리슈나를 바라보았다. 어찌 이리도 무정하단 말인가. 크리슈나는 아르주나의 애절한 이야기를 단칼에 무시해버렸다. 크리슈나는 지금까지 단 한 번도 부적절하거나 재앙을 일으키는 충고를 한 적이 없다. 그는 모든 신앙의 화신이었다.

아르주나는 어리둥절해졌다. 종교적인 도리에 맞는 말을 했는데 크리슈나는 어찌하여 이리도 무정하단 말인가. 물론 크샤트리아는 악인과 싸워야 하는 종교적인 의무를 가지고 있다. 그러나 상대는 악인들이 아니다. 비슈마와 드로나, 크리파를 비롯한 많은 이들은 신앙심이 깊고 많은 이들의 존경을 받는 분들이다.

여전히 떨리는 목소리로 아르주나가 물었다. "크리슈나여, 악인을 죽이는 것은 옳은 일입니다. 그러나 존경받아 마땅한 분들을 어떻게 죽인단 말입니까? 그들의 목숨을 빼앗은 대가로 세상을 차지하느니 차라리 거지가 되겠습니다. 비록 저들이 욕심에 눈이 멀었다 해도 저들은 여전히 저보다 우월합니다. 어떤 종교의 원리가 저들을 죽이는 것을 허락한단 말입니까? 전쟁에 이겨 모든 것을 차지한들 무슨 소용이 있겠습니까. 승리가 오히려 패배만 못할 것입니다. 승리가 확실한 것도 아니지만 승리를 원하지도 않습니다. 내 어찌 핏줄을 살해하고 살 수 있단 말입니까?"

아르주나는 상황을 벗어날 방법이 생각나지 않았다. 카우라바들은 판다바들을 죽이고 모든 군사를 전멸시킬 작정을 하고 있다. 그러나 아르주나는 싸울 마음이 없었다. 신앙심도 전쟁을 바라지 않았다. 그러나 크리슈나에게는 그의 신앙심이 아무런 소용이 없어 보였다. 어떻게 해야 하는가? 오직 크리슈나만이 도와줄 수 있다. 그는 크리슈나를 쳐다봤다.

크리슈나는 장갑을 낀 손으로 고삐를 쥐고 있었다. 판다바들이 지금껏 많은 고통과 시련을 극복할 수 있었던 것은 크리슈나 덕분이었다. 그는 의심할 여지없이 가장 현명한 분이다. 크리슈나는 분명 해결책을 제시해 줄 것이다.

크리슈나의 결정에 따르기로 하고 아르주나가 물었다. "크리슈나여, 저는 지금 너무나 혼란합니다. 마음의 나약해져서 평정심을 잃어버렸습니다. 이기적인 생각에 사로잡혀 있다는 것을 알면서도 저들을 죽일 수 없습니다. 어찌해야 할지 알려주십시오. 나는 지금 당신의 제자이고, 당신의 말을 따르는 영혼입니다. 가르침을 주소서. 슬픔을 떨칠 방법을 모르겠습니다. 신들의 왕국만큼이나 큰 왕국을 얻는다 해도 슬픔이 지워질 것 같지 않습니다. 보호자여, 저는 싸우고 싶지 않습니다."

아르주나는 입을 닫았다. 모든 것은 크리슈나에게 달려 있다.

한편 비슈마는 멀리서 아르주나의 전차가 전장 한가운데 멈춰 서 있는 것을 보고 있었다. 아르주나가 어찌하여 저기 서 있는 것일까? 게다가 전차에서 내려와 있지 않은가? 아르주나와 크리슈나 사이에 무슨 일이 벌어지고 있는 것 같았다. 비슈마는 손을 들어 군사들에게 멈추라고 명령했다. 혹시 크리슈나가 마지막으로 평화를 제안해오는 것은 아닐까? 이미 전쟁이 시작됐는데? 아닐 것이다. 전쟁의 시작을 알리는 나팔이 이미 울렸다. 크리슈나가 어떤 결정을 내리든 비슈마는 그의 결정을 존중할 것이다.

비슈마는 아르주나의 전차가 다시 움직일 때까지 기다리기로 했다. 유디스티라 역시 진군을 멈추고 사태를 지켜보았다. 무리해서 공격할 필요는 없었다.

크리슈나는 환하게 웃었다. 가르침을 부탁하는 아르주나의 겸손한 모습에 크리슈나는 흡족했다. 손을 들어 아르주나를 축복한 뒤 크리슈나가 말했다. "그대는 경전에서 배운 대로 말했다. 허나 그대의 슬픔은 가치가 없다. 현자는 산 자나 죽은 자를 위해 슬퍼하지 않는다. 그대와 나, 그리고 이곳에 있는 모든 크샤트리아는 지금까지 존재했고, 또 앞으로도 존재할 것이다. 우리는 불멸의 영혼이다. 우리의 영혼은 이 몸에서 저 몸으로 옮겨갈 뿐이다. 심지어 현생에서도 사람은 같지만 몸이 바뀌는 것을 볼 수 있다. 사람은 죽으면 새 몸을 받는다. 자제력이 있는 사람은 그러한 변화에 당황하지 않는다."

크리슈나의 말에 아르주나는 위안을 느꼈다. 언제나처럼 크리슈나의 가르침은 가슴속을 파고들었다. 아르주나는 크리슈나의 말을 경청했다.

"쿤티의 아들아, 행복과 슬픔은 여름과 겨울이 오고 가는 것처럼 자연스러운 것이다. 그런 감정은 감각에 의존하기 때문에 생기느니라. 인간은 감정에 흔들리지 않고 인내할 줄 알아야 한다. 그래야만 온갖 슬픔에서 해방될 수 있느니라. 진실을 깨달은 위대한 현자는 영혼과 정신은 변하지 않는다는 것을 안다. 현자는 현세의 몸은 곧 사라진다는 것을 알고 있다. 영혼은 누구도 파괴할 수 없지만 육신은 언젠가 사라지게 되어 있다. 그러니 가책을 느끼지 말고 저들의 '몸'과 맞서 싸우거라."

아르주나는 크리슈나의 말을 충분히 이해했다. 영혼은 분명 불멸의 것이다. 그러나 사람을 죽이는 데 있어 과연 그것만으로 충분한 이유가 될 수 있을까? 죽음과 환생은 영혼에게는 분명 고통스런 경험일 것이다.

여전히 의구심을 떨치지 못하는 아르주나에게 크리슈나는 애정 가득한 목소리로 말했다. "죽음을 당한 자도 그리고 죽음을 행한 자도 그것을 알지 못한다. 자아라는 것은 죽지도 않고 죽일 수도 없기 때문이다. 영혼은 태어나지도 않고 죽지도 않는다. 또한 영혼은 창조되지도 않는다. 영혼은 불생이고 영생이기 때문에 육신이 죽어도 영혼은 죽지 않는다. 그렇다면 그대가 다른 이의 죽음을 초래했다고 말할 수 있겠는가? 육신의 죽으면 영혼은 다시 새로운 몸을 받게 된다. 오래된 옷을 벗고 새 옷을 입는 것과 마찬가지니라."

아르주나는 크리슈나의 말이 이해됐다. 그가 사랑하는 친척들이 패배자가 되는 것은 아니라는 말이다. 저들의 몸을 죽임으로써 아르주나는 저들을 업보에서 비롯된 고통에서 벗어나게 해주는 것이다. 그렇게 되면 저들은 더 나은 몸으로 환생할 수도 있다. 그러나 그는 천상의 무기로 인해 저들의 영혼까지 해치게 되진 않을까 걱정이 됐다.

크리슈나가 대답했다. "불, 바람, 물, 그 어떤 무기도 영혼을 해칠 수는 없다. 영혼은 그 어떤 물질적인 힘에도 변화하지 않는다. 베다에 의하면 영혼은 보이지도 않고, 느끼지도 못하고, 바꿀 수도 없다고 했다. 육신은 변하지 않는 영혼이 입은 옷에 불과하다."

아르주나는 말이 없었다. 비슈마와 드로나가 불멸의 영혼의 소유자라는 것을 알고 있지만 그들의 죽음을 생각하면 여전히 슬펐다. 크리슈나는 그런 슬픔은 피할 수 없지만, 쉽지 않더라도 견뎌내야 한다고 일렀다.

크리슈나는 친구를 애정 어린 눈으로 바라보았다. "그대가 영혼이 육신과 같은 것이라고 믿더라도 슬퍼할 이유는 없다. 육신은 물질이다. 물질은 생성되면 언젠가는 파괴된다. 현자는 시간이 따른 당연한 변화에 대해 슬퍼하지 않는다. 그대가 무엇을 믿든 시간의 흐름을 막을 수는 없다. 탄생은 죽음을 동반한다. 그것이 자연의 이치다. 슬퍼하지 말고 너의 본분을 따르라. 시간이 지나면 육신은 죽게 마련이다."

아르주나는 크리슈나의 말을 곰곰이 생각했다. 영혼의 존재를 이해하는 것은 어려운 일이었다. 영혼은 죽지 않고 손상되지 않는다는 것이 분명하다 하더라도 영혼의 본질은 여전히 의문으로 남는다.

크리슈나는 영혼에 대해 계속 말했다. "영혼의 존재를 아는 이는 영혼은 놀라운 것이라고 여긴다. 베다도 영혼을 놀라움이라고 표현했다. 영혼에 대해 많은 가르침을 받은 이들도 영혼이 무엇인지에 대해서는 잘 알지 못한다. 하지만 영혼은 불멸의 것이다. 그러니 저들에 대한 쓸데없는 슬픔을 떨쳐버리거라."

원로들을 죽임으로써 죄를 짓게 될까봐 두려워하는 아르주나에게 크리슈나가 말했다. "그대는 크샤트리아다. 종교의 도리에 따라 싸우는 것이 너의 본분이니 망설이지 말거라. 오히려 이번 기회를 통해 그대는 천상으로 가게 될 것이다. 만약 싸우지 않는다면 그대의 본분을 이행하지 않은 죄를 짓게 되는 것이고, 그대의 명예는 땅에 떨어질 것이다. 죽음보다 더한 것이 불명예다. 누구도 그대가 연민 때문에 싸움을 포기했다고 생각하지 않을 것이다. 오히려 그대가 두려움에 달아났다고 생각할 것이다. 그보다 더한 고통이 어디 있겠느냐?"

크샤트리아의 의무를 되새기면서 아르주나가 힘겹게 일어섰다. 죄를 짓는다는 생각과 명예를 더럽히는 것은 그에게 무엇보다 고통스러운 일이었다. 크리슈나가 말을 이었다.

"파르타여, 이 전쟁의 결과는 두 가지다. 그대가 목숨을 희생하고 천상으로 올라가거나 적들을 처치하고 왕국을 차지하는 것. 굳은 결의를 가지고 전투에 임하거라. 나의 바람이기도 하다. 행복과 불행, 손실과 이득, 승리와 패배 따윈 생각하지 말고 그저 본분에 충실하라. 그것만이 죄를 짓지 않는 방법이다."

아르주나는 그제서야 마음이 가벼워지는 것을 느끼며 크리슈나의 가르침을 가슴에 새겼다. 크리슈나는 전쟁을 함으로써 죄를 짓고 고통 받게 될 것을 두려워하는 아르주나를 격려했다. 싸우지 않는 것이 죄를 짓는 것임도 강조했다.

"나는 그대에게 영혼의 존재에 대해 얘기했다. 쿤티의 아들아, 이제부터 내가 하려는 이야기는 결과에 연연하지 말고 업보도 신경 쓰지 말고 너의 본분을 지키라는 것이다. 그것이 해탈의 방법이다. 그대가 이런 경지에 이르게 되면 다시는 업보의 굴레에 떨어지지 않을 것이다. 이런 경지에 이르면 신을 섬기고 종교적인 본분을 행하는 데 흔들리지 않는다. 하지만 속세의 행복을 추구하는 자는 끊임없이 이런저런 유혹에 끌려다니게 된다. 어리석은 자만이 베다에 기록된 물질적 행복에 사로잡힌다. 쾌락과 부, 권력을 추구하는 자는 현생만을 생각한다. 그들은 욕망에 휩쓸려 열반에 마음을 쏟을 수 없다. 속세에 연연하지 말거라. 행복과 불행이라는 이원적인 논리에서 벗어나거라. 자아를 세우고 물질적 이득과 안전에 대한 집착에서 벗어나거라."

아르주나는 자신이 물질적인 행복에만 사로잡혀 있었음을 깨달았다. 베다의 말을 따르긴 했지만 베다와 궁극적인 목적에 대해서는 이해하지 못하고 있었던 것이다. 세상에는 더 높은 원리와 진실이 존재했던 것이다. 크리슈나는 설명을 계속했다.

"베다는 물질적인 행복을 성취하는 방법을 가르쳐준다. 그러나 그 설명 뒤에는 더 궁극적인 목적이 있다. 이것을 깨달은 자는 모든 욕망을 만족시킬 수 있는 방법을 깨닫는다. 큰 강에 도착한 사람에게는 더 이상 작은 우물과 시냇물이 필요하지 않다. 삶의 위대한 뜻은 결과를 바라지 않고 본분에 충실할 때 얻어진다. 행동의 성공과 실패에 연연하지 않고 최선을 다할 때 우주와 하나가 되는 경지에 이르는 것이다. 그렇게 되면 그대는 더 이상 죄를 짓지 않게 되고, 업보 또한 끝나게 될 것이다. 그리하여 하늘의 더 높은 자리에 앉게 되고, 윤회의 굴레에서 벗어나게 될 것이다. 더 이상 베다에 있는 물질적 행복을 추구하지 않고 자아에 만족하게 되었을 때 그대는 성스러운 영혼으로 격상되어 영원한 해탈을 얻을 수 있을 것이다."

아르주나가 물었다. "크리슈나여, 그렇다면 인간이 성스러운 영혼을 가진 것을 어떻게 알 수 있습니까? 어떤 징후가 나타나는 것입니까?"

"그러한 사람들은 감각적 욕구를 추구하지 않는다. 그는 내면적으로 충분히 만족하고 있다. 그 어떠한 세속적 행복도 그 어떠한 불행도 그를 방해할 수 없다. 그는 집착이 없고, 두려움과 분노와 세상의 이중성으로부터 떨어져 있다. 그가 비록 감각적인 욕구를 느끼더라도 그의 오감은 완전한 자아의 지배 하에 있다. 그의 정신은 초월자만을 생각하며 항상 평화롭다. 그는 수행자의 정신을 흔들어놓을 수 있는 감각적인 욕구에 안주하지 않는다. 그리하여 그의 정신은 그 어떤 장애도 없이 평화롭다. 아르주나여, 감각을 지배하지 못하는 자는 평화롭지 못하다. 그렇다면 어떻게 하면 그가 행복하겠는가?"

아르주나는 의아했다. 크리슈나는 수행과 감각의 통제를 말하는 동시에 전쟁을 하라고 하는 것이다. 그 둘이 어찌 양립할 수 있겠는가?

"크리슈나여, 어찌하여 집착을 버리고 수행이 더 좋다 하며 이 전투에 참여하라는 것입니까? 전투는 싸움에 대한 승리 욕구가 필요합니다. 당신의 가르침을 이해할 수 없습니다. 제발 저에게 어떤 것이 더 이로운 선택인지를 말씀해주십시오."

"아르주나여, 해탈에는 두 가지 길이 있느니라. 하나는 포기와 진리에 대한 탐구를 요하지만 다른 하나는 세속적 욕구 없이 일하는 것이다. 포기했다고 하여 완벽함을 얻을 수는 없다. 단순히 일을 멈추는 것으로 숙명적 인과 관계에서 자유로워질 수는 없다. 인간은 본능적으로 매순간 움직이길 원한다. 심지어 그 행동이 정신 속에서 이루어지는 것일지라도 말이다. 감각적인 욕구를 생각하면서 그 욕구를 없애는 것은 소용없다. 그것은 단지 시늉일 뿐이다. 지혜로 감각을 지배하면서도 동시에 집착하지 않는 자가 더 낫다."

아르주나는 자신의 경우를 생각했다. 아무리 싸움에 대해 단념하고 거리를 두려 해도 생각이 떠나질 않았다. 이 생각들은 아마 아르주나로 하여금 언젠가는 싸우게 만들 것이다. 하지만 어떻게 해야 집착 없이 싸울 수 있을까?

"쿤티의 아들아, 모든 일은 비슈누에 희생함으로써 이뤄져야 한다. 오직 비슈누의 만족을 위해 행하거라. 그렇지 않으면 현세에서 벗어날 수 없다. 희생을 통해서만 인간의 모든 필요를 채우고 동시에 영적 진전을 볼 수 있을 것이다. 자아에 만족하는 자만이 그런 일을 수행할 필요가 없다."

아르주나는 자신에게 만족한 상태로 있을 수 있을지를 고민했다. 그는 이미 수행과 명상 경험이 있었다.

크리슈나가 웃었다. "진정으로 집착이 없는 인간은 일할 필요도 없고, 일을 포기할 필요도 없다. 그는 임무에 따라 움직이고 결과에 집착하지 않는다. 이로써 그는 위대함을 유지한다. 그는 다른 사람의 모범이 된다. 훌륭한 이가 행하면 모두가 그를 따라할 것이다."

크리슈나는 아르주나의 사회적 지위를 생각하고 있었다. 그는 영웅이자 지도자로 존경받고 있었다. 그가 의무를 거부하면, 설령 거부할 자격이 있다 하더라도 자격 없는 자 또한 그를 따를 것이다. 크리슈나는 위대한 왕 자나카Janaka에 대해 말했다. 높은 영적 능력을 지니고 명상에 능했음에도 그는 왕으로서의 의무를 다했다.

"나를 생각해보거라. 그대는 내가 이 세상에 존재하는 위대한 자라는 사실을 잘 알고 있다. 나에게 무슨 의무가 있겠느냐. 하지만 나는 나에게 기대되는 임무를 신중하게 행한다. 내가 그리하지 않으면 사람들은 그렇게 해도 되는 줄 알고 나태하여 이 세상은 무너지고 말 것이다."

아르주나는 크리슈나가 주인과 왕족의 임무를 충실히 행한다는 것을 알고 있었다. 말 그대로 완벽한 본보기였다.

"진리를 아는 자는 절대자를 위한 일과 세속적인 일의 차이를 안다. 아르주나여, 내가 그 절대자다. 그러니 그대의 개인적 만족이 아닌 나의 만족을 위해 일하거라. 나에 대한 전적인 믿음으로 나의 지시를 따라 행동하면 완벽한 자유를 얻을 수 있다. 나의 명령을 거부하는 자는 어리석고, 행복을 찾지 못할 것이니라."

아르주나는 이해할 수 있었다. 그는 크리슈나가 완벽함을 알았고, 그의 지식은 아르주나에게 큰 도움이 되었다. 아르주나와 그의 형제들은 크리슈나와 함께하고, 그와 함께 전쟁터로 뛰어들 준비가 되어 있었다. 그런데 왜 인간들은 그를 위해 모든 것을 맡기지 않는가? 아르주나는 자신이 납득하지 못하는 것을 물었다. "주인이시여, 그런데 어찌하여 인간은 종교적 의무를 다하지 않습니까?"

"그들은 세상의 가장 큰 적인 욕망에 제압당했다. 물질에 대한 욕심은 인간들로 하여금 죄를 짓게 하고, 그 뒤에 올 고통을 보지 못하게 만든다. 욕망은 만족을 모른다. 오히려 불처럼 타오르다가 답답하면 분노로 변한다. 그래서 인간은 욕망에 빠지면 당황하고 만다. 아르주나여, 감각을 조절함으로써 욕망을 감시하거라. 그렇지 않으면 지금까지 쌓아온 너의 지식과 자아 실현에 대한 열망을 망치고 말 것이다. 이제 나의 희생과 자기 통제에 대한 설명을 들어보거라."

크리슈나는 아르주나에게 그가 말하는 지식은 태초부터 존재해온 것이라고 말해주었다. 이미 수백만 년 전 태양의 신에게 먼저 했던 말이라는 것이었다. 그 말에 아르주나가 물었다. "제가 이걸 어떻게 받아들일 수 있겠습니까? 명백히 당신은 이 세계에 막 태어났습니다."

"우리는 모두 무한히 새롭게 태어난다. 아르주나, 나는 그들을 모두 기억하지만 그대는 그렇지 않다. 나는 다른 사람들과 전혀 다르게 태어났다. 나의 몸은 초자연적이며, 바뀌거나 악화되지 않는다. 그럼에도 나는 시대마다 태어나는 것처럼 보인다. 나는 종교를 확립하고 반종교를 억제하기 위해 왔다. 그럼으로써 나는 신앙심을 전하고 악마들을 절멸시킬 수 있다. 나에 대한 이런 진실을 깨닫는 자는 내세에 또 다시 육신을 가질 필요가 없다. 내 안의 피난처를 받아들이는 자들은 집착과 공포 그리고 분노에서 해방되고, 나를 위해 순수하고 초자연적인 사랑을 손에 넣게 될 것이다."

크리슈나는 자신이 사람들의 물질적 욕구를 만족시킬 준비를 해두었다고 설명했다. 그는 즐거움을 위해서든 신의 사랑을 위해서든 원하는 것을 모두 줄 준비가 되어 있었다. 그는 물질 세계에는 큰 관심이 없었다. 그래서 인간의 처지에 맞게끔 인간들과 주고받으며 행동했다. 크리슈나는 항상 물질 세계를 초월해 있었다. 이를 알고 과거에 윤회를 벗어난 모든 영혼은 완벽에 도달했다. 그들은 크리슈나의 만족을 위해 행동했다. 하지만 크리슈나는 지고의 초월자이기에 그가 받은 것은 없었다.

희생에 대해 설명한 뒤 크리슈나가 말했다. "모든 종류의 희생은 초월적인 지식 안에서 최고에 달하거나 자신이 신의 영원한 종임을 깨닫기 위함이다. 이것이 신비주의의 열매이니라. 조금씩 쌓인 업보는 이로써 재로 변한다. 이 지혜를 가지고 행동하라. 그러면 누구도 행동의 결과에 영향을 받지 않는다. 아르주나, 그대의 모든 의심은 무지에서 비롯된 것이다. 저들을 지혜의 무기로 무찔러라. 수행으로 무장한 바라타여, 일어나 싸우거라."

크리슈나의 설명에 아르주나는 이것이야말로 참된 포기라는 사실을 이해하기 시작했다. 오직 절대자의 기쁨을 위해 모든 것을 헌신하는 것이 업보를 벗어나는 길이다. 크리슈나는 그런 자각이 선정에 드는 길이라고 말했다. 이런 종류의 수행은 금욕이나 명상보다 더 효과적이고, 더 쉽다. 모든 걸 포기하고 외딴 곳에서 명상을 하는 것은 아르주나 같은 세속인에게는 어렵기 때문이다. 또 아르주나는 그런 일은 필요하지도 않다고 말해 아르주나를 안심시켰다. 그는 수행의 길로 한번 들어서면 절대 길을 잃지 않을 것이라고 했다. 이번 생에 성공하지 못하면 후세에 그가 떠난 그 지점에서 다시 시작할 수 있을 것이다.

언제나 절대자를 생각하는 것이 수행의 최고 목적이라고 확고하게 말한 뒤 크리슈나는 스스로의 위치를 다시 한번 명확하게 말했다. "아르주나, 언제나 나를 생각하거라. 나보다 우월한 진리는 없다. 진주가 끈에 묶이듯 만물이 나에게 안식한다. 나는 이 세계의 모든 창조요, 파괴다. 물질적 욕구에 현혹된 사람들은 물질 세계 위에 있는 나를 모른다. 물질 세계와 그 매혹에서 완전히 자유로워지기란 매우 어렵다. 나에게 머리를 숙일 때만 가능한 일이다. 나를 완전히 이해하려면 수없이 많은 탄생과 죽음을 거치며 수행해야 한다. 그런 완벽을 얻는 것은 참으로 어려운 일이다. 대부분의 사람들은 지식의 부족으로 작은 신들만 숭배하며 만족한다. 또 어떤 이들은 어딘가에 나를 능가하는 비인간적인 존재가 있다고 생각한다. 그들은 절대 나를 알지 못한다. 나는 모든 만물의 주재자요,

모든 것을 아는 전지전능한 자다."

아르주나는 크리슈나의 가르침에 마음이 편안해졌다. 그는 지금까지 살아오는 동안 크리슈나를 자신의 보호자이자 최고의 친구로 생각했다. 이제 크리슈나는 그에게 그 상태가 생의 완벽한 모습이라고 말하고 있다. 아르주나 인생의 최종 목표는 죽는 순간 크리슈나를 기억하고, 그리하여 영원한 안식처를 갖는 것이었다. 그러나 그렇게 하기 위해서는 평생 동안 실천이 필요했다. 크리슈나가 항상 자기를 생각하는 방법을 설명했다.

"이것이 지식 중의 지식이다. 가장 비밀스러운 비밀이고 종교의 완전함이다. 애정을 가지고 오직 나만을 숭배하고 섬기거라. 어리석은 자들은 내가 어떻게 인간의 모습으로 이 세상에 나타나는지 모른다. 만물의 주재자로서 내 초월적인 본성을 모른다. 하지만 지혜로운 자들은 나에게 끝없이 헌신한다. 언제나 나에게 영광을 돌리고, 굳은 신념으로 나를 숭배함으로써 나를 기쁘게 하려고 노력한다. 나는 그런 사람들을 보호한다. 나는 나뭇잎이나 꽃, 과일 하나라도 나에게 권하는 자들에게 빚을 지고 있다. 그러니 그대도 모든 일을 나에게 주는 보시라 여기고 행하거라. 쿤티의 아들아, 그렇게 함으로써 그대는 완벽에 도달할 수 있을 것이다. 이것은 가장 높은 가르침이다. 항상 나를 생각하라. 나에게 헌신하고, 나를 숭배하고 경배하라. 나에게 완전히 흡수됨으로써 그대는 인생의 궁극인 나에게로 오게 될 것이다."

아르주나는 놀라움과 사랑의 눈으로 크리슈나를 바라보았다. 그런 위대한 자가 기꺼이 그의 전차몰이꾼이 되어주었던 것이다. 분명 이것은 그를 따르는 자에 대한 사랑의 징표였다. 누가 그것을 이해하랴? 크리슈나는 말 그대로 완벽했다.

크리슈나가 다시 말을 이었다. "나를 따르는 자는 나의 지위와 화려함을 알 수 있다. 허나 위대한 영웅과 현인들도 나를 완전히 알 수는 없다. 나는 모든 의미에서 그들의 근원이기 때문이다. 나는 영적, 물리적으로 모든 것의 근원이다. 모든 것은 나에게서 나온다. 이것을 아는 지혜로운 자들은 나를 사랑과 헌신으로 섬긴다. 그들의 생각은 항상 나에게 머물며, 나에 대한 대화를 나눔으로써 큰 기쁨을 얻는다. 나는 나를 사랑으로 섬기는 자에게 나를 찾을 수 있는 지혜를 준다. 나는 빛나는 지식의 등불로 무지를 없앤다."

아르주나는 크리슈나의 지위를 의심하지 않았다. 그는 이미 크리슈나의 권세와 위대함을 보았고, 수많은 이들에게 그 위대함을 들어왔다. 그리고 지금 크리슈나는 모든 것을 명백하게 보여주고 있었다. 아르주나는 놀라지 않을 수 없었다. 아르주나는 손을 모으고 크리슈나 앞에 무릎을 꿇었다. "당신은 근원의 존재이자 초월자시며 궁극의 거처요, 절대 진리입니다. 태어나지도 않고, 영원하고 초월적이며, 왕 중의 왕이시며 모든 풍요로움의 소유자입니다. 나라다와 아시타, 데바라 그리고 비야사데바와 같은 위대한 현자들에 의해 증명된 바요, 이제 당신이 저에게 직접 선언하셨습니다. 크리슈나여, 당신의 모든 말을 진리로 받아들이겠습니다. 신과 아수라들도 당신을 알지 못합니다. 오직 당신만이 당신을 알 수 있습니다. 만물의 지배자시여, 가장 위대한 신, 온 우주의 지배자시여!"

아르주나가 청했다. "지배자여, 어떻게 당신이 모든 세계에 존재하는지 설명해주십시오. 당신은 어떻게 기억되고 어떻게 알려집니까? 당신의 신비로운 권세와 위대함을 상세하게 설명해주십시오. 부디 그대의 말씀으로 신의 음료를 맛보게 해주십시오."

"아르주나여, 나의 위대함의 끝은 없다."

그러면서 크리슈나는 만물이 그의 권세의 현신이지만 아르주나를 위해 가장 대표적인 특징만 말해주겠다고 설명했다. 크리슈나는 자신이 신들 가운데 있는 비슈누, 행성에 에워싸인 태양, 루드라에 에워싸인 시바, 그리고 산들에 둘러싸인 수미산이라고 했다. 그리고는 어떻게 자신이 아르주나가 본 모든 것에 존재하고 있는지도 설명했다.

"모든 위대하고 아름답고 영광스러운 피조물은 나에게서 튀어나온 작은 불씨가 창조한 것이니라. 그런 작은 부분을 통해 난 이 세상 모든 것에 존재하고 온 우주를 다스린다."

아르주나의 눈에서 눈물이 흘렀다. 과거에 크리슈나를 자신과 동등하게 생각하고 버릇없이 굴던 기억이 떠올랐다. 아르주나가 말했다. "헛것에 가려 제가 당신을 나와 같은 인간으로 보았습니다. 이제야 당신의 위대함을 알았습니다. 모든 인격 중 가장 위대한 자여, 그런데 어찌하여 이 진리를 믿지 않는 이가 있을까요? 당신의 위대함을 보여주소서. 저 또한 모든 세상을 지지하고 모든 세상에 존재하는 위대한 모습을 보기 원합니다."

크리슈나는 아르주나의 부탁을 받아들였다. "쿤티의 아들아, 나의 위대함을 보아라. 나의 다양한 신성과 광채를 보여주마. 허나 지금 그대의 눈으로는 나를 보지 못한다. 하여 내 그대에게 신성의 눈을 줄 것이다. 바라타 가운데 가장 위대한 자여, 그대가 보기를 바라는 것과 훗날 그대가 보기를 바라는 모든 것이 여기에 있다. 움직이고 움직이지 않는 모든 것이 이곳에 있다."

말을 마친 크리슈나는 아르주나의 눈앞에서 자신의 위대한 모습을 드러냈다. 그 모습을 완전히 드러낸 것은 이번이 처음이었다. 아르주나는 무한의 입과 눈을 가진 거대한 형태를 바라보았다. 수많은 장신구로 치장되어 있고 신성의 무기들을 지니고 있었다. 거룩한 의복과 화환으로 장식된 그는 무한하고 경이롭고 놀라웠으며, 그 광채가 사방으로 퍼져나갔다. 마치 수십만 개의 태양이 동시에 떠 있는 것처럼 보였다.

아르주나는 등골이 서늘해지는 것을 느꼈다. 그는 전차 바닥에 엎드려 크리슈나에게 기도를 했다. 크리슈나의 위대한 형체 속에서 아르주나는 브라흐마와 시바, 그리고 현자들이 이끄는 만신을 보았다. 만물이 그 속에 있고 모든 세상이 보였다. 그 우주적 형체를 바라보기가 힘들 정도였다.

아르주나가 말했다. "끝없는 자여, 당신의 형체는 경이로우면서도 무섭습니다. 모든 신과 현자들이 당신에게 기도하는 모습이 보입니다. 그들의 마음이 불편하듯 저 또한 그러합니다. 이 엄청난 형태로 인해 저는 평화와 평정심을 잃어가고 있습니다. 활활 타오르는 죽음 같은 당신의 수많은 얼굴들을 차마 볼 수가 없습니다. 양쪽의 병사들이 그 무서운 입 속으로 달려가는 듯합니다. 당신은 참으로 만물과 만인을 파멸시키고 있습니다. 마치 나방이 불에 뛰어들듯 만물이 그 속으로 들어가고 있습니다. 전 우주를 집어삼키는 듯하니, 당신은 이제 끔찍하게 뜨거운 빛줄기로 현신하셨습니다."

아르주나는 몸을 떨었다. "왕중의 왕이여, 너무나도 두려운 형체여, 당신이 누구이고 당신의 임무가 무엇인지 말씀해주소서."

크리슈나의 목소리가 사방에 울려퍼졌다. "파르타여, 나는 시간이자 세상의 위대한 파괴자다. 너와 너의 형제, 그리고 몇몇을 제외한 모든 이가 이번 전쟁에서 목숨을 잃을 것이다. 네가 싸우든 싸우지 않든 닥칠 일이다. 그러니 전사로서의 임무를 다하라. 그것이 나의 뜻을 이루는 일꾼이 될 수 있다. 비슈마와 드로나 그리고 모든 쿠루의 영웅들은 이미 죽었다. 아르주나여, 흔들림 없이 싸워라. 그리하면 승리의 영광을 얻을 것이니라."

* * *

드리타라스트라 앞에 앉은 산자야는 아르주나와 크리슈나 사이에 오가는 일을 모두 보고 있었다. 그는 눈먼 왕에게 그것을 상세히 설명해주었다. 왕은 크리슈나의 위대함에 놀랐다. 산자야가 위대한 형체에 대해 말할 때 왕은 심장이 뛰는 것을 느꼈다. '내 아이들이 그런 영웅과 맞서 어찌 살아남을 수 있을까? 크리슈나는 모든 쿠루의 영웅들이 운명에 의해 죽을 것이라고 말했다. 과연 그 말이 사실일까? 크리슈나의 예언이 맞을까?'

하지만 모든 것이 그의 권력 안에 있는 것 같지는 않았다. 그는 평화를 위해 하스티나푸라에 왔으나 임무에 실패하고 돌아가지 않았던가. 어쩌면 판다바들의 승리를 이루겠다는 자신의 욕망을 성취하지 못할지도 모른다.

산자야는 크리슈나가 모든 전사가 죽는다고 했을 때 아르주나가 한 말을 왕에게 전했다. "아르주나는 크리슈나의 욕망을 이해했습니다. 그리고 이렇게 답했습니다. '지배자여, 이 모든 것이 옳게 행해졌습니다. 당신은 신앙심이 깊은 자와 완벽한 존재의 보호자이고, 무신론자와 악마의 파괴자이십니다. 이제 곧 마귀들도 깨달음을 얻을 것입니다. 전지전능한 자여, 모두가 당신을 존경해야 마땅합니다. 당신은 최고의 피난처입니다. 당신은 제가 알아야할 모든 것입니다. 당신 앞에서 저는 작아지고 또 작아집니다. 지배자여, 고백하건대 전 지금까지 당신을 존경하지 않았습니다. 부디 저를 용서하소서. 당신의 위대함을 알지 못하고 저는 당신과 함께 어울리고, 심지어 분노하여 모욕하기까지 했습니다. 아비가 아들의 죄를 용서하듯, 사랑하는 이가 사랑하는 자를 용서하듯 부디 저를 용서해주소서.'"

산자야는 둘 사이에 일어나는 일들을 보며 눈을 감고 앉아 있었다. 그는 아르주나가 크리슈나의 발에 절하는 것을 보았다.

아르주나가 일어나며 말했다. "전지전능한 자여, 이전에 보지 못했던 것을 보고 나니 두렵습니다. 저에게 은혜를 베풀어 비슈누를 보게 해주소서."

크리슈나가 말했다. "난 나의 영적인 힘으로 나의 권세와 위대한 모습을 그대에게 보여주었다. 그 누구도 나의 진정한 모습을 본 적이 없느니라. 허나 그대가 내 모습을 보고 괴로워하고 있으니 이제 그만 끝내는 것이 좋겠구나. 나의 나라야나 형체를 보고 평온을 되찾거라."

이렇게 말한 뒤 크리슈나는 나라야나 형태로 변했다. 그리고는 다시 모든 형태의 근원인 크리슈나 자신의 모습으로 돌아왔다.

아르주나는 평정을 되찾고 다시 자신감을 얻었다. 크리슈나가 말했다. "아르주나, 내 우주적인 모습은 보기 힘들다. 내 근원의 형태를 알기란 더더욱 어렵다. 신들은 지금 그대 눈앞의 내 모습을 보고 싶어한다. 하지만 이 형태는 흔들림 없는 믿음으로만 볼 수 있다. 오직 이 방법으로만 신비로운 나의 깨달음을 얻을 수 있다."

산자야가 크리슈나의 말을 왕에게 말할 때 왕은 초월자를 향한 수행인 바크티bhakti 요가에 대한 말을 들었다. 그러면서 크리슈나는 두 가지 초월적 존재를 믿는 사람이 있다고 했다. 보이지 않는 위대한 브라흐마를 믿는 이와 보이는 크리슈나의 모습을 믿는 이였다.

"둘 중 내 본래의 모습을 사랑과 믿음으로 섬기는 자가 가장 완벽하다.

다른 자는 영적으로 발전하기 힘들다. 하지만 결국 그들 또한 깨달음을 얻으면 내 본래의 모습을 섬기리라. 아르주나여, 내가 보이지 않는 브라흐마의 근본이자 기초다. 그러니 나만 섬기거라. 나로 인하여 나를 섬기는 자는 삶과 죽음의 공포에서 벗어나리라. 하여 나와 함께 영원한 행복을 누리리라."

그러면서 크리슈나는 초월자를 향한 수행인 바크티 요가에 대한 설명을 덧붙였다. 바크티 요가를 완성한 이들의 특징과 의식과 물질의 본질에 대해 말했다. 지혜와 지식, 지혜의 물건들을 통해 자신이 어떻게 만물에 존재하며, 왜 그가 모든 살아 있는 만물의 초월적인 영혼인지를 설명했다. 그리하여 자신이 어떻게 자신을 따르는 자를 보호하고 인도하는지 아르주나에게 확신시켜주었다. 크리슈나의 가르침에 아르주나는 모든 살아 있는 것들이 스스로의 행복과 고민의 원인이라는 사실을 알았다.

신에게서 등을 돌림으로써 인간은 물질적인 쾌락에 빠졌다. 이어 물질세계의 다양한 모습을 접하면서 인간은 더욱 물질적인 쾌락에 엉켜들고, 마침내 다양한 형태로 태어나게 된 것이다. 그 모든 순간에도 초월적인 영혼은 그 모든 행동의 증인으로 함께한다. 주재자는 만물의 행동에 대한 관찰자요 재제자다. 인간이 다시 위대한 자에게로 돌아온다면 그는 즉시 물질에서 자유로워질 수 있다.

계속해서 크리슈나가 말을 이어갔다. "정신과 육체의 차이를 알고 위대한 자를 볼 수 있는 자만이 영적인 거처에 안식할 수 있다. 오직 그런 자만이 세상일에 관여하더라도 나락에 빠지지 않는다."

아르주나는 어떠한 연유로 영혼이 물질의 굴레에 빠졌는지 알고 싶었다. 크리슈나는 이를 처음부터 끝까지 설명했다. 이 지혜만 있으면 인간은 스스로를 물질로부터 구할 수 있다. 아르주나는 물질로부터 자유로운 이들의 자질에 대해 물었다. 크리슈나가 상세하게 설명했다. 그가 결론지으며 말했다. "그 어떤 환경에서도 나에게 헌신을 다하는 자는 물질에서 자유로워지고 모든 것을 초월할 수 있다."

아르주나는 물질로부터 자유로운 것이 물질적인 것을 외면하는 것과는 다르다는 것을 깨달았다. 유혹에서 자유롭고 물질에 집착하지 않으며 오직 크리슈나만을 위해 행동하는 것이다. 그러한 마음으로 적과 맞서 싸워야 했다. 크리슈나는 처음부터 아르주나에게 집착 없이 싸우라고 말해왔다.

크리슈나는 아르주나에게 바크티 요가의 길과 그 길을 걷는 사람의 특징을 말해준 뒤 신에게서 점점 멀어져만 가는 무신론자에 대해 언급했다. "그런 자들은 자만과 거짓된 명예에 빠져버린다. 그들은 탐욕에 의해 행동하고, 감각의 만족을 얻는 것이야말로 최고의 행복이라고 생각한다. 또한 그들은 근심에 허덕이고 환상에 쫓겨 물질적 쾌락에 집착하여 지옥에 빠진다. 그리고 그 죄에 대한 대가로 하찮은 미물로 태어난다."

"경전의 가르침을 외면하고 변덕스럽게 행하는 자는 오직 불행을 얻을 것이다." 크리슈나는 아르주나에게 어떻게 하면 모든 것을 달관할 수 있는지 알려주며 결론을 내렸다. "아르주나, 이 기분으로 싸우거라. 거짓된 자아에 빠져 자기 몸이 바로 자기라고 생각하지 않는 사람, 그리고 물질적인 이해 득실을 따지지 않는 사람을 죽인다 해도 그것은 살인을 한 것이 아니다. 자신이 저지른 행동에 종속되지도 않는다. 오히려 헛된 자아에 빠져 이해 득실을 따지며 죽여야 할 자를 죽이지 않는 자야말로 죄의 대가를 치르는 법이다."

아르주나는 고개를 끄덕였다. 이제 알았다. 그가 싸우기를 주저한 것은 무지에서 비롯된 것이다. 모든 생각은 이기적인 것이었다. 자신의 핏줄 앞에서 그는 진실된 영적 본질을 망각한 채 세속적인 감정에 휩쓸려 버린 것이다.

그리고 이제 막 크리슈나가 그를 일깨워주었다. 전쟁에 나선 아르주나와 다른 왕들은 모두 영원한 신의 종이다. 최고의 의무는 주재자에게 봉사를 다하는 것이다. 그리고 지금 그 주재자가 싸우라고 명하고 있었다. 크리슈나의 가르침대로 행동하면 완벽을 성취하여 물질적 사슬에서 벗어나 영원한 안식처를 얻게 될 것이었다.

아르주나가 모든 말을 이해한 것을 보고 크리슈나가 말했다. "그대는 나의 절친한 친구다. 하여 모든 영적인 지식을 다 이야기해주었다. 곰곰이 생각하여 원하는 바를 행하거라. 마지막 충고를 하겠다. 나에게 모든 것을 의지하고 나의 기쁨을 위해 행동하거라. 지고의 도덕률이다. 다른 수행이나 종교는 생각할 필요가 없다. 그리하면 모든 죄악으로부터 그대를 보호해주리라. 두려워하지 말라."

크리슈나가 자리에 앉으며 아르주나에게 물었다. "쿤티의 아들아, 모든 걸 제대로 들었느냐? 이제 환상을 버렸느냐?"

아르주나는 전차에서 일어나 다시 간디바를 들고는 크리슈나에게 말했다. "크리슈나여, 모든 허상은 사라지고 그대의 은총으로 이제 내 기억을 되찾았습니다. 의지는 굳건해지고, 모든 의구심에서 해방되었습니다. 그대의 신성한 가르침을 따라 행동하겠습니다."

드리타라스트라 옆에 앉아 있던 산자야가 말했다. "저 두 위대한 영혼이 하는 말의 뜻이 너무도 깊고 경이로워 심장이 다 놀랐습니다. 크리슈나의 저 놀라운 형체를 떠올리니 기쁘고 또 기쁩니다. 크리슈나가 어디에 있든, 아르주나가 어디에 있든 그곳에는 영광과 승리, 힘과 도덕이 있을 것입니다."

그러나 드리타라스트라는 아무 말이 없었다. 분명 산자야의 말대로 될 것이다. 눈먼 왕의 아들들에게는 희망이 없어 보였다. 하지만 아들들에 대한 왕의 집착은 이성을 뛰어넘고 있었다. 마음속 갈등은 이미 전쟁 중이었다. 심신이 지쳤지만 그는 쉬지도 못하고 잠도 이루지 못했다. 절망스러운 상황이긴 했지만 아르주나에게 일러준 크리슈나의 가르침이 그럭저럭 위안은 됐다. 왕은 자신의 머리를 감쌌다.

10

전쟁이 시작되다

아르주나와 크리슈나가 대화를 나누는 동안 판다바 군은 두 사람을 지켜보며 기다렸다. 아르주나가 확신을 잃은 것이 분명했다. 사랑하는 할아버지와 스승을 보고 걱정과 두려움에 휩싸인 것이다. 허나 그는 다시 결의를 되찾은 듯했다. 아르주나는 전차에 우뚝 서서 간디바를 높이 쳐들었다. 판다바 전사들이 우렁차게 고함을 질렀다. 전사들은 나팔을 불고 북을 두드렸다. 나팔과 호루라기소리가 요란하게 울려퍼졌다.

하늘에 현자들이 모여들었다. 싯다를 비롯하여 모든 천상의 존재들이 전쟁을 지켜보기 위해 모였다. 모두들 경이에 찬 눈으로 아르주나가 탄 전차를 내려다보았다. 전차를 모는 자가 크리슈나라는 사실에 더욱 놀라는 듯했다.

이제 드디어 전쟁이 개시될 참이었다. 유디스티라가 갑옷을 벗더니 전차에서 내렸다. 그리고는 형제들과 전사들이 보는 앞에서 카우라바를 향해 걸어갔다. 도대체 무슨 생각을? 갑자기 마음이 풀어져 피 한 방울 흘리지 않고 쿠루족에게 승리를 내주겠다는 것인가? 동생들의 부름에도 왕은 아무 대답 없이 적을 향해 걸어갔다. 무장도 하지 않고 갑옷도 입지 않았다. 유디스티라는 곧장 비슈마가 탄 전차 쪽으로 갔다.

크리슈나는 전차를 몰아 비마와 쌍둥이가 있는 곳으로 가 의아해하는 형제들을 향해 말했다. "유디스티라의 의도를 안다. 싸우기 전에 스승들에게 인사를 하기 위함이다. 경전에 이르길 전쟁 전에 장로와 스승에게 먼저 존경을 표하는 자가 승리한다고 했느니라."

유디스티라가 비슈마에게 다가가는 순간 판다바 군 사이에서는 "아뿔싸!"라는 탄식이 쏟아졌다. 왕이 그만 항복한다고 생각한 것이다. 드리타라스트라의 아들들도 유디스티라가 겁을 먹었다고 생각했다. "저 부끄러운 줄 모르는 부랑아를 보라." 카우라바들이 웃었다. "두려움에 질려 비슈마에게 가서 자비를 구하는구나."

야유를 무시하며 유디스티라는 비슈마 앞으로 나아갔다. 비슈마도 전차에서 내렸다. 유디스티라는 고개를 숙여 인사한 뒤 비슈마의 발을 만졌다. "천하무적이시여, 당신께 절을 올립니다. 이제 당신과 전쟁을 하게 되었습니다. 부디 싸움을 허락하시고 축복을 내려주소서."

비슈마가 미소를 지으며 오른팔을 들어 말했다. "지상의 지배자여, 위대한 왕이여, 이리 하지 않았다면 그대에게 패배의 저주를 내렸으리라. 내 마음이 흡족하구나. 이제 싸워서 승리하거라. 쿤티의 아들아, 원하는 것을 말하거라. 인간은 부귀의 노예이나 부귀는 그 누구의 노예도 아니다. 나는 쿠루의 부귀에 얽매여 네가 옳음을 알고도 이렇게 오늘 너를 마주하게 되었다. 아이야, 무엇을 원하느냐?"

유디스티라는 눈물을 흘렸다. "지혜로운 분이여, 내 안위를 원하오니 권익을 지켜주소서. 책임을 다해 쿠루족을 위해 싸우소서. 그것이 제 소원입니다."

비슈마는 낙담했다. "내 비록 너의 적이 되어 싸우지만 원하는 것을 말하거라. 들어주겠노라."

유디스티라는 합장을 하고 머리를 숙여 말했다. "한 가지 바람이 있습니다. 천하무적이신 당신을 어떻게 하면 물리칠 수 있습니까? 원하신다면 저를 위해 알려주소서."

비슈마는 은도금을 한 거대한 활을 들고 일어섰다. 아흔 살이 다 되었지만 반짝이는 황금 갑옷을 입은 그는 여전히 무서운 존재였다. 그는 유디스티라의 어깨에 손을 얹어 말했다. "바라타의 후예여, 천상의 주재자라 해도 나를 이길 수는 없을 것이다. 아직 내가 죽을 때가 오지 않았다. 훗날 다시 와서 질문하거라."

"그리하겠습니다."

유디스티라는 다시 한번 절을 올리고 할아버지와 작별했다. 호기심 가득한 눈으로 지켜보는 병사들을 지나 그는 드로나에게로 향했다. 드로나가 탄 전차를 한 바퀴 돈 뒤 그가 말했다. "스승이여, 당신과 어떻게 싸워야 하는지 말해주소서. 존경하는 스승이여, 죄를 행하지 않고 당신과 싸우는 방법을 알고 싶나이다."

비슈마와 마찬가지로 드로나가 말했다. "왕이여, 그대가 오지 않았다면 패배의 저주를 내렸을 것이다. 무고한 이여, 내 마음이 기쁘구나. 전쟁을 허락하노라. 승리가 그대에게 머물기를. 축복을 내리리니 원하는 것을 말하거라. 허나 나는 쿠루의 부귀에 노예가 된 몸, 그대를 위해 싸울 수는 없으니 승리를 기도해주리라."

애정 가득한 드로나의 말에 유디스티라의 눈에서는 또 다시 눈물이 흘러내렸다. 존경해 마지않는 스승과 싸워야 하다니, 운명은 어찌 이리도 가혹하단 말인가.

하지만 드로나는 버거운 상대였다. 많은 세월이 흘렀지만 여전히 그는 천상과 지상의 무기가 가진 비밀을 알고 있었고, 활쏘기에도 능했다. 유디스티라는 전쟁터에서 그에게 접근해 싸우는 것을 상상할 수조차 없었다.

유디스티라가 공손히 말했다. "스승이여, 저를 위해 기도해주시고 제가 원하는 것을 말씀해주소서. 쿠루를 위해 전력을 다해 싸워주소서."

드로나는 흡족한 눈으로 제자를 바라보았다. 힘은 비록 아르주나나 비마에는 미치지 못했지만 덕행을 벗어나지 않는 유디스티라의 모습은 특출했다. 게다가 신앙심이 깊은 이는 언제나 그 덕망에 의해 보호받는다는 것을 드로나도 잘 알고 있었다. 드로나는 들판 건너 아르주나의 전차를 바라보며 대답했다. "왕이여, 그대의 승리는 확실하다. 그대에겐 크리슈나라는 고문이 있고 그에겐 언제나 정의가 함께한다. 크리슈나가 있는 곳에는 승리가 있다. 쿤티의 아들아, 확신을 가지고 돌아가 싸우거라."

"막강한 분이시여, 제가 어찌하면 그대를 무찌를 수 있겠습니까?" 유디스티라가 다시 물었다.

"아이야, 내가 싸우는 한 그대는 승리하지 못한다. 그러니 일찌감치 나를 죽일 방도를 찾아야 할 것이다. 하지만 내가 싸우는 동안에는 나와 겨룰 수 있는 자가 없을 것이다. 내가 분노한 이상 인간이든 천상의 존재든 감히 내 앞에 설 수는 없다. 바라타여, 그대는 내가 무기를 내려놓고 모든 감각을 멈추고 죽을 준비를 할 때에만 나를 죽일 수 있을 것이다. 믿을 만한 존재의 가르침을 듣게 되면 나는 무기를 포기하고 전쟁을 멈출 것이다."

유디스티라는 스승에게 고개를 숙였다. 그가 한 말의 뜻을 생각하며 그는 크리파가 있는 전차로 향했다. 늙은 브라만 전사에게 예를 표한 뒤 그가 말했다. "스승이여, 당신이 허락해야 제가 죄를 범하지 않고 스승과 전쟁을 치를 수 있습니다. 제가 적을 물리치게 해주소서."

비슈마, 드로나와 마찬가지로 크리파도 만일 허락을 받으러 오지 않았다면 저주를 내렸을 것이라는 말로 입을 열었다. 그러면서 카우라바에 묶여 있는 자신의 현실을 비통해하며 유디스티라에게 소원을 말하라고 했다.

크리파 앞에 선 유디스티라의 가슴은 찢어지는 듯했다. 비슈마와 드로나 그리고 크리파까지 판다바들에게는 모두 아버지 같은 존재들이었다. 그들이 하스티나푸라에 갔을 때부터 세 사람은 판다바 형제를 친자식처럼 아끼고 가르쳤다. 그들에게 잔인한 말이나 대접을 받은 기억은 없다. 그런 그들에게 어떡하면 당신들을 죽일 수 있겠냐고 물어야 하다니. 유디스티라는 머리를 조아린 채 서 있었다. 아무 말도 할 수 없었다.

그의 입장을 이해한다는 듯 크리파가 말했다. "왕이여, 아무도 나를 죽일 수 없다. 이를 알고 돌아가 승리를 얻으라."

크리파의 아버지인 고타마 현자는 자신의 아들이 천하무적이라고 말한 바 있다. 그러니 유디스티라에게 자기를 죽이려고 헛수고를 하지 말라는 것이다. 오른팔을 들어 축복을 내리며 크리파가 말을 이었다. "매일 잠에서 깨면 그대의 승리를 위해 기도하겠다. 진실로 하는 말이다. 이제 가서 원하는 바를 얻거라."

유디스티라는 마지막으로 샬리야를 찾아갔다. 싸움에 대한 허락을 구한 뒤 합장을 하고 삼촌을 바라봤다. 샬리야가 슬픈 목소리로 대답했다. "쿠루의 부귀가 나를 노예로 만들었구나. 처지가 이러할진대, 내 너를 위해 무얼 해줄 수 있겠느냐. 너에게 은혜를 베풀어주마. 원하는 것을 말하거라."

유디스티라는 카르나와 아르주나가 싸우게 되면 카르나를 저지하겠다는 약속을 상기시켰다.

"그리 될 것이다." 샬리야가 대답했다. "가서 싸우거라. 네 승리를 위해 기도하마."

유디스티라는 샬리야에게 인사를 하고 진영으로 복귀했다. 장로들에게 존경과 영광을 바치는 모습에 카우라바까지 그를 칭송했다. "멋지다!" "브라보!" 양쪽에서 함성이 터져 나왔다. 유디스티라와 형제들의 고결한 품성에 감동받아 눈물을 흘리는 군사들도 있었다.

다시 전차에 올라 갑옷을 입은 유디스티라가 카우라바를 향해 외쳤다. "그대들 가운데 이쪽으로 오고 싶은 자가 있거든 주저하지 말고 오라."

침묵이 흐르고, 아무도 움직이지 않았다. 순간 카우라바 진영에서 유유추Yuyustu의 전차가 튀어나왔다. 간다리가 임신하고 있던 중 시중을 들던 하녀가 낳은 아이였다. "왕을 위해 싸우겠습니다. 무고한 분이여, 나를 받아주시겠습니까?"

유디스티라가 대답했다. "오라. 그대는 이제 우리 형제다. 드리타라스트라의 계보는 네가 잇겠구나. 왕자여, 그대를 환영한다."

북과 심벌즈소리가 요란하게 울리는 가운데 유유추가 판다바 진영으로 넘어왔다. 두리요다나는 침묵 속에 분노를 불태우며 유유추를 쏘아보았다. '저놈은 지금껏 판다바들과 친하지 않았다. 그런데 이런 중대한 시점에서 가족을 버리다니. 곧 그 결정을 후회하게 되리라.'

전쟁의 순간이 도래했음을 직감한 전사들은 광분하며 고함을 지르기 시작했다. 이제 그들은 죽어서 천상으로 올라가거나 승리하여 일어날 것이다. 수천 개의 나팔과 트럼펫, 북소리와 함께 전사들이 무기를 들고 서로를 향해 달려나갔다.

대지가 흔들리고 먼지 구름이 피어올랐다. 거대한 두 개의 바다가 부딪치는 것 같았다. 고함소리가 혼돈 위로 솟구치더니 비마가 황소처럼 판다바 군의 선봉에서 달려나갔다. 그의 고함소리에 모든 소리가 멎었고, 카우라바 군은 겁에 질렸다. 말과 코끼리들은 오줌똥을 싸며 이리저리 달아났다. 드리타라스트라의 아들들 또한 머리 위로 철퇴를 휘두르며 달려오는 비마를 보고 공포에 사로잡혔다. 그 모습을 보며 비마는 큰 소리로 비웃었다. 드디어 기다리던 때가 온 것이다. 이제 마음껏, 마음껏 분노를 터트리리라.

떨리는 가슴을 쓸어내리며 카우라바도 고함을 지르며 활을 쏘아댔다. 비마를 포위한 뒤 화살을 마구 퍼부어댔다. 갑옷을 스치는 화살들을 비웃으며 비마는 철퇴로 날아오는 화살을 막았다. 비마는 공격을 먼지 털듯 피해버렸다. 비마가 날린 화살에 카우라바 군은 사방으로 달아났다.

아비만유와 드라우파디의 아들들은 나쿨라, 사하데바, 드리스타디윰나와 함께 연합군을 만들어 카우라바 군을 공격했다. 화살이 사방으로 날아다녔다.

그 어느 쪽도 물러서지 않았다. 활시위를 당기는 소리와 팔에 감은 가죽에 활줄이 부딪히는 소리가 곳곳에서 들렸다. 공중에는 화살이 가득했다. 수천 개의 창과 표창, 쇠공이 전장에 쏟아졌다. 나팔소리, 전사들의 사자후, 보병들의 발소리, 짐승들의 비명, 무기 부딪치는 소리, 전차 바퀴 구르는 소리, 쓰러진 코끼리의 목에서 나는 종소리, 그리고 북소리까지 말 그대로 소름끼치는 상황이었다.

아르주나는 즉각 비슈마와 맞섰다. 아르주나는 잽싼 손놀림으로 비슈마에게 화살을 퍼부었다. 비슈마는 그 화살들을 다 떨어뜨리는 동시에 아르주나를 역공격했다. 비슈마의 화살이 아르주나를 관통했지만 아르주나는 굴하지 않았다. 두 영웅이 겨루는 동안 주변에서도 격렬한 전투가 벌어졌다.

전투가 이어지면서 하늘은 붉고 푸른 섬광을 번뜩이고, 먹구름은 살과 피를 전장에 퍼부었다. 무시무시한 바람이 군사들 위로 돌을 쏟아부었다. 천둥이 몰아치고, 번개가 대지를 때렸다.

전차군은 전차군과 맞섰고, 보병은 보병과 맞섰다. 기마병은 기마병과 맞서 싸웠다. 비마는 두리요다나를 향해 달려갔고, 사하데바는 샤쿠니에게, 드리스다디윰나는 드로나를 향해 달려갔다. 전투는 순식간에 확전되고, 사방에서 쉴새없이 무기가 날아다녔다.

양편에서는 라크샤사 사단이 행군 중이었다. 판다바 쪽에서는 가토트가차가 이끄는 랴크샤사 사단이, 카우라바 쪽에서는 막강한 알람부샤 Alambusha가 이끄는 라크샤사 사단이 몰려왔다. 랴크샤사들이 도끼와 곤봉을 휘두르자 병사들 사이에 대학살극이 벌어졌다.

전사들은 마치 마귀에 홀린 양 싸웠다. 그 어떤 관용도 없었다. 끔찍한 혼돈 속에서 서로가 서로를 알아보지 못했고, 형제가 형제를 알아보지 못했다. 친구들도 마찬가지였다. 가족이 가족을 죽이는 일이 벌어졌다. 칼과 철퇴와 곤봉을 휘둘러 서로를 난도질하고 내려쳤다. 땅은 이미 피로 강을 이뤘다. 피의 강에는 잘려나간 사지가 둥둥 떠다녔다. 전차들끼리 충돌하여 박살이 나고, 코끼리들은 서로에게 돌진하며 상아 끝에 씌운 강철 뿔로 서로를 쑤셔댔다. 마치 죽음의 신이 사는 야마로카와 흡사했다.

사람들은 마치 지옥의 부름을 받은 영혼처럼 고통 속에 신음했다. 전사한 군사와 짐승들의 시체가 산을 이루었다. 피 묻은 도끼와 칼이 공중을 날아다녔다. 병사들의 갑옷 부딪히는 소리와 무기 날아다니는 소리가 곳곳에서 들렸다.

비슈마는 분노에 차서 싸웠다. 그의 깃발이 판다바 진영에서 휘날렸다. 물결치는 깃발 아래로 수많은 시체와 망가진 전차들이 뒹굴었다. 그는 눈앞에 적군이 나타나는 족족 화살을 날려 사지와 머리를 동강냈다. 이 늙은 쿠루족 영웅이 전차 위에서 활을 휘두르는 모습은 마치 춤을 추는 듯 유려했다. 코끼리들의 몸을 뚫을 수 있을 만큼 매우 강력했다.

비슈마의 위력을 보며 아비만유가 달려가 결투를 신청했다. 비슈마는 다섯 마하라타 영웅의 엄호를 받고 있었다. 하지만 아비만유는 이들과 당당히 맞섰다. 눈에 보이지 않을 만큼 무시무시한 속도로 화살을 쏘아대며 비슈마의 엄호대를 저지하는 동시에 비슈마를 공격했다. 그리고는 화살 하나를 정조준하여 비슈마의 활을 두 동강내버렸다. 다시 세 발의 화살을 쏘자 깃발이 잘리며 전차 바닥에 산산이 흩어졌다.

전광석화 같은 아비만유의 솜씨에 천상의 존재들까지 기뻐했다. 아르주나의 피를 물려받았다는 것을 증명이라도 하듯 아버지에 전혀 뒤지지 않는 솜씨였다. 그가 연거푸 화살을 날리니 활에서 간디바와 같은 소리가 나고, 그 모양은 마치 동그랗게 타오르는 불꽃 같았다.

공격을 받으면서도 비슈마는 정신을 집중해 반격에 나섰다. 그 역시 화살을 날려 아비만유에게 상처를 입히고 깃발을 꺾어버렸다. 이 순간을 놓치지 않고 비슈마를 엄호하던 크리타바르마와 샬리야, 크리파가 한꺼번에 아비만유에게 달려들었다. 하지만 아비만유는 항복하지 않았다. 그는 비슈마에게 공격을 퍼붓는 동시에 이들을 반격했다. 이 광경을 보던 전사들은 모두 아비만유의 용맹을 찬양했다.

비슈마는 아비만유에게 수천 발의 화살을 퍼부었다. 공격의 강도가 높아질 즈음 비마가 이끄는 판다바의 영웅들이 아비만유를 도우러 왔다.

그들은 모두 비슈마를 겨냥했다. 그러나 비슈마는 조금도 당황하지 않고 판다바 군을 향해 황금 화살을 날렸다.

비라타의 왕자 부민자야도 아비만유를 도우러 왔다. 샬리야가 그를 공격했다. 두 전사 사이에 격렬한 전투가 벌어졌다. 부민자야는 커다란 코끼리를 타고 창을 휘두르며 샬리야를 향해 돌격했다. 코끼리는 샬리야가 탄 전차의 멍에를 짓밟아 말 네 필을 압살해 버렸다. 그러나 샬리야는 전차를 버리지 않고 부민자야를 향해 커다란 쇠 표창을 집어던졌다. 표창이 갑옷을 뚫고 가슴에 박혔다. 부민자야는 코끼리에서 굴러 떨어져 숨을 거두었다. 갈고리와 창이 손에서 떨어졌다. 샬리야는 전차에서 뛰어내려 칼을 빼들고는 코끼리의 코를 잘라버렸다. 그리고는 잽싸게 크리타바르마의 전차에 올라탔다.

형이 죽는 모습을 본 부민자야의 동생 스웨타Sweta가 광분하여 샬리야를 향해 코끼리처럼 달려들었다. 카우라바 전사 일곱 명이 그를 막기 위해 화살을 퍼부었다. 스웨타는 화살을 하나하나 쳐내고선 끝이 넓은 화살을 쏘아 상대방의 활을 모두 두 동강냈다. 성난 카우라바 군이 스웨타에게 표창을 집어던졌다. 표창은 마치 번쩍이는 유성처럼 스웨타를 향해 날아갔다. 하지만 왕자는 날카로운 화살로 표창을 모두 막아냈다. 적들은 사방으로 달아났다. 깃발은 모두 동강나고 적들은 몸에 큰 상처를 입었다.

스웨타는 계속해서 샬리야를 향해 돌진했다. 샬리야에게 죽음이 엄습하는 듯했다. 그 모습을 본 비슈마가 두 사람 사이에 끼여들었다. 수천 명의 기마병과 전차몰이꾼이 스웨타를 도우러 왔다. 비슈마는 한 치의 실수도 없이 화살을 날려 그들을 모두 저지했다. 수없이 많은 화살을 날리는 비슈마의 모습은 마치 작렬하는 태양처럼 강력했다. 태양이 어둠을 물리치듯 비슈마는 자신을 포위한 적들을 모두 물리쳤다. 이내 몰이꾼을 잃은 전차들은 갈 곳을 잃고 정처 없이 들판을 떠돌았다. 땅에는 수백 명의 전사들이 나뒹굴고, 흩어진 갑옷과 잘려나간 시체 조각이 곳곳에 널렸다.

비슈마가 판다바 군을 공격하는 동안 스웨타도 카우라바 군에 상당한 손해를 입혔다. 아무도 분노한 그를 상대하려 하지 않았다. 모두가 죽거나 떨어져나가고 드디어 스웨타와 비슈마만 남게 되었다. 둘은 마치 성난 사자처럼 서로를 공격했다. 황금빛 날개를 가진 새들처럼 화살이 하늘을 채웠다. 두 전사는 서로에게 상처를 입혔다. 피투성이가 된 스웨타가 화살을 쏘아 마침내 비슈마를 맞혔다. 이어 열 발의 화살을 더 날려 비슈마의 활을 토막내고, 연이어 쏜 화살로 비슈마의 말과 전차몰이꾼을 죽였다.

잠시 머뭇대던 비슈마는 다른 활을 꺼내들더니 전차에서 뛰어내려 두 발로 스웨타와 맞섰다. 스웨타는 황금 표창을 꺼내들고 소리쳤다. "비슈마여, 곧 그대를 끝내드리리다."

그가 던진 표창은 마치 혜성처럼 비슈마를 향해 날아갔다. 전투를 지켜보던 많은 전사들이 소리쳤다. "아아, 비슈마께서 이제 죽는구나!" 하지만 어림없는 일. 비슈마는 화살을 날려 스웨타가 날린 표창을 가루로 만들어버렸다. 표창이 산산조각나자 스웨타의 분노는 극에 달했다. 결국 그는 거대한 철퇴를 꺼내들고는 비슈마를 향해 달려들었다. 왕자가 철퇴를 내리치는 순간 비슈마는 자리에서 높이 뛰어올랐다. 그리고는 재빨리 다른 전차에 올라타 스웨타를 공격했다. 왕자도 새 전차에 올랐다. 비슈마가 왕자를 향해 돌진했다. 두 전사가 서로를 향해 다시 무기를 퍼붓기 시작했다. 바로 그때 비슈마의 귀에 하늘의 소리가 들려왔다. "막강한 영웅 비슈마여, 스웨타의 죽음이 이르렀다. 승리를 쟁취하거라."

스웨타의 양옆에는 판다바 군사들이 가득했다. 비마와 아비만유, 사티야키도 그를 호위하고 있었다. 신성한 목소리에 고무된 비슈마는 판다바들의 공격을 받아넘기며 공격을 감행했다. 마침내 비슈마는 죽음의 지팡이를 닮은 화살을 꺼내들었다. 그리고는 브라흐마의 무기와도 같은 힘을 불어넣어 스웨타를 향해 화살을 날렸다. 화살은 번개처럼 날아가 왕자의 가슴을 꿰뚫었다. 화살은 마치 구멍을 찾는 뱀처럼 영웅의 목숨과 함께 대지에 박혔다. 스웨타는 무너지는 산처럼 전차에서 굴러떨어졌다. 판다바들이 비통한 비명을 내질렀다. 카우라바 군은 기쁨의 환성을 지르며 트럼펫을 불고 북을 치며 비슈마를 찬양했다.

태양이 지평선 위로 서서히 사라지고 있었다. 아르주나와 드리스타디윰나는 군대를 퇴각시켜 진영으로 돌아갔다. 판다바들은 풀이 죽었고, 카우라바들은 승리의 기쁨에 도취되었다. 어둠이 찾아오니 수천 마리의 독수리와 승냥이가 전쟁터에 나타났다. 시체를 뜯는 짐승의 울음소리와 전사들의 발자국소리가 뒤엉켰다.

11

유디스티라의 두려움

산자야가 전투 첫날에 대한 설명을 끝냈다. 드리타라스트라는 필적할 수 없는 비슈마의 용맹과 두 판다바 영웅의 죽음에 미소를 지었다. '그래, 어쩌면 운명은 우리 편인지도 모른다. 비슈마를 압도할 자는 없다.'

희망이 다가오는 것을 느끼며 왕이 말했다. "그대가 승리를 말하니 참으로 기쁘다. 연로한 쿠루족 수장인 비슈마는 언제나 나를 위해 존재했고, 용맹을 포기한 적이 없다. 판다바를 쫓아버린 일이 유감스럽긴 하지만 그리 치욕스럽지만은 않구나."

왕은 잠시 말을 멈추었다가 한숨을 쉬고는 다시 입을 열었다. "허나 승전 소식에도 유디스티라의 욕심이 빚은 이 결과는 용납할 수가 없구나. 도대체 누구를 위한 전쟁이란 말이냐."

왕의 마음속에는 도래할 쿠루족의 멸망과 아들에 대한 마지막 희망이 아직 남아 있었다. 그러나 판다바들의 힘과 덕망을 생각하면 절망스러울 뿐이었다. 그리고 크리슈나! 오늘은 희망이 있었지만 아르주나의 힘은 여전히 어마어마하다. 비마를 비롯한 다른 판다바 영웅들도 마찬가지다.

전쟁이 끝나기 전에 많은 사람이 죽을 것임은 의심할 여지가 없었다. 왕자들이 어떻게 살아남을 수 있으리오!

눈먼 왕은 시종들을 물러나게 한 뒤 고개를 저으며 말했다. "승리는 정의의 편이다. 하지만 우리가 꼭 틀리기만 한 것이냐? 이 왕좌가 정말 내 것이 아니었단 말이냐? 두리요다나가 유디스티라보다 먼저 권리를 주장할 수는 없는 것이더냐?"

산자야는 대답하지 않았다. 판두가 정당한 군주라는 사실은 이미 오래전부터 인정되어 온 사실이다. 드리타라스트라는 태어날 때부터 앞을 보지 못했다. 즉 왕국을 다스릴 자격이 되지 못했던 것이다. 그런즉 판두의 아들들은 전부는 아니어도 왕국의 절반에 대한 상속권은 가질 수 있다. 산자야는 드리타라스트라가 자신이 장님이라는 사실 때문에 권리를 빼앗겼다고 생각하고 있다는 것을 알고 있었다.

산자야가 보기에 이는 틀림없이 초월자가 정해 놓은 운명이었다. 판다바의 선과 부드러움에 필적할 자는 아무도 없다. 이 세상에 그들보다 더 훌륭한 지배자는 없다. 그들을 대신할 자가 두리요다나나 그 형제들이라면 더더욱 그러했다.

혼자 속앓이를 하던 드리타라스트라가 중얼거렸다. "허나 판다바와 그들의 소중한 아내를 욕보인 죄는 용서받지 못하겠지. 그때 일을 생각하면 지금도 내 마음이 편치 못하다."

산자야는 그제야 자신의 생각을 솔직하게 털어놓았다. "쿠루족은 지금 곤궁에 처해 있습니다. 그런데 어찌 왕자들만 힐난하십니까? 물이 다 빠져나가고 난 뒤에 둑을 고친들 무슨 소용이 있겠습니까? 쿠루크셰트라에서 벌어지는 일을 소상히 알려드릴 터이니 귀담아 들으소서."

산자야의 말에 왕은 다시 침묵에 빠졌다.

* * *

첫날 전투를 마치고 진영으로 돌아온 유디스티라는 회의를 소집했다. 먼저 크리슈나에게 물었다. "크리슈나여, 불길이 마른 풀을 집어삼키듯 저 강력한 비슈마가 우리 부대를 섬멸하는 모습을 보셨겠지요. 천상의 무기를 휘두르는 비슈마를 어찌 쳐다볼 수 있겠습니까? 누구도 감히 그와 맞서려 하지 않습니다. 바루나나 바유 아니, 저 무시무시한 야마라자를 물리칠 수는 있어도 비슈마를 꺾을 수는 없을 것 같습니다."

유디스티라 목소리는 슬픔에 잠겨 무거웠다. "크리슈나여, 비슈마를 적으로 상대하느니 그냥 숲으로 돌아가는 게 낫겠습니다. 그저 왕국을 되찾겠다는 욕심에 저 많은 크샤트리아들을 비슈마의 무기에 희생시킨 내 죄가 큽니다. 이 아이들을 보십시오. 나 때문에 이리 상처를 입었습니다. 나에 대한 사랑으로 말미암아 부귀와 행복까지 빼앗겼습니다. 어찌 이 아이들에게 더 고통을 준단 말입니까? 이제 나는 숲으로 돌아가 죽을 때까지 고행을 행하며 살겠습니다."

유디스티라가 감정을 토해내는 동안 크리슈나는 아무 말도 하지 않았다. 그는 유디스티라가 전쟁을 포기하려는 생각은 조금도 없다는 것을 잘 알고 있었다. 첫날 전투가 뜻대로 풀리지 않았으니 이렇게 말하는 것도 당연하다. 게다가 비슈마 같은 위대한 전사 앞에서 말이다. 이 전쟁은 쉽게 끝나지 않을 것이다. 쉽지 않다는 사실은 명확했다.

유디스티라의 말이 계속되었다. "오늘 보니 아르주나는 구경꾼이 되기로 작정한 것 같았습니다. 비슈마만이 크샤트리아의 의무를 이행하며 싸웠습니다. 크리슈나여, 어찌하여 아르주나는 비슈마가 우리 부대를 섬멸하고 있는데 그렇게 지켜보고 있을 수 있단 말입니까? 그 누가 비슈마를 물리칠 수 있단 말입니까? 빨리 대책을 세워야 합니다. 크리슈나여, 당신의 은총만이 우리가 저들을 전멸시키고 왕국을 되찾게 할 수 있습니다."

유디스티라는 고개를 숙인 채 자리에 앉았다. 크리슈나가 대답했다. "바라타 중의 바라타여, 슬퍼하지 말라. 그대를 위해 정신과 영혼을 바친 위대한 전차 용사들이 있지 않느냐. 나 또한 그대를 위해 여기에 있다. 그대의 형제들과 드루파다, 비라타, 드리스타디윰나, 사티야기, 쉬크한디도 함께 있다. 모두가 위대한 영웅들이다. 예언대로 쉬크한디가 비슈마를 처단할 것이다. 그러니 절망하지 말라."

유디스티라는 크리슈나의 말에 기운을 얻었다. 그는 절대로 거짓말을 하지 않는다. 크리슈나는 진심으로 전쟁을 계속하고 싶어한다. 아니, 그의 의지를 꺾을 수는 없다. 전쟁은 계속되어야 한다.

유디스티라는 자신의 말로 인해 행여나 군사들의 사기가 꺾이지나 않을까 걱정스러웠다. 그는 드리스타디윰나를 보고 말했다. "영웅이여, 총사령관이여, 전쟁의 신 카르티케야가 천상을 지휘하듯 우리를 승리로 이끌어주시오. 용맹을 발휘하여 적들을 죽여주시오. 내 그대 뒤를 따르고, 동생들과 다른 모든 크샤트리아들도 그리할 것이오."

드리스타디윰나가 대답했다. "왕이여, 운명은 내가 드로나를 죽이도록 정해져 있소. 이제 내 앞에 서 있는 쿠루들을 절멸시키겠소. 저들이 전력투구하도록 놓아두시오. 그 누구도 두렵지 않소."

그 말에 자리에 모여 있던 사람들이 모두 환호했다. 이에 용기를 얻어 유디스티라는 다음 날 있을 전투에 대한 작전을 계획했다. 내일은 브리하스파티가 고안한 크라운차 대형, 즉 까마귀 대형으로 진을 치기로 했다. 전사들의 위치를 정한 뒤 판다바 부대는 휴식을 취했다. 수많은 천막

위로 달빛이 내려앉았다.

* * *

둘째 날, 해가 떠오르기 무섭게 판다바군은 크라운차 대형으로 정렬했다. 아티라타와 마하라타들을 중심으로 짜놓은 이 가공할 만한 대형을 보고 두리요다나는 비슈마에게 대책을 세우라고 지시했다. 비슈마 역시 군사를 정비시켰다. 나팔과 트럼펫소리가 끝없이 울려퍼지고 또 다시 전투가 시작되었다. 비슈마가 선봉에 섰다. 그는 즉각 판다바 부대의 선두에 선 드리스타디윰나와 아비만유, 비마와 아르주나를 향해 달려들었다.

비슈마의 공격에 판다바군의 대형이 동요했다. 전차몰이꾼과 마부들이 낙엽처럼 떨어져나갔다. 비슈마의 황금 화살은 쉴새없이 날아가 목표에 적중했다. 늙은 쿠루의 영웅이 끊임없이 날리는 화살에 판다바 군은 혼비백산했다.

적군의 공세에 아르주나가 분통을 터뜨렸다. "크리슈나여, 비슈마가 있는 곳으로 가주소서. 잘못하면 우리 쪽이 절멸하겠습니다. 제가 나서겠습니다."

크리슈나가 들판을 가로지르자 아르주나는 사방으로 화살을 날려 카우라바 군을 겨냥했다. 시위를 당기는 소리, 활줄이 팔에 부딪치는 소리, 화살이 날아가는 소리가 끝이 없었다. 회오리바람처럼 쏴대는 화살이 전차에서 사방으로 선을 그렸다.

비슈마의 눈에도 아르주나의 전차가 들어왔다. 백마가 끄는 커다란 전차에 하누만 깃발이 펄럭였다. 누가 봐도 아르주나의 전차임을 알 수 있었다. 비슈마는 조금도 지체하지 않고 아르주나를 향해 화살을 날렸다. 두리요다나와 크리파, 드로나는 물론 비슈마를 호위하던 전사들까지 가

세해 아르주나에게 화살을 날렸다.

그러나 사방에서 날아오는 화살 공격에도 불구하고 아르주나는 꿈쩍도 하지 않았다. 오히려 자신을 공격하는 무리를 향해 쉴새없이 화살을 날렸다. 사티야키와 비라타, 드리스타디윰나, 드라우파디의 아들들도 합세하여 아르주나를 지원했다. 판다바 군은 이내 비슈마를 엄호하던 적들을 모두 격퇴시키고 비슈마만 남겨두었다.

비슈마는 잽싸게 활을 들어 아르주나에게 다시 공격을 퍼부었다. 비슈마의 화살이 아르주나를 맞혔다. 순간 아르주나가 비틀거렸다. 카우라바 진영에서 환성이 터져 나왔다. 아르주나는 분통이 터졌다. 재빨리 자세를 회복한 아르주나는 크리슈나에게 카우라바 전사들을 향해 전차를 몰게 한 뒤 소의 이빨처럼 생긴 화살을 날리기 시작했다. 아르주나의 공격을 받은 카우라바 군은 마치 폭풍우에 휘말린 바다처럼 출렁였다. 갑옷은 찢어지고 활은 산산조각났다. 아르주나는 수천 명의 적군을 물리쳤다. 적들은 공포에 질려 달아났다.

두리요다나가 서둘러 전차를 몰아 비슈마에게로 왔다. 비슈마가 아르주나를 쫓아가지 않았던 것이다. 두리요다나가 소리쳤다. "저놈이 우리 부대를 궤멸시키고 있는데 어찌하여 보고만 계십니까? 오직 당신 때문에 카르나는 무기를 놓고 있습니다. 결과를 보십시오. 아르주나가 우리를 멸망시킬 것입니다. 강가의 아들이여, 우리를 지켜주소서."

비슈마는 분노한 왕자를 바라보더니 "크샤트리아의 의무를 위하여"라는 말과 함께 아르주나를 향해 전차를 몰았다. 비슈마는 전쟁터에서 판다바와 맞닥뜨리고 싶지 않았다. 하지만 피할 수 없는 일이었다. 아르주나를 향해 가는 비슈마를 보며 카우라바 군이 환호하며 나팔을 불었다. 두리요다나와 아슈바타마, 두샤샤나도 비슈마의 양옆과 뒤를 따랐다.

두 아티라타 사이에 다시 화살 공격이 벌어졌다. 아르주나가 쏜 화살은 마치 그물처럼 비슈마 주변을 뒤덮었다. 하지만 쿠루의 영웅은 곧장 화살을 날려 아르주나의 화살을 막아내고 다시 아르주나를 공격했다. 두 영웅은 서로에게 감탄했다. 어느 쪽도 우세하거나 열세하지 않았다.

그 과정에서 크리슈나는 가슴에 세 발의 화살을 맞았다. 하지만 피가 흐르는 상황에서도 그는 신묘한 솜씨로 말을 몰았다. 마치 붉디붉은 꽃이 핀 킨수카 나무처럼 보였다. 크리슈나는 전차에 우뚝 서서 전후로 커다란 원을 그리며 전차를 몰았다. 그 움직임이 너무도 날렵해 비슈마가 아르주나를 겨냥하기 어려울 정도였다. 아르주나 역시 날랜 솜씨로 들판을 휘달리는 비슈마를 겨냥하기가 쉽지 않았다.

금방이라도 깨질 것처럼 대지가 진동했다. 전사들은 모두 경이감에 휩싸였다. 두 사람을 구분하기가 불가능할 정도였다. 두 사람은 한치의 실수도 없었다. 그물처럼 쏟아지는 화살에 두 영웅이 모습은 거의 보이지 않았다. 하늘에서 이를 지켜보던 천상의 존재들도 감탄을 금치 못했다.

"지상에서든 천상에서든 그 어떤 존재도 저들을 꺾을 수 없다. 이 전투는 끝나지 않을 것이다."

비슈마와 아르주나가 격렬한 전투를 벌이는 사이, 다른 영웅들도 치열한 전투를 계속했다. 드로나와 드리스타디윰나는 마치 성난 사자 같았다. 스승과 제자가 싸우는 모습은 아르주나와 비슈마에 버금가는 장관이었다. 두 사람 모두 상대의 공격에 갑옷이 뚫어졌지만 누구 하나 움츠러들지 않았다. 드로나를 죽이게 되리라는 운명을 알고 있는 드리스타디윰나는 쉴새없이 기회를 노렸다. 하지만 드로나는 두려움 없이 그의 공격을 모두 받아냈다. 스승은 그 누구도 필적할 수 없는 능력을 보여줬다.

드디어 기회를 포착한 드리스타디윰나가 황금과 보석으로 장식된 커다란 표창을 집어던졌다. 표창은 번개처럼 드로나를 향해 날아갔다. 그 순간 드로나도 화살을 날렸다. 드리스타디윰나의 표창이 산산조각났다. 분노한 드리스타디윰나는 화살 세례를 퍼붓기 시작했다. 하지만 드로나는 조금도 밀리지 않았다.

드리스티다윰나는 육중한 막대를 휘두르며 부서진 전차에서 뛰어내렸다. 이에 드로나는 화살을 퍼부어 막대를 산산조각냈다. 드리스타디윰나는 칼과 방패를 꺼내들고 드로나를 향해 달려갔다. 그러자 드로나는 화살을 날려 그를 막았다. 드리스타디윰나도 칼과 방패로 화살을 쳐냈다. 이를 본 비마가 드리스타디윰나를 전차로 끌어올려 잽싸게 드로나에게서 달아났다.

비마는 칼링가Kalinga의 왕 케투마트Ketumat와 그 병사들을 상대했다. 케투마트는 스루타유슈Srutayush라는 군주의 지원을 받고 있었다. 그의 뒤로 니샤다 왕국의 전사 수천 명이 따라왔다. 두 군대가 비마를 에워쌌다. 사방에서 코끼리와 전차와 기마병이 몰려오는 것을 보고 비마는 화살을 날리기 시작했다. 비마의 팔에서 날아간 화살은 사람과 말을 가리지 않고 뚫고 들어갔다. 하지만 칼링가와 니샤다의 군사들도 만만치 않았다. 다른 판다바 병력이 비마를 도우러 왔다. 마츠야와 체디, 카루샤 왕국의 부대가 힘을 합쳐 비마를 포위한 적들을 공격했다.

전투는 끔찍했다. 무기 부딪치는 소리와 사람과 짐승이 울부짖는 소리에 귀가 멀어버릴 정도였다. 전장은 삽시간에 피와 살이 범벅된 흉측한 화장터로 변했다. 아군과 적군을 구분하기가 불가능했다. 광기를 드러내며 싸우던 니샤다 군이 서서히 체다와 마츠야 군을 퇴각시키기 시작했다. 오직 비마만이 적들에게 포위된 채 전차에서 고군분투하고 있었다.

불굴의 판다바는 꿋꿋했다. 그는 칼링가들에게 화살 세례를 퍼부으며 포효했다. 케투마트와 그의 아들 샤크라데바Sakradeva가 비마에게 달려들며 화살을 쏴댔지만 비마는 모두 받아냈다.

샤크라데바가 쏜 화살에 비마의 말이 죽었다. 비마는 샤크라데바의 공격을 받아넘기면서 막대를 꺼내 왕자를 향해 날렸다. 막대는 화살처럼 날아가 왕자의 가슴에 정통으로 맞았다. 왕자는 그 자리에서 즉사했다.

아들의 죽음을 목격한 케투마트가 분노에 차서 군사를 이끌고 달려왔다. 비마는 강철로 만든 칼과 황금 방패를 쳐들고 전차에서 뛰어내렸다. 그리고는 케투마트를 죽이기 위해 칼을 쳐들고 상대를 향해 달렸다.

케투마트는 즉각 비마를 향해 독이 묻은 표창을 집어던졌다. 판다바는 칼을 휘둘러 날아오는 표창을 떨어뜨리고는 고함을 내질렀다. 고함소리에 군사들은 또 다시 겁에 질렸다. 화가 머리끝까지 차 오른 케투마트는 계속해서 표창을 집어던졌다. 끝에는 모두 날카로운 돌이 붙어 있었지만 비마의 칼날에 모두 산산이 조각났다. 비마가 무예를 뽐내는 사이 케투마트의 동생 바누마트Bhanumat가 고함을 지르며 코끼리를 몰아 형을 도우러 왔다. 기세에 눌리지 않기 위해 비마는 더욱 큰 고함을 질렀다. 두 사람의 고함소리가 모든 전사들을 공포로 몰았다. 짐승들 또한 그 자리에 얼음처럼 굳어버렸다.

비마는 바누마트에게 달려가 코끼리에 올라탔다. 그리고는 단칼에 바누마트의 몸을 두 동강내버렸다. 토막난 몸뚱이는 코끼리 양쪽으로 굴러 떨어졌다. 이어 비마는 다시 한번 칼을 휘둘러 코끼리 코를 잘라버렸다. 거대한 짐승은 마치 벼락이라도 맞은 듯 허물어졌다. 카우라바들은 공포에 질려 비마의 모습을 지켜봤다. 그들에게 비마는 더 이상 인간이 아니었다.

비마는 횃불을 휘두르듯 주위를 헤집기 시작했다. 피비린내 나는 칼로 적을 가로질러 길을 뚫고 나아갔다. 수없이 많은 적들과 짐승들을 살육하니, 주변에는 잘려나간 머리와 팔다리가 나뒹굴었다. 마치 독수리처럼 빠른 속도로 들판 위를 움직였다. 눈앞에 보이는 것은 무조건 죽음이었다. 우주 종말의 날에 나타난 야마라자 같았다. 겁에 질린 카우라바들은 비명을 지르며 흩어졌다.

비마가 싸우는 모습은 가히 장관이었다. 척척 방향을 바꾸는가 하면 제자리에서 회오리바람처럼 회전하기도 했다. 한쪽으로 밀고 나가는가 하면 위로 솟구치거나 앞뒤로 뛰어오르기도 했다. 그 모든 순간 그의 칼은 사방을 공격하며 섬광을 발했다. 그의 공격에 수많은 적들이 비명을 내질렀고, 수백 마리의 코끼리가 쓰러져나갔다. 비마는 칼링가와 니샤다의 군대를 무차별하게 공격했다. 주변에는 부서진 갑옷과 무기가 나뒹굴고, 곤봉과 활 등의 무기는 산산조각난 채 흩어졌다. 코끼리 등에서 떨어진 융단이 들판을 뒤덮고, 형형색색의 종과 장신구는 바닥에 떨어진 채로 반짝였다. 잘려나간 전사들의 시체까지 합쳐져 참혹하다는 말 외에는 달리 표현할 길이 없었다.

그 누구도 비마를 막을 수 없었다. 비마 주변은 곧 피와 살로 범벅된 습지로 변했다. 휘하 병사들을 구하기 위해 스루타유슈가 비마에게 결전을 청해왔다. 그리고는 비마를 향해 수백 발에 달하는 화살을 날렸다. 그중 하나가 비마의 몸에 맞았고, 이에 비마의 분노는 극에 달했다. 전차몰이꾼 비쇼카Vishoka가 새 전차를 끌고오자 비마는 전차에 올라 고함을 질렀다.

"게 섰거라!"

그리고는 날카로운 화살을 퍼붓는 스루타유슈를 향해 돌진했다. 비마는 활을 꺼내 강철로 된 아홉 발의 화살을 쏘았다. 그중 세 발이 번개처럼 날아가 스루타유슈의 몸을 관통했고, 스루타유슈는 그 자리에서 즉사했다. 비마는 지체하지 않고 케투마트를 향해 돌아서서 다시 화살을 날려 적을 죽여버렸다. 그러자 남아 있던 수백 명의 칼링가 군이 비마를 포위하더니 일제히 무기를 퍼붓기 시작했다. 비마는 무기들을 물리치고선 철퇴를 움켜쥐었다. 그리고는 전차에서 내려와 맨발로 맞섰다. 그 움직임이 너무도 빨라 아무도 건드리지 못했다. 비마가 적들을 공격하니 모두 도망가기 바빴다.

달아나는 적들을 바라보며 비마는 조개나팔을 꺼내 불었다. 믿을 수 없을 정도로 큰 나팔소리가 전장에 울려퍼졌다. 그 순간 카우라바들은 넋을 잃고 말았다. 온몸을 떨며 정신을 차리지 못했다. 남아 있는 칼링가들을 헤집고 비마가 공격을 가했지만 칼링가들은 마치 정신을 놓은 듯 공격에 응하지 않았다. 악어 떼가 휘젓고 다니는 호수처럼 모든 군사들이 두려움에 떨었다. 카우라바의 사령관은 힘겹게 잔병들을 수습해 반격에 나섰다.

비마는 다시 전차에 올라 속속 집결하는 칼링가의 원군에 대항할 준비를 했다. 때마침 드리스타디윰나가 판다바 군을 이끌고 비마를 도우러 왔다. 태양이 서쪽 지평선에 당도할 때까지 전투는 끊이지 않고 계속되었다.

마침내 노을이 지고, 두 진영은 전투를 멈추고 전장에서 퇴각했다. 다시 승냥이와 독수리들이 살육 현장에 모여들었다. 병사들은 막사로 돌아갔다.

12
비슈마, 세상을 초토화하다

사흘째 되던 날, 쿠루족은 가루다 대형으로 진을 짰다. 날개를 활짝 편 신성한 독수리의 모습이었다. 목이 되는 위치에는 비슈마가 자리를 잡고, 두 눈은 드로나와 크리타바르마가 맡았다. 아슈바타마와 크리파는 마츠야와 케카야, 바타드하나 부대의 지원을 받으며 머리 부분에 자리를 잡았다.

판다바 군은 마치 적을 찌를 듯 펼쳐진 반달 대형을 선택했다. 왼쪽 끝으로 많은 왕들과 함께 비마가 자리잡았고, 그 한가운데에 드리스타디윰나가 거대한 판찰라 군대와 함께 버티고 섰다. 그 뒤로 유디스티라가 사티야키와 다른 전차 부대의 엄호를 받으며 자리잡았다. 아르주나는 가토트카차, 라크샤사 부대와 함께 오른쪽 끝을 차지했다.

수많은 북과 나팔소리가 울려퍼지는 가운데 두 진영은 다시 전투를 시작했다. 마치 구름 떼가 만난 듯했다. 극과 극이 부딪치니 다시 한번 대학살극이 벌어졌다.

크리슈나의 독려에 힘입어 아르주나가 먼저 나아갔다. 그는 마치 파멸의 신처럼 보였다. 영광을 차지하기 위해 죽음도 불사한 영웅들이 아르주나 앞에 나서 화살 세례를 받았다. 수천 명의 전사가 나가떨어졌다. 아르주나는 카우라바들을 향해 길을 뚫었다.

아르주나의 용맹에 위협을 느낀 두리요다나는 직접 영웅들을 지휘해 아르주나를 포위하기 위한 작전에 들어갔다. 카우라바 군은 사방에서 화살과 무기를 퍼부으며 아르주나를 향해 달려들었다. 쏟아지는 무기 속에서도 아르주나는 웃음을 잃지 않았다, 그러면서도 화살을 날려 적군이 퍼부은 무기를 모두 막아냈다. 동시에 적을 향해 반격에 들어갔다. 천상의 존재들은 아르주나의 솜씨를 큰 소리로 칭찬했다.

아르주나가 쿠루의 영웅들과 싸우는 사이, 다른 판다바 영웅들도 카우라바들과 전투에 나섰다. 유디스티라와 쌍둥이는 쉴새없이 화살을 퍼부으며 미친 듯이 카우라바들을 상대했다. 부자지간인 비마와 가토트카차도 용맹하게 적들에 맞섰다.

두리요다나가 이를 갈면서 비마에게 달려들었지만 판다바들의 화살에 모두 막혔다. 가슴에 화살을 맞은 두리요다나가 전차 바닥에 쓰러졌다. 전차몰이꾼이 즉시 그를 후방으로 후퇴시켰다. 진영은 삽시간에 분열되었다.

비마와 가토트카차, 유디스티, 그리고 쌍둥이 형제가 싸우는 사이 아비만유가 합류했다. 아르주나는 여전히 자신을 포위한 왕들을 공격하고 있었다. 판다바 전사들은 마치 숲을 휩쓰는 폭풍우처럼 카우라바들을 덮쳤다. 비슈마와 드로나가 달아나는 전사들을 수습하려 했지만 어림없었다.

정신을 차린 두리요다나가 전차에서 일어났다. 사태를 파악한 그가 공포에 휩싸인 병사들을 향해 소리쳤다. "멍청이들아, 어디로 가는 것이냐? 갈 테면 땅에 떨어진 명예도 가지고 가라. 본격적인 전쟁은 아직 시작되지도 않았다. 내가 여기 있고 비슈마와 드로나가 우리를 지휘하는 한 승리는 우리 것이다. 발길을 돌려라. 나가 싸우거라!"

그 말에 전사들은 도망가던 발길을 멈췄다. 그리고는 다시 한번 용맹을 떨치기 위해 판다바들을 향해 발을 돌렸다. 두리요다나는 비슈마에게로 가 말했다. "바라타의 후예여, 제 말을 들어주소서."

비슈마는 활을 내리고 동요하는 왕자를 바라보았다. 화를 삭이느라 두리요다나의 목소리는 떨리고 있었다. "쿠루족의 존귀한 아들이여, 판다바들은 당신의 상대가 되지 않습니다. 드로나와 크리파, 그리고 아슈바타마와 모든 마하라타들이 함께 싸우는데 어찌 우리 군대가 불리할 수 있겠습니까? 이는 필시 당신께서 저들의 편을 들고 있는 까닭입니다. 우리가 이렇게 참극을 당하고 있는데도 저들을 용서하셨기 때문입니다. 그랬다면 전쟁 전에 제게 저들과 싸우지 않겠다고 말씀해주셨어야 옳습니다. 그랬다면 일찌감치 대책을 세웠을 것입니다. 만인의 으뜸이시여, 아직 제가 포기하지 않을 것이라 생각하신다면 끝까지 힘을 내주조서."

그 말에 비슈마가 불같이 화를 내며 말했다. "판다바는 천하무적이라고 내 이미 거듭 말하지 않았더냐. 나는 내 능력이 허락하는 한 최선을 다할 것이다. 이제 내가 싸우는 걸 지켜보거라. 저 군사들과 혈족들과 함께 판다바들을 응징하겠노라."

두리요다나는 주먹을 불끈 쥐며 미소를 지었다. 그는 북과 나팔을 연주하라고 지시했다. 태양이 서쪽으로 넘어갈 무렵, 비슈마는 카우라바 최고의 전사들과 함께 판다바들을 향해 진군했다.

카우라바들이 북을 울리고 고함을 지르며 되돌아오는 것을 보고 판다바들도 나팔을 불며 환호했다. 전쟁이 계속됐다. 양쪽 전사들은 마치 옥

수수알처럼 들판에 쓰러졌다. 수많은 전사들이 맞붙으며 내지르는 고함 소리가 사나운 바다처럼 울려퍼졌다. 들판에는 썩은 피비린내가 진동했다. 산을 이룬 시체 때문에 앞으로 나아가기가 어려울 정도였다. 색색의 갑옷과 터번, 장신구가 여기저기에 나뒹굴었다. 전사들은 중상을 입고도 아랑곳하지 않고 적을 향해 돌진했다. 쓰러져 죽음을 기다리고 있는 전사들은 사랑하는 사람들을 향해 외쳤다. "아버지여, 형제여, 나를 잊지 마시길!" 머리만 잘려나간 몸통이 핏줄기를 내뿜으며 사방으로 뛰어다니는 참혹한 광경도 눈에 띄었다.

비슈마는 두리요다나와의 약속을 이행했다. 그는 전장에 끔찍한 파멸을 몰고 왔다. 그의 화살에 수천 명의 전사가 죽음을 맞이했다. 불타는 듯한 화살은 목표에 한 치의 어긋남도 없었다. 연로한 쿠루의 수장은 판다바들의 이름을 하나하나 부르며 무기를 날렸다. 그가 탄 전차는 신묘한 동작으로 적들 사이를 달려나갔다. 그가 가는 곳마다 파괴의 흔적만이 남았다. 마치 마법을 써서 수천 명이 넘는 분신을 만들어낸 것은 아닌가 하고 의심이 들 정도였다. 아무도 그를 볼 수 없었다. 보이는 것은 오직 그의 활을 떠나 허공에 궤적을 그리는 수많은 화살뿐이었다.

판다바들과 동맹군은 비탄에 잠겼다. 비슈마와 맞선 크샤트리아들은 힘 한번 제대로 써보지 못하고 순식간에 죽음의 땅으로 갔다. 그에게 접근하는 자는 모두 죽음의 늪에 빠졌다. 길다란 화살 하나에 서너 명의 코끼리군이 전사가 목숨을 잃었다. 기병과 보병들은 마치 폭풍우를 만난 나뭇잎처럼 휩쓸려버렸다.

급기야 판다바 군은 겁에 질려 사방으로 흩어졌다. 무기고 갑옷이고 모두 버린 채 그대로 달아났다. 판다바의 사령관들도 비슈마의 용맹에 놀라기는 마찬가지였다.

참혹한 모습을 보며 크리슈나가 전차를 멈추고 아르주나를 향해 말했다. "만인의 으뜸이여, 비슈마와 맞붙거라. 혼자 몸으로 그대의 군사를 엉망으로 만들고 있다. 즉시 행동하지 않으면 모든 것을 잃을 것이다. 영웅아, 그대는 우리에게 약속했다. 비슈마와 드로나가 이끄는 카우라바군을 전멸시키겠다고. 쿤티의 아들아, 약속을 이행하거라. 비슈마 앞에 나서거라."

아르주나는 무(無)로 변한 전쟁터를 둘러봤다. 비록 우군은 모두 사라지고 없었지만 대적할 수 없는 비슈마의 힘에 오히려 존경과 기쁨에 사로잡혔다. 하지만 의무는 이행해야 하는 법. 비슈마는 분명 두리요다나의 편이다. 두리요다나를 떠올리자 또 다시 분노가 치밀었다. "보호자여, 저 악랄한 적을 향해 돌진하소서. 비슈마를 향해 전차를 몰아주소서. 오늘 저 천하무적의 전사를 쓰러뜨릴 것입니다."

크리슈나는 즉시 채찍을 내리쳤다. 비슈마에게로 향하는 아르주나를 보고 다른 판다바들도 격정에 사로잡혀 전투에 달려들었다.

사자처럼 달려드는 아르주나를 향해 비슈마가 수많은 화살을 날렸다. 삽시간에 아르주나의 전차와 깃발, 전차몰이꾼이 화살 장막에 가려졌다. 하지만 크리슈나는 당황하지 않고 능숙한 솜씨로 화살 장막에서 벗어났다. 아르주나는 그 틈을 놓치지 않고 화살을 쏘아 비슈마의 활을 두 동강 냈다. 성난 비슈마도 활을 집어들어 화살을 퍼부었다. 아르주나는 조금도 지체하지 않고 면도날처럼 날카로운 화살을 날려 새 활마저 산산조각 내버렸다. 비슈마가 칭찬했다. "참으로 훌륭한지고! 내 마음이 다 흡족하구나."

비슈마가 제자리에서 전차를 한 바퀴 돌렸다. 그의 손에는 어느새 새 활이 쥐어져 있었다. 비슈마는 잠시 숨을 고르더니 아르주나를 향해 다시 화살을 퍼부었다. 그러나 크리슈나의 능숙한 전차몰이 실력으로 인해 공격은 실패했다. 전차는 원을 그리며 움직였다. 그 속에서도 아르주나의 화살은 정확하게 비슈마를 겨누고 있었다. 비슈마 역시 상대를 향해 화살을 겨누었다. 크리슈나도 비슈마의 솜씨와 힘에 놀란 듯했다.

곤경에 처한 아르주나를 보고 드리스타디윰나가 거대한 전사 무리를 이끌고 도우러 왔다. 드리트라디윰나의 화살 공격에 그만 비슈마의 주의가 흐트러지고 말았다. 나쿨라와 사하데바도 합세하여 비슈마를 향해 무기를 날렸다. 한숨 돌린 아르주나도 다시 비슈마와 그를 지원하는 왕들을 향해 화살을 퍼부었다. 다른 쿠루족 전사들도 비슈마를 도우러 왔다. 전투는 점점 재앙으로 변해가고 있었다.

두 진영이 맞붙어 싸우는 동안 태양은 서쪽을 향해 정해진 여행을 계속했다. 또 다시 나팔소리가 울려퍼졌다. 전사들은 무기를 내려놓고는 천천히 전장을 벗어났다.

두 진영 모두 막대한 피해를 입었다. 특히 판다바들은 비슈마의 용맹에 큰 충격을 받았다. 라크샤사와 짐승들이 어김없이 전장으로 몰려나왔다. 전투에 기진맥진한 병사들은 그렇게 또 전장에서 사흘째 밤을 보냈다.

한편 드리타라스트라 왕은 전투 결과를 보고받고 매우 기뻐했다. '크리슈나와 아르주나가 함께 한들 비슈마의 분노를 막을 수는 없구나. 게다가 우리에겐 비슈마보다 훨씬 강한 드로나가 있다. 크리파와 아슈바타마, 다른 마하라타들도 있지 않은가. 판다바들이 비슈마를 물리친다 해도 카르나가 있으니 안심이다. 카르나의 힘은 무시무시하다.'

승리가 카우라바 쪽으로 기우는 듯했다. 늙은 왕은 희망 속에 나흘째 전쟁이 개시되기를 기다렸다.

* * *

네 번째 날이 밝았다. 아르주나는 악어 대형으로 진영을 짰다. 멀리서 보면 마치 구름 떼처럼 보였다. 카우라바 역시 이에 대항한 대형을 조직하여 판다바들을 향해 진군했다. 두 군대가 뒤엉키니 다시 한번 대지가 진동했다.

사령관들의 전차가 맞부딪쳤다. 보병들은 백병전을 벌였다. 또 다시 귀를 멍멍하게 하는 대격전이 벌어졌다. 비슈마와 맞선 뒤 크리슈나의 격려를 받은 판다바들은 전의를 새롭게 불태웠다. 아르주나는 오늘도 비슈마를 맞아 그를 궁지로 몰아갔다. 드리스타디윰나를 비롯한 다른 전사들도 적군을 맞아 용맹을 뽐냈다.

드리타라스트라의 아들들을 모조리 죽여버리겠다고 맹세한 비마는 왕자들을 색출하기 시작했다. 눈앞에 보이는 모든 것을 파괴해가며 대지를 훑던 비마의 눈에 두리요다나의 전차가 보였다. 전차를 세운 비마는 동생들이 두리요다나를 에워싸는 모습을 보고 미소를 지었다. 한꺼번에 그들을 물리칠 기회가 온 것이다.

두리요다나 역시 비마를 보았다. 둘은 잠시 동안 서로를 노려봤다. 비마가 먼저 철퇴를 들어 고함을 지르며 두리요다나를 향해 달렸다.

두리요다는 손을 들어 코끼리 군단을 향해 비마에게 진격할 것을 명했다. 쇠막대를 흔들며 비마가 전차에서 뛰어올랐다. 비마는 곧바로 코끼리 떼 한가운데로 뛰어들었다. 그리고는 두리요다나를 향해 질주하면서 코끼리들을 공격했다. 코끼리병들은 감히 비마에게 접근조차 하지 못했다. 무시무시한 고함소리에 코끼리들은 자리에 멈춰 서서 바르르 떨었다. 그 뒤로 아비만유와 드라우파디의 아들들, 드리스타디윰나, 그리고 나쿨라와 사하데바가 따라왔다. 그들은 모두 면도날이 서린 날카로운 화살을 퍼부었다. 코끼리에 타고 있던 전사들의 목이 달아나니 마치 밑동만 남은 나무 같았다.

코끼리 군단의 지휘자 마그하다라자Maghadaraja가 코끼리를 몰아 아비만유를 향해 돌진했다. 거대한 짐승은 마치 인드라의 코끼리인 아이라바타처럼 보였다. 아비만유는 화살을 날려 코끼리 눈썹의 한가운데를 꿰뚫었다. 화살은 거대한 몸을 뚫고 등 뒤로 튀어나갔다. 산봉우리가 쓰러지듯 코끼리가 쓰러졌다. 아비만유는 다시 화살을 날려 코끼리에 타고 있던 전사의 목을 날려버렸다.

비마는 여전히 막대를 휘둘러 코끼리 떼를 전멸시켰다. 비마의 한 방에 코끼리들은 머리가 깨져 그 자리에 쓰러졌다. 상아가 나간 놈도 있고, 등이나 다리가 부러진 놈도 있었다. 코끼리들은 피를 토하며 비명을 질러댔다. 비마는 마치 신성한 활 피나카Pinaka를 휘두르는 파괴의 신 시바처럼 대지를 휩쓸었다. 우주의 종말을 맞아 파괴의 춤을 추는 시바 신 그 자체였다. 피와 살로 범벅된 비마의 철퇴는 성난 바다처럼 포효하며 허공을 날아다녔다.

폭풍에 쫓겨가는 구름처럼 코끼리들은 산산이 흩어졌다. 곳곳에 산을 이룬 시체들에 에워싸인 비마는 마치 화장터에 서 있는 루드라처럼 보였다. 그는 끝없이 고함을 질렀다. 붉은 눈은 굶주린 채 여전히 적들을 찾고 있었다.

두리요다나가 입에 거품을 물고 부대를 향해 소리쳤다. "비마를 죽여라!"

두리요다나를 엄호하던 병력이 일제히 비마를 향해 돌진했다. 비마는 싸늘한 미소만 지을 뿐이었다. 카우라바 군이 밀물처럼 달려들었다. 비마는 그들이 접근할 때까지 가만히 서서 기다렸다. 비마를 지원하던 다른 판다바 군이 일제히 나팔을 불며 비마에게 달려갔다. 판다바들은 모두 즐거운 마음으로 카우라바들을 대적했다. 비마는 마치 분노한 바다를 맞이한 해변 같았다. 비마 혼자서 카우라바의 지휘관들을 거꾸러뜨렸다. 이에 카우라바 진영에는 대혼란이 벌어졌다. 적들에게 그는 움직이지 않는 수미산과 같았다. 그 어떤 무기도 그를 쓰러뜨릴 수 없었다. 태반이 그의 철퇴에 나가떨어졌다.

비마가 이끄는 판다바 부대는 마치 갈대밭을 뒤집어엎는 코끼리처럼 적을 쑥대밭으로 만들었다. 비마는 철퇴 한 방으로 전차와 전차몰이꾼은 물론 전사들까지 모두 파괴해버렸다. 비마가 전장을 휩쓰는 모습에 놀란 카우라바 군은 아예 눈을 돌려버렸다.

동생들의 엄호를 받으며 두리요다나가 나섰다. 비마는 싸늘하게 웃으며 그를 바라보았다. 전차에 타고 있는 두리요다나와 그 형제들을 보며 비마는 전차몰이꾼에게 명하여 전차를 끌고오라고 지시했다. 전차에 오르자마자 그는 적을 향해 돌진했다. 비마가 다가오자 두리요다나와 동생 난다카Nandaka가 화살을 날렸다. 두리요다나가 날린 화살이 비마와 비쇼카에 몸에 맞았다. 그와 함께 활도 동강나버렸다.

분기탱천한 비마는 사람 몸만 한 활을 집어들어 두리요다나를 향해 겨누었다. 똑바로 날아간 화살은 물소 뿔로 제작된 두리요다나의 활을 박살냈다. 피가 끓어오른 두리요다나는 전차에 쌓아둔 활 가운데 하나를 집어들어 즉각 화살을 날렸다. 화살은 번개처럼 날아가 비마의 가슴을 때렸다. 비마는 정신을 잃고 그 자리에 쓰러졌다.

비마를 지원하러 온 판다바 군이 두리요다나를 향해 화살 세례를 퍼부었다. 카우라바들이 공격을 막아내는 동안 비마가 정신을 차렸다. 그는 잽싸게 활을 집어들고는 두리요다나를 향해 다시 화살을 날렸다. 카우라바들이 몰려왔다. 비마는 굶주린 늑대처럼 입술을 한번 핥았다. 순식간에 열네 명의 카우라바 왕자가 비마를 둘러싸더니 온갖 무기와 화살을 퍼붓기 시작했다. 격렬한 공격 속에서도 비마는 큰 소리로 웃으며 날카로운 화살을 겨누었다. 그는 사방으로 정확하게 화살을 날렸다. 적의 목이 하나둘씩 달아났다. 두리요다나는 사자에게 참살당하는 사슴 떼처럼 살육당하는 동생들을 무기력하게 바라봐야만 했다. 화려한 투구를 쓴 머리들이 황금 귀고리를 반짝이며 진흙탕에 뒹굴렀다. 눈 깜짝할 사이에 열네 명의 왕자가 모두 죽음을 맞이했다. 그 모습을 본 다른 왕자들은 도망치느라 정신이 없었다.

비슈마가 두리요다나에게 명령을 내렸다. "비마가 잔인하게 왕의 아들들을 살육하고 있다. 남은 왕자들까지 몰살당하기 전에 판두의 아들과 싸워라!"

양쪽 전사들이 용맹과 무기를 겨루니 전쟁은 이내 총력전으로 변했다. 어둠이 깔리면서 가토트카차와 라크샤사 무리들까지 합세하니 더 많은 카우라바들이 몰살당했다. 라크샤사들은 밤이 되면 더욱 힘이 솟았다.

최악의 상황을 맞이한 비슈마는 결국 나팔을 불어 퇴각 명령을 내렸다. 곤궁에 빠진 카우라바들의 퇴각과 함께 판다바들은 승리의 기쁨을 만끽했다. 수치스런 상황에 처한 카우라바들은 분노를 억누르며 진영으로 돌아갔다. 판다바들 또한 부상이 심하긴 했지만 의기양양하게 비마와 가토트카차를 앞세워 진영으로 돌아갔다. 그들은 카우라바들에게 그토록 큰 파멸을 가져다준 두 영웅을 찬양하고 경배했다.

13

라크샤사들, 힘을 과시하다

드리타라스트라는 아이들의 전사 소식에 목놓아 울었다. "산자야야, 나는 두렵구나. 비마의 용맹은 예상대로 과연 놀랍다. 이 전쟁의 끝은 과연 어디인고? 비두라의 예언이 기억나는구나. 운명의 힘으로 그 예언이 진실로 드러날 것이다. 비슈마와 드로나가 이끄는 우리의 힘도 강하지만 저들의 힘은 더욱 강하다. 과연 저들은 어떤 수행을 행했길래 저리도 강한 것이더냐. 무슨 지혜를 얻고, 어떤 은총을 받았단 말이더냐. 가엾도다, 내 아들들아!"

그 말과 함께 왕은 통곡하기 시작했다. 산자야가 위로했지만 한참을 더 울었다. 냉정을 되찾으려 애쓰면서 왕은 팔걸이를 꼭 잡은 채 말을 이었다.

"나는 운명이 정해놓은 벌을 받고 있다. 산자야야 말해다오. 어찌하여 판다바들은 살아남고 내 아이들은 죽음을 당해야 하는지. 이 고통의 끝이 보이지 않는다. 바다를 헤엄치려고 무모하게 덤비는 것만 같구나. 비마가 내 아들들을 모조리 죽이고 말 것이다. 산자야야, 판다바가 승리를 거두면 무슨 일이 벌어질지 너는 알고 있느냐?"

산자야는 두 눈을 감고 왕의 발치에 앉았다. 전쟁터에서 벌어지고 있는 일들이 모두 보였다. 두리요다나의 진영을 보며 산자야가 입을 열었다. "왕이여, 귀담아 들으소서. 모두 말씀드리겠습니다. 승리를 희망한들 무슨 소용이 있겠습니까? 왕께서는 이미 여러 차례 판다바들의 능력에 대해 들으셨습니다. 저들은 오직 크리슈나를 위해 살고 있습니다. 이 우주는 크리슈나의 의지로 움직입니다. 허나 왕의 아들들은 저들에게 수많은 악행을 저질렀습니다. 이제 그 쓰디쓴 대가를 치르고 있을 뿐입니다."

산자야가 다시 전쟁에 대해 설명했다.

* * *

두리요다나는 무거운 마음으로 막사에 들어섰다. 전장에는 수만 명의 병사가 죽어 나뒹굴고 있었다. 비마의 공격으로 열네 명의 동생도 목숨을 잃었다. 대신들 사이에 자리잡은 두리요다나는 결국 좌절의 눈물을 흘렸다. 그는 비슈마를 향해 슬픔의 말을 쏟아부었다.

"할아버지와 드로나, 샬리야, 크리파, 크리타바르마, 아슈바타마를 비롯한 수많은 무적의 전사들이 제 편입니다. 저를 위해 목숨까지 바칠 준비가 된 전사들이란 말입니다. 병력도 우리가 우세합니다. 상황이 이러한데 왜 우리가 이렇게 고통받아야 하는 겁니까? 영웅이여, 우리가 패배하게 됩니까? 진실로 저들이 승리하게 된단 말입니까?"

비슈마가 투구를 내려놓으며 두리요다나를 향해 말했다. "왕자여, 안타깝구나. 네가 왜 이번 전쟁에서 이길 수 없는지를 다시 한번 말해주마. 너 스스로를 위해 평화를 구하라는 끊임없는 충고를 너는 모두 무시했다. 그리하여 그들이 예언한 대로 너는 이렇게 고통받고 있는 것이다. 이

늙은이마저도 충고를 아끼지 않았거늘. 더 무슨 말을 해야겠느냐. 허나 나는 너와 네 형제들의 안위를 위해 힘을 아끼지 않을 것이다."

전사한 형제와 친구들을 생각하며 울고 있는 두리요다나의 모습에 비슈마는 동정심을 느꼈다. 비록 많은 사람들의 애정 어린 충고를 비웃어 넘겼지만 비슈마는 지금 닥친 불행으로 인해 두리요다나가 충고에 귀를 기울이게 되길 바랐다. 비슈마가 다시 말을 이었다.

"대지의 주인아, 크리슈나가 판다바를 보호하는 한 그들을 이길 수 있는 자는 과거에도 현재에도 미래에도 없다. 내가 어머니와 함께 천상에 있을 때의 일을 들려주마. 브라흐마가 신들과 함께 회당에 있던 때의 일이다. 어느 날 대지의 여신 브후미Bhumi가 울면서 찾아와 자신이 마귀와 다나바들에게 모욕을 당했다고 했다. 그들은 모두 대지에서 태어난 자들이었다. 그리하여 그녀는 태어난 적 없는 창조자를 피난처로 찾아온 것이다. 그녀는 이렇게 기도했다. '신이여, 신들이 처단한 다이티야들과 다나바들이 지상에 내려와 왕과 전사로 태어났습니다. 저 간악한 자들이 이기적인 욕망으로 제 것을 약탈하고 저를 겁탈하니 그 무게를 견딜 수 없습니다.'

브후미를 불쌍히 여긴 브라흐마는 다른 신들과 함께 즉각 은하수로 내려가 비슈누를 만났다. 초월자에게 경배를 마친 뒤 그는 지상에서 벌어지고 있는 상황을 고해 바쳤다. 브라흐마는 가슴속에서 비슈누가 하는 말을 들었다. 가슴은 비슈누가 만물의 절대 영혼으로 자리한 곳이다. 비슈누는 곧 그에게 지상으로 내려가 마귀들을 파괴하라고 명했다. 그의 몸종들이 그와 함께 지상에서 환생할 것이며, 신들 또한 인간의 모습으로 환생할 것이라 했다. 그리고 그들의 도움으로 비슈누는 지상을 구원할 것이라고 덧붙였다."

비슈마는 잠시 말을 멈추고 두리요다나를 쳐다봤다. 그는 이 카우라바가 역사에는 관심이 없다는 것을 알고 있었다. 비슈누가 신을 위해 행동해온 강력한 존재라는 사실은 알고 있지만 두리요다나는 그가 초월적인 주재자라는 사실은 받아들이려 하지 않았다. 그는 그런 종교적인 자가 아니었다. 크샤트리아로서 해야 할 종교적인 의무는 수행하지만 만물의 주재자인 신을 섬기고 그를 기쁘게 해야 한다는 생각은 조금도 가지고 있지 않았다. 그는 오직 자신을 믿었다. 하지만 이제 그 힘이 한계에 이르렀으니 비슈마는 그가 마음을 열기를 바랄 수밖에 없었다. 그는 슬픔에 빠져 있는 왕자를 보며 말을 이었다.

"표현할 수 없는 존재, 영원한 존재인 비슈누가 이제 크리슈나로 환생했다. 크리슈나는 비슈누의 근원이다. 그 둘 사이에는 한 치의 오차도 없다. 왕자야, 크리슈나와 아르주나가 고대의 현자 나라야나와 나라였다는 사실은 익히 들었을 것이다. 전쟁에 참여한 왕들과 크샤트리아들 역시 신들의 화신이라는 것도 알 것이다. 판다바들은 서로 다른 전생의 인드라였다. 그들을 통해 크리슈나는 우리를 지휘하고 있는 환생한 마귀들을 처단할 것이다. 그 뜻을 거역할 수는 없다. 그는 지고의 신비이며 피난처요, 영광이다. 그를 보통 사람처럼 생각해서는 안 될 것이다. 끝없는 힘이 샘솟고 언제나 젊음이 넘치는 존재, 그를 경배하거라."

비슈마가 말을 멈췄다. 두리요다나는 자리에 앉아 생각에 잠겼다. 크리슈나가 전지전능한 초월자라니. 믿기 어려웠다. 아니, 믿기 싫었다.

'그는 분명 특별하긴 하다. 그런데 신이라니. 이 세상 어떤 존재가 그런 힘을 가졌다고 할 수 있을까? 만물의 근원이라면 분명 어떤 위대한 힘을 가지고 있을 터. 그런데 그것이 어찌 일개 인간일 수 있단 말인가? 게다가 그 주인공이 지금 저 판다바들의 편에 서 있는 크리슈나라니! 결국 쿠루의 왕인 나 두리요다나는 불경스러운 인간이 되고 마는 것인가? 모두가 비난했지만 나는 언제나 정의로 시민들을 통치하려 노력했고, 의무를 다해왔다. 그리고 신이 있다면 어찌하여 나에겐 이리 적대적이란 말인가? 허나 크리슈나가 신이라면 판다바들이 상대하기 어려운 대상이라는 사실은 설명이 된다. 그렇지만 크리슈나는 어찌하여 판다바를 좋아한단 말인가?'

두리요다나가 심호흡을 했다. "크리슈나에 대해 더 말씀해주소서." 목소리는 이상할 정도로 풀이 죽어 있었다.

"그에 대한 말만 나오면 모두가 그를 최고의 존재라 하는군요. 그의 지위와 영광에 대해 더 듣고 싶습니다."

두리요다나의 청에 비슈마는 나라다와 비야사데바, 마르켄데야, 파라수라마에게 들은 이야기를 전했다. "이 모든 현자들 역시 크리슈나의 신성을 받아들였다. 그들은 그를 만물의 주재자이자 원조자로 생각한다. 그는 모든 이의 복을 비는 친구다. 하지만 너는 그리 생각하지 않는 듯하구나. 그리하여 내가 너를 사악한 마음을 가진 라크샤사로 여기는 것이다. 이기적인 마음으로는 크리슈나를 알 수 없다. 색욕과 탐욕, 분노로부터 자유롭고, 그의 영원한 종이기를 바라는 사람만이 그를 알 수 있다. 왕이여, 세상을 다시 보거라. 영원한 행복으로 가는 길은 그뿐이다. 저들과 평화를 맺거라. 너는 절대로 저들을 이길 수 없다. 크리슈나와 판다바를 향한 적의는 고통과 패배만을 불러올 뿐이다."

비슈마의 장황한 설명에 모여 있던 왕들은 크리슈나를 최고의 주재자로 여기기 시작했다. 두리요다나마저 의문이 피어오르는 듯했다. '그래, 어쩌면 크리슈나는 인간 이상일지도 몰라. 어쩌면 천상의 존재보다 더 높은 존재인지도.'

그러나 지금 와서 물러서기에는 너무 늦었다. 크리슈나가 누구든 판다바는 두리요다나의 적이었다. 그들에게 아무것도 돌려주지 않을 것이다. 왕국을 원한다면 전쟁에서 이겨 당당하게 가져라가. 아무리 신들로 이루어졌다 해도 겁나지 않는다. 우리 역시 신들과 힘이 동등한 다나바들로 이루어져 있지 않은가.

두리요다나는 산회 명령을 내린 뒤 침실로 들어갔다. 침대에 눕기 전, 그는 크리슈나에게 경배를 올렸다. 저 야두족 영웅이 절대자라면 존경을 표하는 것도 나쁘지는 않을 것이다. 어쩌면 운명이 바뀔지도 모르는 일. 경배를 마친 두리요다나는 우윳빛 천을 깐 침대에 누워 잠을 청했다.

* * *

다섯 번째 날이 밝았다. 밤새 체력을 보충한 군사들은 어김없이 서로를 향해 돌격했다. 전날 전투에서 목숨을 잃은 전사들은 밤 동안 영웅의 침상에 자리했다가 새벽이면 일제히 화장됐다. 전장은 언제 그랬냐는 듯 시체 하나 없이 깨끗했다.

분노에 사로잡혀 양쪽 군사들은 정신 없이 서로를 처단했다. 하루 종일 죽음이 끊이지 않았다. 아르주나는 전장을 헤집고 다니며 여전히 용맹을 떨쳤다. 천지를 향해 날아가는 간디바는 마치 번개처럼 보였다. 아비만유와 비마, 쌍둥이, 사티야키와 유디스티라도 카우라바 진영을 파괴하기 위해 힘을 아끼지 않았다.

카우라바 진영에서는 비슈마와 다른 전사들이 판다바 군을 학살하고 있었다. 쉬크한디는 여러 번 비슈마와 맞붙을 기회를 노렸지만 비슈마는 의도적으로 그와의 전투를 피했다. 드리스타디윰나 역시 드로나를 죽일 기회를 노렸지만 그 또한 공격을 받아치며 그를 막아냈다. 드루파다의 아들은 운명의 뜻이 이루어지기만을 고대하면서 계속해서 드로나를 공격했다.

닷새, 엿새, 그리고 이레째 전투가 계속됐다. 군사들은 엄청나게 전사한 반면 지휘관은 단 한 명도 죽지 않았다. 두리요다나는 아르주나로 인해 쑥대밭이 되어가는 진영을 추스르기 위해 수샤르마와 그의 군사 삼샤프타카Samshaptaka로 하여금 그에 맞서 싸울 것을 명했다. 매일 아침 전투가 개시됨과 함께 쿠루 군이 아르주나를 공격했지만 늘 수많은 군사의 전사로 끝나고 말았다.

비록 수적으로 열세긴 했지만 판다바들은 쿠루족을 서서히 지치게 만들었다. 두리요다나는 계속해서 비슈마와 드로나가 판다바들을 봐주고 있다고 비난했다. 그럴 때마다 두 사람은 지금이라도 늦지 않았으니 전쟁을 그만두고 평화를 맺으라고 조언했다. 하지만 두리요다나는 확고했다. 전쟁은 계속됐다.

전쟁 여드레째.

비마는 열일곱 명의 카우라바 왕자를 더 처단했다. 대규모 군사가 비마를 포위하고 공격을 감행했지만 비마는 화살을 날려 모든 공격을 막아냈다. 전차에 우뚝 서 있는 비마는 두리요다나의 형제를 모두 몰살하려는 듯 보였다. 드로나가 달려와 화살 세례를 퍼붓고 나서야 조금이나마 제재할 수 있었다. 비마의 모습이 보이지 않을 정도로 수많은 화살을 퍼부은 덕택에 드로나는 겨우 왕자들을 도망치게 할 수 있었다. 드로나의 공격에서 벗어난 비마는 다시 양떼를 습격한 늑대처럼 전장을 초토화했다.

비마가 카우라바 진영을 난장판으로 만들고 다른 판다바 영웅들이 전사들의 목을 베는 동안 아르주나의 아들 이라반Iravan이 전투에 뛰어들었다. 그는 히말라야 기슭에서 자란 오색영롱한 털을 가진 말을 탄 기병 부대를 지휘했다. 강철 갑옷을 입고 황금 마의로 치장한 말들은 보는 것만으로도 눈이 부실 정도였다. 말에 탄 신성한 뱀과 나가족 전사들은 비명을 지르며 카우라바를 향해 달려들었다. 마치 바다 한가운데 떠 있는 백조 같았다.

나가 기병대는 간다라 산악 지대에서 샤쿠니의 여섯 동생이 이끄는 대규모 기마 부대에 합류했다. 갑옷으로 무장한 그들은 고함을 지르며 이라반과 군사들에게 돌진했다. 그들의 가슴속은 오로지 승리하거나 천상에 오르겠다는 생각뿐이었다. 이라반은 큰 웃음을 한번 터뜨리고는 부하들을 향해 소리쳤다. "수단과 방법을 가리지 말고 적을 처단하라!"

나가들의 기마 솜씨와 무술은 눈이 어지러울 만큼 뛰어났다. 말은 공중을 날아다니는 듯했고, 사방에선 무기가 쏟아져내렸다. 시간이 지날수록 간다라의 전사들은 힘을 잃었다. 어느 틈에 샤쿠니의 여섯 동생만 남아 나가들을 상대하고 있었다. 그들이 던진 창에 이라반의 갑옷이 부서졌다. 가슴과 등, 다리에서 창이 삐져 나왔다.

하지만 이라반은 조금도 아파하거나 굴하지 않고 창을 집어 적을 향해 던졌다. 그리고는 피투성이가 된 채 말에서 내려 칼을 들고 수발라의 아들들에게 돌진했다. 마치 붉은 철가루를 뒤집어쓴 산이 움직이는 것 같았다. 칼과 방패를 휘둘러대니 그 어떤 무기도 감히 그에게 닿지 못했다. 샤쿠니의 동생들이 화살을 퍼부었지만 한 치의 틈도 없이 방어는 완벽했다. 그들은 이라반을 포위한 채 긴 창을 던지기 시작했다. 하지만 이라반은 사방에서 날아오는 창을 일일이 막아냈다. 동시에 적을 향해 칼을 휘둘러 적의 팔다리를 잘라버렸다. 토막난 팔다리가 무기와 함께 땅에 떨어졌다. 이라반은 분에 차지 않는지 다시 한번 칼을 휘둘러 적들의 목을 모조리 베어냈다.

오직 한 명, 브리샤바Vrishaba만이 목숨을 부지하고 도망갔다. 그는 두리요다나에게 달려가 간다라의 군사가 전멸했다고 보고했다. 두리요다나의 눈은 금세 분노로 번뜩였다. 그는 소름이 끼칠 정도로 흉한 라크샤사인 알람부샤Alambusha를 소집했다. 알람부샤는 자신의 동생인 바카를 죽인 비마를 증오하며 두리요다나의 부대에 들어왔다.

두리요다나가 말했다. "아르주나의 아들이 저지른 행각을 보거라. 마법의 왕 이라반을 막을 수 있는 자는 똑같은 힘을 가진 자뿐이다. 영웅이여, 나가서 네 동생의 원수인 이라반을 처단하라."

"분부대로 행하겠습니다." 라크샤사는 끔찍한 비명을 지르며 이라반을 향해 돌진했다. 그는 마법을 써서 순식간에 군마를 모는 마귀 군단을 만들어냈다. 라크샤사 전사들은 대못이 박힌 창을 휘두르며 피로 범벅된 막대를 흔들어댔다.

아라반은 돌격해오는 알람부샤를 보며 자신의 기병들을 독려했다. 나가와 라크샤사 군단이 충돌했다. 금방 두 부대가 전멸해버리고 전장에는 마치 아득한 옛날 인드라가 브리트라수라가 맞붙었을 때처럼 이라반과 알람부샤만이 남았다. 라크샤사가 다가오자 신성한 뱀 나가족의 이라반이 칼을 휘둘러 적의 창을 박살냈다.

알람부샤는 하늘로 솟구쳐 이라반의 공격을 피했다. 이라반도 하늘로 솟아 라크샤사를 추적했다. 반짝이는 갑옷 탓인지 두 전사의 충돌은 마치 두 별이 상충하는 것 같았다. 이라반은 어마어마한 힘으로 라크샤사에게 달려들어 그의 사지와 몸통을 조각냈다. 겨우 죽음을 면한 알람부샤는 즉각 젊은 청년의 몸으로 변신했다. 이라반이 끝없이 칼과 도끼를 휘둘러댔지만 라크샤사는 그때마다 변신에 변신을 거듭하여 자신의 모습을 바꿨다. 알람부샤가 으르렁거리니 하늘이 비명소리로 가득 찼다. 그는 갑자기 어마어마하게 큰 괴물로 둔갑하여 이라반을 생포하려고 했다.

수천 명의 전사가 지켜보는 가운데 이라반도 마법을 일으켜 순식간에 무한의 독사 아난타세샤Ananta-sesha로 변신했다. 아난타세샤 주위에도 독사로 변한 나가족이 우글댔다. 그들은 알람부샤를 포위한 뒤 독니를 번뜩이며 독을 퍼부어댔다. 잠시 머뭇대던 라크샤사는 가루다로 변신했다. 신의 독수리는 주변을 선회하면서 뱀들을 집어삼켰다.

이라반은 라크샤사가 부리는 신묘한 능력에 정신이 나갈 정도였다. 나가는 다시 원래의 모습으로 돌아왔다. 알람부샤가 그에게 달려들어 큰 창을 휘둘렀다. 어마어마한 힘을 실어 휘두른 창에 이라반의 머리가 날아갔다. 이라반의 머리는 마치 달이 추락하듯 대지 위로 떨어졌다.

알람부샤의 승리로 카우라바 진영은 다시 사기가 충만해졌다. 반면 판다바 부대는 당혹감을 감추지 못했다. 저쪽에서는 아들의 죽음을 모르는 아르주나가 삼샤프타카들과 전투를 벌이고 있었다.

이라반의 죽음을 목격한 가토트카차가 분노의 고함을 질렀다. 먼 산에서 끔찍한 비명이 울려퍼지자 대지의 산과 호수가 진동했다. 카우라바들은 식은땀을 흘리며 몸을 떨었다. 사지가 얼어붙은 듯 그들은 이 끔찍한 소리의 진원지를 파악하느라 주위를 두리번거렸다. 그리고는 마치 사자에 놀란 사슴 떼처럼 비명소리에 질려 사방으로 달아났다.

가토트카차가 번뜩이는 삼지창을 들고 카우라바를 향해 달려들었다. 끔찍한 모습으로 변신한 라크샤사 무리가 그 뒤를 따랐다. 전투에 뛰어든 그는 바람이 먼지를 헤집듯 적들을 휩쓸어버렸다.

두리요다나는 자신의 군사들이 라크샤사를 보고 공포에 질려 달아나는 장면을 보았다. 그는 고함을 지르며 군사들이 후퇴하는 것을 막았다. 다행히 그 뒤에는 코끼리 전사 군단이 버티고 있었다. 군단은 고함을 지르며 라크샤사를 향해 돌진했다.

적군의 대항에 가토트카차의 분노는 더욱 하늘을 찔렀다. 그는 비명을 지르며 부하들과 함께 두리요다나에 맞섰다. 마귀와 악귀, 그리고 귀신의 모습으로 변한 라크샤사들이 코끼리를 공격했다. 화살과 표창, 칼을 이용해 코끼리에 탄 전사들을 무차별하게 공격하고, 바위와 나무를 집어던져 코끼리를 처단했다. 적군을 피가 흥건한 고깃덩어리로 만든 뒤에야 라크샤사들은 승리의 환성을 질렀다.

두리요다나의 분노는 극에 달했다. 결국 그는 자신이 위험에 처할지도 모른다는 생각도 잊고 가토트카차를 향해 돌진했다. 쿠루의 전사는 적에게 화살을 퍼부어댔다. 두리요다나의 공격에 열 명 정도의 판다바 군이 목숨을 잃었다. 두리요다나는 놀랄 정도로 큰 용맹을 보였다. 그의 화살은 번개처럼 날아가 라크샤사들을 괴롭혔다.

보다 못한 가토트카차가 직접 두리요다나를 상대했다. 죽음의 화신처럼 그에게 달려들었다. 하지만 두리요다나는 동요하지 않았다. 라크샤사는 두리요다나를 앞에 두고 점잖게 타일렀다.

"사악한 자야, 너로 인해 말할 수 없는 고통을 당한 내 아비의 고통을 내가 갚아주마. 그리 선한 자들의 재물을 강탈하고 정결한 부인까지 모욕한 죄를 어찌 씻을 수 있겠느냐. 네 죄를 내가 심판해주마. 용기가 남아 있다면 일어나 맞서라."

가토트카차는 입술을 깨물며 두리요다나에게 화살을 퍼부었다. 하지만 두리요다나는 조금도 주춤하거나 겁내지 않고 공격을 받아냈다. 그리고는 가토트카차를 향해 화살을 날렸다. 두리요다나의 화살이 가토트가

차의 몸을 관통했다. 가토트카차는 몸에 화살을 맞아 피를 흘리면서도 두리요다나를 향한 분노의 눈빛을 거두지 않았다. 아버지의 맹세도 잊어버린 채 그는 바위도 꿰뚫을 만한 커다란 창을 집어들었다. 그가 창을 집어드니 사방에 휘황찬란한 빛이 퍼졌다.

위험에 처한 카우라바를 보고 코끼리 군단의 사령관 중 하나인 방가 Banga 왕이 방향을 돌렸다. 그가 카우라바와 라크샤사 사이에 끼어든 순간 라크샤사가 창을 던졌다. 불꽃처럼 날아온 창은 코끼리의 몸을 관통했고, 왕은 땅바닥에 떨어졌다.

두리요다나는 미칠 것 같았다. 사방에서 병사들이 죽어나가고 있었다. 그리고 이제 비마의 라크샤사 아들이 산처럼 요동도 않고 눈앞에 서 있었다. 어찌하면 저놈을 이길 수 있단 말인가. 하지만 상대는 크샤트리아의 본분을 잊지 않고 자리에서 움직이지 않았다. 그는 가토트카차를 향해 한 무리의 혜성과 같은 화살을 날렸다. 하지만 라크라사는 재빨리 몸을 움직여 화살을 피했다. 왕자는 연거푸 분노의 고함을 지르며 적을 공포로 몰고 갔다.

두리요다나의 비명을 듣는 순간 비슈마는 두리요다나의 목숨이 걱정되었다. 그는 재빨리 드로나에게 달려가 말했다. "소리를 들으니 가토트카차가 두리요다나를 제압할 듯하다. 그 누구도 비마의 아들을 이길 수는 없다. 그대만이 왕을 도울 수 있으니 당장 가서 저 아이를 구하거라. 행운이 함께하기를."

드로나는 즉각 가토트카차의 포효가 들린 쪽으로 달려갔다. 아슈바타마와 크리파, 바흘리카, 소마닷타, 샬리야, 부리스라바를 비롯한 쿠루 전사들도 뒤를 따랐다. 두리요다나가 있는 곳에 당도하니 곤경에 처한 왕자의 모습이 눈에 들어왔다. 그는 잽싸게 가토트카차를 향해 화살을 날렸다. 다른 쿠루 전사들은 활과 표창을 휘둘러 라크샤사 군단을 공격했다. 수천 마리의 독사처럼 하늘로 치솟는 라크샤사들을 향해 쿠루 군은 끊임없이 창을 던졌다.

속속 도착하는 쿠루들을 보며 가토트카차는 크게 웃으며 자리를 지켰다. 그리고는 다시 한번 끔찍한 고함을 지르더니 반달 모양의 촉이 달린 화살을 날려 드로나의 활을 토막냈다. 쿠루의 지휘자들을 꿰뚫고 깃발도 잘라버렸다. 그 모습이 하도 빨라 쿠루 군은 미처 무기를 꺼내들 여유조차 없었다. 현란한 솜씨에 쿠루 군은 어안이 벙벙해졌다. 수많은 전사들이 겁에 질리거나 부상을 당한 채 전차에 주저앉았다.

격렬한 공격에 쿠루 군이 나가떨어지자 가토트카차는 다시 두리요다나에게 공격을 집중했다. 칼을 들어 카우라바를 향해 돌진했다. 이를 본 쿠루 군이 화살 세례를 퍼부었다. 고통을 이기지 못한 채 가토트카차는 하늘로 솟구쳤다. 비명을 들은 유디스티라가 비마에게 소리쳤다. "네 아들이 위험에 빠져 있다. 어서 가서 그를 도와라."

비마는 즉시 가토트카차를 향해 달려갔다. 전차 부대와 분대가 그 뒤를 따랐다. 대지에는 토막난 시체가 가득했다. 갑옷과 무기가 서로 부딪치는 소리에 귀가 멍멍했다. 공기 중에는 붉은 먼지가 가득했다. 그 처절하고 혼란한 전투 속에서 서로가 서로를 알아보지 못해 아군을 공격하기도 했다. 대지에 피가 강을 이루니 먼지가 점차 잦아들었다. 모든 것을 다시 볼 수 있게 되었을 때는 천지가 파멸로 가득했다.

비마와 가토트카차는 회오리바람처럼 수천 명의 적병을 죽이며 전장을 휩쓸었다. 두리요다나는 자신의 군사들이 궤멸하는 모습을 바라보고 있을 수밖에 없었다. 그는 프라그요티샤Pragyotisha의 왕 바가닷타Bhagadatta에게 명하여 비마와 그 아들을 공격하라고 지시했다. 막강한 전사는 인드라의 코끼리만큼이나 힘센 거대한 코끼리에 올라탔다. 바가닷타는 다른 코끼리 전사들의 엄호를 받으며 비마를 향해 내달렸다. 움직이는 산처럼 달려오는 바가닷타를 보며 판다바 전사들은 그를 에워싼 채 코끼리를 향해 화살을 퍼부었다. 코끼리가 육중한 소리를 내며 쓰러졌다.

몸에 수백 발의 화살이 꽂힌 코끼리는 마치 붉은 돌을 박아 놓은 산처럼 보였다. 광분한 코끼리는 육중한 몸을 일으키더니 판다바 군을 향해 달려왔다 전차와 말, 전차몰이꾼과 전사들이 코끼리의 공격을 당했다. 아무도 성난 코끼리를 막을 수 없었다.

다사르하Dasarha의 지배자 크샤트라데바Kshatradeva가 분노에 가득 차 코끼리를 타고 바가닷타에게 맞섰다. 두 코끼리가 큰 울림을 내며 충돌했다. 바가닷타는 코끼리 등에서 꿈쩍하지 않았지만 크샤트라데바의 안장은 뒤로 움찔 물러났다. 바가닷타는 기회를 놓치지 않고 크샤트라데바에게 창을 집어던졌다. 창은 코끼리의 갑옷을 뚫고, 좌우로 비틀거리게 만들었다. 크샤트라데바의 코끼리는 고통을 이기지 못해 등을 돌리고 달아나며 우군 진영을 엉망진창으로 만들었다. 바가닷타가 환호성을 지르며 코끼리를 몰았다. 코끼리는 거친 움직임으로 전장을 헤집기 시작했다. 코끼리는 여기저기를 쏘다니며 병사들을 마구 짓밟았다. 판다바 군은 공포에 눌려 비명을 지르며 사방으로 달아났다.

이를 본 가토트카차가 분노의 고함을 지르며 바가닷타에게 달려들었다. 거대한 형상으로 둔갑한 가토트카차는 코끼리를 향해 삼지창을 휘둘렀다. 창은 날아가며 불꽃으로 변했다. 바가닷타는 즉각 반달 모양의 화살을 날려 삼지창을 토막냈다. 창은 하늘에서 떨어진 별똥별처럼 산산이 조각나 대지에 떨어졌다. 바가닷타는 이어 라크샤사를 향해 창을 날렸다.

가토트카차가 자리에서 뛰어오르더니 창을 집어들었다. 그리고는 비명을 지르며 넓적다리로 창을 부러뜨렸다. 판다바 군이 환호했다. 성난 바가닷타가 판다바 전사들을 향해 뛰어들었다. 코끼리 군단이 그를 따랐고, 격렬한 전투가 벌어졌다. 가토트카차는 연이어 바가닷타를 궁지에 몰아넣었다. 그 사이 비마와 다른 전사들은 곳곳에서 적군에 대항하고 있었다.

비슈마의 맹세

아르주나는 수샤르마가 이끄는 삼샤프타카Samshaptaka들을 맞아 전투를 벌이고 있었다. 모두 다 죽음을 맹세한 존재들이라 그 용맹함이 대단했다. 그들은 아르주나를 철저하게 포위한 채 비슈마와 다른 쿠루 지도자들에 대항하고 있었다.

아르주나는 정정당당하게 싸웠다. 당장 적들을 섬멸할 수 있는 신들의 무기를 가지고 있었지만 쓰지 않았다. 인간의 무기만으로도 아르주나는 천하무적이었다. 삼샤프타카들은 표창과 창, 막대와 도끼를 비롯한 수많은 화살을 퍼부으며 파도치듯 달려들었다. 하지만 아르주나는 간디바에서 뿜어져 나오는 화살로 적의 공격을 간단하게 막아냈다. 그러면서도 적을 향해 화살을 퍼부어 그들의 갑옷을 찢어버렸다. 한 번의 공격에 수천 명이 쓰러졌지만 싸움은 끝이 없었다.

그날 늦은 오후, 전령이 달려와 아르주나에게 그의 아들 이라반의 죽음을 알렸다. 그 말에 그는 곧바로 눈물을 흘리며 전차에 주저앉았다. 슬픔에 휩싸인 아르주나를 보고 크리슈나는 전차를 몰아 일단 후퇴했다.

아르주나는 손에 얼굴을 파묻고 흐느꼈다. 그리고는 잠시 후 입을 열었다. "크리슈나여, 마지막까지 전쟁을 피하려 한 유디스티라 형님의 마음을 이제야 알겠습니다. 저 위대한 영혼은 이 전쟁이 분명 우리에게 끔찍한 파멸이 되리라는 걸 알고 있었습니다. 그리하여 그는 저들에게 많은 것을 요구하지 않았던 것입니다. 허나 저 비열한 두리요다나는 그마저도 거절했습니다. 수없이 많은 크샤트리아들이 재물 때문에 목숨을 잃었습니다. 기운을 잃고 쓰러져 있는 저 영웅들을 보니 스스로를 책망하지 않을 수가 없습니다. 크샤트리아의 의무라고요? 허망합니다. 왕국과 재물을 되찾겠다고요? 저는 이제 더 이상 이 전쟁에 흥미가 없습니다."

아르주나는 다시 싸움이 개시되기만을 기다리고 있는 삼샤프타카들을 눈물 가득한 눈으로 바라봤다. 이 전투를 포기하는 데 더 이상 의문은 없었다. 두리요다나의 군사가 전멸하고, 두리요다나가 저들과 함께 사라져야만 이 전쟁은 끝날 것이다. 허나 두리요다나를 생각하니 잦아들었던 분노가 다시 치밀었다. 사랑하는 나의 아들이 두리요다나 때문에 하늘로 갔다.

얼굴을 찌푸린 채 한숨을 내쉰 아르주나가 다시 활을 잡았다. "연약한 여인네처럼 울고 있을 때가 아닙니다. 크리슈나여, 두리요다나가 있는 곳으로 전차를 몰아주소서. 병사들의 바다는 그냥 지나치렵니다. 그대의 은총으로 전쟁을 곧 끝내겠습니다."

크리슈나가 말을 재촉하니 전차가 들판을 가로질렀다. 멀리 두리요다나와 드로나, 비슈마의 깃발이 펄럭였다. 그들은 크리파와 아슈바타마, 바가닷타의 지원을 받으며 한창 전투 중이었다. 아르주나가 접근하니 그들을 향해 화살을 퍼부었다. 공격을 참지 않고 아르주나도 즉각 화살 공격으로 맞섰다. 그는 들판을 헤집으며 사방으로 화살을 날렸다. 화살은 정확하게 목표를 향해 날아가 꽂혔다. 폭풍을 맞은 나무에서 과일이 떨어지듯 전사들이 전차에서 맥없이 떨어졌다.

해가 이미 서쪽으로 기울었지만 전투는 끝나지 않았다. 전사들은 먹이를 향해 덤벼드는 사자처럼 서로를 향해 달려들었다. 그들은 서로의 머리를 잡고 팔다리와 목을 베었다. 무기와 주먹, 심지어 입으로 물어뜯으며 미친 듯 전쟁을 했다. 황금과 보석으로 장식된 아름다운 활과 화살이 들판에 나뒹굴었다. 상아 손잡이가 달린 강철 칼과 황금 방패 역시 목숨을 잃은 주인의 손에서 나가떨어졌다. 군사들은 손에 무기를 쥔 채 기이한 자세로 자리에 쓰러졌다. 죽으면서 미처 감지 못한 눈 때문에 마치 살아 있는 것처럼 보였다. 난도질을 당해 몸이 꺾인 상태로 나뒹구는 시체도 있었다. 팔다리는 제각각이었고 입도 벌어져 있었다. 피비린내와 살이 타는 냄새가 진동했다.

날이 저물어 가면서 비마와 두리요다나 사이에 무시무시한 전투가 벌어졌다. 한 손으로 일만 대군을 전멸한 비마는 두리요다나의 결투를 받아들였다. "비마, 용기가 있다면 한판 붙자. 지금까지는 졸개들만 상대했으나 이제 강력한 전사와 맞붙고 싶다."

비마는 무쇠 철퇴를 꽉 쥐면서 큰 소리로 웃었다. "겁에 질려 도망가지만 않는다면 내 오늘 너를 죽여주마. 오늘이야말로 쿤티와 드라우파디의 슬픔을 위로하는 날이 되겠구나. 너를 죽여 그동안 겪어온 고통을 단번에 갚아주마. 오만한 놈아, 이제 그 어리석음의 대가를 치르게 될 것이다. 평화를 위해 몸소 하스티나푸라까지 간 크리슈나까지 멸시했으렸다? 그 모든 죄가 크니 너와 네 형제들을 죽음의 땅으로 보내주마."

비마는 활을 들어 천둥처럼 빠른 속도로 화살을 퍼붓기 시작했다. 두리요다나의 말이 나가자빠지고 전차몰이꾼이 땅에 쓰러지고 활이 부러졌다. 비마는 틈을 주지 않고 잽싸게 화살 두 대를 더 날려 두리요다나의 깃발을 쓰러뜨렸다. 보석이 박힌 아름다운 깃발이 순식간에 땅바닥으로 떨어졌다.

두리요다나가 새 활을 향해 손을 뻗는 순간 비마는 다시 화살을 날려 두리요다나의 활에 명중시켰다. 두리요다나는 공격 한번 제대로 해보지 못하고 전차에서 이미 현기증을 느끼고 있었다. 말 없이는 비마의 공격에서 벗어날 수 없었다. 곤경에 빠진 두리요다나를 보고 자야드라타가 비마를 향해 화살을 퍼부었다. 그 사이 크리파가 두리요다나를 자신의 전차에 옮겨 태웠다.

크리파가 의식 불명에 빠진 두리요다나를 데리고 달아나자 많은 카우라바 전사들이 비마를 공격했다. 아비만유가 비마를 도왔다. 모든 영웅들이 잔혹한 전투를 벌였다.

전쟁터에 다시 한번 파괴의 현장을 뒤로한 채 태양이 졌다. 두 진영은 서로의 용맹을 찬양하며 퇴각해 밤을 맞았다.

* * *

막사로 돌아온 두리요다나는 서서히 의식을 되찾았다. 상처 난 곳이 욱신욱신 쑤셨다. 전투에서 졌다는 수치심에 휩싸인 그의 머리에 퍼뜩 카르나가 떠올랐다. 비슈마가 판다바를 상대로 최선을 다하지 않을 바엔 그 대신 카르나를 앞세우면 된다. 두리요다나는 이 말을 친구에게 직접 전하기로 했다. 카르나는 전투에 나갈 기회만을 기다리며 막사에서 대기 중이었다.

피투성이가 된 채 먼지를 뒤집어쓰고 두리요다나가 막사로 들어오자 카르나는 깜짝 놀라 그를 끌어안았다. "쿠루족은 어찌 되었소? 적들을 섬멸하여 명예를 높이고 있소?"

두리요다나는 고개를 저었다. "친구여, 그렇지 않소. 상황이 좋지 않소. 저들에게 판다바들에게 몰리고 있소. 천상의 존재들도 저들을 처단할 수 없을 것이오. 저들은 하루하루 우리의 병력을 갈아버리고 있소. 카르나여, 갈수록 우리는 무력해지고 무기고는 비어가고 있소. 어떻게 하면 판다바들을 꺾을 수 있을지 대책이 없단 말이오."

카르나의 얼굴이 붉어지더니 주먹을 움켜쥐었다. "바라타의 으뜸이여, 슬퍼 마시오. 내 그대를 위해 일어날 것이오. 비슈마를 물리치시오. 저 늙은 영웅이 무기를 내려놓으면 내 직접 판다바를 죽여버리겠소. 판다바들에게 관대한 비슈마에게 물러나라고 말해주시오. 왕이여, 맹세컨대 만인이 보는 앞에서 판다바를 꺾어버리겠소."

카르나는 오직 두리요다나가 듣기 좋아하는 말만 해주고 싶었다. 물론 그도 판다바를 죽일 수 없다는 것을 잘 알고 있었다. 그는 쿤티에게 아르주나를 제외하고는 모두 살려주겠다고 약속했다. 적어도 그가 나서면 아르주나만 죽이고 나머지는 달아나게 해줄 수 있을 것이다. 그러면 카우라바의 승리는 의심할 여지가 없었다.

카르나의 말에 두리요다나는 큰 위로를 받았다. "그 말이 나에게 용기를 주는구려. 위대한 영웅이여, 이제 비슈마에게 가겠소. 저 강력한 전사가 내일 전투에서 판다바를 죽이겠다고 약속하지 않으면 다시 돌아오겠소. 그때는 그대가 저들을 맞아 싸우게 될 것이오."

두리요다나는 카르나의 막사를 나와 말을 타고 비슈마가 있는 곳으로 갔다. 상처투성이의 두리요다나를 보고 비슈마는 왕실 의사를 불러 상처를 치료해주었다. 그리고는 직접 약초를 발라주었다. 히말라야에서 채취한 비샬리야카리니vishalyakarini를 바르니 순식간에 고통이 사라졌다. 치료를 받으면서 두리요다나는 초조한 표정으로 사령관에게 말을 꺼냈다.

"저들의 학살극을 막을 길이 없습니다. 저들이 우리를 붕괴시키고 있습니다. 쑥대밭으로 만들고 있단 말입니다. 오늘은 우리 대형을 부수더니 군사들까지 퇴각시켜 버렸습니다. 저 역시 비마에게 부상을 당해 죽음을 당할 뻔했습니다. 만인의 으뜸이시여, 당신이 저들을 막을 수 없다고는 생각하지 않습니다. 그러니 내일은 전력을 다해주소서. 당신의 은총으로 승리를 얻고 판두의 아들들이 죽기를 바랍니다."

비슈마는 동정 어린 눈으로 두리요다나를 쳐다봤다. 왕자는 아직도 판다바를 파멸시키겠다는 자신의 희망이 헛된 것이라는 사실을 깨닫지 못하고 있었다. 이제 더 이상 그에게 설명하는 것은 소용없었다. 아마 더 힘든 방식으로 진실을 깨닫게 되리라.

그러면서 비슈마는 크리슈나를 생각했다. 쿠루가 어떤 계획을 짜고 작전을 세우든, 그리고 그 솜씨가 얼마나 뛰어나든 크리슈나는 그 모든 것을 좌절시킬 것이다. 그럼에도 불구하고 쿠루의 총사령관으로서 비슈마 자신은 판다바를 물리치기 위해 의무를 다해야 한다. 의무라, 참 고통스러운 것이었다. 하지만 의무 때문에 크리슈나를 만났고, 이는 그 어떤 상황에서도 불길하기만 한 것은 아니지 않은가.

치료를 마친 뒤 비슈마가 두리요다나 옆에 앉았다. "나는 매일 최선을 다해 싸우느니라." 늙은 쿠루가 팔을 치켜들었다. 활시위가 남긴 흉터가 셀 수 없었다.

"수많은 적을 베었건만 아직 판다바와 그들의 전사는 죽일 수가 없구나. 그들은 주재자에게 보호받는 자들이다. 노력한다고 될 일이 아니다."

두리요다나가 합장을 하고 말했다. "적들을 처단하는 자여, 그대에 의지하면 천상의 존재와 아수라가 덤벼도 우리가 전투에서 승리할 수 있습니다. 판다바도 물론입니다. 혈족과 연맹국이 돕는다고 해서 저들 다섯을 죽이지 못한다는 것을 어찌 믿을 수 있겠습니까."

두리요다나의 눈에서 눈물이 흘러내렸다. "강가 여신의 아들이여, 제게 자비를 베푸소서. 인드라가 다나바를 처단하듯 판두의 아들들을 처단해주소서. 저들을 물리치겠다고 하신 약속을 지켜주소서. 전력투구하시어 저 다섯 형제와 추종자들을 죽여주소서."

두리요다나는 말을 멈추고 숨을 깊게 내쉬며 비슈마의 눈을 바라봤다. "판다바에 대한 애정이든 저에 대한 증오든 저들을 죽이고 싶지 않으시다면 부디 사령관 자리에서 내려와 카르나가 싸울 수 있게 해주소서. 전쟁터에서 빛을 발하는 저 위대한 영웅은 쿤티의 아들들과 모든 적을 죽이겠다고 맹세했습니다."

비슈마는 두리요다나의 말이 가슴에 비수처럼 꽂히는 것을 느꼈다. 그가 전력투구하지 않는다는 말은 선봉에 서서 싸워야 하는 고통에 더욱 큰 고통을 더해주었다. 두리요다나는 정말 모르는 듯했다. 지금까지 죽어나간 수많은 전사들을 보고도 그런 말이 나온단 말인가. 카르나가 도대체 뭘 할 수 있다고 생각하는가. 비슈마는 화를 가라앉히느라 잠시 침묵했다. 무겁게 숨을 내신 뒤 칼의 손잡이를 움켜쥐며 비슈마가 다시 입을 열었다.

"아이야, 그것은 나에 대한 모욕이니라. 나는 언제나 목숨을 내놓고 너를 위해 최선을 다하고 있다. 나는 판다바가 천하무적이라고 누누이 말했다. 칸다바 전투에서 아르주나가 천상의 존재들을 제지하고 아그니를 꺾은 것으로 증거는 충분하지 않느냐. 분노한 간다르바에게서 저들이 너를 구해낸 것으로도 불충분하단 말이냐. 그때 전차몰이꾼의 아들은 어디 있었느냐!"

말이 길어지면서 비슈마의 분노는 더욱 커졌다. 왕자는 언제나 자기 생각뿐이었다. 자신에게 도움이 되는 것을 어찌하여 모른단 말인가. 핏줄에 대한 질투와 증오로 눈이 멀어버린 것이 틀림없었다. 그래서 눈앞에 펼쳐진 대파멸의 길로 스스로 뛰어들려고 하는 것이다.

그러는 한편으론 왕자에 대한 동정심도 일었다. "죽음의 문턱에 서면 누구나 정신을 잃는 법이다. 간다리의 아들아, 판다바를 향한 적의가 가져올 대가는 피할 수 없느니라. 불멸의 화신이자 무적의 상징인 크리슈나가 저들과 함께하는 한 결과는 오직 하나다. 이 모든 것이 네가 저지른 일이니 이제 그만 큰 소리로 떠벌리지 말거라. 그대가 기다리고 기다리던 때가 드디어 도래했다. 자, 적의를 용맹으로 내뱉거라. 그토록 자랑하던 용맹을 보여 이 갈등을 끝내거라."

시종들이 들어와 식사가 준비됐다고 알렸지만 두리요다나는 손을 흔들어 그들을 내보냈다. 도무지 입맛이 없었다. 전쟁이 시작된 뒤로 그렇게 좋아하던 포도주마저 거부할 만큼 먹은 것이 거의 없었다.

마음속은 오로지 판다바를 죽이겠다는 생각뿐이었다. 그는 비슈마의 발치에 앉아 애원하듯 그를 주시했다. 비슈마만 결심해준다면 판다바는 죽은 목숨이나 다름없었다.

비슈마는 깊은 한숨을 내쉬었다. "아이야, 너도 알다시피 나는 너와 쿠루족을 포기하지 않을 것이다. 그것은 나의 확고한 결심이자 크샤트리아의 의무이기 때문이다. 어찌됐든 나는 내일 판다바를 죽음으로 보내기 위해 최선을 다할 것이니라. 군사들을 뚫고 직접 저들과 맞설 것이다. 저들을 보호하려는 자는 모두 죽음을 맞이할 것이다. 쉬크한디를 제외하곤 어느 누구도 살려두지 않을 것이다."

비슈마는 손을 뻗어 큰 화살통을 들어올렸다. 그리고는 그 속에서 번찍이는 다섯 개의 화살을 꺼냈다. 화살에는 길고 뾰족한 화살촉과 말똥가리 깃털이 붙어 있었다. 비슈마는 땅에 비단을 깐 뒤 조심스럽게 화살을 올려놓았다. 그리고는 자리에 앉아 베다 주문을 외우며 잠시 명상에 잠겼다. 두리요다나는 그 모습을 물끄러미 바라보았다.

명상을 마친 비슈마가 다시 입을 열었다. "나는 금욕 수행으로 얻은 모든 힘을 사용해 여기 다섯 개의 화살에 힘을 불어넣었다. 인드라도 이 화살을 피할 수는 없을 것이다. 내일 이 화살들로 저들을 죽이마."

비슈마의 음성은 낮고 힘이 없었다. 그는 눈물을 흘리며 말을 이었다. "아이야, 오늘밤은 편안히 자거라. 아침이 되면 나는 누구도 겪어보지 못한 끔찍한 전쟁터에 나가 싸우고 있을 것이다. 저들은 도망가지 못할 것이다. 오직 크리슈나만이 저들을 구할 수 있다. 그러나 그는 어떠한 무기도 사용하지 않겠다고 단언했다."

비슈마는 살며시 미소를 지었다. 크리슈나는 자신이 아끼는 아이들을 구하기 위해 어떠한 방법을 쓸 것인가? 실로 놀라운 광경이 벌어질 것이다. 그러나 실패할 경우 판다바는 죽고 말 것이다. 힘을 불어넣은 화살은 절대 목표를 벗어나지 않을 것이다.

두리요다나가 드디어 밝게 웃었다. 두리요다나도 비슈마와 마찬가지로 크리슈나가 이 계획을 무산시키기 위해 무슨 방법을 쓸지 무척 궁금했다. 그는 비슈마 앞에 놓인 화살들을 보며 말했다. "오늘밤 제가 이 화살들을 지키겠습니다. 잘 간직하고 있다가 내일 전쟁이 시작되면 돌려드리지요."

비슈마가 고개를 끄덕였다. 두리요다나는 화살을 집어들었다. 그리고는 비슈마에게 고개를 숙여 인사를 한 뒤 자신의 막사로 돌아가 침대 옆에 조심스럽게 화살을 올려놓았다. 이제 판다바의 운명은 정해졌다.

비슈마는 데바브라타라Devavrata는 이름으로도 알려져 있었다. '맹세를 깨뜨리지 않는 자' 라는 뜻이었다. 그 누구도 그의 맹세를 막을 수는 없었다. 두리요다나는 흡족한 마음으로 침대에 누워 휴식을 취했다. 내일을 기다릴 수 없을 만큼 시간이 더디 갔다.

* * *

유디스티라는 그의 형제들과 함께 막사에 앉아 있었다. 전쟁이 시작된 지 여드레 째, 그의 군대는 우세한 위치에 있었다. 하지만 수많은 군사들의 죽음으로 그리 기쁘지만은 않았다. 전쟁이 끝날 즈음이 되면 세상은 남편을 잃은 여인들로 가득할 것이다. 어떻게 해야 한단 말인가? 그는 평화를 위해 모든 노력을 기울였다. 두리요다나와 그의 아비는 비난받아 마땅하다. 지금 그들은 어리석음의 결과로 고통받고 있는 것이다. 크리슈나마저도 그 마음을 바꿀 수 없을 정도로 저들은 매우 어리석었다.

유디스티라는 크리슈나를 바라보았다. 야두족 영웅은 슬퍼 보였다. 모든 사람들이 크리슈나 주변에 모여들자 그가 입을 열었다.

"우리는 이 전쟁에서 승리했소. 비마와 아르주나는 모두가 지지하던 카우라바들을 박살냈소. 적은 이 상황을 반전시키기 위해 모든 방법을 동원할 것이오. 위험한 음모를 궁리하고 있을지도 모르오."

크리슈나는 다른 사람들과 떨어져 머리를 숙인 채 앉아 있는 아르주나를 바라보았다. 그는 오직 이라반에 대한 생각뿐이었다. 왕자는 아버지를 사랑하기 때문에 위험을 무릅쓰고 나가 싸웠다. 아르주나는 울루피와 결합하여 이라반을 잉태하던 그날을 떠올렸다. 울루피는 나가족과 함께 아이를 길렀지만 아이는 가끔씩 아버지인 아르주나를 보러 인드라프라스타에 오곤 했다. 아르주나는 눈물을 흘리면서 아들과 함께했던 날들을 회상했다. 지금 그 아이는 탐욕스런 두리요다나의 희생양이 되어 영웅의 침대에 누워 있다. 아르주나는 탄식하며 막사 바깥쪽의 어둠을 응시했다.

크리슈나는 친구에게로 다가가 어깨에 팔을 올렸다. "파르타여, 슬픔을 딛고 크샤트리아의 임무를 빨리 완성하거라. 그대의 아들은 틀림없이 천상으로 갔을 것이다. 슬픔을 털어내고 전쟁에만 전념하거라."

아르주나는 눈물을 훔치며 크리슈나를 바라보았다. 만물의 주재자가 이렇게 몸소 덕을 실천하도록 도와주니 이 얼마나 큰복이란 말인가. 크샤트리아의 의무는 과연 쉬운 일이 아니었다.

크리슈나는 계속하여 격려하듯 미소를 지었다. "아르주나, 오늘밤 해야 할 일이 있다. 간다르바들로부터 두리요다나를 구하던 순간을 기억하는가? 그때 두리요다나는 분명 그 은혜를 갚겠다고 했다. 카우라바는 그대와 형제들을 죽일 다섯 개의 화살을 갖고 있다. 아르주나여, 저들에게 우호적으로 접근하여 화살을 달라고 청하라."

아르주나는 숲속에서 두리요다나와 그 형제들을 풀어주던 날을 떠올렸다. 두리요다나는 그날 이후 내내 수치심을 안고 살아왔지만 그는 크샤트리아로서 아르주나에게 은혜를 갚아야 했다. 아르주나는 그날이 결코 오지 않을 것이라 생각했다. 그러나 크리슈나의 생각은 달랐다. 아르주나는 갑옷을 벗었다. "크리슈나여, 당신의 의견을 따르겠습니다. 지금 즉시 두리요다나에게 가겠습니다."

아르주나는 무장을 푼 채 혼자 몸으로 카우라바 진영을 향해 말을 몰았다. 영예로운 크샤트리아의 관례에 의해 그는 위험이 없으리라는 사실을 알고 있었다.

그날의 전쟁이 끝나면 양쪽 병사들은 친구처럼 만나곤 했다. 아르주나가 도착하니 보초가 옆에 와서 섰다. 그는 즉시 두리요다나의 막사로 안내됐다. 왕자는 이미 침대에 누워 자고 있었다.

아르주나가 왔다는 전갈에 두리요다나는 깜짝 놀라 일어났다. 그는 침대 옆자리를 가리키며 말했다. "환영한다. 파르타여, 무슨 일로 왔는지 말해보거라. 전쟁을 하지 않고 왕국을 요구하러 왔는가? 그렇다면 당장 주겠다."

아르주나는 두리요다나의 경박함을 잘 알고 있었다. 아르주나는 결코 구걸하지 않을 것이다. 만약 왕국을 차지할 목적이었다면 그 시기는 모든 적을 처단하고 전쟁이 끝난 뒤가 될 것이다. 그러나 그는 명백히 무언가를 원하고 있었다. 두리요다나는 궁금한 눈으로 아르주나를 바라보았다.

아르주나는 계속 서 있었다. "내가 너에게 준 은혜를 기억하고 왔다. 그 약속을 기억하는가?"

아르주나의 말에 수치스러운 그날의 기억이 되살아났다. "물론이다. 원하는 것이 무엇이냐?"

"여기에 다섯 개의 화살이 있다고 들었다. 그것을 원한다."

두리요다나는 충격을 받은 듯 날카로운 눈으로 그를 노려봤다. 그러나 조금도 주저하지 않고 침대 옆에 놓아둔 화살을 집어 아르주나에게 건넸다. "네 것이다. 이것을 어떻게 알았는지 알고 싶다."

화살을 받아든 아르주나는 두리요다나에게 고마움을 표하며 크리슈나가 알려줬다고 말했다. 두리요다나의 허락을 받고 아르주나는 다시 자신의 진영으로 돌아갔다.

아르주나가 돌아간 뒤 두리요다나는 분노에 부들부들 떨었다. '또 너냐, 크리슈나! 비슈마와 비두라의 말은 진실이었구나. 분명 저 야두족에

게는 비범한 무언가가 있다. 그래, 그는 모든 것을 알고 있을 것이다.'

두리요다나는 자리에 누워서 텅 빈 지붕을 뚫어지듯 쳐다보았다. 승리의 희망이 있기나 한 것인가? 아마도. 화살은 저들의 손에 넘어갔지만 없지만 비슈마는 판다바를 죽이겠다고 약속하지 않았는가.

15 크리슈나, 신봉자들을 보호하다

태양이 떠올라 아침이 오자 비슈마는 두리요다나를 찾아가 화살을 달라고 했다. 두리요다나는 낭패한 표정으로 어젯밤 크리슈나의 명령으로 아르주나가 찾아와 화살을 가져갔다고 했다. 그 말에 비슈마는 미소를 지었다. 하지만 그는 놀라지 않았다. 비슈마가 비록 화살을 가지고 있다 해도 크리슈나를 이길 수는 없기 때문이다. 크리슈나가 아르주나의 전차를 모는 한 쿠루족의 운명은 이미 정해져 있다. 이 전쟁은 얼마나 계속될 것인가? 전쟁이 끝나기도 전에 모두가 죽음을 맞이해야 하는가?

갑옷으로 갈아입으면서 비슈마가 말했다. "내 약속은 거짓이 된 듯하다. 오늘 판다바를 죽인다는 것은 불가능해졌다. 그러나 나는 여전히 너를 위해 최선을 다할 것이다. 힘이 닿는 한 모든 것을 다하마. 나는 아르주나를 집중 공격할 것이다. 내가 아르주나를 처단하면 네 목적도 어느 정도 달성될 것이다.

전투 준비를 하면서 비슈마는 무기를 들지 않겠다던 크리슈나의 약속을 상기했다. 오늘 그 약속을 시험하리라. 저 야두족 영웅이 나로 하여금 약속을 깨뜨리게 했으니 내 오늘은 그의 맹세를 깨뜨릴 것이다. 약속을 지킨다면 그는 오늘 아르주나의 죽음을 보게 될 것이다.

비슈마는 전차에 올라타 군대의 선봉으로 향했다. 그리고는 독수리가 날개를 편 모양인 사르바브하드라Sarvabhadra 대형으로 부대를 정렬시켰다. 그는 크리파, 크리타바르마, 자야드라타를 비롯한 많은 왕들과 함께 부대의 중심과 앞쪽에 자리를 잡았다. 다른 영웅들은 각자의 사단에서 보병을 지키며 날개 왼쪽과 오른쪽에 자리했다. 알람부샤와 그의 라크샤사들은 군사들 뒤쪽에 자리를 잡았다.

두리요다나는 그의 군대 앞에 있는 비슈마를 바라보았다. 그는 마치 달처럼 빛나고 있었다. 왕자는 희망이 솟아오르는 것을 느꼈다. 비슈마로 인해 판다바는 혼란에 빠질 것이 틀림없다. 여전히 저들은 비슈마를 저지할 방법을 강구하고 있을 것이다. 예언에 따르면, 비슈마를 막을 수 있는 자는 오직 한 사람뿐이라 했다.

두리요다나가 외쳤다. "오늘 비슈마께서는 초원의 불길처럼 적들을 죽일 것이다. 오랫동안 기다려온 순간이다. 비슈마를 보호하라. 그것이 우리의 최고 의무다. 비슈마께서는 쉬크한디를 제외한 모든 이를 죽일 것이다. 비슈마께서 쉬크한디와 대면하는 것을 막아라. 쉬크한디가 비슈마와 맞서도록 내버려둬선 절대 안 된다."

두리요나다의 명령에 수많은 군사들이 비슈마 주위에 모여들었다. 군대는 지상을 흔드는 듯한 굉음을 내며 판다바를 향해 진군했다.

반대쪽에서 대기하고 있던 판다바 군도 카우라바를 향해 진군했다. 드리스타디윰나 옆에 있던 아르주나가 말했다. "지금쯤 비슈마는 배신감에 분노해 있을 것입니다. 그와 쉬크한디를 맞붙게 해야 합니다. 제가 동생을 보호하겠습니다."

그 말이 떨어짐과 동시에 양쪽 군대가 충돌했다. 또 다시 비명이 오가고, 무기 부딪치는 소리가 거셌다. 군사들 머리 위로 독수리가 맴돌고 승냥이가 울부짖었다. 나침반은 사방으로 회전하고 하늘에서는 돌무더기가 쏟아졌다. 짐승들은 눈물을 흘리며 달아나다가 돌부리에 걸려 비틀거렸다. 대학살을 예고하는 불운한 조짐에도 불구하고 양쪽 전사들은 총력전을 펼쳤다. 전차병이 쏘아대는 화살에 하늘은 구름이 낀 듯 뿌옇게 변했다. 수없이 많은 창이 날개를 단 독사처럼 허공을 날았다.

오늘따라 아비만유는 유독 놀라운 솜씨를 발휘했다. 황갈색 말을 몰아 적진으로 돌진한 아비만유는 카우라바 왕자와 그 부하들을 향해 화살을 마구 쏘아댔다. 그 속도가 믿을 수 없을 만큼 빨라 감히 대적할 수가 없었다. 수많은 전사들이 화살을 맞고 그 자리에 고꾸라졌다. 전차는 부서지고 코끼리들은 화살에 맞아 쓰러졌다. 아비만유의 화살은 불을 뿜는 독사처럼 허공을 갈랐다. 아비만유의 공격에 카우라바 군단은 바람을 만난 구름처럼 흩어졌다. 전혀 빈틈을 찾아볼 수 없었다. 그를 저지하려던 드로나와 크리파, 아슈바타마도 당황했다. 카우라바 군대는 결국 혼비백산하여 달아났다.

곤경에 처한 부대를 보며 두리요다나가 알람부샤를 불렀다. "아비만유가 우리 군을 작살내고 있다. 너밖에 의지할 데가 없구나. 라크샤사의 왕자여, 가서 저들을 처단하라. 비슈마와 드로나, 그리고 나는 아르주나에 맞설 것이다."

두리요다나의 명령에 알람부샤는 큰 소리를 질렀다. 그 소리에 짓눌려 수많은 전사들이 쓰러졌다. 아비만유는 돌진해오는 라크샤사를 보고 희열에 사로잡혔다. 그는 큰 활을 손에 쥐고 전차를 몰아 알람부샤를 향해 갔다. 알람부샤와 병사들에게 활을 쏴대는 아비만유의 모습은 마치 춤을 추는 것처럼 유려했다. 이에 대항하여 라크샤사들은 아비만유를 지원하는 부대를 박살내기 시작했다. 라크샤사는 수많은 전사들을 죽여가며 무서운 힘과 속도로 돌진했다. 그 화살은 독기 가득한 소나기처럼 떨어져 판다바 군을 초토화시켰다. 라크샤사의 용맹에 판다바 군도 태양을 향해 달려드는 행성처럼 돌진했다. 유디스티라의 아들 프라티빈디야Prativindya가 쏜 화살이 소리를 내며 날아가 알람부샤의 갑옷을 뚫었다. 상처에서 붉은 피가 흘러나왔다. 눈부신 라크샤사는 마치 태양 빛을 머금은 먹구름처럼 아름다웠다. 판다바의 아들들은 사방에서 알람부샤에게 화살 세례를 퍼부었다. 고통을 견딜 수 없게 된 랴크샤사의 분노는 극에 달했지만 판바다의 거센 공격에 그는 순간적으로 기절해버렸다.

얼마 후 정신을 차린 라크샤사는 분노를 참지 못하고 자리에서 벌떡 일어났다. 그리고는 화살을 날려 적군의 활과 깃발을 토막내버렸다. 그와 맞선 형제들은 하나같이 큰 부상을 입었다. 광분한 알람부샤는 있는 힘을 다해 화살을 날렸다. 전차에 묶인 말과 전차몰이꾼들이 전사했다. 그러나 그는 공격을 멈추지 않고 계속해서 화살을 퍼부었다. 그의 화살은 쉽게 멈추지 않았다. 알람부샤는 적을 향해 돌진했다. 그러나 그가 접근하기도 전에 아비만유의 화살이 그를 막았다.

라크샤사는 수바드라의 아들을 향해 섰다. 격렬한 전투가 벌어졌다. 노여움으로 인해 붉게 타오른 눈으로 잠시 동안 서로를 노려본 뒤 두 전사는 고함을 지르며 서로를 향해 활시위를 당겼다. 순간 활에서 벼락치는 소리가 났다. 라크샤사는 마법을 부렸고 아비만유는 천상의 무기로 맞섰다.

두 전사 사이의 하늘은 화살로 구름을 이루었다. 중간에 화살들이 맞부딪치며 화염과 연기가 일어났다. 두 사람은 서로의 약점을 찾아 가슴과 팔, 다리를 향해 수많은 화살을 날렸다. 몸에 박힌 화살 때문에 통증이 심했지만 누구도 물러서려 하지 않았다.

아비만유가 화살을 날렸다. 화살은 라크샤사의 몸을 관통한 뒤 땅바닥에 꽂혔다. 알람부샤는 고통으로 헐떡거리며 얼굴을 돌렸다. 그는 마법을 부려 전장을 짙은 어둠으로 뒤덮었다. 어느 누구도 앞을 볼 수 없었다. 이에 아비만유는 주문을 외워 태양신 수리야의 무기를 불렀다. 휘황찬란한 무기가 나타나니 전장은 다시 밝아졌다. 아비만유는 틈을 놓치지 않고 라크샤사를 향해 화살 세례를 퍼부었다. 곤경에 빠진 라크샤사는 다시 마법을 부렸다. 그는 들판에 기묘한 존재들을 나타나게 했다. 사방에서 아비만유를 향해 온갖 무기가 쏟아져 내렸다.

이에 아비만유도 천상의 무기로 맞섰다. 마법으로 무기를 무력화하려던 알람부샤는 얼마 못 가 아비만유에게 압도당했다. 결국 그는 전차에서 뛰어내려 달아났다.

라크샤사에게 승리를 거둔 아비만유는 격분한 코끼리가 호수에 핀 연꽃을 뭉개듯 카우라바 부대를 진압하기 시작했다. 오직 비슈마만이 그를 저지할 수 있었다. 쿠루의 원로는 수많은 전차 부대의 지원을 받고 있었다. 아비만유 또한 많은 판다바 전사들의 지원을 받고 있었다. 이내 대규모 전투가 벌어졌다.

다른 곳에서는 두리요다나와 드로나, 크리파, 수샤르마, 트리가르타의 부대가 아르주나를 대적하고 있었다. 양쪽 모두 천상의 무기를 이용해 전력을 다해 서로에게 달려들었다. 드로나와 아르주나는 시바와 야마라자처럼 맞붙어 싸웠다.

트리가르타족은 아르주나를 향해 끝없이 달려들면서 사방에서 화살을 퍼부었다. 아르주나는 수많은 화살 공세를 날렵하게 막아냈다. 천상의 존재들도 아르주나의 솜씨에 감탄하며 그를 응원했다.

한꺼번에 많은 전사들의 공격을 받게 된 아르주나는 바유 신의 무기를 불러냈다. 갑자기 격렬한 폭풍이 몰아닥치더니 코끼리와 전차, 전사들이 소용돌이 속에 빨려들어갔다. 바유 신의 무기가 일으킨 파괴력을 본 드로나는 사일라Saila의 천공 무기로 맞섰다. 바람이 멎더니 하늘에서 사람과 말이 떨어졌다.

아르주나는 보이지 않을 만큼 빠른 속도로 움직이면서 화살을 퍼부어 트리가르타 사단을 흔들었다. 아르주나에 맞서던 전차에서 전사들이 비명을 지르며 우수수 떨어졌다. 금세 그는 두리요다나와 크리파, 아슈바타마, 살리야, 바흘리카를 비롯한 수많은 마하라타에게 둘러싸였다. 코끼리 사단을 지휘하고 있는 바가닷타와 스루타유슈는 동생을 돕고 있던 비마를 포위했다.

수많은 전사들이 두 판다바를 궁지에 몰아넣는 동안 비슈마는 유디스티라에게 접근했다. 쿠루의 사령관은 유디스티라만 생포하면 전쟁이 끝난다는 것을 알고 있었다. 그는 수천 명의 기마병과 전차병으로 유디스티라를 포위하려고 했다. 유디스티라도 이에 질세라 드리스타디윰나와 사티야키, 쉬크한디를 비롯한 영웅들의 지원을 받으며 반격에 나섰다.

자신을 포위한 수많은 코끼리를 보며 비마는 입술을 핥으며 미소를 지었다. 그리고는 철퇴를 움켜쥐고 고함을 지르며 전차에서 뛰어내렸다. 코끼리에 탄 전사들이 그에게 접근해 갈고리를 흔들었다. 코끼리 군단 한가운데에 있는 비마는 마치 먹구름 속에서 빛나는 태양 같았다. 마치 폭풍우가 비구름을 날려버리듯 그는 적군 한가운데를 뚫고 들어갔다. 비마의 철퇴 공격에 코끼리들이 비명을 질렀다.

비마의 공격에 코끼리들은 상아로 그를 치받았다. 상처에서 흐르는 피마저 붉은 꽃이 핀 나무처럼 아름다웠다. 비마는 돌진해오는 코끼리의 상아를 잡아 부러뜨렸다. 그리고는 철퇴를 휘둘러 울부짖는 코끼리를 때려잡았다. 잘 훈련된 코끼리들이었지만 비마는 쉽게 군단을 섬멸해버렸다. 살아남은 코끼리들은 병사와 전차를 짓밟으며 미친 듯이 진영으로 달아났다.

그 사이 아르주나도 자신을 포위한 전사들을 물리쳤다. 카우라바 군은 여기서도 도망쳤다. 비마와 아르주나가 유디스티라를 지원하기 위해 달려왔다. 격노한 비슈마는 혼자 소마카 군단을 궤멸하고 있었다. 소마카들은 맹렬했지만 비슈마의 상대가 되기엔 역부족이었다.

비라타와 드루파다, 그리고 그의 아들들이 비슈마 앞에 나섰다. 그들은 보석이 달린 화살을 쏘아 비슈마의 몸을 뚫었다. 쉬크한디 역시 화살 공격을 하며 진격했다. 그러나 비슈마는 대응하지 않았다. 대신 그는 드루파다와 비라타를 공격했다. 드리스타디윰나가 앞쪽에서 전차를 몰아와 세 발의 화살을 날렸다. 화살은 비슈마의 갑옷을 뚫고 가슴을 관통했다. 온몸이 피투성이가 되었지만 그는 아직도 빛났다. 비슈마는 머뭇거리지 않고 화살을 날려 드리스타디윰나를 공격했다. 이어 또 다른 화살을 날려 드루파다의 활을 박살냈다.

바로 그때 비마와 아르주나가 도착했다. 두 영웅이 가세하자 전투는 더욱 격렬해졌다. 두 군대 모두 두려움이라곤 없었다. 영웅으로서 죽음을 받아들이고 마음을 천상으로 향한 뒤 그들은 무기를 치켜들고 적을 향해 나아갔다. 많은 전사들이 땅에 쓰러져 죽음을 기다렸다. 말들은 숨진 전사들을 안장에 그대로 매단 채 전쟁터를 뛰어다녔다. 전차군은 갑옷이 박살나고 사지가 잘려나간 채 전차에서 떨어졌다. 전사자가 워낙 많아 대지에는 잘려나간 머리와 팔, 다리, 몸통이 피와 함께 강을 이루어

흘렀다. 끝없는 살육이 계속되자 많은 왕과 크샤트리아들이 두리요다나를 비난하기 시작했다. "이 모든 파멸의 원인은 저 왕자와 눈먼 아버지에게 있다. 저자는 왜 탐욕에 사로잡혀 죄 없는 판다바에게 질투를 터뜨리는 것이냐!"

그들의 비난에 두리요다나가 눈살을 찌푸렸다. 허나 그는 아랑곳하지 않고 비슈마와 드로나를 향해 외쳤다. "괘념치 말고 적들이 우리를 전멸시키기 전에 저들을 처단해주소서. 할아버지, 어찌하여 주저하십니까?"

비슈마는 두리요다나를 향해 손을 들어 말없이 동의를 표했다. 그는 전쟁터를 뚫어지게 바라보았다. 저 멀리 아르주나의 깃발이 휘날리고 있었다. 펄럭이는 그의 깃발에서 하누만이 울고 있었다. 비슈마는 다시 크리슈나를 생각했다. 머지않아 그는 위험에 빠진 친구를 보게 될 것이다. 어젯밤에는 운이 좋아 그를 구할 수 있었을지 모르지만 이제 그를 구하기 위해서는 더 큰 무언가가 필요했다. 크리슈나가 어떤 결정을 내리든 그것은 그를 위한 것이고 세상을 위한 것이리라.

비슈마는 아르주나에게 가기 위해 전차를 불렀다. 두리요다나에게 한 약속을 기억하면서 그는 앞에 나서는 모든 병사들을 죽였다. 비마가 도착했을 때 아르주나는 수샤르마와 전투를 벌이고 있었다. 파괴의 신처럼 그는 전사들을 무자비하게 학살하고 있었다. 그의 앞에 서는 순간 전사의 몸에 화살이 박혔다. 아르주나와 대적한다는 비극적인 임무에 많은 전사들이 겁에 질려 달아났다. 전차를 버린 이도 있고 말을 버리고 도망친 이도 있었다. 코끼리를 버리고 도망가기도 했다. 전사들은 뒤돌아보지 않고 엄청난 속도로 질주했다. 수샤르마가 그의 부대를 돌이켜 세우려 했지만 전사들은 도망치느라 정신이 없었다. 왕은 순식간에 동생과 단 둘이 전쟁터에 남겨졌다. 이를 본 두리요다나가 전차를 몰아 수샤르마를 도우러 왔다. 그리고 비슈마와 함께 두 사람은 아르주나에게 화살을 퍼부었다.

이를 본 판다바들도 형제를 지원하러 달려왔다. 카우라바의 전사들도 비슈마를 도우러 왔다. 곧 무시무시한 전쟁이 벌어질 참이었다. 사티야키와 크리타바르마는 오랜 우정을 무시하고 서로를 공격했다. 드루파다는 드로나를 맞아 싸웠고, 비마는 바흘리카를 상대했다. 유디스티라와 쌍둥이 형제는 두리요다나와 샤쿠니를 상대했다.

비슈마는 판다바 부대를 맞아 무자비한 공격을 가했다. 마치 죽음의 신인 양 그 누구에게도 접근을 허락하지 않았다. 죽음을 불사하고 후퇴하는 법이 없는 체디와 카슈, 카루샤족 전사 수만 명이 비슈마에게 달려들었지만 모두 죽음을 당했다.

판다바 군사들이 도망치기 시작했다. 이를 본 크리슈나가 아르주나를 향해 말했다. "파르타여, 그토록 기다리던 때가 왔노라. 비라타의 왕궁에서 그대는 말했다. 비슈마와 드로나가 이끄는 두리요다나 부대를 모조리 죽이겠다고. 약속을 지켜야 할 때가 왔다. 그대 지위에 맞는 의무를 기억한다면 망설이지 말거라. 우리 부대가 전멸하기 전에 어서 비슈마를 죽이거라."

아르주나는 고개를 늘어뜨린 채 전차 위에 서 있었다. 존경하는 할아버지를 죽여야 할 순간이 온 것이다. 아르주나는 깊은 시름에 잠겨 크리슈나를 바라보며 대답했다. "크샤트리아의 임무란 참으로 부담스럽습니다. 죽이지 않아도 되는 사람들을 죽여 부와 권력을 누려야 하는 현실이라니요. 하지만 크리슈나여, 당신의 명을 받들겠습니다. 그것이 제 첫 번째 의무입니다. 말을 몰아주소서. 오늘 나는 비슈마를 죽일 것입니다."

아르주나의 결심에 크리슈나는 고삐를 잡고 말을 몰았다. 비슈마를 향해 돌진하는 아르주나의 모습에 판다바 부대가 다시 집결했다. 비슈마는 고함을 지르며 아르주나를 향해 화살 세례를 퍼부었다. 하지만 크리슈나는 절묘한 솜씨로 전차를 몰아 공격에서 벗어났다. 아르주나는 널찍한 촉이 달린 화살을 쏘아 비슈마의 활을 토막냈다. 비슈마가 즉각 다른 활을 집어들었지만 화살을 재기도 전에 아르주나가 활을 박살내버렸다. 비슈마가 웃으며 아르주나를 격려했다. "잘했다, 강력한 전사여."

아르주나의 화살을 피해 쿠루족의 수장은 다른 활을 집어들었다. 그리고는 적을 향해 열두 발의 화살을 날렸다. 이번에도 크리슈나는 날랜 솜씨로 전차를 몰아 비슈마의 공격을 피했다. 비슈마의 화살은 모두 표적을 잃고 힘없이 바닥에 떨어졌다. 난무하는 비슈마의 화살 속에서도 아르주나와 크리슈나는 빛을 잃지 않았다. 아르주나가 반격에 나섰지만 존경하는 할아버지를 직접 공격할 수는 없었다.

반면 비슈마는 아르주나를 향해 부단한 공격을 감행했다. 동시에 그는 주위에 있던 판다바 군사들에게도 공격을 가했다. 그의 화살은 끊임없이 사방으로 날아갔다. 화살은 날아가는 족족 전사들과 말, 코끼리의 몸을 꿰뚫고 대지에 꽂혔다. 비슈마는 아르주나의 전차를 집중 공격했다. 그 중 하나가 크리슈나의 몸에 맞았다. 크리슈나는 자리에서 몸을 떨었다. 비슈마는 큰 소리로 웃으며 아르주나에게 화살을 퍼부었다. 하지만 아르주나는 여전히 비슈마를 반격하는 것을 망설이고 있었다.

크리슈나는 비슈마의 용맹을 보고 깜짝 놀랐다. 비슈마로 인해 삼계가 다 사라질 것만 같았다. 비슈마는 마치 우주 종말의 날을 맞은 파괴의 신처럼 보였다. 판다바 군을 보이는 대로 족족 죽이는 비슈마와 전력을 다하지 않는 아르주나를 보면서 크리슈나는 생각에 잠겼다. '가만히 놔두면 비슈마는 아수라와 신들의 연합군까지 죽일 것이다. 지금 아르주나가 움직이지 않는다면 그 역시 비슈마의 화살에 압도되고 말 것이다.' 이미 비슈마의 화살에 맞은 고통이 심해지고 있었다.

크리슈나가 마음의 결정을 내렸다. '판다바들이 학살당하는 것은 참을 수 없다. 내가 직접 비슈마를 죽일 것이다. 아르주나는 지금 비슈마에 대한 존경심에 자신의 임무를 행하지 못하고 있다. 내가 저 만인의 으뜸을 죽이면 이 아이의 부담이 줄어들 것이다.'

크리슈나가 이런 생각을 하는 동안에도 비슈마는 공격의 수위를 높여갔다. 천상의 무기들을 동원해 그는 아르주나를 화살로 뒤덮었다. 하늘과 땅은 물론 태양도 보이지 않았다. 끊임없이 퍼붓는 화살 세례에 유디스티라의 부대는 조금씩 무너져가고 있었다. 그들은 전차에서 뛰어내려 사방으로 달아났다. 아르주나의 전차도 완전히 가려졌다. 크리슈나도 아르주나도 보이지 않았다. 깃발만 겨우 보일 정도였다. 곤경에 처한 크리슈나를 보고 드리스타디윰나가 나팔을 불며 달려왔다.

크리슈나는 아르주나의 전차를 빙빙 돌리며 비슈마의 공격을 피하기 위해 애썼다. 드리스타디윰나가 도착한 것을 보고 그가 외쳤다. "시니족의 영웅이여, 우리가 후퇴당하고 있소. 상대의 공격이 만만치 않소. 나는 그의 추종자와 드리타라스타라의 아들들, 그리고 맹세를 지키는 자, 저 영웅을 죽일 것이오. 그 누구도 나에게서 도망갈 수는 없을 것이오. 나는 기꺼이 왕국을 지킬 것이오."

크리슈나는 고삐를 던지고 전차에서 뛰어내리더니 근처에 떨어져 있는 전차 바퀴를 집어들었다. 그리고는 그것이 마치 자신이 아끼는 무기인 수다르샨차크라라도 되는 것처럼 머리 위로 들어올렸다. 그는 코끼리를 향해 달려드는 사자처럼 비슈마에게 돌진했다. 노란 비단옷자락이 먹구름 속에 춤추는 번개처럼 먼지 속에 펄럭였다. 손에 쥔 바퀴는 크리슈나의 광채와 함께 빛나고, 마치 브라흐마가 탄생한 태초의 연꽃만큼이나 아름다웠다. 크리슈나의 검은 팔은 연꽃 줄기 같았고, 땀으로 범벅된 얼굴은 연꽃에서 흐르는 실 같았다.

크리슈나가 비슈마를 멸하려는 의도를 알아챈 쿠루족은 파멸이 다가왔다고 생각했다. 크리슈나는 우주 멸망의 날, 만물을 파멸시킬 삼바르타카의 구름과 같았다.

크리슈나의 공격에 비슈마는 온몸을 떨었다. 두 눈에 눈물이 고였다. '여기 우주의 주재자가 자신에게 헌신하는 인간들을 보호하기 위해 스스로 약속을 깨려 하는구나.' 비슈마는 무기를 던지고 두 팔을 뻗었다. 그리고는 크리슈나가 다가오자 그를 향해 외쳤다. "지고의 신성이시여, 만신의 왕이여, 경배하나이다. 친구를 위해 맹세를 깨고 저의 욕망을 이루게 해주시니 흡족하나이다. 나를 이 전차에서 떨어뜨려주소서. 그리하면 영원한 즐거움을 얻을 것입니다. 내 이름과 권위가 만세에 떨쳐지길 원하나이다."

아르주나는 싸우지 않겠다는 약속을 깬 크리슈나를 보고 망연자실했다. 모든 일이 자신의 잘못 때문이었다. 임무 앞에서 망설이지 않았다면 이런 일은 벌어지지 않았을 것이다. 물론 크리슈나는 무기를 쓰지 않겠다고 약속했다. 전차 바퀴를 무기라고 할 수는 없다. 하지만 깨달음에 부족한 자들은 두고두고 그의 부정직함을 비난할 것이다.

아르주나는 활을 내려놓고 전차에서 뛰어내렸다. 오후 햇살에 갑옷이 번쩍였다. 그는 크리슈나에게 달려갔다.

크리슈나가 바퀴를 들고 달려가는 동안 갑옷이 벗겨져 흙탕에 뒹굴었다. 분노로 충혈된 눈으로 비슈마를 바라보며 그가 소리쳤다. "그대는 이 대학살극의 원흉이니라. 지혜로운 대신은 덕을 좇아 수단과 방법을 가리지 않고 왕을 타일러야 하는 법. 그것이 불가능했다면 그런 무뢰한 군주는 처단했어야 옳았노라."

크리슈나를 따라잡은 아르주나는 몸을 던져 크리슈나의 다리를 붙잡았다. 그러나 크리슈나는 아르주나의 만류를 뿌리치고 계속해서 비슈마를 향해 나아갔다.

비슈마가 크리슈나를 향해 말했다. "언제나 진리만을 말씀하시는 분이여, 왕에게 누누이 두리요다나를 버리라 했건만 듣지 않았나이다. 운명은 참으로 무서운 것이외다."

크리슈나에게 질질 끌려가던 아르주나는 있는 힘을 다해 크리슈나의 걸음을 막았다. 얼마를 더 가서야 크리슈나는 걸음을 멈췄다. "비슈누의 화신이여, 진정하소서. 당신은 모든 판다바의 위안자입니다. 허나 약속을 어기진 마소서. 당신은 무기를 들지 않겠다고 약속했습니다. 그 맹세를 어기지 마소서. 제 아이들과 형제들에게 맹세하겠습니다. 지금까지와는 다른 전투를 보게 될 것입니다. 크리슈나여, 당신의 명령에 따라 비슈마가 이끄는 쿠루족을 몰살할 것입니다."

아르주나의 말에 크리슈나가 마음을 진정시켰다. 그는 전차 바퀴를 내려놓았다. 놀라워하는 비슈마를 뒤로하고 두 사람은 전차가 있는 쪽으로 되돌아갔다. 그들이 돌아가는 동안 태양이 지고 그날의 전투가 끝났다. 전쟁에 지친 전사들은 크리슈나와 비슈마 사이에 벌어진 경이로운 일을 이야기하며 각자의 진영으로 돌아갔다.

그날 밤, 쿠루의 지도자는 막사에 앉아 오직 크리슈나만을 생각했다. 그를 향해 바퀴를 들고 달려오던 야두족 영웅의 모습은 죽을 때까지 마음속에 남을 것 같았다.

16

유디스티라, 비슈마에게 접근하다

판다바 진영에서는 모든 사람들이 비슈마에 대해 이야기했다. 내일이면 전쟁이 시작된 지 열흘째다. 비슈마는 여전히 판다바 군을 무력하게 만들고 있었다. 그러나 그를 멈출 수 있는 방법은 없어 보였다. 크리슈나가 직접 문제를 해결하려 나서지 않았더라면 아르주나도 죽음을 당했을지 모른다.

판다바들이 동맹군과 회의를 하고 있을 때 유디스티라가 말했다. "비슈누의 화신이여, 비슈마는 타오르는 불길처럼 전쟁터를 헤집고 다닙니다. 분노하여 무기를 들고 있는 그를 감히 쳐다볼 수 없습니다. 철퇴를 휘두르는 죽음의 신이나 올가미를 휘두르는 바루, 벼락을 내리치는 인드라도 그렇게 위협적이지는 않았습니다. 크리슈나여, 나는 전쟁에서 물러날 생각을 하고 있습니다. 이미 수많은 영웅들이 죽었습니다. 이 전쟁에서 살아남을 자는 아무도 없습니다. 비슈마는 분명 우리를 쳐부술 것입니다. 우리는 화염 속에 뛰어드는 벌레와 같습니다. 전쟁을 멈추고 금욕하면서 사는 것이 옳습니다. 저에게 조언을 주십시오. 제 마음속은 의구심으로 가득 차 있고 괴롭습니다."

아르주나의 전차몰이꾼으로 하루 종일 고생했건만 크리슈나의 모습은 티끌 하나 없이 깨끗했다. 가슴에는 오색 영롱한 연꽃 화환이 달려 있고, 목에는 진주 목걸이가 걸려 있었다. 유디스티라의 고민을 들은 크리슈나가 손을 들어올리며 입을 열었다. "다르마의 아들아, 슬퍼하지 말거라. 그대에게는 그대를 돕는 신과 수많은 전사들이 있다. 전사들은 그대들의 명령에 복종할 준비가 되어 있다. 모두 천하무적의 전사들이다. 군주여, 나 역시 그대에게 행운을 주기 위해 여기 있다. 나에게 명령하라. 나 혼자 비슈마를 상대하마. 판두의 아들이여, 그대를 위해서라면 무슨 일이든 할 것이다. 비슈마에게 도전하여 두리요다나의 눈앞에서 그를 죽일 것이다. 아르주나는 내켜하지 않겠지만 나는 그렇지 않다. 그대가 비슈마를 죽여 승리를 얻기를 원한다면 나 혼자 말에서 내려 비슈마를 죽일 것이다."

크리슈나는 애정 어린 눈으로 판다바 형제들을 찬찬히 바라보았다. "그대 형제들에게 해를 끼치는 자는 곧 나의 적이다. 그대의 친구들은 나에게 핏줄과도 같다. 아르주나는 내 혈족이자 제자이며 내 친구다. 나는 그를 위해 죽을 수도 있고 내 살을 도려낼 수도 있다. 아르주나 역시 나를 위해 기꺼이 목숨을 내놓을 것이다."

크리슈나는 잠시 말을 멈추었다가 다시 말을 이었다. "필요하다면 무엇이든 할 준비가 되어 있다. 허나 아르주나도 맹세를 지켜야 한다. 아르주나가 죽여야 할 사람은 내가 아니라 할아버지다. 쉬크한디에 관한 예언을 들어 알고 있을 것이다. 쉬크한디는 어떻게 해서든 비슈마를 죽일 것이다. 비슈마의 죽음이 임박했다. 비슈마는 분별력을 잃어 더 이상 진실과 거짓을 구분하지 못한다. 비슈마의 목숨을 가져오라고 명령을 내리거라."

유디스티라가 대답했다. "당신이 말한 그대로입니다. 당신은 우주를 파괴할 수 있습니다. 당신 혼자의 힘으로도 원하는 모든 것을 얻을 수 있습니다. 그러나 나를 위해 당신에게 거짓말을 하게 할 수는 없습니다. 당신이 오늘 맹세를 어길 뻔한 것으로 충분합니다. 비슈마를 죽여서는 안 됩니다. 지도자여, 다른 방법이 있을 것입니다."

유디스티라의 말에 다른 형제들이 찬성했다. 크리슈나는 그들에게 또 다른 자신이나 다름없었다. 그가 비난받는다면 모두가 견디기 어려울 것이었다. 크리슈나는 말 한 마디로 만인의 모범이 되는 존재다. 그의 말을 어길 경우 다른 사람들은 그를 따를 것이고, 그렇게 되면 이 세계는 파괴될 것이다. 또 사람들은 그의 지시를 무시하고 지옥으로 떨어질 것이다.

비슈마가 전쟁을 선언하며 한 말을 떠올리며 유디스티라가 말했다. "자신을 죽일 방법을 알려줄 사람이 바로 그분이십니다. 아버지가 없을 때 우리의 아버지가 되어주셨던 비슈마를 죽일 방법을 찾고 있다니, 크샤트리아의 의무는 너무도 가혹하고 비도덕적입니다. 우리를 사랑하고 항상 덕만을 추구하던 할아버지를 우리가 죽이길 원합니다."

하염없이 눈물을 흘리는 유디스티라를 위로하면서 크리슈나가 말했다. "영웅이여, 마음을 다시 먹어야 한다. 강가의 아들은 두리요다나를 선택했다. 죽음은 피할 수 없다. 비슈마에게 가서 그가 어떻게 죽음을 당할지를 듣고 오라. 이것이 그대와 비슈마의 약속이다. 그대가 묻는다면 그는 말해줄 것이다. 유디스티라, 갑옷을 벗거라. 함께 가서 강가의 아들을 만나자."

시종들이 와 판다바들의 갑옷을 벗겼다. 형제들은 크리슈나와 함께 카우라바 진영으로 갔다. 비슈마의 막사로 안내된 그들은 그의 발에 엎드

려 그를 경배했다. 그들을 바라보는 비슈마의 얼굴에서는 빛이 났다. "크리슈나여, 환영하오. 판두의 아들들도 환영한다."

비슈마는 눈부시게 빛나는 하얀 비단옷을 입고 있었다. 그는 비단 천 위에 놓인 황금의자를 가리키며 앉으라고 했다. 그리고는 뒤따라 앉으며 입을 열었다. "그대들을 기쁘게 하기 위해 내가 무엇을 해주길 바라느냐? 어려운 요청이라도 마음을 다해 들어주마."

비슈마의 말에 유디스티라는 합장을 했다. 비슈마를 바라보니 하스티나푸라에서 보낸 시간들이 떠올랐다. 차마 말을 꺼낼 수가 없었다.

유디스티라는 힘을 얻기 위해 크리슈나를 바라보면서 깊은 한숨을 내쉬었다. 그리고는 비슈마에게 말을 꺼냈다. "비슈마여, 우리가 싸움에서 승리하기 위한 방법을 말씀해주소서. 이 학살의 끝을 보려면 어떻게 해야 하나요? 지도자여, 우리가 당신을 정복할 수 있는 방법도 말해주소서. 당신은 이번 전쟁에서 조금의 나약함도 보여주지 않습니다. 당신의 활은 항상 팽팽히 당겨져 있습니다. 어느 누구도 당신이 화살을 들어 활을 쏘는 모습을 보지 못했습니다. 당신의 힘에 누가 감히 맞서겠습니까? 우리 군이 학살당하여 끝내 파멸하지 않을까 두렵습니다."

비슈마는 간절한 유디스티라와 그 형제들의 모습에 마음이 움직였다. 그들 모두 전투에서 얻은 상처가 흉터로 남아 있었다. 그들은 공손히 비슈마의 얼굴을 주시했다. 이들은 두리요다나의 형제들과 다르다. 비슈마는 유디스티라에게 지금이라도 싸움을 포기하고 카우라바에게 왕국을 넘기라고 한다면 복종할 것이라는 걸 알고 있었다. 만일 드리타라스트라의 아들들이 이들과 같았더라면 전쟁은 일어나지 않았을 것이다. 그리고 여기 크리슈나가 있다. 지상의 모든 왕과 전사들의 파멸은 분명 그가 예정해놓은 것이다. 어찌됐건 그중에는 무신론자도 있고 마귀도 있다. 그래, 이자는 지금 대지의 짐을 덜고자 하는 것이다.

비슈마가 말했다. "쿤티의 아들아, 내가 살아 있는 한 너는 승리하지 못하노라. 내 말은 진실이다. 나를 쓰러뜨리면 승리는 네 것이 된다. 허락하노니 나를 마음껏 치거라. 내가 죽으면 이쪽은 항복할 것이다."

유디스티라가 어렵게 물었다. "불가능해 보이는 그 일을 어찌하면 할 수 있습니까? 자세히 말씀해주소서. 번개를 휘두르는 인드라나 철퇴를 휘두르는 야마라자는 정복할 수 있을 겁니다. 허나 당신은 천하무적입니다."

비슈마가 유디스티라의 손을 잡으며 말했다. "네 말이 맞다. 내가 전장에서 무기를 들고 있는 한 나를 이길 자는 없다. 오직 내가 무기를 내려놓았을 때만 나에게 다가설 수 있다. 맹세하노니, 나는 갑옷을 잃은 자, 부서진 깃발을 가진 자, 무기를 잃은 자, 두려움에 도망간 자, 항복한 자, 아들이 하나뿐인 자, 무능한 자, 여자, 그리고 여자의 이름을 가진 자에게는 무기를 쓰지 않을 것이다. 어떤 일이 있어도 이들과는 맞서지 않을 것이다."

비슈마는 설명을 마치고 유디스티라의 어깨에 손을 올려놓았다. "네 편에 선 쉬크한디라는 용맹스럽고 거친 드루파다의 아들이 나를 그리 만들 것이다. 모두가 알고 있듯 그 아이는 원래 여자였느니라. 나는 절대로 그 아이를 공격하지 않을 것이다. 그러니 그 아이를 선봉에 세우고 아르주나를 그 뒤에 세우거라. 오직 크리슈나와 아르주나만이 나를 눕힐 수 있다. 쉬크한디가 나와 맞서는 순간 나는 전투를 멈출 것이다. 다음은 아르주나가 나서라. 유디스티라여, 행동하거라. 하여 승리를 얻으라."

"비슈마여, 우리가 싸움에서 승리하기 위한 방법을 말씀해주소서."

비슈마가 말을 멈추자 판다바들은 자리에서 일어나 차례차례 비슈마에게 고개를 숙이고 그의 발을 만진 뒤 이제 그만 돌아가겠다고 했다. 크리슈나도 비슈마의 발에 손을 올리고 고개를 숙였다. 그리고 난 뒤 그들은 비슈마를 남겨두고 막사를 떠났다.

진영으로 돌아오는 길에 아르주나가 크리슈나에게 물었다. 그의 얼굴은 상기되어 있었다. "크리슈나여, 나는 어릴 적 할아버지의 무릎에 올라 옷을 더럽히기도 하고, 그의 몸을 기어오르면서 아버지라고 부르기도 했습니다. 그때마다 그는 단 한 번도 귀찮아하는 기색 없이 늘 이렇게 말씀하셨습니다. '나는 네 아버지가 아니라 네 아버지의 아버지다' 라고요. 그런 그를 제가 어찌 죽일 수 있겠습니까? 차라리 그가 우리를 죽이게 하십시오. 나는 할 수 없습니다. 답을 내려주소서, 크리슈나여."

크리슈나의 목소리는 확신에 차 있었다. "아르주나, 전쟁에서 비슈마를 죽이겠다고 약속했거늘 어찌하여 이제 와서 크샤트리아의 임무를 피하려 하느냐? 그를 멸하거라. 강가의 아들을 죽이지 않고는 결코 승리할 수 없다. 비슈마는 곧 죽음의 거처로 갈 것이다. 신이 정해놓은 운명이다. 그대는 그저 그를 쓰러뜨리면 된다. 주저하지 말라. 브리하스파티가 내려준 지침을 기억하거라. 연장자든, 노인이든, 덕목을 갖춘 자든 상관하지 말고 적으로 오는 자는 모두 처단하라 했다. 또 자신을 파괴하려는 자도 처단하라고 했다. 이는 크샤트리아의 영구 불멸한 의무다. 아무런 악의 없이 신복을 지키고 전투를 하며 제사를 지내는 것이 전사의 신성한 의무다."

아르주나는 말을 타고 들판을 가로지르며 어둠속을 바라보았다. 크리슈나가 저렇게 강조하는 만큼 비슈마와의 맞대결은 피할 수 없었다. 그것은 분명 의무였다. 슬픈 감정이 몰려왔지만 그것을 버려야 했다. 아르주나는 말고삐를 꽉 쥐고 대답했다. "크리슈나여, 쉬크한디가 비슈마를 죽이기 위해 태어난 것은 틀림없습니다. 비슈마는 그를 보는 순간 무기를 놓을 것입니다. 그러니 비슈마 말대로 쉬크한디를 선봉에 세워주소서. 그 다음은 제가 알아서 하겠습니다."

아르주나는 복잡한 마음을 안고 막사로 돌아갔다. 승리가 머지 않았지만 그 승리에는 비슈마의 목숨이 달려 있었다. 판다바들은 두리요다나와 그의 늙은 아비를 비난하면서 막사로 돌아가 잠을 청했다.

* * *

참패로 끝난 그날의 전쟁을 설명한 뒤 산자야는 깊은 침묵에 빠졌다. 눈먼 왕이 가슴을 치며 눈물을 흘리기 시작했다. "슬프도다, 모든 것이 내 잘못이다. 어찌하여 비두라 말에 귀를 기울이지 않았을까. 내 형제들은 지금 어디에 있느냐? 산자야여, 이 재앙의 끝은 어디더냐. 목숨만큼이나 귀한 아들들과 모든 것을 빼앗긴 나는 이제 누구에게 기대야 한단 말이냐."

산자야는 슬픔을 토로하는 군주를 위로하려 했으나 할 말이 없었다. 전투는 예정대로 진행되고 있었다. 드리타라스트라는 전쟁이 일어나기 전에 이미 이런 비참한 결과에 대해 수없이 많은 충고를 받았다. 비마는 계획을 세워 눈먼 왕의 아들들을 죽여가고 있다. 드리타라스트라가 자책하긴 했지만 새로운 것은 없었다. 카우라바들이 고통을 겪을 때마다 그는 후회하면서도 승전보가 날아들면 즉각 감정이 바뀌곤 했다.

왕의 흐느낌이 잦아들자 산자야는 전쟁에 대해 구체적으로 설명했다. 환생한 죽음의 신처럼 비슈마가 전장을 헤집고 다니던 이야기를 들려주자 아니나 다를까 왕은 생기를 되찾았다. 왕은 의자를 당겨 앉아 비슈마가 판다바 부대를 물리치는 장면에 귀를 기울였다.

이어 산자야는 비슈마의 막사에서 벌어진 일을 알려줬다. 드리타라스트라는 깜짝 놀랐다. "어찌하여 비슈마는 자신이 죽을 수도 있다는 사실을 누설한 것이더냐? 어찌 의무를 어겼단 말이냐? 전쟁에 싫증이 난 것이다. 그는 분명 내 아들들보다 판두의 아들들이 더 좋은 것이다. 아아, 내일의 이야기는 듣고 싶지 않다. 우리의 영웅이 죽는다니."

텅 빈 왕실에 드리타라스트라의 울음소리가 메아리쳤다. 울려퍼지는 울음소리를 들으며 산자야는 비슈마가 즐겨 앉던 왕좌를 바라봤다.

17

비슈마의 죽음

드디어 열흘째 태양이 떠올랐다. 수천 개의 북과 나팔, 그리고 트럼펫 소리가 공기를 가득 채웠다. 갑옷을 입고 피 묻은 무기를 든 전사들은 어김없이 전투를 위해 진군했다.

판다바 군은 쉬크한디의 전차를 최선봉에 세웠다. 비마와 아르주나가 양옆에서 그를 호위했다. 그 뒤로는 아비만유와 드라우파디의 아들들이 섰다. 그 뒤로 부채 같은 모양으로 드리스타디윰나와 사티야키, 체키타나가 이끄는 판찰라 군이 출정 준비를 마치고 서 있었다. 다른 라타와 마하라타들도 대형의 주요 위치를 차지했다. 기쁨의 소리를 내지르며 그들은 카우라바 군을 향해 달려들었다.

비슈마는 카우라바 편대 중심에 서 있었다. 두리요다나는 비슈마 주변에 최고의 전사들을 배치하여 그를 보호했다. 그는 판다바들이 비슈마를 목표로 삼으리라는 것을 잘 알고 있었다. 비슈마를 보호하지 못하면 승리는 불투명했다. 두리요다나는 직접 비슈마를 호위하며 판다바들의 움직임을 예의주시했다.

두 군대가 충돌하니 또 다시 학살이 시작됐다. 생의 마지막 날일지도 모른다고 생각하면서 비슈마는 전투에 모든 힘을 바쳤다. 비록 죽을지언정 최선을 다하리라. 그는 판다바 군을 향해 화살 세례를 퍼부었다. 수많은 군사들과 말, 코끼리가 쓰러졌다. 전차가 전장을 헤집으니 마치 모든 곳에 비슈마가 있는 것 같았다.

판다바들은 그 힘을 두려워하면서도 그를 향해 전진했다. 가슴속에는 아직도 비슈마에 대한 존경심이 가득했다. 그들은 마치 신들이 비슈누를 바라보듯 풀이 죽어 그를 바라봤다. 불길이 숲을 집어삼키듯 그는 판다바 군을 초토화시키고 있었다.

비마와 아르주나 사이에 선 쉬크한디가 고함을 지르며 비슈마를 향해 세 발의 화살을 날렸다. 날아간 화살은 가슴에 맞아 비슈마의 갑옷에 구멍을 냈다. 화가 치밀어 올랐지만 비슈마는 슬며시 웃으며 외쳤다. "쉬크한디, 너를 공격하지 않을 것이다. 아직 어린아이나 다름없는 너는 내 적수가 되지 못한다."

그 말에 쉬크한디는 격분했다. "당신은 크샤트리아의 파괴자입니다. 나는 당신이 파라수라마와 싸웠다는 이야기도 들었고, 내 눈으로 당신의 용맹도 보았습니다. 하지만 나는 그대와 싸울 것입니다. 전투에서 당신을 죽일 것입니다. 세상을 잘 봐두소서. 목숨이 남은 채로 나에게서 도망갈 수는 없을 것입니다."

그 말과 함께 쉬크한디는 다섯 대의 화살을 날려 비슈마의 어깨를 맞혔다. 비슈마는 주춤하며 쉬크한디에게서 벗어나 주위에 있는 전사들을 공격했다.

아르주나가 쉬크한디에게 말했다. "계속 공격하시오. 저분은 당신을 공격하지 못할 것이오. 비슈마를 돕는 자들은 내가 다 물리칠 것이오. 오늘에야말로 비슈마를 쓰러트려야 하오. 그렇지 않으면 우린 웃음거리가 되고 말 것이오."

쉬크한디는 비슈마와 싸우고 싶은 마음이 간절했다. 그가 날린 화살에 쿠루의 사령관은 화살 범벅이 됐다. 하지만 비슈마는 응수하지 않았다. 원을 그리며 이리저리 움직이면서도 쉬크한디만은 피했다. 그는 거대한 코끼리 군단과 수많은 전차병의 호위를 받고 있었다. 두리요다나도 직접 군대를 이끌고 비슈마를 엄호했다.

아르주나가 포효하며 전투에 뛰어들었다. 그리고는 화살을 퍼부으며 카우라바 진영으로 달려들었다. 그가 지나간 곳에는 파괴의 흔적만이 남았다. 두리요다나가 깜짝 놀라 비슈마에게 외쳤다. "저 분노한 아르주나가 우리 부대를 섬멸하고 있습니다. 영웅이여, 그대만이 나의 피난처입니다."

비슈마가 활을 내려놓고 두리요다나를 바라보며 말했다. "내 말을 들거라. 전쟁이 시작되기 전 나는 수만 명을 죽이겠다고 맹세했고, 지금도 그 맹세는 유효하다. 이제 마지막으로 너에게 약속하마. 오늘 나는 판다바를 죽이거나 내가 죽거나 둘 중 하나의 운명을 맞이하게 될 것이다. 그렇게 되면 나는 혼잡한 전쟁 속에서 세속의 번잡함을 버리고 네가 나를 먹여준 빚을 갚게 된다."

말을 마친 비슈마는 다시 활을 집어들고는 판다바 군을 향해 화살을 날리기 시작했다. 태양 빛에 물기가 증발하듯 그는 다가오는 영웅들의 힘을 모두 빼앗아버렸다. 십만 보병과 십만 군마가 비슈마의 손에 죽음을 당했다. 전장은 말 그대로 쑥대밭이 되었다.

아르주나가 다시 쉬크한디를 격려했다. "영웅이여, 비슈마를 향해 가시소. 두려워할 것 없소. 내 날카로운 화살로 전차에서 그를 떨어뜨릴 것이오."

쉬크한디는 유디스티라와 아르주나, 비라타, 드루파다, 아비만유, 드리스트라디윰나 그리고 쌍둥이 형제의 지원을 받으며 다시 한번 비슈마에게 도전했다. 하지만 쿠루 전사들의 방해에 비수마를 공격하는 것이 쉽진 않았다. 성난 전사들 사이에서도 잔인한 전쟁이 벌어졌다. 화살과 창, 철퇴가 공중을 날아다니고, 병사들의 고통스런 비명과 무기 부딪치는 소리가 끊이지 않았다.

쉬크한디를 앞세운 아르주나는 끊임없이 비슈마에게 접근했다. 작정을 하고 비슈마에게 달려드는 아르주나를 보고 두샤샤나가 달려왔다. 그는 화살을 쏘아대며 아르주나를 가로막았다. 두려움을 떨쳐내려는지 그는 바다에 맞서는 해변처럼 아르주나에게 저항했다. 두 전사는 그 옛날 천상에서 만난 인드라와 마야수라처럼 싸웠다. 두샤샤나가 화살을 쏘아 아르주나를 먼저 공격했다. 그러더니 틈을 놓치지 않고 크리슈나에게도 화살을 날렸다. 공격당하는 크리슈나의 모습에 격분한 아르주나가 두샤샤나를 향해 백 개의 화살을 날렸다. 아르주나의 화살에 두샤샤나의 갑옷이 뚫어졌다. 그는 피범벅이 된 채 자리에 쓰러졌다. 그러더니 자리에서 벌떡 일어나 화살을 날려 아르주나의 이마를 맞혔다. 아르주나의 이마에서 피가 흘렀다. 아르주나는 큰 소리로 웃으며 초승달 모양의 화살을 날려 두샤샤나의 활을 동강냈다. 격분한 카우라바 왕자도 지지 않고 아르주나에게 화살을 날렸다. 아르주나도 다시 화살을 날려 두샤샤나의 전차를 넘어뜨렸다. 두샤샤나도 화살을 퍼부어 아르주나의 화살을 막아냈다. 놀라운 광경을 지켜보던 전사들이 두샤샤나를 격려했다. 이에 고무된 카우라바 왕자는 아르주나에게 스무 발의 화살을 더 날렸다. 격분한 아르주나가 화살 세례를 퍼붓자 왕자는 퇴각하기 시작했다. 그는 피투성이가 된 채 뒤로 물러나 비슈마의 전차에 올라탔다.

영웅들을 선두에 세우고 양쪽 진영은 맹렬하게 공격을 주고받았다. 비슈마는 두리요다나와 드로나, 크리파, 아슈바타마 그리고 다른 모든 쿠루 영웅의 지원을 받았다. 판바다들 역시 드리스트라디윰나와 쉬크한디, 사티야키, 아비만유를 비롯한 다른 판다바 전사들의 지원을 받으며 전투에 임했다.

드로나가 싸움을 지켜보면서 옆에 있는 아들에게 말했다. "아슈바타마야, 아르주나는 비슈마를 파괴하기 위해 최선을 다할 것이다. 쉬크한디를 옆에 두고 비슈마를 목표로 삼고 있는 저 모습을 보아라. 이미 불길한 징조가 나타났느니라. 이 아비의 화살이 화살통에서 계속 떨어지고 활에 맞지도 않는구나. 게다가 독수리와 짐승들이 저렇게 울어대고 있다. 대지의 여신도 고통을 호소하고, 태양 빛은 이미 희미해졌다. 빛나는 갑옷을 입었다 한들 우리의 영웅은 빛나지 않는구나. 이 모든 징조가 곧 저 영웅이 죽을 것임을 말해주고 있다."

그러더니 드로나는 아슈바타마를 향해 아르주나에게 도전할 것을 명했다.

"다른 사람에게 의지하는 자가 자기 목숨을 생각할 때가 아니다. 아들아, 네 운명을 하늘에 맡기거라. 나가서 아르주나와 맞서거라. 사람들의 울부짖음을 귀 기울여 듣고, 끊임없이 활시위를 당기거라. 어서 나아가 저들이 우리를 파괴하기 전에 비슈마를 지키거라."

아슈바타마는 다른 여섯 명의 마하라타와 함께 샬리야와 크리파, 바가닷타의 지원을 받으며 즉각 이동했다. 모두 열 명의 전사가 아르주나를 공격했다. 비마가 그들의 의도를 알아차리고 달려왔다. 그들은 모두 판다바들을 향해 강력한 무기를 던졌다. 그러나 그는 조금도 동요하지 않았다. 비마는 환성을 지르며 인드라의 창과 같은 화살을 퍼부었다. 열 명의 카우라바 전사가 한 명의 판다바에게 압도당했다. 비마는 기쁨의 환호성을 지르며 그들을 궁지로 몰아넣었다.

비마가 열 명의 카우라바는 상대하는 동안에도 아르주나는 비슈마의 전차에서 눈을 떼지 않았다. 수샤르마와 그의 형제 치트라세나의 공격을 받아친 그는 비슈마를 향해 달려들었다. 이를 본 바가닷타가 코끼리를 타고 잽싸게 아르주나 앞을 막아섰지만 아르주나는 화살을 퍼부어 코끼리를 막아냈다.

드디어 쉬크한디가 비슈마 앞에 섰다. 쉬크한디는 비슈마를 향해 엄청난 화살을 퍼부었다. 하지만 여전히 그는 쉬크한디를 공격하지 않고 쉬크한디의 지원 부대만 무차별하게 공격했다. 그 누구도 분노한 비슈마의 화살을 피하지 못했다. 오직 아르주나만이 그 공격을 맞받아 치며 천천히 비슈마를 향해 다가갔다.

드디어 비슈마 앞에 아르주나와 쉬크한디만이 남았다. 쉬크한디가 먼저 촉이 넓은 열 대의 화살을 날려 비슈마의 가슴을 가격했다. 비슈마는 태워버릴 듯한 눈으로 그를 바라보면서도 공격은 하지 않았다. 아르주나의 격려를 받은 쉬크한디는 더욱 거세게 비슈마를 몰아쳤다. 아르주나도 비슈마를 향해 황금 날개가 달린 화살을 날렸다. 쉬크한디의 공격을 무시하고 아르주나만 공격하는 비슈마의 몸 여기저기에 상처가 나기 시작했다.

아르주나와 쉬크한디가 비슈마를 공격하는 모습에 분노한 두샤샤나가 달려왔다. 카우라바들의 응원을 받으며 그는 노련한 솜씨로 아르주나와 쉬크한디의 공격을 막아냈다. 아르주나를 도우러 온 전차병들도 모두 두샤샤나의 손에 죽음을 맞았다. 드리타라스트라의 둘째아들은 용맹을 과시하며 두리요다나가 비슈마의 지원 부대를 늘릴 시간을 마련해주었다.

화가 치솟은 아르주나가 분노를 참지 못하고 화살을 퍼부었다. 화살은 벼락처럼 날아가 두샤샤나의 갑옷에 꽂혔다. 갑옷은 땅에 떨어지고 카우라바도 전차에서 굴러떨어졌다. 왕자의 조금 전의 용맹은 온데간데없이 즉각 달아나버렸다.

두샤샤나가 시간을 벌어준 사이, 카우라바 군이 다시 비슈마를 에워쌌다. 동물 가죽을 두르고 몽둥이와 창을 휘두르는 야만족이 아르주나를 향해 달려들었다. 다른 카우라바 군도 함성을 지르고 철퇴를 휘두르며 뛰어들었다. 아르주나는 코방귀를 뀌며 신비의 힘이 실린 화염 화살로 그들에게 맞섰다. 아르주나의 화살이 야만족을 뒤덮었다. 수천 명의 전사가 땅에 발 디딜 틈도 없이 쓰러졌다. 간신히 목숨을 구한 전사들은 달아나기에 바빴다.

아르주나는 다시 비슈마에게 몸을 돌렸다. 두리요다나와 크리파, 샬리야, 그리고 드리타라스트라의 아들 몇몇이 비슈마를 지원하고 있었다. 모든 쿠루 영웅들이 아르주나를 향해 무기를 날렸다. 판다바 군도 비슈마의 지원 부대를 공격했다. 수많은 카우라바 전사가 판다바 군의 화살에 쓰러졌다.

비슈마와 아르주나는 마치 사자와 같았다. 두 사람 누구도 서로에게 틈을 보이지 않았다. 한쪽이 천상의 무기를 쓰면 다른 한쪽은 이를 막아냈다. 두 사람 모두 서로의 용맹을 칭송했다.

아르주나가 쏜 화살이 비슈마의 전차를 뒤덮었다. 그 틈을 이용해 판다바 전사들이 아르주나를 도우러 달려왔다. 어마어마한 전차 부대와 함께 비마와 쌍둥이, 드리스타디윰나, 사티야키, 아비만유, 가토트카차 그리고 다른 전사들이 모두 합세했다. 두리요다나와 카우라바 최고의 전사들이 그들을 맞이했다.

아르주나의 공격에서 벗어난 비슈마가 진군하는 전사들을 공격하기 시작했다. 비슈마가 퍼부은 죽음의 화살에 비라타의 동생 사타니카 Satanika가 그만 목숨을 잃었다. 그의 전차 부대도 전멸했다. 그러면서도 그는 아르주나의 공격까지 막아내는 능력을 보였다. 수백의 전사를 상대하는 쿠루의 사령관은 마치 경기를 즐기는 듯했다. 젊음을 되찾은 양 전차 위에서 춤을 추듯 싸우며 구름을 물리치는 태양처럼 판다바들을 퇴각시켰다.

비슈마의 공격에서 제외되었던 쉬크한디가 비슈마의 전차를 향해 접근했다. 때때로 그는 쉬크한디를 비웃는 듯한 눈길을 던지면서도 여전히 손으로는 판다바 군을 향해 화살을 날렸다. 비슈마는 판다바들이 오늘 자신을 죽이겠다고 작심한 사실을 알고 있었다. 판다바 군은 사방에서 그를 압박해왔다. 태양을 가리는 구름처럼 판다바 군은 연로한 쿠루의 영웅을 에워싸고 화살과 무기를 날려댔다.

온갖 종류의 화살과 도끼, 망치, 표창, 막대가 비슈마를 향해 날아갔다. 비슈마는 그 많은 공격을 받아내면서도 웃음을 잃지 않았다. 이미 갑옷은 부서지고 몸에는 상처가 가득했다. 고통을 느낄 시간도 없이 그는 서서히 죽음을 맞아가고 있었다. 전차가 적진을 헤집는 동안 그는 사방을 향해 화살을 날렸다.

비슈마를 처단할 때가 왔다고 생각한 아르주나는 또 다시 쉬크한디를 앞세우고 전진했다. 정조준한 화살에 비슈마의 화살이 부러졌다. 양쪽의 마하라타들이 충돌하는 사이 아르주나와 쉬크한디가 비슈마와 맞붙었다. 두 사람이 날린 화살에 비슈마가 중상을 입었다. 말과 전차몰이꾼까지 목숨을 잃으니 이윽고 전차가 멎었다. 반달 모양의 활에 비슈마의 깃발이 부러졌다.

비슈마가 활을 집어들었지만 아르주나는 이 역시 부러뜨렸다. 비슈마는 지체하지 않고 아르주나를 향해 긴 창을 던졌다. 하지만 아르주나는 가볍게 비슈마의 창을 조각냈다. 조각난 창은 벼락처럼 땅에 꽂혔다.

아르주나에겐 그 어떤 무기도 소용없었다. 비슈마는 크리슈나를 바라봤다. 그는 능숙한 솜씨로 아르주나의 전차를 몰고 있었다. 비슈마는 운명이 정해놓은 순간이 왔음을 직감했다. 크리슈나가 판다바들 편에 있는 한 절대로 그들을 이길 수는 없다. 크리슈나가 무기를 들어 싸우지 않는다고 해도, 그가 저들 편에 있다는 사실만으로도 판다바들은 천하무적이었다.

비슈마가 무기를 내려놓았다. 그가 가진 능력과 힘은 이제 더 이상 소용이 없었다. 비슈마는 죽음을 생각하기 시작했다. 천상에서 이를 지켜보던 현자들과 인드라를 섬기는 여덟 바수가 비슈마에게 명했다. "전쟁을 멈추어라. 마음을 거두어라. 때가 왔느니라." 비슈마에게만 들리는 천상의 목소리였다.

갑자기 향기를 머금은 서늘한 바람이 불어왔다. 천상의 북소리가 울려 퍼지고 하늘에서 꽃비가 내렸다. 비슈마가 생각에 잠겨 있는 동안 쉬크한디가 활을 들어 그에게 아홉 발의 화살을 날렸다. 화살은 모두 곧바로 날아가 비슈마의 가슴에 정통으로 꽂혔다. 동시에 아르주나가 날린 스물다섯 발의 화살도 비슈마의 몸에 명중했다. 아르주나는 다시 백 대의 강철 화살을 날렸다. 흠칫한 비슈마는 최후의 공격을 위해 아르주나를 향해 달려갔다. 그 많은 화살을 맞았음에도 불구하고 비슈마는 화살을 퍼부으며 아르주나와 쉬크한디의 공격을 막아냈다. 아르주나는 재빨리 비슈마가 날린 화살들을 쳐냈다. 그는 뜨거운 눈물을 흘리며 수백 발의 화살을 쏘았다. 화살은 마치 구멍을 찾는 뱀처럼 비슈마의 온몸에 꽂혔다.

아르주나와 쉬크한디의 화살이 동시에 꽂혔지만 쿠루의 영웅은 오직 아르주나의 화살만이 자신을 죽일 수 있다고 생각했다. 자신을 도우러 달려온 두사샤나를 향해 비슈마가 소리쳤다. "저 화살들은 쉬크한디가 아니라 아르주나의 것이다. 신이라도 저 화살에 맞설 수는 없다. 눈을 번뜩이는 성난 뱀처럼 저들이 내 몸을 뚫는구나. 오직 아르주나만이 나를 꺾을 수 있다. 지상의 모든 군주가 함께 달려들어도 나를 공격할 수는 없으리라."

최후였다. 비슈마는 거대한 창을 들어 모든 힘을 실어 아르주나에게 집어던졌다. 그러나 아르주나는 비슈마의 창을 산산조각냈다. 아르주나는 간디바를 들어 한꺼번에 스무 발의 화살을 날렸다. 눈앞에 서 있는 쉬크한디를 바라보며 비슈마는 무기를 내려놓고 저항을 포기했다. 파도처럼 날아온 화살이 온몸을 파고들었다. 손가락 하나 들어갈 틈도 없이 수많은 화살이 비슈마의 몸에 꽂혔다. 충격을 받은 카우라바들을 앞에 두고 비슈마는 그만 전차에서 굴러떨어졌다. 머리를 동쪽으로 향한 채 떨어진 그의 몸을 아르주나가 날린 화살들이 떠받쳐 주었다. 몸의 어떤 부분도 땅에 닿지 않았다.

쿠루족 전사들은 슬픔에 빠졌다. 비통에 찬 신음소리가 전장을 뒤덮었다. 하늘에서 천상의 목소리가 울려퍼졌다. "태양이 아직 불길한 남쪽 길을 가고 있는데 어찌 강가의 아들이, 이 영웅이 육신을 떠나겠느냐!"

비슈마가 대답했다. "나는 아직 살아 있도다."

그는 태양의 항로를 보며 아버지의 은총으로 태양이 북쪽으로 옮겨갈 때까지 죽음을 기다리기로 결심했다.

베다에 따르면 고행을 행한 현자는 오직 태양이 북쪽으로 자리를 옮길 때에만 육신을 떠나야 한다고 했다. 그때까지 그는 전사답게 전장에 누워 최후의 순간을 기다리기로 했다. 죽음도 그가 원치 않는 이상 그를 데려가지 않을 것이다.

두리요다나와 그 군사들은 혼란에 빠졌다. 무엇을 해야 할지, 어떻게 해야 할지, 어디로 가야 할지 몰랐다. 그들은 무기를 내려놓고 큰 소리로 울었다. 태양이 서쪽 지평선에 닿으매, 카우라바들은 사기를 잃고 슬픔에 사로잡힌 채 전장에 그대로 서 있었다. 아무도 움직이려 하지 않았고, 움직일 기력도 없었다.

반면 판다바 진영에서는 나팔소리가 울려퍼지고, 병사들은 환호했다. 비슈마가 쓰러졌다는 소식은 순식간에 퍼져나갔다. 양쪽 전사들은 전투를 멈추고 이 믿어지지 않는 소식에 충격을 받아 그 자리에 멈춰 섰다. 어떤 자는 큰 소리로 울고, 또 어떤 자는 전장을 거칠게 뛰어다녔다. 정신을 잃고 기절하는 사람도 있었다.

백조의 모습을 한 천상의 현자들이 내려와 쓰러진 비슈마 주변을 돌았다. 비슈마는 명상에 잠겨 있었다. 천리안을 가진 존재들과 싯다, 차라나가 하늘에서 비슈마를 찬양했다. 어둠이 오자 대지가 고함을 질렀다. "베다를 아는 모든 현자의 으뜸이라!"

두리요다나는 깊은 슬픔에 빠졌다. 그는 잽싸게 드로나에게 달려갔다. 비슈마와 멀리 떨어져 싸우고 있던 드로나는 그에게 비슈마의 소식을 전해 들었다. 드로나는 정신을 잃고 전차에서 굴러떨어졌다. 의식을 되찾은 드로나가 카우라바 군에게 퇴각 명령을 내렸다. 두리요다나와 드로나, 크리파를 비롯한 모든 쿠루 지도자가 슬픔 속에 비슈마가 누워 있는 곳으로 갔다.

반면 비슈마가 쓰러지는 순간 비마는 전차에서 뛰어내려 환호했다. 하지만 아르주나는 달랐다. 그는 크리슈나에게 비슈마를 향해 전차를 몰아 달라고 부탁했다. 크리슈나가 전차를 몰아 쓰러진 비슈마 앞으로 갔다. 아르주나는 활을 든 채 전차에서 내려 비슈마에게 다가가 무릎을 꿇었다. "할아버지, 제게 할 일을 일러주소서."

아르주나는 밀려오는 슬픔을 억누르려 목소리를 낮췄다. "명령을 내려 주소서."

비슈마가 눈을 떴다. 죽음을 앞둔 쿠르의 영웅은 입을 여는 것조차 힘들어 보였다. "아르주나야, 내 머리가 처져 있구나. 베개를 다오. 영웅아, 너만이 할 수 있는 일이다."

비슈마의 뜻을 알아차린 아르주나는 활을 들어 베다의 주문을 외운 뒤 몇 발의 화살을 쏘았다. 화살은 비슈마의 머리 아래에 있는 땅에 꽂혀 순식간에 베개를 만들어냈다. 그 모습에 비슈마가 미소를 지었다. 화살에 관통당한 두 팔은 허공에 떴다. 그는 오른팔을 살짝 들어 아르주나를 축복했다. "판두의 아들아, 내 뜻을 제대로 알아차렸구나. 전투에서 처단당한 전사에게 가장 좋은 베게로다."

비슈마는 주위를 둘러보았다. 양쪽 군사들이 그를 에워싸고 있었다. 두리요다나와 그 형제들의 얼굴이 보였다. 그들은 최강의 전사이자 최고의 지휘자인 비슈마를 끝내 보호하지 못했다는 죄책감에 휩싸여 있었다. 존경하는 할아버지이자 쿠루의 보호자였던 분이 이렇게 쓰러졌다. 두리요다나의 가슴에도 후회가 가득했다. '이 전쟁은 철저하게 내 고집 탓에 벌어졌고, 그로 인해 할아버지께서 이렇게 쓰러지셨다.'

슬퍼하는 카우라바들을 보며 비슈마가 그들을 위로했다. "슬퍼 말라. 나는 영웅이 희구하는 목표를 달성했느니라. 그리고 이렇게 최고의 침대에 누워 있다. 나는 곧 저 축복받은 천국에서 영원한 존재들을 만날 것이다. 그러니 내가 어찌 슬프겠느냐?"

비슈마가 말을 이어가는 동안 의사들이 약초와 향유를 들고 도착했다. 비슈마는 머리를 들고 숨을 헐떡이며 말했다. "지상의 왕들이여, 베다의 주문을 알고 있는 저 브라만들에게 경배하라. 그리고 저들에게 보시하라. 의사는 필요 없다. 이제 마지막 순간이 왔다. 나는 이미 모든 준비가 되어 있다. 의사들에게 나를 돌보게 하는 것은 내 의무가 아니다. 지금 이대로 화살이 박힌 채 죽음을 맞을 것이다. 태양이 북쪽을 지키는 사천왕 바이슈라바나Vaishravana의 영역에 도달할 때까지 이곳에서 죽어가게 그냥 두거라. 그때가 오면 천상으로 떠나리라."

비슈마는 머리를 화살 위로 누인 채, 그렇게 눈을 감았다.

두리요다나는 비슈마의 명대로 브라만들을 그냥 돌려보냈다. 그리고는 쓰러진 영웅을 조용히 바라보았다. 이어 그는 탄식을 하며 형제, 동맹군과 함께 비슈마 주위를 세 번 돌았다. 그리고는 천천히 막사로 발길을 옮겼다. 전장에는 폐허만이 남아 있었다.

판다바들도 슬픈 눈으로 비슈마에게 예를 표하고 진영으로 돌아갔다. 가는 길에 유디스티라가 크리슈나에게 말했다. "크리슈나여, 당신의 은총을 통해 승리를 얻었습니다. 당신은 유일한 안식처입니다. 그대에게 헌신하는 자는 그대에게 보호받습니다. 크리슈나여, 그대에게 안식하는 자에겐 그 무엇도 놀랍지 않습니다."

크리슈나가 대답했다. "지상의 지배자 가운데 으뜸이여, 오직 그대만이 할 수 있는 말이로다."

승리가 목전에 왔음을 확신하면서 판다바들은 휴식을 취했다. 반면 카우라바들은 슬픔을 가득 안고 지친 마음으로 피곤한 몸을 뉘였다.

18

드로나, 지휘봉을 잡다

드리타라스트라의 구슬픈 목소리가 큰 방에 울려 퍼졌다. "비슈마가 어떻게 쓰러졌느냐? 화살을 이빨처럼 다루고 활을 입처럼 다루며 칼을 혀처럼 다루는 그가 어찌하여 쓰러졌단 말이냐. 태양이 어둠을 물리치듯 적을 파멸로 몰아가는 그가! 죽음마저 좌지우지하는 위대한 인드라처럼 천하무적인 그가 어찌하여 쓰러졌단 말이냐. 산자야여, 자세히 전해다오."

왕의 슬픔은 생각보다 깊었다. 산자야도 울었다. 그는 드리타라스트라의 발아래 머리를 조아리고 앉았다. 눈먼 군주는 눈물을 흘리며 말을 이었다. "열흘 동안 적군을 초토화하고 그토록 어려운 위업을 달성한 그가 이제 태양처럼 저무는구나. 모두가 나의 잘못된 선택 때문이다. 인드라가 비를 뿌리듯 저 바라타의 아들은 수천 수만의 적군을 죽였다. 허나 이제는 바람에 뽑혀나간 나무처럼 땅바닥에 누워 있구나. 파라수라마도 대적하지 못할 무한한 힘을 가진 아티라타가 전투에서 어찌 패배할 수가 있단 말이냐. 산자야야, 운명은 어찌 이리도 가혹하단 말이냐."

왕은 산자야에게 비슈마가 쓰러지게 된 과정을 자세히 들려달라고 했다. 산자야는 왕에게 단지 비슈마가 패배했다고만 짧게 설명했을 뿐 자세한 이야기는 하지 않았던 것이다. 산자야가 무거운 마음으로 비슈마의 행적을 낱낱이 고하자 드리타라스트라는 공포에 휩싸였다. 그 장면을 회상하는 산자야의 눈에서도 눈물이 흘러넘쳤다. 산자야의 설명이 끝나자 눈먼 왕은 또 다시 비탄에 잠겼다.

"내 가슴이 찢어지지 않는 걸 보니 돌로 만든 것이 분명하구나. 비슈마는 무한한 진리와 지식, 지혜를 가진 우리의 영웅이었느니라. 그런 그를 감히 누가 쓰러뜨릴 수 있단 말이냐. 그가 가고 없으니 내 아이들도 울고 있겠구나. 침몰한 배를 가지고 바다를 건너려는 자들처럼 비통해하고 있겠지. 군사들은 목동을 잃은 소떼처럼 우왕좌왕하고 있을 테지. 위대한 아버지가 죽음을 맞이했으니 이제 우리의 목숨은 어디에 쓴단 말인가."

드리타라스트라는 어두운 왕실에 조용히 앉아 있었다. 슬픈 음악이 왕실을 메웠다. 왕궁의 사원에서는 브라만들이 끝없이 베다의 기도문을 읊었다.

잠시 후 왕은 산자야를 불러 비슈마의 이야기를 다시 한번 들려달라고 했다. "비슈마의 마지막 순간을 알고 싶다. 누가 함께 싸웠고, 누가 함께 있었느냐. 영웅을 지키기 위해 내 아들들은 무엇을 했느냐. 비슈마가 판다바와 싸우는 동안 다른 곳에서의 전투는 어떠했느냐. 처음부터 끝까지 알지 않고선 마음의 안정을 찾을 수가 없구나."

미련을 버리지 못하는 왕을 위해 산자야는 다시 한번 왕의 청을 들어주었다. 드리타라스트라는 무언가에 홀린 듯 산자야의 말을 경청했다.

산자야의 설명은 아침이 밝아올 때까지 이어졌다. 밤을 뜬눈으로 꼬박 지샜건만 왕은 잠자리에 들 생각을 하지 않았다. "그 어떤 방법으로도 죽음을 피할 수는 없다. 전지전능한 시간은 결국 이 세계를 소멸시키고 말 것이다. 산자야, 비슈마가 쓰러진 뒤 내 아이들은 무엇을 했느냐? 새로운 사령관은 뽑았느냐? 어떻게 다시 전의를 다졌느냐?"

떠오르는 해를 보며 산자야는 왕에게 열흘째 전투의 마지막 순간을 이야기해주었다. 이야기를 마친 왕과 산자야는 자리에서 일어나 몸을 씻으러 갔다. 왕은 몸종들과 함께 왕실에 마련된 욕탕으로 향했다. 아침 의식과 기도를 마치고 난 뒤 왕과 산자야는 다시 만났다.

* * *

영웅들이 비슈마를 떠나고 난 뒤 카르나는 막사에서 나와 말을 타고 전쟁터를 가로질렀다. 동쪽 하늘에 달이 떠올랐다. 그는 기괴하게 빛나는 파멸의 현장으로 붉은 말을 몰았다. 화살 침대에 누워 있는 비슈마가 있는 곳으로 가는 동안 하늘에서는 독수리가 날고 땅에서는 하이에나가 으르렁거렸다. 비슈마는 쉽게 찾을 수 있었다. 백 명의 전사가 주위를 에워싸고 횃불을 밝혀 짐승들의 접근을 막고 있었다.

카르나는 말에서 내려 비슈마의 발 앞에 앉았다. 그리고는 미어지는 목소리로 입을 열었다. "쿠루의 으뜸이여, 라드하의 아들입니다. 그토록 싫어하셨던 자가 여기 이렇게 왔습니다."

비슈마가 눈을 뜨고 카르나를 향해 고개를 돌렸다. 보초병들을 물리친 뒤 비슈마가 카르나에게 가까이 오라고 지시했다. 그리고는 애정어린 목소리로 말했다. "아들아, 가까이 오너라. 언제나 나를 이기려 했기에 너를 미워했느니라. 오늘 여기 오지 않았더라면 모든 일이 잘못되었을 것이다. 허나 이렇게 나를 찾아와 주었구나."

비슈마는 카르나에 대한 그 어떤 분노의 감정도 가지고 있지 않았다.

그는 오직 카르나에 대한 걱정 때문에 그를 지금껏 책망해온 것이었다. 늙은 쿠루의 지도자는 카르나가 누구인지 진작부터 알고 있었다. 하여 언제나 마음속으로는 그 아이의 축복을 빌었다.

비슈마가 살짝 고개를 들어 말했다. "막강한 전사여, 그대는 라드하의 아들이 아니라 쿤티의 아들이니라. 아디라타는 네 아비가 아니다. 너는 태양의 신이 낳은 신의 아들이다. 나라다와 비야사에게 들은 이야기이니 진실이다. 아이야, 나는 너에게 아무런 악의가 없느니라. 너를 보호하기 위해 모질게 대했을 뿐. 아무 이유 없이 판다바들에게 못된 짓을 하여 행여나 네가 나중에 비극을 자초할까봐 그것을 막으려 했을 뿐이다."

카르나는 비슈마 옆에 무릎을 꿇었다. 죽어가는 비슈마를 보니 눈물이 앞을 가렸다. 수많은 논쟁과 충돌에도 불구하고 그는 언제나 할아버지를 존경했다. 비슈마의 고귀함과 막강한 힘은 절대로 부인할 수 없었다. 그의 말에 악의가 전혀 없다는 것도 알고 있었다.

고통이 심한 듯 비슈마는 눈을 감은 채 말을 이었다. "카르나야, 너는 태어날 때부터 죄악을 가지고 이 세상에 나왔다. 하여 너는 아무 잘못도 없이 그릇된 길로 인도되었다. 나는 크샤트리야들이 있는 곳에서 너를 바로잡아주고 싶었다. 너의 용맹과 힘은 아르주나와 맞먹는다. 브라만에게 헌신해왔고 크샤트리야의 의무를 다했다. 어떤 면에서도 천상의 존재에 뒤지지 않는다. 이제 너에게 던졌던 모든 분노를 거두노라. 나에게 선의를 보이려거든 부디 판다바와 함께하거라. 나의 죽음을 계기로 모든 적대감을 풀어내거라. 두리요다나와 함께 판다바와 화해하여 지상의 모든 왕을 근심과 위험에서 자유롭게 하거라."

비슈마의 마지막 당부에 카르나가 고개를 숙였다. "막강한 영웅이여, 모든 것을 알고 있습니다. 제 어머니가 쿤티라는 것도 알고 있습니다. 그러나 그녀는 나를 부정했고, 나는 전차몰이꾼의 손에 길러졌습니다. 오랫동안 두리요다나의 부귀와 우정을 나눠온 제가 어떻게 그를 실망시킬 수 있겠습니까? 아들과 아내, 심지어 나 자신과 명예를 잃게 되더라도 두리요다나를 위해 노력할 것입니다. 그를 위해 나는 이미 판다바들과 적이 되었습니다. 그 결과는 뻔할 것이고, 이제 피할 수 없게 되었습니다."

카르나는 달빛이 내린 초원을 바라보았다. 들판에는 수많은 시체가 나뒹굴었다. 날이 밝으면 그는 이제 판다바들을 맞아 싸울 것이다. 오랫동안 기다려온 순간이었다. 지난 열흘간 두리요다나의 군사들이 전사했다는 소식을 들으며 그는 분노했다. 그는 친구에게 받은 은혜를 갚을 날만을 학수고대했다. 이제 기회가 온 것이다. 합장을 하면서 그가 말했다. "판다바들에 대한 적개심을 버릴 수가 없습니다. 바수데바의 힘센 아들의 보호를 받는 그들이 천하무적이라는 것은 알지만 그래도 그들과 맞서 싸우렵니다. 허락해주소서. 그리고 지금껏 당신께 했던 잔인한 말들을 모두 용서하소서."

비슈마는 카르나의 얼굴을 찬찬히 살펴봤다. 그의 결심은 확고해 보였다. "판다바들에 대한 적의를 거둘 수 없다면, 허락하노라. 허나 마음을 오직 천국에 두고 최선을 다하거라. 아르주나는 후퇴하지 않는 영웅을 축복받은 땅으로 데려다줄 것이다. 오만을 버리고 용맹하게 전진하라. 전사로서 죽음을 맞이하라. 그대에게 이보다 더한 축복이 있을 것이다. 나에게 한 모든 잔혹한 말들을 용서하노라."

비슈마는 말을 마친 뒤 눈을 감았다. 카르나는 자리에서 일어나 말에 올랐다. 그리고는 순식간에 어둠속으로 사라졌다. 비슈마는 고통을 참으며 또 다시 명상에 잠겼다.

* * *

열하루째 태양이 솟자마자 판다바들과 카우라바들은 비슈마를 만나러 갔다. 존경을 표시한 뒤 그들은 시종들이 비슈마의 이마와 관자놀이에 백단향을 바르는 모습을 지켜보았다. 시종들은 부서지지 않은 쌀을 뿌리고는 숲에서 꺾은 향기로운 화환을 비슈마의 목에 둘러주었다. 수많은 사람들이 화살 위에 누워 있는 비슈마를 보기 위해 찾아왔다. 사람들은 그의 용기와 결단을 칭송했다. 마치 오랜 금욕을 수행한 현자처럼 그는 뼈 속으로 생명력을 순환시키며 최후의 순간이 오기만을 기다리고 있었다. 무기와 갑옷을 내려놓고 그들은 비슈마 주변으로 갔다. 비슈마가 고개를 조금 움직이며 눈을 뜨고 주변을 돌아보며 말했다. "물을 가져오너라."

카우라바들이 즉각 차가운 물이 담긴 항아리와 음식을 가져와 비슈마 앞에 놓았다. 그러나 비슈마는 고개를 저었다. "더 이상 인간의 쾌락을 위한 음식은 취하지 않을 것이다. 인간세를 지나 이제 저 높은 시간이 올 때까지 여기에 있을 것이다. 아르주나는 어디 있느냐?"

아르주나가 한 걸음 앞으로 나아가 합장하며 말했다. "여기 있습니다. 분부를 내리소서."

"몸이 너무나도 뜨겁구나. 네 화살이 온몸을 뚫어 고통이 심하다. 네가 주는 물을 마시고 싶구나."

"그리하겠습니다." 아르주나는 간디바를 들고 비슈마 주변을 세 바퀴 돌더니 눈부신 황금 화살을 시위에 걸었다. 그리고는 베다의 경구를 잠시 읊고는 비를 부르는 천상의 무기를 화살에 실어 비슈마 머리 옆의 땅에 내리 쐈다. 그러자 대지에서 즉각 맑고 시원한 물이 뿜어져 나왔다.

신의 음료와도 같은 물줄기가 솟아 곧바로 비슈마의 입으로 들어갔다. 모여 있던 크샤트리야들의 입에서 탄성이 쏟아졌다. 카우라바들 역시 아르주나의 솜씨에 몸을 떨었다.

천천히 목을 축인 뒤 비슈마가 입을 열었다. "위대한 영웅아, 너는 원래 현자 나라가 환생한 존재이니라. 그러니 내겐 그 솜씨가 그리 놀랍지 않구나. 너는 모든 궁사의 으뜸이니라. 크리슈나와 함께하면 신도 이루지 못한 일을 성취할 수 있을 것이다. 너는 모든 천상의 무기의 소유자다."

그러더니 비슈마는 두리요다나에게로 눈을 돌려 말했다. "드리타라스트라의 아들아, 아르주나의 용맹을 보거라. 신과 아수라가 너를 도운들 너는 판다바들을 이길 수 없을 것이다. 그러니 이제 그만 둘 사이의 적의를 풀어내거라. 나의 죽음으로 전쟁을 멈추거라. 왕국의 반을 유디스티라에게 돌려주고 평화롭게 살거라. 그것이 너와 네 왕조를 위한 가장 현명한 선택이니라. 내 마지막 충고를 듣지 않는다면 머지 않아 너는 후회하게 될 것이다."

비슈마는 이제 더 이상 말을 이어가기가 힘든 듯했다. 목소리는 잦아들고 눈도 서서히 감겨가고 있었다. 두리요다나는 아무 말이 없었다. 카르나는 두리요다나 옆에서 아르주나를 향해 날카로운 눈빛을 던졌다.

전쟁이 계속되리라는 것은 분명했다. 왕들은 비슈마에게 다시 한번 존경을 표하고 각자의 막사로 돌아갔다. 그리고는 깨끗하게 닦아 놓은 갑옷을 다시 입고 말과 전차에 올랐다. 그들은 굳은 표정으로 전장을 향해 달렸다. 갑옷을 입고 창과 칼을 흔드는 보병들이 파도처럼 그 뒤를 따랐다. 거대한 코끼리들이 소리를 지르며 땅을 흔들었다. 거대한 군사가 결집하니 또 다시 나팔소리와 북소리가 하늘에 가득했다.

시종 몇몇이 막사로 돌아온 카르나의 무장을 도왔다. 종들은 보석으로 치장한 눈부신 갑옷과 반짝이는 투구를 대령했다. 그리고는 그의 전차에 강철 화살과 수천 발의 무쇠 화살을 실었다. 카르나는 입을 굳게 다문 채 도마뱀 가죽으로 된 장갑과 팔 보호대를 착용했다.

몸에 자단 향을 바르고 갖가지 꽃으로 장식을 마친 카르나는 전차에 올랐다. 브라만들이 그를 에워싸고 행운을 비는 의식을 행했다. 전차가 움직이자 악사들이 북을 치고 트럼펫을 불었다. 카르나가 전차몰이꾼에게 명했다. "당장 아르주나가 있는 곳으로 가라. 천지를 집어삼킬 만한 죽음이 그를 보호한다 해도 나를 피할 수는 없을 것이다. 그와 맞서 비슈마 뒤를 따라 죽음을 맞이하거나 그를 저 세상으로 보낼 것이다."

이내 두리요다나가 합류했다. 두 친구는 쿠루 군의 선두에 서서 상대를 향해 나아갔다. 다른 전사들도 이 모습에 크게 고무되어 함성을 지르며 활줄을 튕겨댔다.

연기 없이 타오르는 불길 같은 카르나를 보며 두리요다나는 판다바들은 이미 죽은 목숨이라고 생각했다. 두리요다나가 비열한 웃음을 지으며 말했다. "만인의 으뜸이여, 그대는 내 부대의 사령관으로 손색이 없소. 비슈마가 사라진 지금 우리에겐 사령관이 없소. 사령관 없는 군대는 조타수 없는 배처럼 위험한 법. 그대는 총사령관에 적합한 사람이 누구라고 생각하시오?"

카르나가 전차에 탄 전사들을 가리키며 말했다. "저 전사들 모두가 사령관이 될 수 있소. 무술과 작전에 능하고 그 용맹이 하늘을 찌르오. 허나 진정한 사령관은 오직 한 명뿐. 남은 사람들의 사기를 떨어뜨리지 않도록 하는 자가 되어야 할 것이오. 나는 드로나를 사령관으로 추천하는 바요. 그는 우리 가운데 가장 연장자이고 경험도 풍부하오. 실제로 그는 이 전쟁을 치르고 있는 영웅들의 무술 스승이요. 드로나를 새 사령관으로 세우자는 데 아무도 반대하지 않을 것이요. 신이 마귀를 퇴치하기 위해 카르티케야를 사령관으로 세웠듯 왕께서는 드로나를 사령관에 임명하시는 것이 좋겠소."

두리요다나도 카르나의 의견에 동요했다. 왕자는 주저하지 않고 드로나에게 달려갔다. "영웅이여, 당신만큼 우리를 보호해줄 사람은 없습니다. 당신은 브라만이요, 출생 또한 존귀합니다. 베다를 알 뿐만 아니라 능력과 힘, 지혜에서도 대적할 이가 없습니다. 인드라가 천상의 존재들을 이끌 듯 우리의 총사령관이 되어주소서. 전쟁터에서 당신에게 맞설 자는 없습니다. 당신이 우리의 수장이 되면 아르주나도 감히 범접하지 못할 것입니다."

드로나는 큰 활을 옆에 두고 전차에 우뚝 선 채 두리요다나의 말을 듣고 있었다. 흰 머리와 수염, 그리고 은으로 된 갑옷은 그는 마치 달처럼 빛났다. 손을 들어 축복을 내리며 그가 말했다. "나는 베다에 능하고 무기술에 정통하다. 판두의 아들들과 전쟁을 벌이마. 그리하여 판찰라와 소마카 부대를 정복하고 전장을 가로질러 적들의 가슴에 공포를 심어주리라. 하지만 군주여, 드리스트라디윰나를 처단할 수 있을지는 의문이구나. 그는 나를 죽이기 위해 태어났다."

저주 따위는 안중에도 없다는 듯 두리요다나는 새로운 사령관을 임명하기 위한 취임식을 준비했다. 두리요다나는 드리스타디윰나를 드로나에게서 떨어뜨려 놓을 수 있다고 생각했다. 어떤 경우든 저 판찰라의 왕자가 드로나를 죽일 능력은 없을 것이라 믿었다. 두 사람은 이미 몇 차례 힘을 겨뤘고, 드로나가 더 강력하다는 사실은 일찌감치 증명됐다. 저주란 어쩌면 소문에 불과한 것인지도 모를 일이었다.

서임식이 끝나자 카우라바 군은 고함을 지르며 악기를 연주했다. 성수로 머리를 적신 드로나는 다시 전차에 올라 군대를 전장으로 이끌었다. 그 옆을 두리요다나가 따랐다. 드로나가 말했다. "왕이여, 총사령관 자리를 주어 고맙다. 이 빚은 어떻게든 갚을 것이다. 소원을 말하거라. 이뤄주리라."

두리요다나는 잠깐 생각한 뒤 입을 열었다. "영웅이여, 은총을 내리사 유디스티라를 생포해 제 앞에 데려다주소서."

드로나는 깜짝 놀랐다. "그 아이는 운이 좋구나. 네가 그의 죽음이 아니라 생포를 원한다니 말이다. 네가 그에게 적의를 품지 않았다는 사실이 참으로 놀랍구나. 군주여, 어찌하여 그가 죽기를 바라지 않는 것이냐? 그가 죽어야만 이 전쟁이 끝나고 승리를 잡지 않겠느냐? 형제애 때문이더냐?"

두리요다나의 입가에 교활한 미소가 퍼졌다. "영웅이여, 유디스티라가 죽는다고 우리가 승리할 수 있는 것은 아닙니다. 그가 죽으면 오히려 분노한 아르주나가 우리를 멸망시킬 것입니다. 불사불멸의 존재도 저들을 죽일 수 없다 했습니다. 그런즉 유디스티라를 생포해서 승리하려는 것입니다. 그자만 잡으면 이 전쟁은 끝납니다. 다시 주사위 놀이를 제안하여 저들을 숲 속으로 돌려보낼 것입니다. 그것이 진정한 승리이지요."

드로나는 웃고 있는 두리요다나를 잠시 바라봤다. 절대 마음이 변할 아이가 아니었다. 하지만 이미 약속한 이상 돌이킬 수는 없었다. 의무를 이행해야 한다. 그는 긴 숨을 들이쉰 뒤 다시 입을 열었다. "아르주나가 유디스티라를 보호하지 않는다면 유디스티라를 생포할 수 있을 것이다. 하지만 그 아이가 유디스티라를 보호하는 한 나도 어쩔 도리가 없구나. 인드라가 모든 천상의 존재를 이끌고 온다 해도 아르주나를 누르고 유디스티라를 붙잡을 수는 없다. 나는 그의 무예 스승이 될 수는 있지만 그 아이는 나보다 젊고 최고의 신만이 알고 있는 천상의 무기도 소유하고 있다. 그러니 네가 아르주나를 유디스티라에게서 따돌려야 한다. 그리하면 내가 왕을 생포하마."

두리요다나는 드로나를 격려했다. 드로나가 판다바를 편애한다는 사실을 알고 있는 두리요다나는 다른 지휘관들에게 드로나의 약속을 퍼트렸다. 드로나가 약속을 지키길 바라는 마음에서였다. 카우라바들은 이 계획을 듣고 모두 기쁨의 고함을 질렀다. 승리는 이제 기울었다. 감히 누가 드로나에게 맞서겠는가?

두리요다나의 계획은 곧 유디스티라에게도 전해졌다. 그는 아르주나를 불러 말했다. "만인의 으뜸 아르주나야, 전투가 벌어지면 절대 내 곁에서 떨어지지 말거라. 드로나가 기회를 노리고 있다. 네가 긴장을 놓는 순간 그는 먹이를 찾는 사자처럼 나에게 달려들 것이다."

아르주나는 머리에서 발끝까지 갑옷으로 무장한 채 유디스티라 앞에 섰다. 간디바를 치켜든 뒤 아르주나가 결단에 찬 목소리로 말했다. "만인의 지도자여, 절대 형님을 포기하지 않을 것이오. 스승께서 죽는 모습을 보는 것은 견디기 어렵지만 내 목숨이 붙어 있는 한 그가 형을 생포하는 일은 없을 것이오. 하늘이 별과 함께 추락하고 대지가 산산조각난다 해도 내가 있는 한 드로나는 형님을 잡을 수 없을 것이오. 두리요다나의 계획은 무산될 것이니 안심하시오. 이 맹세를 꼭 지킬 것이오."

아르주나는 전차에 올라 드리스타디윰나, 아비만유와 함께 선봉에 섰다. 그들이 군사를 이끌고 전장으로 향하자 사방에서 귀를 찢는 듯한 고함소리가 터져나왔다. 다른 형제들의 엄호를 받으며 유디스티라는 아르주나의 뒤를 따랐다. 그 뒤로 어마어마한 판찰라 군단이 따랐다.

19

“유디스티라를 생포할 것이다”

드디어 열하루째 전투의 막이 올랐다. 양쪽 군대는 다시 한번 쿠루크셰트라 들판에서 충돌했다. 전쟁이 시작된 뒤 처음으로 전투에 나온 카르나는 판다바 진영을 쑥밭으로 만들며 파멸의 길을 닦아나갔다. 그 모습에 카우라바 군의 사기는 하늘을 찔렀다. “판다바들은 곧 도주할 것이다. 천상의 군사와도 맞설 수 있는 카르나가 있지 않은가. 비슈마는 저들에게 우호적이었지만 카르나는 저들을 용서하지 않을 것이다.”

전쟁으로 인한 굉음은 수십 리 떨어진 곳까지 퍼져나가 먼 숲에서 뛰놀던 짐승들까지 겁에 질리게 만들었다. 전쟁터가 뿜어내는 먼지가 마치 누런 비단을 쌓아놓은 듯 구름을 이뤄 태양을 가렸다. 양쪽으로 무기가 쉴새없이 쏟아지고 끔찍한 학살극이 다시 시작됐다.

드로나는 판다바 군을 향해 곧장 돌격했다. 먼도날 같은 화살 수천 발을 날려 눈앞에 있는 전사들을 토막내버렸다. 전사들은 마치 폭풍에 휩쓸리듯 모두 그 자리에 쓰러졌다. 드로나는 멈추지 않고 천상의 무기들을 불러내 인드라가 아수라들을 궤멸하듯 적군을 파멸로 몰아갔다. 판다바 군은 전장을 휩쓰는 드로나를 보며 몸을 떨었다.

군대가 궤멸할까 두려워진 유디스티라가 드리스타디윰나에게 명했다. “드로나를 막아라. 지체하지 말고 드로나를 막아라.”

드리스타디윰나는 고함을 지르며 드로나에게 돌진했다. 비마와 쌍둥이, 아비만유를 비롯한 다른 전사들이 그 뒤를 따랐다. 그들은 드로나를 포위한 채 전차를 겨냥하여 화살 세례를 퍼부었다. 드로나의 눈이 분노로 이글거렸다. 화가 난 드로나는 보이지 않을 만큼 빠른 속도로 판다바 군을 공격했다. 마치 광인처럼 불꽃 같은 화살을 퍼부으며 전장을 휩쓸었다. 분노한 야마라자처럼 달려드는 드로나의 모습에 판다바 군은 혼돈과 공포에 질려 달아났다. 드로나가 활 시위를 당기는 소리가 끝없이 이어졌다. 비슈마가 그러했듯 그는 판바다 군을 무자비하게 학살했다. 드로나뿐만 아니라 카우라바의 다른 영웅들도 판다바 군을 맞아 무차별 공격을 가했다.

두리요다나와의 약속을 지키겠다는 일념으로 드로나는 거침없이 판다바 진영으로 달려들었다. 유디스티라는 진영 한가운데에서 수많은 마하라타의 보호를 받으며 버티고 있었다. 아르주나는 유디스티라와 가까운 곳에서 전차군을 맞아 전투를 벌이고 있었다. 이들은 아르주나를 따돌리라는 명령을 받은 전사들이었다.

유디스티라의 앞을 막고 있는 병사들을 향해 가던 드로나는 유디스티라의 전차 바퀴를 지키고 있는 판찰라의 왕자 쿠마라Kumara와 마주쳤다. 유디스티라가 드로나에게 화살을 퍼붓자 쿠마라가 드로나에게 돌진했다. 왕자는 드로나에게 화살을 날려 그의 공격을 잠시 차단했다. 그는 쿠루의 스승에게 수백 발의 화살을 날리며 큰 소리로 웃었다. 공격을 참지 못한 드로나는 이내 머리 쪽이 넓은 화살을 활에 장전했다. 귀까지 활을 잡아당긴 드로나는 정확하게 화살을 날려 쿠마라의 목을 동강내버렸다. 이에 분노한 판찰라의 또 다른 왕자 심하세나Simhasena가 드로나에게 화살을 날렸다. 심하세나의 동생 비야그라닷타Viyghradatta도 고함을 지르며 드로나에게 달려들었다. 두 사람은 강철 화살을 날려 드로나의 팔과 가슴을 꿰뚫었다. 이에 굴하지 않고 드로나는 날카로운 날이 달린 화살 두 대를 날려 두 전사의 목을 베어버렸다. 황금 귀고리를 단 잘생긴 머리가 바닥에 나뒹굴었다. 이제 드로나는 유디스티라를 향해 나아갔다. 판다바의 왕에게 다가가는 드로나를 보고 카우라바 군사들이 고함을 질렀다.

"곧 유디스티라 왕이 잡힐 것이다!"

판다바들 사이에도 그 고함소리가 전해졌다. 아르주나는 그 고함소리를 듣고 앞에 있는 전사들을 가차없이 처단하며 드로나에게로 향했다. 형에게 달려가는 아르주나와 그물처럼 날아가는 화살만 보일 뿐이었다. 그 화살들 위로 휘날리는 깃발 속에서 하누만이 무시무시하게 으르렁거렸다.

두리요다나는 수천 명의 전차병을 향해 아르주나에게 진격하라고 명했다. 전사들은 죽음을 불사한 듯 판두의 아들을 향해 돌진했다. 아르주나 주변으로는 온통 화살만 보였다. 도저히 뚫을 수 없는 화살 장벽을 만난 전사들은 토막난 채 나뒹굴었다. 전차들은 산산이 부서졌다. 드로나는 그제서야 유디스티라에게 접근하는 것이 불가능하다는 것을 깨달았다. 지원 병력도 아무 쓸모가 없었다. 그들 역시 분노한 아르주나에게 전멸해가고 있었다. 그나마 목숨을 건진 자들은 도망치느라 정신이 없었다.

아르주나가 카우라바 군을 파괴하는 동안 태양이 서쪽 지평선에 닿았다. 드로나는 나팔을 불어 군사들을 후퇴시켰다. 양쪽 군사들은 전투를 멈추고 서로의 용맹을 칭송하며 자기 진영으로 돌아갔다.

* * *

드로나는 막사로 돌아와 두리요다나 옆에 앉았다. 오늘의 결과에 매우 낙담한 듯했다. 그리 자신했건만 역시나 아르주나의 용맹 앞에서는 무기력했다. 제자를 누를 수 없다는 수치심을 가득 안은 채 드로나가 입을 열었다. “이미 말하지 않았느냐. 아르주나가 함께 있는 한 유디스티라를 잡을 수 없다고. 아르주나를 떼어놓을 방도를 찾아야 한다. 그리하면 드리스타디윰나와 다른 부대가 도와준다 해도 유디스티라를 낚아챌 수 있을 것이다. 적어도 유디스티라를 지원하는 판다바 전사들 가운데 한 명은 죽일 수 있을 것이다. 하지만 아르주나는 다른 곳에서 싸우고 있어야 한다. 반드시.”

드로나의 말을 듣고 있던 수샤르마가 입을 열었다. “아르주나는 지금까지 나에게 여러 번 모욕을 줬습니다. 또한 그는 나와 내 형제들에게 적의를 품고 있지요. 그 생각을 하면 잠을 이루지 못할 정도입니다. 청하건대, 내일 내가 그와 맞붙게 해주십시오. 오만 명의 전차군을 이끌고 아르주나를 맞아 싸우겠습니다. 그놈이 땅바닥에 떨어지든 내가 우리 부대의 짐을 덜어주든 결과는 둘 중 하나일 것입니다.”

두리요다나가 수샤르마를 칭찬하자 다른 왕들 사이에서 환호가 터져 나왔다. 수샤르마는 내 명의 동생과 함께 제단의 성화 앞으로 나아가 아르주나와 결사 항전을 벌이겠다고 맹세했다. 브라만들이 성수와 주문으로 그 맹세를 축원했다.

수샤르마가 말했다. “아르주나와 나 둘 중에 어느 하나가 죽지 않는 한 우리는 죽어서 브라만을 죽인 자, 주정뱅이와 피난처를 구하는 자를 돌보지 않은 자, 남의 아내와 정을 통한 자, 가축을 죽인 자, 어미를 버린 자, 신을 믿지 않는 자와 함께 살게 될 것이다. 아르주나와 싸우다 도주하는 자도 그리 될 것이다. 아니면 우리는 영원한 지고지복의 세상에 가게 될지어다."

맹세를 마친 수샤르마와 그의 동생들은 다시 희망의 불씨를 살린 두리요다나를 남겨두고 각자의 숙소로 돌아갔다. 설령 수샤르마가 실패한다 해도, 물론 그렇게 될 확률이 높긴 하지만, 그는 최소한 드로나가 유디스티라를 생포할 시간을 벌어줄 것이다. 두리요다나는 카르나를 보며 미소 지었다. 어쩌면 아르주나를 죽일 필요가 없어질지도 모른다. 드로나와 수샤르마가 약속했으니 전쟁은 다른 식으로 끝날지도 모른다. 두리요다나는 어찌되든 상관없다고 생각했다. 전쟁에서 승리할 수만 있다면 그걸로 충분했다. 그는 자리에서 일어나 머리를 곧게 쳐들고 회중 앞으로 걸어나왔다. 카르나가 그 뒤를 따랐다.

* * *

전쟁이 시작된 지 열이틀째 아침, 드로나가 자신을 생포하려 한다는 것을 알고 있는 유디스티라로서는 긴장하지 않을 수 없었다. 첩자들은 수샤르마의 맹세에 대해서도 알려왔다. 그 말을 듣고 아르주나가 먼저 입을 열었다. "형님, 두려워할 것 없소. 여기 내 제자이자 모든 면에서 나에 버금가는 사티야키가 있소. 이 친구가 언제나 형님과 함께할 것이오. 비록 내가 멀리 있더라도 사티야키가 있는 한 안심해도 되오."

아르주나의 말에 마음이 놓인 유디스티라는 전투 개시 명령을 내렸다. 이제 곧 군사들은 악어 대형을 이루어 먼지 구름을 일으키며 땅을 울리며 전진할 것이다.

아르주나가 나타나자마자 선봉에 서 있던 수샤르마가 달려들었다. 크샤트리아의 율법에 따라 아르주나는 공격을 받아들였다. 그는 이내 삼샤프타카와 드리가르타 부대에 포위됐다. 다른 판다바 군이 들판을 가로질러 카우라바 군과 맞서는 동안 아르주나는 이 겁없는 전사들과 치열한 전투를 벌였다. 그들은 귀가 찢어질 듯한 고함을 지르며 아르주나를 향해 무기 공세를 퍼부었다. 의기양양한 고함소리를 들으며 아르주나가 크리슈나에게 말했다. "크리슈나여, 보십시오. 이제 곧 저들은 전쟁터에 쓰러져 기쁜 마음으로 천상으로 가겠지요. 울어야 할 순간에 저리 웃고 있습니다. 어쩌면 저들에겐 이미 천국이 보이는 걸까요."

아르주나는 황금으로 장식된 천상의 나팔을 꺼내어 힘차게 불었다. 천지 사방이 나팔소리로 가득했다. 말들이 비명을 지르고 전사들이 전차에서 굴러떨어졌다. 모두가 공포에 질려 한동안 그 자리에 박힌 듯 움직임을 멈추었다. 소리가 잦아들자 그들은 다시 정신을 차리고 고함을 질러댔다. 적들은 활을 들어 수천 발의 화살을 쏘아댔다. 아르주나는 즉각 짧은 화살을 날려 적군이 날린 화살들을 막아냈다. 화살들은 모두 조각난 채 땅으로 떨어졌다. 아르주나는 먼저 맨 앞에 있는 전차군을 쓰러뜨렸다. 수샤르마와 그의 동생들이 퍼부은 날카로운 화살이 아르주나의 팔과 가슴을 때렸다. 마치 비가 내리듯 아르주나의 전차 위로 강철 화살이 쏟아졌다. 꽃을 향해 달려드는 검은 벌떼 같았다.

크리슈나는 능숙한 솜씨로 전차를 몰아 적의 공격을 피했다. 우박처럼 쏟아지는 화살을 벗어나자 아르주나는 날카로운 화살을 날려 적의 깃대를 조각냈다. 연거푸 날아드는 화살에 수샤르마의 동생 수드하만Sudhaman의 말 네 필이 쓰러졌다. 동시에 수드하만의 목이 달아났다. 왕자가 전차에서 떨어지는 것을 본 형제들은 분기탱천했다. 수만 명의 전차군과 기병대가 사방에서 아르주나에게 무기를 날리기 시작했다. 동시에 드와라카에서 온 나라야나 부대가 끔찍한 비명을 지르며 전투에 합세했다. 다른 판다바 군이 멀리 떨어진 곳에서 카우라바 군을 상대하는 동안 아르주나는 철저히 혼자서 전투를 치렀다.

카우라바들은 독수리 대형을 이루어 판다바에게 맞섰다. 선봉에 선 드로나는 지체 없이 유디스티라를 향해 돌진했다. 사티야키가 수백 발의 화살을 날려 드로나를 막아섰다. 그의 공격에 전차몰이꾼 두 명이 화살을 맞고 정신을 잃었다. 말들도 화살 공격을 피할 수는 없었다. 마침내 전차가 멈춰 섰다.

분노한 드로나가 붉은 눈으로 상대를 쳐다봤다. 사티야키 최후의 순간이 왔다고 생각한 드로나가 뱀처럼 화살을 날렸다. 사티야키의 갑옷이 뚫리고 활이 부러졌다. 그러나 사티야키는 이에 굴하지 않고 활을 들어 서른 발의 화살을 날렸다. 사키야키의 활을 맞은 드로나가 전차 위에서 휘청거리며 활을 떨어뜨렸다.

사티야키에 고전을 면치 못하는 스승을 보며 카우라바 전사들이 달려왔다. 판다바 전사들도 사티야키를 지원하러 왔다.

두 진영 사이에 총력전이 벌어졌다. 의식을 회복한 드로나는 분노에 휩싸여 다시 전투에 뛰어들었다. 수천 명의 판찰라와 마츠야 군사가 그를 포위했지만 그에게는 상대가 되지 않았다. 강력한 힘을 가진 사티야지트와 사타니카 왕자도 죽음을 당했다.

드리스타디윰나와 쉬크한디도 달려와 사티야키와 체키타나를 비롯한 다른 판다바 영웅들과 함께 드로나의 공격을 막아냈다. 전투가 격렬해지면서 양쪽 병사들이 들풀처럼 쓰러졌다. 전쟁터는 피와 살로 늪을 이뤘다.

드로나는 무언가에 홀린 듯 싸웠다. 판다바 군은 드로나가 천상의 무기를 써서 수천 명의 군사를 처단하는 모습을 보고 공포에 질렸다. 드로나의 막강 공세에 판다바 군은 모두 등을 돌리고 달아났다. 바라보기조차 어려운 존재임에 틀림없었다.

두리요다나는 만족한 듯 큰 웃음을 지으며 옆에 있는 카르나를 바라봤다. "라드하의 아들이여, 저들이 쫓겨가는 꼴을 보시오. 드로나에게서 달아나려다가 제자리에서 맴돌고 있소. 이제 전쟁이라면 치가 떨릴 것이오. 온 세상이 드로나의 천지로 보일 것이란 말이오. 저들이 어찌 감히 전쟁터로 돌아오겠소. 저 대단한 스승 앞에서 비마라고 과연 별 수 있겠느냐 말이오"

하지만 두리요다나와 달리 카르나의 표정은 그리 밝지 않았다. "저 판다바 영웅은 숨이 남아 있는 한 절대로 전쟁을 포기하지 않을 것이오. 그 형제들도 마찬가지요. 당신에게 당한 치욕이 남아 있는 한 저들은 계속해서 우리를 공격할 것이오. 지금도 저 힘센 비마가 달려오고 있지 않소. 우리 군은 분명 저자의 손에 숱한 죽음을 당할 것이오. 사티야키와 드리스타리윰나가 반격해오는 모습을 보시오. 쌍둥이와 다른 수많은 마하라타들도 남아 있소. 저들의 목적은 오직 한 사람, 드로나요. 서둘러야 하오."

두리요다나는 전투가 벌어지고 있는 곳을 유심히 지켜봤다. 붉은 말이 이끄는 비마의 전차가 드로나를 향해 가고 있었다. 그리고 그 뒤를 드리스타디윰나와 사티야키가 따르고 있었다. 그들 뒤로 전차 부대와 기마병이 파도처럼 넘실대며 화살을 퍼붓고 있었다. 두리요다나는 카르나에게서 떨어져 전장을 가로지르며 드로나를 보호하라고 명령했다. 카우라바의 영웅 몇몇이 드로나와 적군 사이에 끼어들었다. 이윽고 대규모 전투가 벌어졌다.

두리요다나는 분노에 휩싸여 비마를 직접 공격했다. 거대한 코끼리 군단을 이끌고 비마에게 달려들었다. 비마는 소리내어 웃으며 코끼리들을 향해 철퇴가 달린 화살을 퍼부었다. 비마의 화살에 코끼리들을 육중한 소리를 내며 차례차례 땅으로 쓰러졌다. 비마의 전차는 바람처럼 눈 깜짝할 사이에 자리를 바꾸며 날아다녔고, 비마는 가공할 무기들을 비처럼 쏟아부었다. 그에게 도전한 적들은 모두 폭풍에 몰린 구름처럼 흩어졌다.

흥분한 두리요다나가 비마를 향해 화살을 퍼부었다. 비마는 카우라바의 왕자를 향해 분노의 눈빛을 던지고는 즉각 황금 날개가 달린 화살을 쏘아 두리요다나에게 중상을 입혔다. 비마가 날린 화살은 두리요다나의 전차 위에서 휘날리던 깃발까지 떨어트렸다. 틈을 놓치지 않고 비마는 또 다른 화살을 날려 두리요다나의 활을 부러뜨렸다.

지도자가 곤경에 처하자 야만족의 왕이 거대한 코끼리를 타고 군단을 이끌고 달려왔다. 비마는 지체하지 않고 코끼리의 미간에 큼직한 화살로 날려 코끼리를 저지했다. 추가로 날린 네 발의 화살에 코끼리가 결국 쓰러졌다. 벼락을 맞은 산처럼 코끼리가 쓰러지자 야만족의 왕이 자리에서 뛰어올랐다. 이를 놓치지 않고 비마는 날카로운 화살을 날려 그의 머리를 잘라버렸다.

왕의 죽음을 목격한 다른 코끼리 전사들은 도망치느라 정신이 없었다. 두리요다나가 퇴각하는 군사들을 불러모았지만 소용없었다. 그는 결국 비마에게서 멀찍이 달아나 바가닷타의 지원을 기다렸다. 바가닷타는 천하무적 코끼리 수프라티카를 타고 비마에게 달려들었다. 마치 전쟁터 위를 날아오는 것처럼 보였다. 비마가 달려오는 맹수를 향해 화살을 날렸지만 코끼리 몸 위에서 미끄러질 뿐 속수무책이었다. 코끼리는 순식간에 비마의 전차에 접근하더니 말과 전차를 동시에 뭉개버렸다. 비마는 허공으로 뛰어올랐다.

수프라티카는 뒷발로 몸을 일으키더니 울부짖으면서 비마를 찾았다. 판다바는 이 맹수의 아래쪽으로 숨어들어 맨주먹으로 코끼리를 두드려 팼다. 코끼리는 고통을 참지 못하고 마치 물레처럼 제자리를 맴돌았다. 비마가 뒤에서 튀어나오자 코끼리는 코로 비마를 휘어잡았다. 비마는 몸을 비틀어 코끼리에서 빠져나와 자신을 죽이려고 울부짖는 짐승 뒤에 숨었다. 이 모습을 보고 유디스티라는 코끼리 군단을 보내 비마를 도울 것을 명했다. 수프라티카가 다른 코끼리들의 공격에 잠시 주춤하는 순간 비마는 기회를 놓치지 않고 달려들었다.

바가닷타와 다샤르나의 왕이 이끄는 판다바 군의 코끼리 부대 사이에 전투가 벌어졌다. 그들은 바가닷타를 포위한 채 화살을 퍼부었다. 바가닷타는 갈고리를 이용해 날아오는 화살을 모두 쳐냈다. 수프라티카를 타고 전진하며 그는 숲을 휘젓는 폭풍처럼 적군을 무자비하게 짓밟았다. 들판을 미친 듯 밟고 다니는 맹수에게 수많은 기병과 보병이 죽음을 맞았다. 적군의 공격에도 아랑곳하지 않고 코끼리는 판다바 군에 일대 혼란을 가져왔다. 병사들은 도망치느라 바빴고, 짐승들은 겁에 질려 울부짖었다. 그 모든 소란 위로 수프라티카가 울부짖는 소리가 전쟁터에 아득히 메아리쳤다.

한편 아르주나는 조금 떨어진 곳에서 혼자 삼샤프타카와 나라야나 부대를 상대하고 있었다. 그의 귀에 수프라티카의 비명이 들렸다. "크리슈나여, 바가닷타가 우리 부대를 짓밟고 있음에 틀림없습니다. 우리밖에 도와줄 사람이 없습니다. 지금 당장 바가닷타가 있는 곳으로 가주소서.

그놈과 수프라티카를 죽음의 땅으로 보내겠습니다."

아르주나의 요청에 크리슈나는 전차를 돌렸다. 그들이 자리를 뜨려 하자 삼샤프타카들이 뒤에서 소리쳤다. "도망가는 것이냐? 아직 끝나지 않았다. 우리가 살아 있다."

순간 아르주나는 갈등에 빠졌다. 바가닷타로부터 부대를 구해야 한다. 그렇다고 삼샤프타카와의 대결에서 자리를 피할 수도 없다. 크샤트리야라면 도전을 피해서는 안 되는 법. 그는 크리슈나에게 전차를 세우라고 한 뒤 다시 돌아섰다. '저놈들을 전멸시키고 바가닷타에게 가면 된다.'

크리슈나가 전차를 돌리는 사이에도 아르주나는 갈피를 잡지 못했다. 수십만 명의 전사가 수샤르마 부대를 지원하고 있었다. 규모가 워낙 커서 모두 상대하기에는 오랜 시간이 걸릴 것이다. 그러는 동안 바가닷타와 저 무시무시한 코끼리가 우리 군에게 엄청난 피해를 입힐 것이다.

생각을 정리하는 사이, 갑자기 삼샤프타카 군이 아르주나를 공격했다. 수많은 화살이 전차 위로 쏟아져 아르주나와 크리슈나도 상처를 입었다.

크리슈나는 고삐를 떨어뜨리며 그만 정신을 잃고 말았다. 갈고리 화살이 날아와 쓰러진 그를 뒤덮었다. 멈춰 선 전차 위로 화살이 무더기로 쏟아져 아무것도 보이지 않았다. 인내심을 잃은 아르주나는 브라흐마의 무기를 일으키기로 결심했다. 그는 활에 황금 화살을 건 뒤 주문을 외웠다. 그리고는 숙련된 솜씨로 브라흐마의 힘이 실린 화살을 쉴새없이 적에게 퍼부었다.

활활 타오르는 화살 덩어리가 삼샤프타카들을 향해 날아갔다. 전사들은 목과 팔다리가 잘린 채 땅에 쓰러졌다. 전차들은 산산조각났고 코끼리의 몸도 토막난 채 뒹굴었다. 말과 기병들도 큰 피해를 입었다. 아르주나의 신비한 힘이 발휘한 치명적인 공격에 삼샤프타카 전군이 화염에 휩싸였다.

정신을 차린 크리슈나가 말했다. "잘했다. 인드라나 쿠베라, 아니 야마라자도 이번 공격을 받아내기는 힘들었을 것이다. 적들은 격퇴됐다. 살아남은 자들도 모두 죽어가고 있다."

아르주나는 크리슈나에게 빨리 바가닷타에게로 가자고 재촉했다. 삼샤프타카 부대는 다시 돌아와 상대하면 될 것이었다. 크리슈나가 모는 전차는 바람처럼 전쟁터를 가로질러 바가닷타가 있는 곳에 도착했다. 아르주나가 달려오는 모습을 보고 두리요다나는 거대한 전차 군단에게 명하여 공격할 것을 지시했다. 그들은 아르주나에게 화살과 표창, 창을 퍼부었다. 그 공격에 담담히 맞서며 아르주나는 끊임없이 간디바를 당겨 전사들을 공격했다. 카우라바 군은 죽음에 아랑곳하지 않고 비명과 고함을 지르며 끊임없이 달려들었다. 아르주나는 농부가 밀밭을 추수하듯 적군이 다가오는 족족 화살을 쏘아 쓰러뜨렸다.

그 모습에 분노한 바가닷타가 아르주나를 향해 달려왔다. 그는 아르주나의 전차에 화살을 퍼부으며 전차가 있는 곳으로 코끼리를 몰아갔다. 아르주나는 침착하게 화살을 쏘아 적의 공격을 모두 막아냈다. 두 전사는 들판을 헤집으며 전투를 벌였다. 바가닷타가 아르주나와 크리슈나를 향해 수백 발의 화살을 날렸다. 하지만 쿤티의 아들은 그 모든 화살을 공중 분해해버렸다. 아르주나의 화살에 아랑곳하지 않고 코끼리는 울부짖으며 황금 전차를 덮쳤다. 크리슈나는 능숙한 솜씨로 말을 몰아 절묘하게 상대방의 공격을 피했다. 바가닷타의 측면을 뚫고 전차가 들어가는 순간 아르주나는 기회를 노렸다. 하지만 그는 전투 규칙을 떠올리며 공격을 하지 않았다.

아르주나의 전차가 잽싸게 빠져나가자 바가닷타의 코끼리는 화가 나

미친 듯이 날뛰었다. 그러더니 갑자기 판다바 진영으로 달려들었다. 수백 대의 전차와 수만 명의 전사, 말과 전차몰이꾼이 짓밟혔다. 아르주나는 물불을 가리지 않는 바가닷타의 비양심적인 공격에 분노가 치솟았다. 그는 잽싸게 앞쪽으로 움직이며 네 발의 화살을 날려 그의 활을 부러뜨렸다. 그리고는 두 발을 더 쏘아 바가닷타 뒤에 앉아 있던 두 명의 전사를 더 죽였다.

분노가 극에 달한 바가닷타가 창을 집어던졌다. 보석이 박힌 그 창들은 번뜩이며 아르주나를 향해 날아갔다. 창에 붙은 종에서 나는 소리가 아름다웠지만 아르주나는 즉각 화살을 날려 모두 토막냈다. 그리고는 열 대의 화살을 더 날려 수프라티카의 갑옷을 찢어놓았다. 갑옷은 마치 별똥별처럼 땅에 내리꽂혔다. 검은 맹수의 모습은 마치 구름이 걷힌 산처럼 보였다.

바가닷타는 굴하지 않고 아르주나를 향해 긴 표창을 던졌다. 날 끝이 붉고 불꽃이 튀었다. 아르주나는 다시 날카로운 화살을 날려 표창을 두 동강냈다. 흰 우산과 깃대도 동강내버렸다. 마지막으로 그는 바가닷타의 몸을 목표로 열 대의 화살을 날렸다. 바가닷타도 이에 질세라 스무 대의 긴 창으로 응수했다. 바가닷타가 날린 창 하나가 아르주나의 왕관에 맞아 땅에 떨어졌다. 아르주나는 왕관을 고쳐 쓴 뒤 싸늘한 눈으로 바가닷타를 노려봤다. "세상을 잘 봐두거라."

바가닷타는 재빨리 새 활을 집어 갈고리가 달린 화살을 소나기처럼 퍼부었다. 아르주나 역시 넓적한 화살을 날려 바가닷타의 활을 토막내고 그의 몸에 화살을 꽂았다. 황금 갈고리를 꺼내든 바가닷타는 자신이 가지고 있는 천상의 무기 바이슈나바를 생각했다. 바이슈나바를 일으키는 주문을 외우며 그는 갈고리에 주문을 걸어 아르주나에게 날렸다. 둘 사이의 전투를 지켜보던 모든 전사들이 날아가는 무기를 보며 숨을 삼켰다. 천지만물을 사살할 수 있는 무기가 아르주나를 향해 날아갔다.

바로 그때, 크리슈나가 갑자기 자리에서 일어나더니 두 팔을 활짝 벌려 가슴으로 그 무기를 막아냈다. 크리슈나의 가슴에 부딪힌 무기는 순식간에 천상의 꽃으로 만든 화환으로 변해 그의 목에 감겼다.

아르주나는 어리둥절했다. '크리슈나는 어찌하여 이처럼 중요한 순간에 전투에 관여했을까?'

바가닷타 역시 큰 충격을 받은 듯했다. 아르주나가 말했다. "연꽃 같은 눈을 가진 분이여, 전차를 몰아주기만 할 뿐 전쟁에는 참여하지 않겠다고 약속하지 않았습니까? 제가 힘을 잃었거나 쓰러지기 직전이었다면 당신이 나서 저를 보호해준 것을 이해했을 것입니다. 허나 저에겐 상대를 무너트릴 능력도, 그리고 무기도 아직 그대로입니다. 천상의 존재와 아수라가 떼로 덤벼도 저를 꺾을 수는 없습니다. 그런데 어찌하여 이리 하셨단 말입니까?"

바가닷타 주위로 전차를 몰아가면서 크리슈나가 대답했다. "아이야, 네 오해를 풀어주기 위해서는 바가닷타가 너를 파멸시키기 위해 사용했던 무기에 대해 먼저 설명해야겠구나. 오랜 옛날 내가 마하비슈누의 모습으로 잠에서 깨어났을 때의 일이다. 대지의 여신이 나에게로 와 은총을 내려달라고 했다. 내가 늘 축복을 내리던 때였느니라. 그녀는 '나의 아들 나라카에게 바이슈나바를 주소서, 하여 그 어떤 존재도 그를 죽이지 못하게 해주소서' 라고 기도했다. 나는 그녀의 청을 들어주었다. 여신은 자리를 떠났고 그녀의 아들은 그때 받은 무기를 훗날 바가닷타에게 넘겨주었다. 바이슈나바는 삼계에 있는 모든 것, 나아가 인드라와 루드라까지 파멸시킬 수 있는 무기다. 하여 그대를 위해 내가 그것을 막아낸 것이다. 이제 그대가 직접 저자를 처단하거라. 용서받지 못할 저 바가닷타를 처단하거라. 위대한 전쟁에서 내가 나라카를 처단했듯 말이다."

크리슈나가 자신의 목숨을 구해줬다는 사실을 깨달은 아르주나가 바가닷타를 똑바로 쳐다봤다. 그는 잽싸게 화살을 날려 바가닷타 주위를 화살로 뒤덮었다. 바가닷타가 슬쩍 공격을 피하려 했다. 아르주나는 긴 황금 창을 꺼내들었다. 그리고는 인드라의 힘을 끌어내 수프라티카를 향해 집어던졌다. 창은 코끼리의 이마에 정통으로 날아가 꽂혔다. 코끼리는 걸음을 멈추고 온몸이 굳은 채 그 자리에 섰다. 바가닷타가 앞으로 나아갈 것을 재촉했지만 코끼리는 벼락을 맞은 산봉우리처럼 그 자리에 쓰러졌다. 꼬끼리의 마지막 비명과 함께 바가닷타가 뛰어내렸다.

바가닷타가 땅에 닿기도 전에 아르주나는 반달 모양의 화살을 날렸다. 바가닷타의 가슴이 찢어지고 심장이 두 조각났다. 눈부신 터번 역시 뿌리 뽑힌 연잎처럼 떨어졌다. 그와 동시에 바가닷타의 몸에 걸려 있던 황금 장신구도 산산이 흩어졌다. 팔과 다리가 찢어져나간 채, 그는 마치 신앙을 잃은 천상의 신처럼 땅에 내동댕이쳐졌다.

아르주나는 예의를 잃지 않고 적에 대한 존경을 담아 그 주위를 한 바퀴 돌았다. 이어 그는 전차를 카우라바 군대로 돌려 또 다시 전투에 뛰어들었다. 샤쿠니의 두 동생이 고함을 지르며 아르주나에게 달려들었다. 수천 명의 간다라 기병도 합세했다. 전사들은 수많은 화살을 날려 아르주나를 덮었다. 그러나 아르주나는 조금도 굴하지 않고 날카로운 화살을 날려 두 왕자의 목을 베어버렸다.

겁에 질린 샤쿠니가 아르주나에게 달려들었다. 그는 아수라의 신비한 무기를 끄집어내더니 온갖 끔찍한 환영을 만들어 아르주나를 덮쳤다. 막대와 쇠구슬, 돌과 표창, 갈고리와 화살, 곤봉, 창과 삼지창, 그리고 도끼를 비롯한 수많은 무기가 사방에서 아르주나를 향해 날아왔다. 사나운 짐승들은 굶주림에 울부짖으며 라크샤사와 식인 새, 마귀와 합세하여 아르주나를 공격했다. 깊은 암흑이 그의 전차를 에워쌌다. 그리고 어둠속에서는 잔인한 목소리가 그를 위협했다.

아르주나는 고티슈카Gotishka라는 번쩍이는 천상의 무기를 끄집어냈다. 이내 어둠이 물러가고 환영도 사라졌다. 그러자 이번에는 거대한 물기둥이 몰려왔다. 아르주나는 잽싸게 아디티야Aditya라는 무기를 동원해 물을 말려버렸다. 모든 시도가 무용지물이 되자 샤쿠니는 겁에 질린 패잔병처럼 등을 돌려 달아났다. 아르주나는 간다라 병력으로 전차를 돌려 그들을 뒤쫓았다.

아르주나의 공격에 다른 카우라바 군도 공격을 가했다. 두 진영 간에 총력전이 펼쳐졌다. 유디스티라는 드리스타리윰나, 사티야키와 함께 아르주나 곁을 지키며 전투에 임했다. 카우라바들은 한 쌍의 분노한 신처럼 달려드는 비마와 아르주나에게 속속 쫓겨갔다.

드리스타디윰나가 드로나에게 무기를 겨누는 동안 아비만유는 카르나를 벗어나지 못하도록 붙들고 있었다. 두 위대한 전사가 싸우는 사이 아르주나는 두리요다나의 거대한 군사 무리에 화살을 날려 그들을 퇴각시켰다. 비마는 사방을 뛰어다니며 무기를 휘둘렀다.

드로나는 최선을 다해 싸웠지만 유디스티라를 붙잡을 기회를 잡지 못했다. 여러 명의 강력한 전사를 죽이고 병사들을 파멸로 이끌었지만 무적의 사티야키가 유디스티라를 철저히 보호하고 있었다. 오히려 드리스트라디윰나와 판찰라 군사들이 드로나를 궁지로 몰아넣었다.

태양이 하늘 한가운데에 치솟았다. 카우라바 군의 거듭된 참패에 드로나는 병력을 재정비하기로 결정했다. 그는 퇴각 명령을 내린 뒤 군사들을 들판의 서쪽으로 집합시켰다. 카우라바의 진영이 있는 곳이었다.

예상대로 두리요다나의 분노는 극도에 달해 있었다. "스승이여, 어찌하여 맹세를 지키지 않으셨습니까? 유디스티라도 잡지 못했고, 아르주나는 들판을 헤집고 다니고 있습니다. 당신의 말은 거짓이 되었습니다."

그 말에 드로나도 분노가 치밀었다. "늘 그대를 위해 애쓰는 사람에게 그런 말을 해서는 안 된다. 여러 번 말했듯이 이 우주에 아르주나를 이길 자는 없다. 그 아이는 마하데바도 꺾었다. 이제 유디스티라가 우리의 목표를 알아차렸으니 그는 군사들에게 명하여 자신을 더욱더 엄호하게 할 것이다. 그를 생포하는 것이 쉽진 않겠지만 최선을 다할 것이다. 위대한 영웅 하나를 죽이겠다는 약속도 지킬 것이다. 이제 신조차도 뚫을 수 없는 대형을 짤 것이다. 삼샤프타카의 잔여 병력은 계속해서 아르주나에 맞서 저들을 남쪽으로 끌고가라. 우리는 여기서 유디스티라를 함정에 몰아넣고 적어도 저들 영웅 중 한 명의 목숨을 빼앗을 것이다."

드로나는 들판 너머에 있는 판다바 군을 바라봤다. 저들 주요 전사 가운데 하나라도 죽인다면 저들의 사기가 꺾이고도 남을 것이다. 그는 군사들을 차크라브유하(chakravyuha : 수레바퀴 대형)으로 재정비했다.

이 대형이라면 적어도 한 명은 함정에 빠질 것이다. 어쩌면 유디스티라가 될 수도 있다. 오직 아르주나만이 이 대형의 비밀을 알고 있다. 판다바들 가운데 어느 누구도 이 대형에 저항하거나 대형을 부술 수는 없다. 아르주나가 그의 형제와 지원자들에게 이 비밀을 알려주지 않는다면 말이다. 드로나가 작전 지시를 내렸다. 허나 그는 곧 이 비밀을 알아내리라.

20

아비만유의 위력

전열을 재정비하기로 결정한 뒤 드로나가 수샤르마에게 가서 말했다. "왕이여, 아직 그대의 맹세가 이뤄지지 않았다. 아르주나는 틀림없이 그대의 도전을 받아줄 것이다. 동생들과 함께 그를 남쪽으로 유도하거라. 그 기회를 노려 우리가 유디스티라를 생포하겠다."

드로나의 명령에 수샤르마는 즉각 남은 세 동생을 이끌고 출발했다. 생존한 삼샤프타카와 트리가르타, 나라야나 부대도 함께 갔다. 모든 전사들이 나팔을 불고 으르렁거렸다. 마음속에는 오직 승리 아니면 죽음뿐이었다.

진격해오는 수샤르마 부대를 보며 아르주나는 부대에서 이탈해 다시 한번 그에게 달려갔다. 전투가 진행되면서 아르주나는 점점 남쪽으로 내려가고 있었다. 드로나는 나머지 카우라바 군을 차크라 대형으로 조직했다.

이내 둥그런 대형이 형태를 갖췄다. 주요 위치에는 카우라바의 주요 지휘자들이 자리잡았다. 병사들이 판다바 군을 향해 진군했다. 두리요다나와 그의 동생들은 카르나와 크리파의 지원을 받으며 대형 한가운데에 섰다. 드로나와 그의 아들은 거대한 원을 이룬 왕들과 군사들의 선봉에 자리잡았다.

드로나는 적을 압박하면서 화살 공격을 퍼부었다. 판다바 군을 향해 날아간 화살은 비처럼 쏟아졌다. 전사들의 비명소리가 허공을 찔렀다.

카우라바 군이 난공불락의 차크라 대형으로 진을 짜자 유디스티라는 생각에 잠겼다. 아르주나만이 이 대형을 뚫는 방법을 알고 있다. 그가 형제들에게 이 대형에 대해 이야기한 적은 있지만 드로나에게 배운 비밀까지 알려주지는 않았다. 하지만 유디스티라는 아르주나가 수바드라와 이 이야기를 나눌 때 아비만유가 어깨 너머로 그들의 대화를 엿들었다는 것을 기억해냈다. 이제 왕자만이 유일한 희망이었다. 유디스티라는 왕자를 불러 물었다.

"아들아, 저 대형을 깨뜨릴 자는 너뿐이구나. 너와 네 아버지, 크리슈나, 그리고 프라디윰나만이 저 대형을 뚫을 수 있는 비밀을 알고 있다. 드로나는 필시 저 대형으로 우리 군대를 치고 들어올 것이다. 그리고는 우리 군을 분열시키고 나를 생포할 것이다. 아이야, 네가 저 군사들을 깨뜨릴 수 있겠느냐. 말해다오."

아비만유는 자부심에 가득 차 전차에 우뚝 섰다. 눈부신 갑옷을 입고 손에 활을 움켜쥔 채 서 있는 그에게 산들바람에 불어왔다. 잘생긴 청년은 마치 신들 가운데 서 있는 위대한 영웅 같았다. 비록 열여섯 살이지만 그는 이미 판바다 최고의 전사였다.

그러나 왕자의 대답은 불확실했다. "왕이여, 지당한 말씀입니다. 저 대형을 뚫는 방법에 대해서는 잘 알고 있습니다. 하지만 뚫지는 못합니다. 아버지께서는 그 기술에 대해서는 알려주지 않았습니다. 저는 마치 불에 뛰어드는 벌레와 같을 것입니다. 위험이 찾아오면 붙잡히고 말 것입니다."

유디스티라가 그를 격려했다. "두려워 말라. 네 뒤에 우리가 있을 것이다. 드리스트라디윰나와 사티야키, 모든 판찰라, 케카야, 마츠야, 그리고 프라바드라카 부대가 너를 지켜줄 것이다. 모두가 너를 보호할 것이다."

대화를 듣고 있던 비마가 덧붙였다. "영웅아, 우리 모두가 너를 따를 것이다."

삼촌들의 격려에 아비만유는 자신감을 얻었다. 그는 칼을 들고 큰 소리로 외쳤다. "오늘 나는 내 어머니와 아버지의 가문에 영광을 더하겠습니다. 내 아버지와 삼촌들을 기쁘게 하겠습니다. 모든 피조물이 보게 될 것입니다. 내가 적의 수장을 때려부수는 모습을. 그 누구도 목숨이 남은 채 도망가게 놔두지 않을 것입니다. 반드시 저 대형을 뚫겠습니다."

유디스티라가 왕자를 축복했다. "수바드라의 아들아, 맹세를 입증하거라. 더 막강한 힘을 갖게 되기를. 이제 가거라. 우리가 네 뒤를 따르마. 너를 지원하는 병사들은 천상의 존재들만큼이나 강력하다."

아비만유는 다가오는 카우라바 군을 보며 전차몰이꾼에게 명했다. "수미트라Sumitra여, 드로나의 군단으로 말을 몰아라. 태양이 구름을 쫓아내듯 저 대형을 부술 것이다."

크리슈나의 전차몰이꾼 다루카의 아들인 수미트라가 드로나를 향해 전차를 몰았다. 전차가 맹렬하게 들판을 가로질렀다.

수미트라가 걱정스러운 듯 말했다. "만인의 으뜸이여, 당신을 보호하는 것이 나의 의무이나 그대 어깨에 달린 무거운 짐을 생각하소서. 드로나는 모든 무기에 능하고, 지금껏 한 번도 패한 적 없는 전사들의 엄호를 받고 있습니다. 하지만 당신은 험한 전투의 가혹함을 모릅니다. 분명 힘든 전투가 될 것입니다."

아비만유는 웃음을 터뜨렸다. "드로나가 누구인가? 그를 지지하는 저 크샤트리야들은 누구인가? 불멸의 존재들이 지원하고 아이라바타에 탄 인드라가 돕는다 해도 나는 당당히 겨룰 것이다. 세상을 정복한 비슈누가 내 삼촌이고 저 유명한 아르주나가 내 아버지다. 삼계의 어떤 적이 덤벼도 두렵지 않다. 전차를 몰아 드로나에게 가거라."

수미트라는 장벽처럼 빽빽한 적군을 바라보며 무거운 마음으로 말을 몰았다. 전차는 드로나를 향해 달려갔다. 아비만유는 드로나와 그 옆에 있는 전사들을 향해 화살을 날렸다.

푸른 꽃이 피어난 카르니카라 나무 깃발을 보면서 드로나는 그가 아르주나의 아들임을 알아차렸다. 왕자가 카우라바를 공격하는 모습은 마치 코끼리 떼를 공격하는 어린 사자 같았다. 드로나가 명령했다. 곧 반격이 시작됐다.

이비만유는 수미트라를 세심하게 지휘했다. 전차는 이리저리 날래게 움직이며 마침내 카우라바 진영 가까운 곳에 도착했다. 아비만유는 드로나에게 공격을 퍼붓는 동시에 양옆에서 싸우고 있는 전사들을 향해 화살을 퍼부었다. 전사들이 쓰러지자 아비만유는 오른쪽으로 방향을 돌려 드로나에게 화살을 쏘았다. 드로나가 머뭇거리는 사이 그는 드로나를 지나 수레바퀴 대형의 한가운데로 뚫고 들어갔다. 카우라바 군은 경이로운 눈으로 그 모습을 바라봤다.

대형의 외곽이 뚫리자 잔인한 전투가 전개되었다. 마치 갠지즈 강과 바다가 만나 끓어오르는 파도와 같았다. 대규모의 코끼리 군단과 기병, 전차병, 보병이 아비만유를 포위했다.

아비만유는 화살로 적의 목을 베기 시작했다. 그는 마치 회오리바람처럼 적진을 헤집었다. 카우라바 군은 마치 수백 명의 아비만유를 맞아 싸우는 듯 대혼란에 빠졌다. 온갖 악기가 연주되고, 여기저기서 군사들의 외침이 들렸다. 코끼리의 비명, 전사들의 고함소리, 장신구가 부딪혀 내는 소리, 전차바퀴소리가 한꺼번에 섞여 귀청을 찢어댔다.

아비만유의 공격에 수천 명의 카우라바 군이 목숨을 잃었다. 그의 속도와 용맹은 가히 말로 표현할 수 없을 재빠르고 강력했다.

이내 세상은 영혼이 떠난 전사들의 시체로 뒤덮였다. 팔찌와 발찌로 장식된 튼튼한 팔은 여전히 무기를 쥔 채 축 늘어져 있었다. 잘생긴 얼굴들은 멋진 투구를 쓰고 향수 냄새를 그대로 풍기며 땅에 떨어져 뒹굴었다.

차크라브유하 대형을 뚫은 아비만유는 적진을 들쑤시고 다녔다. 그 속도가 너무도 빨라 아무도 그를 겨눌 수 없었다. 그가 날린 화살은 마치 금빛을 머금은 태양처럼 날아다녔다. 거대한 코끼리와 전사들은 물론 갑옷과 장신구가 산산이 부서져 나뒹굴었다. 기병들은 온몸에 화살을 맞고 안장에서 떨어졌다. 주인을 잃은 말들은 겁에 질려 뒷걸음질치다 역시나 화살을 맞고 그 자리에 쓰러졌다. 짐승들은 피범벅이 되고 혀와 눈이 튀어나온 채 죽음을 맞이했다.

수많은 전사와 짐승들을 죽은 영웅들이 사는 땅으로 보내면서 아비만유는 계속해서 공격을 가했다. 그 현란한 모습에 카우라바 전사들은 아름다움을 느낄 정도였다. 하지만 아미만유는 전혀 빈틈을 보이지 않았다. 오히려 접근해오는 적을 향해 족족 화살을 날렸다.

카우라바 군은 마치 남성의 신 스칸다Skanda에게 살육당하는 아수라처럼 모두 죽어나갔다. 아비만유는 적군 사이를 날래게 뛰어다니며 가는 곳마다 죽음의 흔적을 남겼다. 수천 명의 전사가 무기를 버리고 달아났다. 코끼리들은 울부짖고, 말들 또한 전속력을 다해 도망쳤다. 대지를 피로 물들이며 쓰러진 전사들은 짐승에게 무참히 짓밟혔다.

이 모습을 지켜보는 두리요다나의 속은 바짝바짝 타들어갔다. 결국 그는 고함을 지르며 아비만유를 향해 달려나갔다. 이를 본 드로나가 전사들에게 외쳤다. "왕을 구하라!"

아슈바타마와 크리파, 카르나, 샤쿠니, 샬리야, 그리고 다른 많은 전사들도 아비만유를 향해 달려갔다. 젊은 왕자는 금세 화살로 뒤덮였다. 왕자는 전차 위에 서서 사방을 향해 화살을 날려 공격을 막아냈다. 수미트라 역시 능숙한 솜씨로 전차를 몰아 공격을 피했다. 그가 쏜 화살은 눈에 보이지 않을 만큼 빠른 속도로 날아가 적들의 몸을 꿰뚫었다.

카우라바 군도 굴하지 않고 사방에서 아비만유를 공격해왔다. 수천 발의 화살이 쏟아졌지만 왕자는 그 화살들을 모조리 쳐내거나 교묘하게 피했다. 화살 몇 대가 갑옷에 꽂혔지만 그는 조금도 개의치 않았다. 그가 정조준한 열두 발의 화살에 카우라바 군의 강력한 연맹인 아슈마카 Ashmaka 왕의 전차가 부서졌다. 아비만유는 화살 여섯 대를 더 날려 말 네 필과 전차몰이꾼, 그리고 왕을 처단했다.

군주가 죽자 카우라바 군은 등을 돌려 달아나기 시작했다. 두리요다나와 카르나는 힘을 합쳐 아비만유에게 화살을 퍼부었다. 아비만유 역시 카르나를 향해 화살을 날렸다. 화살은 카르나의 어깨를 뚫고 들어가 몸에 꽂혔다. 고통에 힘겨워하던 카르나는 지진을 만난 산처럼 몸을 격렬하게 떨다가 기절해버렸다.

이어 아비만유는 두리요다나를 향해 여섯 발의 화살을 날려 그를 흠칫 놀라게 만들고, 카우라바를 지원하는 네 명의 왕을 처단했다. 샬리야와 아슈바타마가 달려왔다. 아비만유는 샬리야에게도 강철 화살을 날렸다.

화살을 맞은 샬리아는 전차 위에서 비틀거렸다. 화살이 샬리아에게 박히는 것을 보며 아비만유는 몸을 돌려 아슈바타마를 공격했다. 드로나의 아들은 그 위력에 눌려 전차 속으로 몸을 숨겼다.

도주하는 카우라바 군의 수가 갈수록 늘어갔다. 최고의 전사만이 그와 맞섰다. 그러나 모두 분노한 아비만유의 공격에 눌리고 있었다. 아비만유가 카우라바 진영을 헤집고 다니는 것을 보며 싯다와 사라나들이 하늘에서 그를 찬양했다. 비길 데 없는 아비만유의 무예에 쫓겨가는 카우라바 군 역시 그를 칭송했다.

수천 명의 카우라바 군이 목숨을 잃었다. 눈앞에 나타나는 자들은 모두 죽음으로 갔다. 살리아가 공격당하는 모습을 보고 샬리아의 동생 마드라Madra가 분노에 차 달려왔다. 그리고는 불꽃이 이는 표창 스무 개를 날렸다. 하지만 아비만유는 마드라가 날린 화살을 모두 조각내버렸다. 그리고는 곧장 반격에 들어가 그의 전차를 부수고 목을 베어버렸다. 마드라가 죽자 그를 따르는 수천 명의 대원들이 격노해서 달려들었다. "우리가 죽는 한이 있더라도 네놈은 살아서 돌아가지 못한다."

아비만유는 격렬한 화살 세례로 맞섰다. 먼저 아버지와 삼촌에게 받은 천상의 무기를 일으켰다. 말발굽이 달린 화살과 송아지 이빨 모양의 화살이 날아갔다. 아비만유의 화살을 맞은 카우라바 군은 사지가 찢겨 나가떨어졌다. 아비만유는 멈추지 않고 계속해서 공격을 가했다. 반달 모양의 화살과 갈고리 모양의 화살을 날렸다. 그리고는 거침없이 적진을 뚫고 들어가 태양이 안개를 흩트리듯 적군을 헤집어 놓았다.

드로나 역시 아비만유의 솜씨에 매우 놀랐다. 두리요다나가 다가왔다. "왕이여, 보라. 저 어린 왕자가 우리를 무찌르는 모습을. 그 어떤 궁사도 저 아이와 맞설 수는 없다. 저 아이는 원한다면 우리 부대를 전멸시킬 수도 있을 것이다."

그 말에 두리요다나는 분노했다. 하지만 겉으로는 애써 웃으면서 옆에 있는 카르나를 향해 말했다. "스승께서는 아르주나의 아들에게 애정이 있소. 그렇지 않으면 저 아이를 죽이지 않을 이유가 없소이다. 아르주나를 사랑하기 때문에 아비만유를 봐주고 있는 것이오. 스승께서 보호해주고 있으니 저 아이가 전쟁터를 헤집고 다닐 수 있는 것이오. 허나 이제 저 아이를 죽일 때가 되었다. 카르나, 저 오만방자한 아이를 당장 처단해주시오. 당장!"

그 말에 두사사나가 나섰다. "형님, 내가 하고 싶소, 우리 군이 보는 앞에서 내가 저 아이를 죽여버리겠소. 내가 저 아이를 죽였다는 소식을 들으면 크리슈나와 아르주나 둘 다 스스로 죽음의 땅으로 떠날 것이오. 혈족들도 슬픔에 젖어 제 갈 길을 갈 것이오. 내가 저 오만한 수바드라의 아들을 죽여버리겠소."

그리고는 고함과 함께 아비만유를 향해 달려나가며 화살을 퍼부었다. 아비만유의 전차가 보이지 않을 정도였다. 아비만유는 적의 정체를 알아차리고 미소를 지었다. 그리고 이에 질세라 열두 발의 화살을 날렸다. 두사사나는 아비만유의 반격에 분통을 터뜨리며 공격의 강도를 높여 화살과 표창을 집어던졌다. 아비만유도 화살을 쏘아 카우라바의 공격을 막아내는 동시에 두사사나를 향해 화살 공세를 퍼부었다. 두 전사는 전차를 몰며 다양한 작전을 선보였다. 모두가 놀라워하며 두 전사를 찬양했다. 카우라바 군은 온갖 악기를 연주하며 아비만유를 압박하는 두사사나를 응원했다.

아비만유가 외쳤다. "내 오늘 하늘의 도움으로 잔인하기 짝이 없고 정의를 잃어버린 자만한 전사를 만났구나. 용맹은 떨칠 줄 모르고 오로지 죄악만 행하는 자여, 기쁨에 들떠 유디스티라와 비마에게 욕설을 퍼부은 너를 내가 오늘 응징할 것이다. 순결한 드라우파디의 머리채를 휘어잡은 대가를 치르게 해줄 것이다. 무식과 폭력, 탐욕과 학대의 열매를 거둘 것이다. 이 모든 전사들 앞에서 그 목을 벨 것이니 이제야 너를 향한 분노에서 해방되는구나."

말을 마침과 동시에 아비만유는 두샤샤나를 향해 눈부신 황금 화살을 날렸다. 어깨에 화살을 맞은 두샤샤나가 활을 떨어뜨렸다. 아비만유는 다시 불화살을 날렸다. 가슴과 팔을 관통당한 두샤샤나는 땅에 쓰러져 기절하고 말았다. 전차가 나타나 잽싸게 그를 태우고 전장을 벗어났다.

두샤샤나가 압도당하는 모습을 지켜보던 카르나가 아비만유에게 도전했다. 하지만 그 역시 어린 전사를 감당하진 못했다. 아비만유는 쉴새없이 화살을 날려 카르나를 퇴각시켰다. 깃대가 토막나고 갑옷이 부서지자 카르나도 어쩔 수 없었다. 그러자 아드히라타의 아들들이 달려와 카르나를 지원하기 시작했다. 그들 중 하나가 격분을 참지 못하고 아비만유를 향해 달려들었다. 그는 괴성을 지르며 화살을 마구 날렸다. 아비만유 역시 적을 향해 화살을 날렸다. 깃대가 부러지고 전차 바퀴가 박살나며 말들이 죽었다. 마지막까지 반격하는 적에게 아비만유는 반달 모양의 화살을 날려 목을 베어버렸다.

잇따른 패배에 카우라바 군은 슬픔에 빠졌다. 그들 중 어느 누구도 제단의 성화처럼 빛나는 아비만유에 맞서지 못했다. 그는 나팔을 불고 카우라바 사이를 휘저으며 사방에 화살을 날렸다. 수레바퀴 대형 안쪽에 있는 수천 명의 전사가 그의 손에 목숨을 잃었다.

유디스티라와 비마, 쌍둥이, 드리스타디윰나, 드루파다, 비라타를 비롯한 판다바의 지도자들은 아비만유가 카우라바 진영을 뚫고 들어가는 모습을 지켜보았다. 숲 속을 달리는 코끼리처럼 그가 대형을 뚫으니 바깥쪽에 커다란 틈이 생겼다. 판다바 군은 그 틈을 파고들어 아비만유를 쫓으려 했다.

바로 그때 자야드라타가 앞을 가로막았다. 신두의 왕은 구멍이 뚫린 대형과 적 사이를 전진하며 화살 공격을 가했다. 시바의 은총을 받은 자야드라타는 아무 두려움 없이 판다바 군과 맞섰다.

시바의 은총에 따르면 신두의 왕은 아르주나를 만나지 않을 것이라 했다. 아르주나는 멀리서 삼샤프타카들과 싸우고 있었다. 갈 길이 바빴지만 판다바 군은 자야드라타에 막혀 더 이상 전진할 수가 없었다.

판다바들은 경악했다. 시바의 은총이 있었다는 사실을 모른 채 판다바 군은 자신들을 곤혹스럽게 만드는 자야드라타의 용맹에 감탄했다. 앞에 선 전사들이 수많은 무기를 던져댔지만 소용없었다. 판다바 군이 자야드라타를 뚫기 위해 애쓰는 사이 카우라바 군은 전력을 재정비했다. 판다바 군은 힘 한번 제대로 써보지 못하고 차크라브유하가 닫히는 광경을 지켜봐야 했다. 결국 아비만유만 대형 안쪽에 갇혀 버렸다.

카우라바 전사 열 명이 자야드라타의 용맹을 칭송하며 그를 도우러 왔다. 카우라바 군의 대형 외곽에서 전투가 벌어졌다. 아비만유는 그 안을 휩쓸고 있었다. 그러나 난공불락의 전사들과 맞닥뜨린 판다바 군은 아르주나의 아들을 도울 방법이 없었다.

* * *

두리요다나의 걱정은 커져만 갔다. 어느 누구도 아비만유를 멈출 수 없을 듯했다. 그 앞에 서는 자는 모두 도망가거나 죽음을 맞이했다. 그는 카르나와 크리파, 아슈바타마, 샬리야, 크리타바르마 그리고 바흘리카를 비롯한 모든 영웅들을 압도했다. 두리요다나도 아비만유의 화살을 맞았고, 드로나 역시 그를 막을 수 없을 것 같았다.

두리요다나는 부대를 돌아다니며 불길이 휩쓴 것처럼 전장을 초토화시키고 있는 아비만유를 바라봤다. 샤쿠니가 말했다. "정당한 방법으로는 불가능하다. 저 아이를 죽일 방법을 찾아야 한다. 우리가 당하기 전에 한꺼번에 공격하는 것이 좋겠다."

그 말을 들은 카르나가 드로나에게 말했다. "스승이여, 아비만유를 죽일 방법을 알려주소서."

드로나는 현란한 솜씨를 발휘하고 있는 아비만유를 바라보며 말했다. "저 왕자에게서 약점을 본 자가 있더냐? 그대들이 수없이 공격했건만 저 왕자는 공격은 물론 방어에 일체의 틈을 보이지 않았다. 그대들이 본 것은 원을 그리며 불꽃을 쏴대는 활뿐이었다. 저 뜨거운 화살에 비록 내 사지는 고통스러워도 참으로 기쁘구나. 과연 그 아비에 그 아들이다."

카르나는 그 말이 몹시 거북했지만 진정하며 다시 청했다. "브라만이여, 나 또한 저 아이로 인해 부상을 당했습니다. 내가 크샤트리아의 의무에 충실했기에 지금껏 전쟁터에 남아 있는 것입니다. 저 아이는 왕마저 죽일 뻔했습니다. 게다가 우리 군은 이제 전멸 위기에 놓여 있습니다. 부디 저 아이를 막을 방법을 알려주소서."

하지만 드로나는 완고했다. "아비만유는 선하고 신앙심이 깊으며 강력하다. 또한 아르주나와 크리슈나의 가르침을 받았다. 아르주나는 뚫을 수 없는 갑옷을 입는 방법을 저 아이에게 가르쳐주었다. 우리에겐 저 아이를 쓰러뜨릴 수 있는 영웅이 없다."

드로나는 말을 이으며 고개를 떨궜다. "그러나 그를 압도할 수 있는 방법이 있으니, 주의 깊게 듣거라. 저 아이의 활과 말, 전차를 한꺼번에 깨뜨리면 된다. 크리타바르마가 저 아이의 말을 죽이고 아슈바타마가 전차몰이꾼을 죽이고 크리파와 나, 그리고 왕이 저 아이를 공격할 것이다. 정직하지 못한 방법이긴 하지만 우리가 동시에 달려든다면 저 아이를 이길 수 있을 것이다."

드로나는 자신의 충고가 규칙에 어긋난다는 것을 알고 있었다. 하지만 다른 방법이 없었다. 카우라바 군의 사령관으로서 무슨 방법을 써서든 군대를 보호해야 한다. 드로나는 결국 무거운 마음으로 카우라바의 수장 다섯 명과 함께 아비만유를 공격할 준비를 했다. 그들은 왕자를 에워쌌다. 그리고 계획한 대로 카르나가 가장 먼저 활을 동강냈다. 크리타바르마는 말을 죽이고, 아슈바타마가 전차몰이꾼을 죽였다. 이어 드로나와 크리파가 앞에서 달려드는 사이 두리요다나가 뒤에서 공격을 가했다. 말은 죽고 전차는 움직이지 않았다. 왕자는 결국 칼과 방패를 들고 전차에서 뛰어내렸다. 날랜 솜씨로 칼을 휘두르며 왕자는 쏟아지는 화살을 막아냈다.

여섯 명의 카우라바가 한꺼번에 압박해오자 왕자는 칼과 방패를 들어 공격을 막아냈다. 포위된 사실을 깨닫고는 갑자기 허공으로 솟구치더니 신비한 힘을 발휘하여 오랫동안 하늘에 떠 있었다. 오후 햇살에 그의 황금 갑옷이 빛났다. 그는 다양한 자세로 하늘을 선회하며 푸른 칼을 휘둘렀다. 아래에서 왕자를 올려다보는 카우라바들은 그가 언제 머리 위로 떨어질지 몰라 두려워하는 기색이 역력했다.

하늘을 바라보던 드로나가 아비만유를 향해 활을 조준했다. 날카로운 화살에 아비만유가 쥔 칼의 손잡이와 칼날이 잘려나갔다. 카르나는 다시 네 발의 화살을 쏘아 방패를 토막내버렸다. 무기를 잃은 아비만유는 땅으로 내려와 전차 바퀴를 집어들었다. 비슈마를 향해 바퀴를 들고 달려가던 크리슈나를 떠올리며 그는 드로나에게 전진했다. 그의 긴 머리는 피투성이가 된 채 바람에 날렸고, 얼굴은 먼지로 뒤덮였다. 머리 위로 전차 바퀴를 들고 달리는 왕자의 모습은 그 속에서도 빛났다. 이미 적에게 압도당하고 수적으로도 밀렸지만 아비만유는 조금도 두려워하는 기색이 없었다.

강철을 덧댄 전차 바퀴를 들고 달려오는 아비만유를 보고 드로나와 크리파는 화살을 날려 바퀴를 박살냈다. 아비만유는 다시 옆에 있던 육중한 철퇴를 들어 아슈바타마를 향해 달렸다. 시바처럼 달려오는 아비만유를 보고 아슈바타마가 전차에서 뛰어내렸다. 아슈바타마의 발이 땅에 닿는 순간 아비만유가 내리친 철퇴에 전차가 박살나고 말과 전차몰이꾼이 죽었다.

갑옷 곳곳에 화살이 꽂힌 상태로 아비만유는 철퇴를 휘둘러댔다. 샤쿠니의 동생 칼리케야Kalikeya와 그의 졸개들이 철퇴 공격에 그만 목숨을 잃었다. 이어서 그는 열 명의 전차군과 열두 마리의 코끼리를 죽여버렸다. 두샤샤나의 아들 두르자야Durkaya가 전차를 몰고 왕자에게 달려갔다. 아비만유는 재빨리 철퇴를 내려쳐 두르자야의 말 네 필을 죽였다. 이에 두르자야는 철퇴를 들고 전차에서 뛰어내려 아비만유에게 도전을 신청했다.

아비만유는 곧장 두르자야에게 달려갔다. 두 전사는 분노를 터뜨리며 싸웠다. 마침내 두 사람이 휘두른 철퇴가 서로의 머리를 때렸고, 두 사람은 동시에 땅에 쓰러졌다.

두르자야가 먼저 정신을 차리고 일어나 철퇴를 집어들었다. 수많은 적들과의 오랜 전투에 지친 아비만유도 천천히 일어났다. 그가 일어나려고 애쓰는 사이 두르자야가 온 힘을 다해 아비만유의 머리를 내리쳤다. 아

비만유는 정신을 잃고 쓰러져 카우라바가 보는 앞에서 사지를 벌린 채 죽고 말았다.

드로나와 다른 쿠루 지도자들이 쓰러진 왕자 주위를 에워쌌다. 마치 사냥꾼에게 죽음을 당한 코끼리 같았다. 수많은 군사들이 아비만유 앞으로 다가왔다. 그들에게 그는 숲을 태우고 꺼진 불이요, 숱한 나무들을 휩쓸고 사라진 폭풍이었다. 잘생긴 얼굴에는 평화로운 표정이 떠올랐다. 붉은 눈은 하늘을 바라보고 있었다. 죽음을 맞이하고도 그는 가을 밤에 뜬 보름달처럼 눈부시고 여전히 빛났다.

카우라바 군은 기쁨에 차 환호성을 질렀다. 지칠 줄 모르던 적이 마침내 쓰러진 것이다. 그들은 무기를 흔들어대며 춤을 추었다. 위험에서 벗어났다는 기쁨에 그들은 서로를 끌어안고 환호했다.

수많은 현자와 싯다들이 하늘에서 왕자를 내려다봤다. 천상의 존재들이 비통한 목소리로 입을 열었다. "여섯 명의 마하라타가 동시에 공격하여 결국 영웅이 땅에 누웠구나. 정의롭지 못한 일이로다."

아비만유의 주변은 파괴 그 자체였다. 무수한 전사들과 짐승들이 부서진 전차와 갑옷, 무기, 장신구 사이에 피를 흘리며 쓰러져 있었다. 넓은 들판은 시체와 죽어가는 자들로 그득했다. 피범벅이 된 들판에는 잘려나간 팔다리와 머리가 나뒹굴었다. 가슴속에서부터 공포가 일어날 정도로 끔찍했다.

때마침 태양이 지평선에 이르렀다. 전의를 되찾은 카우라바 군은 환희 속에 진영으로 돌아갔다. 아비만유만이 자신이 몰고 온 대학살의 현장에 홀로 남았다.

카우라바 군의 환호에 유디스티라는 무슨 일이 생겼는지를 바로 알아챘다. 자야드라타가 자신과 형제들을 막아서는 순간 그는 최악의 상황의

올 수도 있다는 사실을 직감했다. 우려했던 공포가 사실로 드러난 것이다. 괴로웠다.

삼샤프타카들과 전쟁을 치르고 있을 아르주나의 모습이 떠올랐다. 이제 그가 곧 돌아올 것이다. 어린 아들을 차크라비유하에 뛰어들게 했다는 말을 들으면 얼마나 괴로워할까. 유디스티라는 몸을 떨었다. '어찌하여 그 아이에게 출전을 허락했던고. 내가 포위될까봐 두려웠기 때문이다. 아비만유가 죽은 것은 모두 내 책임이다.'

그가 일어나려고 애쓰는 사이 두르자야가 온 힘을 다해 아비만유의 머리를 내리쳤다.

형제들을 돌아보며 유디스티라가 입을 열었다. "지금껏 전쟁터에서 단 한 번도 등을 보이지 않았던 수바드라의 위대한 아들이 죽었다. 이제 그 아이는 하늘로 갔다. 수많은 전사들을 처단하고 그들의 뒤를 따랐다. 크리슈나와 아르주나의 용맹에 버금가는 그 아이는 틀림없이 인드라의 거처에 닿았을 것이다."

슬픔 속에서도 유디스티라는 형제와 부하들을 위로하려고 했다. "아이를 위해 울지 말거라. 참으로 훌륭한 일을 하고 떠났다. 그 아이는 사악한 자는 절대 닿을 수 없는 정의로운 영역에 닿게 되었다."

조용히 슬퍼하는 가운데 판다바 군도 전장에서 철수했다. 막사로 돌아가는 그들은 마치 목각 인형 같았다.

모두가 자리에 앉은 채 바닥만 쳐다보았다. 유디스티라가 기어코 눈물을 보였다. "나를 기쁘게 하기 위해 왕자가 드로나의 대형을 향해 돌진했다. 그가 나서자 모든 무기와 전술에 통달한 카우라바 최고의 전사들도 등을 돌리고 달아났다. 바다처럼 넓은 드로나의 대형을 뚫고 저들을 죽인 뒤 저 세상으로 떠났다. 이제 사랑하는 아들을 잃은 아르주나와 수바드라를 어찌 본단 말이냐. 크리슈나와 아르주나가 돌아오면 우리는 얼마나 무의미한 말을 늘어놓아야 한단 말이냐."

유디스티라는 손으로 머리를 감싸쥐었다. "오직 내 안위를 위해 그 아이를 전쟁터로 내몰았다. 나 때문에 수바드라와 아르주나, 그리고 위대한 크리슈나가 큰 상처를 입었다. 어리석은 자만이 다가올 고통을 생각하지 않고 눈앞의 이익을 좇는 법이거늘, 돌아올 결과를 뻔히 알면서도 나는 욕심을 냈다. 늘 즐겁고 행복해야 할 아이를 내 어찌 이 잔혹한 전쟁터에 데리고 왔단 말이냐. 저 차가운 땅에 아이가 혼자 누워 있다. 이제 우리는 슬픔에 짓눌린 아르주나를 따르게 되리라."

유디스티라의 울음소리가 막사를 가득 채웠다. 모여 있던 전사들과 왕도 함께 울었다. 아비만유는 모든 영웅들의 사랑을 받는 아이였다. 나이는 비록 열여섯이었지만 기꺼이 그는 아버지와 함께 전쟁에 참가했다. 순수하면서도 늘 밝은 태도로 모든 이의 사랑을 받았다.

"비록 그가 천상의 모든 존재의 보호를 받는 사내의 아들이었다고 해도 그 또한 죽었다. 카우라바들은 지금쯤 분명 두려움에 빠져 있을 것이다. 정의롭지 못한 방법이 가져온 아들의 죽음에 아르주나는 분명 노여움에 불타 저들을 전멸시킬 것이다. 비열한 두리요다나는 곧 대학살을 목격하면서 슬픔에 차 자신의 목숨을 버릴 것이다. 천하무적 아비만유가 이렇게 죽은 것을 보니 승리도, 왕국도, 아니 영원한 삶도 전혀 기쁘지 않구나."

바로 그때 비야사데바가 막사로 들어왔다. 유디스티라는 감정을 수습한 뒤 현자를 맞이했다. 그리고는 형제들과 함께 경배를 한 뒤 좌중 한가운데에 자리를 권했다.

비야사데바가 자리를 잡고 앉자 유디스티라가 말했다. "위대한 현자여, 사악한 자들의 공격을 받아 수바드라의 아들이 전사했습니다. 아직 어린아이이거늘 저 어마어마한 적군을 상대로 싸우다 죽었습니다. 우리를 위해 저들의 대형을 뚫었건만 함정에 걸려 참혹하게 죽고 말았습니다. 신두의 왕에 막혀 있는 동안 제 마음은 슬프기 그지없었습니다."

비야사데바가 부드럽게 대답했다. "왕이여, 뛰어난 지혜를 가진 이가 어찌 그리 슬퍼하느냐. 아무리 큰 재앙이 닥쳤어도 정신을 잃어서는 아니 되는 법. 아비만유는 수많은 적군을 죽이고 이제 천국으로 갔다. 그 아이의 용맹은 매우 뛰어났으며, 이제 영원을 얻었거늘 어찌하여 슬퍼하느냐. 유디스티라여, 그 어떤 피조물도 죽음의 법칙을 어길 수는 없느니라. 죽음은 신도, 간다르바도, 다나바도, 예외 없이 그 모든 것을 데려가느니라."

판다바는 비야사데바의 말에 귀를 기울이며 마음을 가라앉혔다.

유디스티라가 다시 말을 이었다. "수많은 지상의 왕들이 죽음으로 갔습니다. 승리에 대한 희망을 안고 전쟁터를 누볐지만 타오르는 적들의 분노에 잿더미가 되었습니다. 이제 그들은 움직이지 못한 채 대지에 누워 있습니다. 저들을 보며 죽음의 의미를 이해하게 되었습니다. 현자여, 죽음은 어찌하여 사람들을 데려가는 것입니까? 죽음은 어디에서 옵니까? 설명해주소서."

비야사데바는 눈을 감았다. 오랜 고행으로 몸은 깡마르고 먼지로 뒤덮였지만 그에게서는 달빛처럼 신비한 빛이 뿜어져 나왔다. 가부좌를 튼 그는 황금에 박힌 검은 보석 같았다.

잠시 후 그는 이 세상에 죽음이 오게 된 연원을 이야기해주었다. 브라흐마가 최초로 모습을 드러냈을 때의 이야기였다. 현자는 이어 참된 고행을 수행하고 훌륭한 덕목을 갖췄음에도 불구하고 죽음을 맞은 역사 속옛 왕들에 대해서도 이야기해주었다.

세상을 떠난 왕들과 그들의 희생에 대해 일일이 설명한 뒤 비야사데바가 결론을 내렸다. "신성함에 있어 왕자보다 훨씬 뛰어난 자도 죽음을 피해 가진 못했느니라. 더 이상 왕자의 죽음에 대해 슬퍼하지 말거라. 전쟁터에서 죽음으로써 그 아이는 최고의 희생을 치른 자만이 갈 수 있는 영역으로 갔다. 그곳에서는 영원한 축복을 받을 것이다. 지상의 어떤 즐거움도 그곳에서 불러올 수는 없다. 왕이여, 그 아이는 이제 찬란한 새 몸을 받고 신처럼 빛나게 될 것이다. 아직 죽지 못한 자들을 위해 슬퍼하거라."

비야사데바는 유디스티라에게 강한 어조로 전쟁을 끝장내라고 타일렀다. 그리고는 슬픔은 슬픔에 빠진 자들을 힘을 빼앗아간다는 말을 덧붙였다.

현자가 결론내렸다. "이 말은 진리니라. 어서 일어나 허리띠를 죄거라. 죽음에 대해 그리고 왕자의 고귀한 희생에 대해 들었으니 슬픔을 던져버리고 의무에 충실하거라."

유디스티라는 어찌하여 자야드라타가 자신을 막아낼 수 있었는지를 물었다. 그 말에 현자는 시바의 신탁에 대해 말해주었다. "그리하여 저 나약한 왕이 놀랄 만한 위업을 이룰 수 있었던 것이다. 그가 아니었다면 그대들은 왕자를 구할 수 있었을 것이다. 왕이여, 운명은 참으로 위대한 것이다. 그 누구도 운명을 거스를 수는 없다. 이제 용기를 내어 신이 내린 의무를 다하거라. 불가지한 주재자의 의지는 언제나 세상의 안위를 위해 존재한다. 그의 뜻을 따르면 모든 것을 이해하게 될 것이다."

그리고는 자리에서 일어나 판다바에게 작별을 고한 뒤 사라졌다. 비야사데바의 가르침에 위안을 받긴 했지만 아르주나에게 소식을 전할 생각에 유디스티라의 가슴은 여전히 무거웠다.

아르주나는 곧 돌아올 것이다. 하지만 그 누구도 아르주나에게 이 소식을 전할 엄두를 내지 못했다. 그들은 모든 것을 유디스티라에게 넘겼다. 왕은 깃발에 덮여 있는 텅 빈 아비만유의 자리를 바라봤다. 깊은숨을 내쉬며 유디스티라는 바람에 흔들리는 막사 입구를 주시했다.

아르주나의 맹세

날이 저물자 아르주나는 크리슈나에게 진영으로 돌아가자고 했다. 수천 명의 삼샤프타카 군을 죽인 그는 전차에서 내려와 크리슈나와 함께 황혼의 여신 산디야Sandhya에게 기도를 올렸다. 그리고는 다시 전차에 올라 짙어져 가는 어둠을 가로질러 유디스티라의 막사로 향했다. 돌아가던 중 아르주나는 갑자기 설명할 수 없는 불안감에 빠졌다. "크리슈나여, 어, 어찌 이리 불안한 것일까요? 제가 왜 말을 더듬는 거지요? 곳곳에서 불길한 징조가 나타나고 있습니다. 온몸이 떨립니다. 큰 재앙이 닥친 듯합니다. 부디 덕망 높은 왕과 그 휘하가 모두 무사하기를."

크리슈나가 말했다. "저렇게 나뒹굴고 있는 카우라바 군을 보니 그대의 형제와 대신들에게는 아무 일이 없을 것이다. 삿된 마음을 먹지 말라."

여전히 불안했지만 아르주나는 크리슈나의 말을 믿으려고 애썼다. 전차가 들판을 가로지르는 동안 그는 아무 말 없이 드로나를 생각했다. 스승은 유디스티라를 생포하려고 했다. 성공했을까? 아르주나는 몸을 떨었다. '형님과 아우들에게 무슨 일이 벌어졌다면 나는 도저히 살 수 없을 것이다. 밤에라도 당장 카우라바를 상대로 전쟁을 벌여 최후의 한 명까지 죽여버릴 것이다.'

한 시간이 채 지나지 않아 둘은 진영에 도착했다. 경계에 들어서면서 아르주나가 주위를 둘러보며 말했다. "크리슈나여, 승리를 알리는 상서로운 북소리도 들리지 않고 음악소리도 들리지 않습니다. 시인들은 승전가를 부르지 않고 전사들은 우릴 보고 고개를 돌립니다. 우리에게 와서 인사를 건네는 사람도 없습니다. 형제들은 무사하겠죠? 풀이 죽어 있는 사람들을 보니 마음이 불안합니다. 드루파다에게는 별일이 없을까요? 비라타의 지도자에게 무슨 큰일이 터진 것일까요? 크리슈나여, 우리 전사들에게 무슨 일이 벌어진 걸까요?"

아르주나는 모든 것이 의아했다. 진영으로 돌아오면 언제나 마중을 나와 있던 아비만유도 오늘은 보이지 않았다. 돌아오는 길에 우연히 드로나가 차크라브유하 대형을 만들었다는 말을 들었다. 그것은 오직 아르주나 자신과 아비만유만이 뚫을 수 있다는 대형이라는 것을 알고 있었다.

왕실 막사에 도착한 아르주나는 전차에서 내려 크리슈나와 함께 막사로 들어갔다. 형제들은 고개를 떨군 채 앉아 있었다. 아무도 아르주나에게 말을 걸지 않았다. 눈길조차 마주치는 것을 두려워하고 있었다.

그리고 당연히 자리에 앉아 있어야 할 아들의 자리가 비어 있었다. 심장이 멎었다. 그는 유디스티라에게 인사를 하고 일어나 고개를 숙이고 있는 형을 향해 말했다. "형님, 안색이 창백하시오. 아비만유는 자리에 없고 아무도 나를 반기지 않소. 오늘 저들이 차크라브유하 대형을 폈다는 말을 들었소. 내가 없는 이상 아비만유 외에는 그 대형을 뚫을 사람이 없소. 하지만 그 아이도 들어가는 방법만 알 뿐 나오는 방법은 모르오.

혹시 형님이 저들의 대형으로 그 아이를 들어가라고 하셨소? 혹 그 아이가 저들의 대형을 뚫고 들어가 수천 명의 적군을 죽인 뒤 죽음의 거처로 간 것이오?"

아르주나는 어느새 울기 시작했다. 무릎을 꿇고 그는 애처로운 목소리로 유디스티라에 말했다. "그 아이가 어떻게 쓰러졌는지 듣고 싶소. 강인한 팔과 붉은 눈을 가진 아이, 사자와도 같던 그 아이, 인드라를 닮은 내 아이가 어떻게 죽었는지 알고 싶단 말이오."

자식의 죽음 앞에서 슬퍼하는 아르주나를 보며 유디스티라도 한없이 울고 있었다. 두려워했던 일이 현실로 드러나자 그의 눈에서도 눈물이 흘러내렸다. 유디스티라의 침묵이 모든 것을 말해주고 있었다.

깊은숨을 몰아쉬면서 아르주나는 감정을 가라앉히려고 노력했다. 그는 무릎 사이에 고개를 파묻고 흐느꼈다. 잠시 후 그는 고개를 들고 갈라진 목소리로 혼자 말했다. "어떤 바보 같은 전사들이 감히 내 아들을 죽였단 말인가? 용맹과 베다에 대한 지식이 충만하고 크리슈나의 관대함을 닮은 그 아이가 어찌 죽었단 말인가? 나의 분신이자 크리슈나가 아끼는 영웅을 더 이상 볼 수 없다면 나 또한 지옥으로 갈 것이다. 그 아이를 볼 수 없다면, 고운 말씨와 친절하고 사슴 같은 눈망울을 가지고 있던 그 아이, 걸음걸이는 성난 코끼리와 같고 억센 사자의 어깨를 가진 그 아이를 볼 수 없다면 지금 당장 죽음의 땅으로 떠날 것이다."

크리슈나가 아르주나 옆으로 가 그의 어깨에 팔을 올려 위로했다. 아르주나는 한참 동안을 크게 울었다. 형제들과 연맹국의 왕들은 조용히 앉아 있었다. 심장이 찢어지는 듯했다.

"나이는 비록 어렸지만 뛰어난 아이였다. 늘 선하고 매사에 감사하며 윗사람을 존경하였으며, 자제력이 강하고 순결하고 진리와 신앙의 길만을 걸었다. 신을 섬김에도 매사에 충실하고 헌신적이었다. 전쟁터에서는 먼저 공격하지 않았고 나약한 자는 공격하지 않았다. 적들에게는 공포였고 친구들에게는 피난처였다. 그런 아이가 어찌하여 죽음을 당했단 말인가."

아르주나는 땅에 쓰러져 계속해서 아들의 이름을 불렀다. 간신히 정신을 추스린 뒤 아르주나가 왕들을 향해 입을 열었다. "내 아이가 맨땅에 쓸쓸히 누워 있소. 아름다운 여인들의 봉사와 시인들의 칭송을 받던 아이가 이제 이리 떼와 독수리의 먹이가 되었단 말이오."

그러더니 아비만유를 향해 소리쳤다. "아들아, 너를 잃고 나는 불행한 아비가 되었구나. 허나 신들은 복을 얻었다. 야마라자도 인드라도 쿠베라와 바루나도 너를 맞이할 준비를 하고 있을 것이다."

아르주나는 유디스티라를 올려다봤다. 유디스티라 역시 슬픔에 가득 차 동생을 바라보았다. 아르주나는 아직도 눈물 자국이 남은 얼굴로 그에게 물었다. "만인의 으뜸이여, 말해주시오. 그 아이가 천국으로 갔소? 혼자서 숱한 영웅과 적군을 베어내고 죽었소? 그 아이는 분명 아비인 나를 생각했을 것이오. 비열한 두리요다나와 드로나, 카르나, 크리파에게 당하면서도 내가 도와주러 올 것이라 생각했을 거란 말이오. 그가 나를 기다리는 사이에 저들은 그 아이를 쓰러뜨렸소. 아니 어쩜 그 아이는 도움을 요청하지 않았을지도 모르오."

아르주나는 스스로를 책망했다. 어찌하여 남쪽으로 내려갔던가. 그것은 분명 두리요다나의 계략이었다. 그것을 왜 진작 몰랐단 말인가. 좀 더 일찍 알아차렸더라면 아비만유는 살아 있었을 것이다. 핏줄의 안위는 신경 쓰지 않고 전과를 올리기 위해 달려가 버렸다. 그리고 아들이 죽었다.

아르주나가 울부짖었다. "내 마음이 조각나지 않은 것을 보니 돌로 만들어진 것이 분명하다. 수바르다와 드라우파디가 울부짖는 소리를 들으면 산산조각날 것이다. 저 가녀린 여인들에게는 뭐라 말한단 말인가. 아비만유가 피에 젖어 차가운 바닥에 누워 있다고 어찌 말한단 말인가. 웃타라에겐 이 사실을 어찌 알린단 말인가. 내가 전장에 복귀하지 않으면 저들을 기뻐할 것이다. 허나 바람대로 해주진 않을 것이다. 이제 저들이 슬퍼할 차례다."

아르주나는 크리슈나를 향해 돌아섰다. "크리슈나여, 오늘 벌어진 일을 어찌하여 말씀해주지 않았나요? 그랬다면 저 잔인한 카우라바를 즉각 태워버렸을 것인데. 어떻게 내가 없을 때 저 연약한 아이에게 화살을 쏘았는지 이해할 수 없습니다. 저들에게 포위됐을 때 아이에게는 단 한 명의 보호자도 없었겠지요. 크리슈나여, 어찌하여 이런 일을 벌어지게 그냥 놔두셨단 말입니까."

크리슈나가 친구를 달랬다. "슬퍼하지 말라. 후퇴를 두려워하지 않는 영웅이 필연적으로 맞이하는 결과이니라. 베다를 아는 자들은 말한다. 의무를 아는 크샤트리야는 언제나 이를 지고의 목표로 생각한다고. 영웅들은 언제나 이를 선망한다. 전사에게 있어 최고의 죽음은 전쟁터에서 적과 맞서 전사하는 것이다. 아비만유는 분명 신앙심이 깊은 자만이 갈 수 있는 영역으로 갔을 것이다. 울지 마라. 그대는 형제들과 왕들을 슬픔으로 몰아가고 있다. 그대는 모든 것을 알고 있으니 이제 형제들을 달래야 한다. 정신을 차리고 슬픔을 던져버리거라."

아르주나는 천천히 유디스티라를 바라봤다. "지상의 주재자여, 그 아이가 어떻게 전사했는지 알고 싶소."

아르주나의 목소리는 어느새 냉정을 되찾았다. 슬픔은 분노로 바뀌어 가고 있었다. "저들을 맞아 어떻게 싸웠소? 형님은 어찌하여 나서지 않았소? 형님과 아우들, 그리고 많은 영웅들이 있었는데도 불구하고 내 아이가 죽었소. 당신들 눈앞에서 죽었단 말이오."

아르주나는 텅 빈 아들의 의자를 바라봤다. '운명이 시킨 일이거늘 누굴 탓하랴. 세상 모든 만물은 죽게 마련이다. 하지만 이런 식의 운명은 아니다. 아이가 나를 가장 필요로 할 때 나는 왜 그 자리에 있지 않았던가.'

아르주나는 고개를 저으며 말을 이었다. "아니오, 모두 내 탓이오. 자리를 비운 것은 나였으니. 허나 당신들의 무기와 갑옷은 모두 장식물이었단 말이오? 모두 함께 있었음에도 불구하고 어찌하여 어린아이 하나 지켜내지 못했냔 말이오."

아르주나는 간디바를 손에 쥔 채 자리로 걸어가 앉았다. 그 누구도 입을 열지 못했다. 아르주나의 두 눈은 불타오르고 두 뺨에서는 뜨거운 눈물이 흘렀다. 아무도 그를 바라보지 못했다. 유디스티라와 크리슈나만이 입을 열 수 있었다.

잠시 후 유디스티라가 말했다. "영웅아, 네가 삼샤프타카와 싸우러 떠났을 때 드로나가 나를 잡으러 왔다. 그는 난공불락의 차크라브유하 대형을 치고는 사방으로 불꽃 같은 화살을 날리며 쳐들어왔다. 그래서 아비만유에게 저들의 대형을 뚫어 우리가 들어갈 수 있도록 해달라고 부탁했다. 아이는 망설이지 않고 저들의 대형을 향해 진격해가더구나. 우리도 무기를 치켜들고 전진했다. 하지만 신두의 왕 자야드라타가 우리를 가로막았다. 나중에 비야사데바에게 들으니 그는 마하데바로부터 우리를 막아주겠다는 약속을 받았다고 하더구나. 네 아들은 저들의 대형을 뚫고 들어가 비록 혼자였지만 용맹하게 싸웠다. 혼자 힘으로는 상대가 되지 않자 저들은 결국 힘을 합쳐 동시에 아비만유를 공격했다. 카우라바의 여섯 마하라타는 결국 아비만유를 포위하고 그의 전차와 갑옷, 무기를 산산조각냈다. 오랜 전투에 지쳐 있던 아비만유는 결국 일곱 번째 마하라타, 두샤사나의 아들에 의해 죽었다."

아르주나가 통곡했다. 유디스티라는 잠깐 말을 멈추었다가 다시 말을 이었다. "아비만유는 수많은 적군과 영웅을 사살했다. 대부분 왕들과 마하라타들이었다. 그 아이는 이제 천국으로 갔다. 거역할 수 없는 운명의 힘에 예정된 종말을 맞은 것이다."

"아들아!" 아르주나가 울부짖었다. 모든 이들이 서로를 텅 빈 눈으로 울부짖는 아르주나를 바라봤다. 잠시 후, 그는 이성을 되찾고 자리에서 일어났다. 그리고는 열병에 걸린 듯 몸을 떨며 입을 열었다. 끓어오르는 분노를 참느라 느리면서도 절제된 목소리였다.

"모두들 내 말 잘 들으시오. 나는 내일 자야드라타를 죽일 것이오. 그가 두리요다나를 버리지 않는 한 그는 죽음을 맞을 것이오. 그를 보호하려는 자는 드로나가 됐건 크리파가 됐건 모두 내 화살을 피하진 못할 것이오. 신두의 왕이 내 아들을 죽였소. 아비만유와 나를 모욕한 대가를 반드시 갚아줄 것이오."

아르주나는 자신의 분노를 자야드라타에게 갚기로 결심했다. 그는 이미 드라우파디를 모욕할 때 스스로 망나니임을 증명했다. 허나 이번에는 도망갈 수 없다. 비록 여섯 명의 카우라바가 아비만유를 동시에 공격하고 두르자야에 의해 죽음을 맞았을지언정 잘못은 자야드라타에게 있다. 아무리 뛰어난 전사라 해도 적에게 압도당할 수 있다. 그럴 경우엔 필시 동맹군과 지원군의 도움을 받아야 한다. 판다바 군이 대형 안으로 들어갔더라면 아비만유는 살았을 것이다. 자야드라타의 행동은 비열하고 용서받지 못할 선택이었다. 아르주나는 간디바를 움켜쥐었다. '두고 보자.

저열한 신두의 왕은 이제 곧 대가를 치르게 될 것이다.'

형제들과 동맹국의 왕들을 둘러보며 아르주나가 말을 이어갔다. "그자를 죽이지 않고는 나에게 준비된 영역으로 가지 않을 것이오. 차라리 지옥으로 가겠소. 여인을 강간하고 브라만을 살해하고 진리를 배반하고 남의 아내를 탐하고 남을 속인 자들이 사는 어두운 세계로 갈 것이란 말이오. 자야드라타를 죽이지 못하면 내가 갈 곳은 그곳뿐이오."

아르주나의 목소리는 대지를 흔드는 듯했다. "한 가지 더 맹세하오. 내일 해가 질 때까지 그를 죽이지 못하면 나는 화염 속으로 뛰어들 것이오. 천상이 존재도 아수라도 인간도 날짐승도 라크샤사도 현자도 그 어떤 피조물도 나를 막을 순 없을 것이오. 자야드라타가 지옥에 가든 천국에 가든 나는 반드시 그의 목을 베어낼 것이오. 오늘밤이 지나면 저들은 아비만유가 나로 환생해 어디든 따라가는 것을 보게 될 것이오."

말을 마친 뒤 아르주나는 거칠게 활줄을 잡아당겼다. 그 소리가 하늘에 닿을 듯했다. 분노에 가득 찬 크리슈나도 나팔을 불었다. 온 우주가 진동했다.

아르주나의 맹세는 진영 전체로 퍼져나갔다. 북소리를 비롯한 다른 악기소리가 울려퍼지고 전사들은 사나운 고함을 질렀다. 진영 전체가 환호로 가득했다. 카우라바들은 내일 분명 최악의 재앙을 맞이할 것이다. 카우라바에게 있어 아르주나는 참으로 두려운 존재였다.

* * *

한편 아르주나가 그런 맹세를 했다는 사실을 모르는 카우라바 진영은 기쁨에 차 있었다. 아비만유는 판다바 최고 전사 가운데 하나였다. 아르주나를 죽인 것이나 다름없었다. 아르주나는 기세가 꺾여 싸울 의지를 상실할 것이 분명했다. 또 한 명의 아들이 죽었으니 그는 지금 커다란 슬픔에 싸여 있을 것이다. 두리요다나는 드로나를 찬양하고 자리에 앉아 다음 날의 전략을 짜기 시작했다. 사기가 꺾인 적을 상대하기는 훨씬 쉬울 것이다. 오늘과 똑같은 대형을 짜도 괜찮을 듯 싶었다. 어쩌면 또 다른 영웅이 걸려들지도 모를 일이다.

한창 작전을 짜고 있는데 멀리 판다바 진영에서 포효하는 바다와 같은 함성이 들려왔다. 카우라바들은 깜짝 놀라 서로를 바라봤다.

바로 그때 자야드라타가 막사로 뛰어들어왔다. 얼굴은 공포로 얼어붙어 있었다. 숨을 헐떡이며 두리요다나 앞에 선 그의 얼굴은 온통 땀으로 범벅되어 있었다. 그는 마치 폭풍을 맞은 묘목처럼 온몸을 떨었다. 이유를 묻자 자야라타가 대답했다. "저들이 내일 나를 죽이겠다고 맹세했소. 그대들에게 행운이 있길 빌며 나는 목숨을 살리기 위해 지금 당장 내 왕국으로 돌아갈 것이오. 내가 남길 원한다면 내 안전을 보장해주시오. 왕이여, 그대와 드로나, 크리파, 카르나, 그리고 모두가 나서준다면 죽음이 점지한 사람 하나 정도는 살릴 수 있을 것이오."

자야드라타는 초점 없는 눈으로 회중을 둘러봤다. 시바가 내린 은총은 곧 그의 파멸을 뜻했다. 그는 영광의 순간을 즐긴 대가로 참혹한 결과를 맞이하게 되었다. 아르주나는 반드시 맹세를 지킬 것이고, 지금쯤 그의 분노는 하늘을 찌르고 있을 것이다.

신두의 왕이 말을 이었다. "저들이 환호하는 소리를 듣고 나니 더욱 걱정되오. 첩자들이 와서 아르주나가 나를 죽이거나 아니면 불에 뛰어들겠다고 맹세했다고 전해주었소. 저들은 지금 슬퍼하기는커녕 환호에 차 있다고 하오. 내 왕국으로 돌아가는 것이 상책인 듯싶소. 아무도 아르주나의 맹세를 깨뜨릴 순 없소. 내일이면 끔찍한 파멸이 닥칠 것이오. 가게 해주시오. 부탁하건대 내 행방은 모른다고 해주시오."

두리요다나가 큰 소리로 웃었다. "만인의 으뜸이여, 두려워 마시오. 여기 모인 전사들이 그대를 에워싸고 있는데 누가 감히 그대를 죽이려 든단 말이오. 드로나와 크리파, 카르나, 아슈바타마, 샬리야, 바흘리카는 물론 모든 영웅들이 내가 그대를 지킬 것이오. 전 부대가 그대와 아르주나 사이에 설 것이오. 아르주나가 그대에게 접근조차 하지 못할 것이니 부디 두려움을 떨쳐버리시오."

두리요다나도 아르주나의 맹세를 깨뜨리는 것은 매우 어려운 일이라는 것을 알고 있었다. 하지만 승리할 수 있는 기회이기도 했다. 자야드라타를 죽이겠다는 계획에 실패하면 스스로 죽겠다고 한 맹세를 지킬 것이기 때문이다. 아비만유와 아르주나가 없으면 판다바들도 별볼일 없을 것이다. 두리요다는 두려움에 떨고 있는 자야드라타를 바라봤다. 전군을 총동원해서라도 반드시 그를 지켜낼 것이다.

자야드라타가 드로나에게 다가갔다. "스승이여, 무기를 쓰는 데 있어 나와 아르주나의 차이가 무엇인지 알려주소서. 우리 모두 당신의 제자입니다. 어찌하여 아르주나가 나보다 뛰어납니까? 내일 전투에서 내가 알아야 할 것을 알려주소서."

드로나가 대답했다. "난 너희 둘을 똑같이 가르쳤다. 허나 그는 명상과 금욕을 통해 너보다 더 우월해졌다. 하지만 나는 최선을 다해 너를 지켜줄 것이다. 아르주나가 우리 군의 끝에 닿을 수 없도록 대형을 짤 것이다. 신이라 해도 그 대형을 뚫고 들어올 수는 없을 것이다."

드로나는 웃었다. 자야드라타가 이렇게 된 것은 순전히 자신의 잘못이었다. 두리요다나처럼 선한 판다바에게 증오를 품은 자는 머지않아 파멸을 맛볼 것이다. 그는 자야드라타의 어깨에 손을 얹었다. "네가 죽는다면 너는 천국으로 갈 것이다. 그러니 죽음을 두려워 말라. 너는 라자수야를 지냈고 성스러운 크샤트리야의 의무를 이행했다. 그러니 승리 아니면 천국으로 간다는 생각으로 두려움 없이 싸우거라."

자야드라타를 안심시키고 두리요다나의 속뜻을 알면서도 드로나는 자야드라타가 죽은목숨이라 생각했다. 아르주나 혼자서는 카우라바 부대를 뚫을 수 없다. 하지만 그는 혼자가 아니다. 크리슈나가 전차몰이꾼으로 있는 한 그는 천상의 신을 지나 우주를 가로질러 신들의 음료를 훔쳐올 수도 있을 것이다. 또한 아르주나를 돕기 위해 크리슈나는 어떻게 해서든 방법을 찾아낼 것이다. 내일 이 판다바 영웅 앞에는 거의 불가능한 임무가 버티고 있다. 이제 그는 방법을 찾아야 한다.

드로나의 격려에 전사들은 고함을 지르며 나팔을 불었다. 카우라바의 지도자들은 다시 다음 날의 전략을 짜는 데 몰두했다. 자야드라타는 어느새 두려움에서 벗어나 내일의 전투에 대한 기대를 하고 있었다. 아르주나의 맹세라는 것은 어쩌면 겉만 번지르르한, 아니 오히려 카우라바를 위한 축복일지도 몰랐다. 하지만 시바의 은총은 판다바들이 파멸되어야 은총이었다는 것이 입증될 것이다.

* * *

아르주나의 맹세를 들은 뒤 판다바와 그 추종자들은 잠시 전략을 상의하고는 바로 막사로 돌아갔다. 다음 날 첩자들이 카우라바의 대응책을 알려오면 확실한 전략을 짜기로 했다.

아르주나는 분노와 슬픔에 잠겨 막사에 혼자 앉아 있었다. 내일까지 기다리기가 힘들었다. 그는 한 시간이 넘도록 얼굴을 두 손으로 감싼 채 침대에 앉아 있었다. 눈물을 흘리는 그에게 크리슈나가 다가왔다. 목소리는 부드러웠지만 책망이 어려 있었다. "아르주나여, 내 조언을 듣지 않고 맹세부터 해버렸구나. 성급한 결정이었다. 짐이 매우 무겁다. 첩자들의 말에 의하면 드로나가 자야드라타를 보호하겠다고 맹세했다고 한다. 사방을 최고 전사들이 지키는 어마어마한 대형을 짤 것이라 했다. 여섯 명의 마하라타, 즉 카르나, 아슈바타마, 부리스라바, 크리파, 브리샤세나, 그리고 샬리야가 선봉에 설 것이다. 드로나는 두 번째 대열에서 자야드라타와 함께할 것이다. 저 신두의 왕에게 가려면 여섯 영웅을 모두 물리치고 끝없이 늘어선 군대를 지나야만 한다. 그리고 네 스승과 겨뤄야 한다."

아르주나는 아무 대답도 하지 않았다. 크리슈나는 그의 어깨에 팔을 올렸다. "아침에 다시 상의하는 것이 좋겠다. 그대의 맹세가 지켜질 수 있도록 대형을 짤 것이다. 허나 쉽지 않은 일이다."

아르주나가 고개를 들었다. "저들 여섯의 힘은 나의 절반에도 미치지 못합니다. 저들의 무기를 모두 토막내버릴 것입니다. 신두의 왕은 이미 죽은 목숨입니다. 통곡하는 졸개들과 드로나 앞에서 그자의 목을 베어낼 것입니다. 으뜸가는 신들이 이끄는 천상의 존재들이 지키더라도 사람으로 변한 바다와 산, 하늘과 대지, 세상 모든 왕과 그 무리, 산 자와 죽은 자가 한꺼번에 덤벼도 반드시 그자를 죽여버릴 것입니다. 진실로 맹세하니, 아무도 나를 막지 못합니다. 당신이 제 곁에 있으니 반드시 성공할 것입니다."

아르주는 강력한 자신감과 결의를 드러냈다. 그는 죽음의 화신이나 사신과도 맞붙을 준비가 되어 있어 보였다. "내일 산을 부수는 벼락처럼 저들을 불화살로 뚫어버릴 것입니다. 마음의 속도로 수만 수십만 발의 간디바를 날릴 것입니다. 절제 따윈 필요 없습니다. 야마라자와 쿠베라, 바루나와 인드라, 마헤슈바라에게 받은 무기의 힘을 보여줄 것입니다. 내 앞을 가로막는 자 모두 브라흐마의 무기에 죽음을 맞이할 것입니다. 대지는 피를 철철 흘리며 죽은 말과 전사, 코끼리들로 뒤덮일 것입니다."

아르주나는 간디바를 움켜쥐고 벌떡 일어나 크리슈나 앞에 섰다. 얼굴을 붉고 입술은 떨렸다. "자야드라타는 우리가 혈족이라는 사실을 잊어버리고 우리에게 증오를 품고 있습니다. 내일 그를 죽여 친구와 그 졸개들을 슬프게 만들 것입니다."

아르주나는 빨리 전투가 시작되기를 바랐다. 화살통의 화살은 지금이라도 당장 튀어오를 듯했고, 손에서는 간디바가 떨리고 있었다. 그는 크리슈나가 걱정하는 것을 이해할 수 없었다. 나의 분노가 이렇게 활활 타오르고 있는데 카우라바에게 무슨 기회가 남아 있단 말인가. 그는 활집에 활을 집어넣고 갑옷을 벗으며 물었다. "크리슈나여, 어찌하여 나를 타이르십니까? 내 용맹을 알고 자신의 힘을 알지 않습니까. 우리가 함께 한다면 불가능할 것이 없습니다. 나는 불굴의 맹세를 지키는 아르주나요, 당신은 나라야나입니다. 브라만에게는 진리가 깃들고 경건한 자에게는 겸양이 함께하며, 희생하는 자에게는 번영이 있듯 승리는 그대의 것입니다. 이 밤이 지나면 제 전차에 온갖 무기를 실어주십시오. 막중한 임무가 기다리고 있습니다."

두 사람은 성난 독사처럼 숨을 몰아쉬었다. 하지만 슬픔에 지친 아르주나는 잠을 이룰 수가 없었다. 크리슈나의 슬픔도 컸다. 판다바가 지난 십삼 년간 숲 속에서 유배 생활을 할 때 그는 마치 친아버지처럼 아비만유를 아꼈다. 그 아이에게 직접 무술을 가르쳤고, 드와라카 주변 숲에서 함께 사냥을 하며 즐겁게 돌아다녔다.

한편 분노에 가득 찬 두 사람을 보고 인드라를 비롯한 신들은 걱정에 빠졌다. 저 둘이 분노하면 우주가 파괴되고 말 것이다. 이미 여기저기서 불길한 징조가 나타나기 시작했다. 마른 바람이 불고, 맑은 하늘에선 벼락이 쳤다. 대지가 요동치고, 강물이 역류했다. 승냥이와 까마귀의 울음소리가 곳곳에 울려퍼졌다.

아르주나는 크리슈나에게 여인들의 막사로 가서 수바드라를 위로해달라고 부탁했다. 수바드라와 드라우파디는 다른 왕실 여인들과 함께 남편들과 함께 있기 위해 전쟁터로 와 있었다. 크리슈나가 수바드라의 막사로 갔을 때 그녀는 바닥에 엎드려 울고 있었다. 크리슈나는 그녀의 옆으로 가 슬픔에 빠진 공주를 위로했다. "브리슈나 족의 딸이여, 슬픔에 지지 말아라. 아비만유는 영웅들이 희구해온 것을 얻었느니라. 수많은 적군을 죽이고 천국으로 갔다. 아직 어리지만 해탈한 자들도 가기 어려운 곳으로 갔다. 공주여, 그대는 영웅의 아내요, 영웅의 딸이며 영웅의 어머니이니라. 영웅의 가문에 태어나 영웅의 죽음을 맞은 아이를 위해 울지 말지어다. 그 아이의 죽음은 보상받을 것이다. 내일 그대는 아르주나가 자야드라타의 목을 베었다는 소식을 듣게 될 것이다. 그러니 어서 일어나 슬픔을 떨쳐버리고 지아비를 잃은 며느리를 위로해주거라."

수바드라는 바닥에 엎드린 채 크리슈나를 바라봤다. 그녀의 얼굴은 눈물로 범벅되어 있었다.

"아들아, 어찌하여 전쟁에 나갔느냐. 아버지에 버금가는 용맹스러운 나의 아들아, 어찌하여 네가 죽었단 말이냐. 차가운 땅에 누워 있는 네 모습을 보니 이 어미의 가슴이 찢어지는구나. 판다바와 브리슈니, 판찰라가 너를 보호하는데 감히 누가 너를 죽였단 말이냐. 비마의 힘도, 아르주나의 용맹도, 판찰라의 위용도 다 소용없구나. 오늘 대지는 텅 비었고 아름다움도 사라져버렸다. 내 눈은 슬픔으로 멀어버렸고, 이 마음은 혼돈에 휩싸였느니라. 아아, 내 아이야, 너는 이제 꿈에서 사라진 보물이 되었구나. 세상 모든 것이 바다 위의 거품처럼 사라지는구나."

크리슈나는 자신의 여동생이 슬픔을 뱉어내는 동안 침묵을 지켰다. 그녀는 바닥에 깔려 있는 융단을 이리저리 헤집으며 슬픔을 토로했다. 아름답던 모습은 온데간데없었다. 수바드라는 가슴을 치며 죽은 아들을 불렀다. "내 어찌 웃타라를 위로한단 말이냐. 새끼를 잃은 어미 소처럼 저리 슬퍼하는 여인을. 운명이란 참으로 알 수가 없구나. 크리슈나께서 너를 지켜줬건만 사악한 자들이 너를 이렇게 만들었구나. 사랑하는 아들아, 부디 경건한 자들이 가는 곳으로 가거라. 맹세를 지키는 자들이 가는 곳으로 가거라. 절제력이 뛰어나고 겸손하며 진실되고 자비로우며 의무에 충실한 자들이 가는 곳으로 가거라. 언제나 신실하고 주재자에게 헌신하는 자들이 가는 곳으로 가거라. 이기적인 욕망을 버리고 오직 타인을 위해 헌신한 자들이 있는 곳으로 가기를 이 어미가 기도하노라."

수바드라가 통곡하는 동안 드라우파디가 웃타라를 데리고 막사로 들어왔다. 막사에 들어선 웃타라와 드라우파다 역시 자리에 쓰러져 울었다.

크리슈나가 냉정한 목소리로 말했다. 목소리가 떨렸다. "수바드라여, 슬픔을 던져버리거라. 판찰리여, 웃타라여, 용기를 가져라. 여인들이여, 슬퍼하지 말고 아비만유와 천국에서 함께할 모든 자들을 위해 기도하거라." 그리고는 슬퍼하는 세 여인을 뒤로한 채 아르주나의 막사로 향했다.

자정이 지났다. 크리슈나는 시종들이 준비해놓은 침대에 조용히 몸을 눕혔다. 막사 안에서는 엶 명의 브라만이 전쟁에서 전사한 자들이 내세에서 행복할 수 있도록 시바에게 전사자들을 바치는 의식을 치렀다. 매일 행해지는 의식이었다.

아르주나는 크리슈나에게 경배를 하고 돌아와 자기 침대에 누웠다. 크리슈나가 말했다. "아르주나여, 이제 그만 쉬거라. 격전이 기다리고 있다."

크리슈나 덕분에 아르주나는 어느 정도 마음이 가라앉았다. 그는 자리에 누워 천장을 바라보았다. 아비만유와 자야드라타 사이에서 마음이 흔들리고 있었다. 오래 전에 드라우파디를 모욕했을 때 자야드라타 그놈을 죽여버렸어야 했다. 이번에는 유디스티라도 말리지 않을 것이다. 이제야말로 대가를 치르게 될 것이다. 이런저런 생각을 하면서 아르주나는 잠을 청했다.

22

대학살

열사흘째 태양이 솟아오르기 전, 유디스티라는 시인과 악사들의 찬양을 들으며 잠에서 깨어났다. 백여 명의 시종들이 황금 물병과 비누, 향수를 가져와 목욕을 돕는 동안 아름다운 음악이 울려퍼졌다. 브라만들이 베다 경전을 읊는 동안 그의 팔과 다리에는 깨끗한 백단향이 발라졌다. 이어서 시종들은 왕에게 흰 옷을 입히고 향기로운 연꽃과 화환을 장식해 주었다.

목욕을 마치고 옷을 입은 뒤 왕은 동쪽을 향해 베다의 기도문을 읊어 크리슈나를 경배했다. 그리고는 제단의 성화 앞으로 나아가 비슈누와 다른 신들에게 제물을 바치며 행운을 빌고 승리를 기원했다.

막사에서 나오니 덕망 높은 브라만들의 모습이 눈에 들어왔다. 천 명에 이르는 그 원로들 뒤로 팔천 명의 제자들이 서 있었다. 그들은 기도를 하며 유디스티라에게 축복을 내렸다. 왕은 그들에게 보시를 했다. 모든 브라만이 황금이 가득 들어 있는 병과 소, 말, 옷, 꿀, 치즈, 과일 등의 값진 선물을 받았다.

이어 왕은 왕실로 들어가 황금 왕좌에 앉았다. 시종이 와서 진주와 황금, 보석으로 그의 몸을 장식해주었다. 군주는 마치 번개를 내뿜는 구름처럼 눈부시게 빛났다. 종들이 옆에서 그에게 부채질을 해주었다. 시인들은 또다시 왕을 찬양하는 노래를 불렀다. 하늘에서는 간다르바들이 음악과 노래를 연주했다. 바깥에서 다른 왕들이 왕실로 들어오는 소리가 들렸다. 나팔소리가 하늘을 찌르는 한편 발맞춰 진군하는 보병들의 발소리가 대지를 진동했다.

동맹국의 왕들이 유디스티라에 인사를 하고 자리에 앉자 경계병이 와서 크리슈나의 도착을 알렸다. 유디스티라는 즉시 크리슈나를 모시라고 명하고는 자신의 옆자리로 안내했다. 크리슈나가 들어오자 그는 직접 자리에서 내려와 크리슈나를 안내했다. 브라만이 바친 아르기야를 들고 유디스티라가 의식을 집전했다. 크리슈나는 사티야키에게 손짓하여 자신과 함께 앉을 것을 제안했다. 두 야두족은 유디스티라 옆에 있는 큰 왕좌에 함께 앉았다.

다시 자리에 앉으며 유디스티라가 크리슈나에게 말했다. "지난밤은 편하셨습니까? 천상의 존재들이 인드라에게 기대듯 우리의 승리와 영원한 행복은 당신에게 달려 있습니다. 우리의 존재 자체가 당신 덕분입니다. 아르주나의 맹세를 이루기 위해 어떻게 하시려는지 알려주소서. 거대한 쿠루의 바다에 가라앉지 않도록 우리의 뗏목이 되어주소서. 당신에게 영광이 있기를. 크리슈나여, 당신은 만인의 으뜸입니다. 나라다는 당신이 만물의 으뜸이며 근본이라고 했습니다. 언제나 종들을 지켜준 만큼 오늘은 우리를 지켜주소서."

왕의 발언에 크리슈나는 흐뭇해 보였다. 그가 화답하듯 말했다. "천국을 포함하여 이 세상에서 아르주나보다 훌륭한 궁사는 없다. 그가 그대들의 적을 몰살할 것이다. 나는 그의 전차를 몰고 최선을 다해 도울 것이다. 오늘 그대들 앞에서 자야드라타는 돌아오지 못할 길로 떠날 것이다. 독수리와 매, 승냥이들은 자야트라의 살점으로 잔치를 벌일 것이다. 유디스티라여, 인드라와 신들이 자야트라를 돕는다 한들 그는 죽음의 땅으로 갈 것이다. 오늘 자랑스러운 아르주나가 그대에게 신두의 우두머리의 사망 소식을 전할 것이다. 왕이여, 슬픔을 떨치고 번영하라."

크리슈나가 말하는 동안 아르주나가 들어왔다. 그는 유디스티라에게 절을 올렸다. 유디스티라가 일어나 아르주나를 끌어안았다. 동생을 끌어안은 채 왕이 말했다. "아르주나, 너는 오늘 틀림없이 큰 승리를 거둘 것이다. 크리슈나의 축복은 물론 네 모습을 보니 더욱 그러하다."

아르주나는 형의 발에 손을 올려 존경을 표하고는 크리슈나에게로 가 합장을 하고 절을 올렸다. 그가 자리에 앉자 판다바들은 구체적인 전략을 논의했다. 그들은 첩자들로부터 전해들은, 드로나가 자야드라타를 에워싸고 곳곳에 주요 전사를 배치할 것이라는 정보를 바탕으로 대응책을 마련했다. 그리고는 결의에 차 전장으로 향했다.

크리슈나는 아르주나의 전차에 온갖 무기를 실었다. 그리고는 눈부신 황금 갑옷을 입고 전차를 왕의 막사로 몰았다. 아르주나는 간디바를 들고 전차를 한 바퀴 돌았다. 사티야키까지 올라타니 드디어 전차가 움직이기 시작했다. 자야드라타를 죽이겠다고 결심한 아르주나의 모습은 아수라를 처단하기 위해 나선 인드라처럼 보였다.

악기가 연주되고, 시인과 브라만들은 아르주나의 영광을 노래하며 기도했다. 전사들의 응원을 받으며 아르주나는 전장으로 향했다. 자신감에 넘치는 아르주나는 빨리 전투가 개시되기를 고대했다. 등 뒤에서는 시원한 바람이 불어오고, 바람에는 천상의 꽃향기가 가득했다.

아르주나가 사티야키에게 말했다. "승리는 우리 것이 분명하다. 모든 징조가 그렇다. 지금 내 마음은 끓어오르고 있다. 이제 곧 내 용맹을 보고자 하는 영웅들을 야마라자의 땅으로 보낸 뒤 자야드라타가 있는 곳까지 뚫고 들어갈 것이다. 영웅아, 유디스티라를 보호하는 것이 너의 첫 임무다. 아무도 너를 꺾을 수 없으니 네가 있으면 왕은 무사할 것이다. 너와 함께라면 나는 아무 걱정없이 자야드라타를 공격할 수 있을 것이다."

사티야키는 목숨이 붙어 있는 한 절대로 왕의 곁을 떠나지 않겠다고 다짐했다. 두 영웅은 전속해서 전략을 논의했고, 크리슈나는 쿠루크셰트라 평원을 향해 전차를 몰았다. 이미 수많은 전사들이 전쟁을 기다리고 있었다.

* * *

태양이 솟기 시작했다. 드로나는 거대한 대형을 짤 것을 지시했다. 이어 자야드라타에게 말했다. "카르나에게 그대와 함께하라고 명할 것이다. 내 아들과 샬리야, 크리파, 브리샤세나가 카르나를 지킬 것이니 그대는 안심해도 된다. 그들에겐 각각 십만 기병과 육만 전차, 이만 보병, 만 사천의 코끼리 부대가 있다. 그 가운데 그대가 있으니 그 모양이 마치 바늘과 같을 것이다. 그 뒤로 연꽃 모양의 대형이 지원할 것이다. 나는 연꽃 대형의 선봉에 선다. 왕과 그의 형제들, 다른 무적의 전사들도 연꽃 대형에 함께할 것이다. 두 대형 앞으로는 후퇴를 모르는 전사들이 반원 모양의 대형을 만들 것이다. 그 최전방에는 마차처럼 생긴 대형을 배치하여 그쪽에서 달려드는 적군을 처치할 것이다. 그 누가 덤벼들어도 그대에게 접근할 수는 없다."

마음이 놓인 자야드라타는 자신의 위치로 돌아갔다. 그가 부대 사이를 지나가자 병사들이 고함을 질러댔다. "아르주나는 어디 있느냐?", "비마를 데려오라. 내가 상대하겠다!" 전사들은 투지에 차 몽둥이와 칼을 마구 휘둘렀다. 자신감에 찬 전사들은 떠들썩했다. 그들은 환성을 지르며 전장으로 향했다.

카우라바 군은 드로나의 지시에 따라 그가 계획한 대형을 만들어 움직였다. 대형은 마치 세상을 덮은 구름처럼 수십 리를 뻗어나갔다. 아무도 그 장엄한 대형을 뚫을 수 없을 것 같았다. 자야드라타는 사방에서 엄호를 받으며 맨 뒤쪽에 자리잡고 있었다.

드로나는 흰 갑옷을 입고 아름다운 터번을 썼다. 붉은 말과 브라만의 물병, 사슴가죽이 그려진 깃발이 펄럭이는 그의 눈부신 전차를 보며 카우라바 군은 환호성을 질렀다. 하늘에서는 싯다들과 차라나들이 그 모습을 내려다보며 넓게 퍼진 카우라바 군을 지켜보고 있었다. "저들은 산과 바다와 숲을 집어삼킬 것이다."

두리요다나는 매우 흡족한 표정으로 군사들을 바라보았다. 그에겐 아직도 보병과 전차, 기마병과 코끼리가 충분했다.

그는 다가오는 판다바 군을 바라보았다. 아르주나가 어찌 맹세를 지킬 수 있으리오. 그의 맹세는 성급했다. 해가 지기 건에 전쟁은 끝날 것이다. 화려하게 장식된 활을 집어들며 두리요다나는 전차를 몰아갔다.

적을 향해 전진하던 판다바 군은 카우라바의 대형을 보며 깜짝 놀랐다. 그것은 마치 거대한 대양처럼 끝이 없었다. 하지만 아르주나는 조금도 위축되지 않았다. "크리슈나여, 내 맹세를 깨뜨리려고 드로나가 한 일을 보소서. 하지만 저 대열의 약점을 찾아 화살 세례를 퍼부을 것입니다. 드로나가 보는 앞에서 반드시 자야드라타의 목을 베고 말 것입니다."

두 군대가 격돌하자 두리요다나의 동생 두르마르샤나Durmarshana가 카우라바 선봉에서 튀어나왔다. "바다에 맞서는 해변처럼 내가 아르주나를 막는 것을 잘 보라. 저 길들일 수 없는 아르주나와 싸우는 모습을 보라. 두 개의 바윗덩어리가 부딪치는 모습을 보게 될 것이다. 전사들이여, 싸우든 도망가든 마음대로 하라. 내 영광과 명예를 위해 혼자서라도 싸울 것이다."

두르마르샤나가 전장을 가로질러 달려갔다. 전투가 벌어졌다. 그는 멀리서 하누만의 깃발이 펄럭이는 아르주나의 전차를 바라보았다. 카우라바 진영에 천상의 존재가 울부짖는 소리가 울려퍼졌다. 그 소리는 적에게 다가가며 끝없이 불어대는 아르주나의 나팔소리와 뒤섞였다. 그 소리에 카우라바 군의 가슴은 두려움으로 가득 찼다. 그들은 아르주나가 분노하여 싸우던 모습을 기억하고 있었다. 드로나가 악사들로 하여금 승전고를 울리라 했지만 이미 전장은 무기 부딪치는 소리로 가득했다.

다가오는 두르마르샤나를 보며 아르주나가 말했다. "크리슈나여, 어서 저놈에게 가주소서. 저자의 부대를 전멸시키겠습니다."

그 말에 크리슈나는 군대 앞에 있는 마차 대형을 향해 전차를 몰았다. 순식간에 수천 명의 전차군이 두르마르샤나와 맞선 아르주나를 포위했다. 아들의 죽음을 생각하면서 아르주나는 그들을 잔혹하게 베어나갔다. 분노를 모아 그는 사방으로 화살을 퍼부었다. 뿌리뽑힌 연꽃처럼 적들의 머리가 날아갔다. 땅에는 피투성이가 된 황금 갑옷들이 나뒹굴었다. 전차들은 박살이 나고 코끼리들은 죽고 말들은 주인을 잃었다. 목이 달아난 보병들은 칼을 쥔 채 사방으로 달려가다 그 자리에 쓰러졌다.

그 모습을 본 두르마르샤나는 순식간에 등을 돌리고 달아났다. 온몸에 부상을 입고 갑옷은 부서지고 깃대는 꺾어진 채 퇴각하느라 정신이 없었다. 그러나 비마의 맹세를 지켜주기 위해 아르주나는 그의 목숨만은 살려주었다.

잠깐 동안 아르주나는 수천 명의 적군을 베어냈다. 전차를 모는 크리슈나의 솜씨가 하도 신묘하여 카우라바 군은 미처 정신을 차리지 못했다. 공포와 혼란 속에서 그들은 서로를 공격했다. 수많은 영웅들이 고통에 신음하며 피를 흘리며 죽었다. 아르주나에게 맞서는 자는 모두 화살에 몸이 뚫렸다. 전차 위에서 춤을 추듯 싸우는 아르주나에게서는 약점을 찾을 수가 없었다. 그의 활은 언제라도 공격을 가할 수 있도록 둥글게 휘어 있었다. 크리슈나의 솜씨는 아무도 따라잡을 수가 없었다. 그는 날랜 솜씨로 카우라바의 공격을 모두 피해 나갔다.

드로나와 다른 카우라바의 지도자들은 태양이 어둠을 내쫓듯 부대를 전멸시키는 아르주나의 모습을 바라봐야만 했다. 아비만유의 죽음이 아르주나를 완전히 다른 사람으로 만들어버렸다. 그는 과거에도 물론 만만치 않은 적이었다. 하지만 지금은 털끝만 한 인정도 보이지 않고 미친 듯이 적군을 상대하고 있었다. 그를 포위했던 군사들은 금세 궤멸했다.

천천히 다가오는 아르주나를 보면서 두샤샤나가 전차를 타고 나아갔다. 그를 지원하는 강력한 코끼리 부대가 그를 포위했다. 코끼리들의 목에 걸려 있는 큰 종들이 쩌렁쩌렁 울렸다.

아르주나는 고함을 지르며 화살을 날려 코끼리들의 가죽을 꿰뚫었다. 살인고래가 바다에 뛰어들 듯 그는 코끼리 군단을 치고 들어가 하나씩 쓰러뜨렸다. 그는 코끼리들을 향해 수백 발의 화살을 날렸다. 코끼리들은 벼락을 맞은 절벽처럼 그 자리에 쓰러졌다. 피를 토하면서 비명을 질러대는 그들의 모습은 비참했다. 그 위에서 싸우던 전사들도 아르주나의 화살에 작살이 났다.

이를 본 두샤샤나가 도주했다. 지금 상태로 아르주나에게 맞서는 것은 불가능했다. 카우라바 왕자는 드로나에게 달려가 보호를 청했다. 드로나는 군사를 이끌고 아르주나를 향해 나아갔다. 무기를 들고 달려오는 스승을 보며 아르주나는 합장을 하고 고개를 숙인 뒤 고함을 질렀다. "스승이여, 나에게 복을 빌어주소서. 이제 이 난공불락의 대형을 뚫으려 합니다. 그대는 내 친아버지와 같고 유디스티라, 크리슈나와도 같은 분입니다. 아슈바타마처럼 나도 당신의 보호를 받을 가치가 있습니다. 그러니 내가 지나가게 해주소서. 나의 목표는 신두의 왕입니다. 만인의 으뜸이여, 맹세를 지키게 해주소서."

"아르주나여, 나를 꺾지 않고는 자야드라타를 꺾을 수 없다."

말이 끝남과 동시에 드로나는 아르주나에게 화살 공세를 퍼부었다. 판다바는 능숙하게 스승의 공격을 막아내며 역시 화살 공격으로 응수했다. 드로나는 이를 쉽게 막아냈다. 그리고는 불화살 두 발을 날려 아르주나와 크리슈나를 맞혔다. 아르주나의 활줄이 끊어지고, 전차가 화살에 뒤덮였다. 아르주나도 굴하지 않고 화살로 응수했다. 화살들은 마치 한몸인 듯 줄줄이 날아갔다. 수없이 많은 화살이 드로나를 에워싼 적군의 몸에 꽂혔다.

아르주나에 의해 다시 수만 명의 전사가 살육당하는 모습을 보고 드로나는 갈고리 모양의 화살을 쏘아 아르주나의 가슴에 꽂았다. 그 충격에 아르주나는 지진을 맞은 산처럼 흔들렸다. 하지만 아르주나는 재빨리 정신을 차리고는 삐져 나온 화살을 꺾어버렸다. 그리고는 다시 드로나에게 화살 세례를 퍼부었다. 드로나도 계속해서 화살 공격을 가했다. 아르주나도 크리슈나도 전차도 드로나의 화살에 가려 보이지 않았다.

크리슈나 덕분에 전차는 드로나의 공격에서 벗어났다. 무사히 공격을 벗어나자 크리슈나가 말했다. "이럴 시간이 없다. 자야드라타가 있는 곳까지 갈 길이 멀다. 드로나와 싸우려면 하루가 꼬박 걸릴 것이다. 그를 버려두고 전속력으로 달려가야 한다."

크리슈나의 말이 옳았다. 드로나를 꺾기는 힘들다. 흥미도 없다. 다시 한번 합장한 채 아르주나가 소리쳤다. "스승이여, 부디 허락해주소서. 당신은 나의 스승이시니 더 이상 맞서지 않으렵니다. 전쟁에서 당산을 이길 자 아무도 없으니 저를 축복하소서. 저는 전진하렵니다."

크리슈나가 말을 재촉했다. 전차는 드로나를 지나쳐 그대로 앞을 향해 나아갔다. 드로나가 소리쳤다. "어디로 가느냐? 두려운 게냐?"

드로나가 아르주나를 향해 화살을 날렸지만 크리슈나가 모는 전차의 속도를 따르지 못하고 화살은 모두 허공에서 떨어졌다. 고함을 지르는 드로나를 뒤로하고 크리슈나는 더욱 속력을 냈다. 대형을 뚫고 함께 전진해온 강력한 판찰라 전사 유다만유Yudhamanyu와 웃타마우야스Uttamaujas가 따라붙었다. 적의 진영으로 향하면서 그들은 아르주나의 양쪽을 호위했다.

드로나가 방향을 돌려 아르주나를 쫓으려 하자 판다바의 사령관 드리스타케투가 그에게 달려들었다. 고개를 돌리려는 드로나에게 화살이 박혔다. 드로나의 말과 전차, 전차몰이꾼 모두 드리스타케투의 화살로 뒤덮였다. 드로나는 막 잠에서 깨어난 사자처럼 분노했다. 그는 날카로운 화살을 날려 적의 활을 부러뜨렸다. 드리스타케투도 새 활을 집어들어 순식간에 백여 발의 화살을 날렸다. 이에 끄덕하지 않고 드로나는 반달 모양의 화살로 적의 말과 전차몰이꾼을 죽였다. 드리스타케투는 전차에서 뛰어내려 막대를 들고 드로나에게 달려들었다. 달려가면서 그는 막대를 드로나에게 집어던졌다. 드로나는 불처럼 날아오는 막대에 화살을 날려 그것을 산산조각냈다. 드리스타케투는 다시 긴 창으로 응수했다. 하지만 쿠루의 스승은 이 또한 허공에서 두 동강내버렸다. 드로나는 이어 온 힘을 다해 합장한 손머리가 달린 화살을 날렸다. 주문이 실린 이 화살은 드리스타케투의 가슴을 정통으로 뚫었다. 화살에 뚫린 체디의 왕은 땅에 처박혔다.

적이 쓰러지는 것을 보고 드로나는 다시 아르주나를 찾았다. 그러나 판다바는 이미 군중들 속으로 사라진 뒤였다. 드로나는 자야드라타를 향해 달려갔다. 아르주나는 금세 그곳에 도착할 것이다.

드로나를 따돌린 아르주나와 크리슈나는 카우라바 진영으로 뛰어들었다. 몸을 괴롭히는 질병처럼 그들을 화살을 날려 카우라바 진영을 쑥대밭으로 만들었다. 카우라바 군은 마치 발광하듯 아르주나를 공격했다. 아르주나는 간디바에 화살을 걸어 쉴새없이 공격을 가했다. 사람, 말, 코끼리를 가리지 않고 화살을 맞은 적들은 모두 버둥거리며 쓰러졌다.

오랜 친구 크리타바르마가 튀어나왔다. 이제 우정은 깨졌다. 판다바와 브리슈나가 맞붙었다. 무기와 무기를 겨루는 두 사람의 전력은 막상막하였다. 마치 죽음의 신 야마라자가 죽음 그 자체와 맞붙은 듯했다. 주문이 걸린 화살들이 공중에서 부딪치며 폭발했다. 두 전사는 서로를 맴돌며 끝없이 화살을 퍼부었다. 두 사람 다 온몸이 상처투성이였다.

크리슈나가 말했다. "저자를 봐주지 말거라. 옛정 따윈 생각하지 말고 당장 치거라."

크리슈나의 말에 아르주나는 크리타바르마를 향해 화살을 날렸다. 활이 부러지고 크리타바르마가 휘청거렸다. 기회를 놓치지 않고 아르주나는 그를 지나쳐 카우라바 진영으로 뛰어들었다. 크리타바르마가 정신을 차렸지만 아르주나를 지원하는 두 전사에게 이미 포위된 뒤였다.

이어 칼링가의 왕 스루타유슈가 달려들었다. 그는 거대한 철퇴를 휘두르며 아르주나를 공격했다. 아르주나가 화살을 날리자 왕도 화살로 응수했다. 스루타유슈는 전차에서 뛰어내려 철퇴를 휘두르며 아르주나를 향해 달렸다. 강의 신 파르나사Parnasa의 아들인 그는 바루나에게 모든 것을 죽일 수 있는 철퇴를 선물받았다. 하지만 바루나 신은 경고했다. "싸우려 하지 않는 자는 공격해서는 아니 된다. 이를 어기면 이 무기가 너를 죽일 것이다."

그러나 그는 바루나의 경고를 잊어버렸다. 아르주나에게 다가가면서 크리슈나에게 철퇴를 휘둘렀다. 크리슈나는 조금도 흔들리지 않고 어깨로 철퇴를 받았다. 그리고 다시 한번 크리슈나를 공격하려고 하는 순간, 바루나의 경고대로 철퇴는 거꾸로 스루타유슈의 머리를 내리쳤다. 스루타유슈는 그 자리에서 즉사했다. 자신의 무기에 맞아 죽는 영웅을 보고 카우라바 군은 큰 소리로 울었다. 그리고는 두려움에 떨며 달아났다.

캄보자의 왕자 수다크시나Sudakshina가 달려들어 아르주나에게 화살을 퍼부었다. 아르주나가 거침없이 화살을 막아내자 수다크시나는 긴 못이 박힌 무시무시한 무쇠창을 던졌다. 날아가는 창에서 불꽃이 일어났다. 아르주나가 창에 맞아 정신을 잃고 쓰러졌다. 크리슈나는 제자리에서 전차를 돌리며 아르주나가 깨어나기를 기다렸다.

잠시 후, 정신을 차린 아르주나가 수다크시나를 쏘아보았다. 그리고는 간디바를 힘껏 잡아당겨 화살을 쐈다. 수다크시나의 전차가 박살났다. 이어 화살은 왕자의 가슴을 뚫었다. 왕자는 땅으로 곤두박질쳤다.

왕자를 죽인 뒤 아르주나는 수라세나, 아비사하, 시니, 그리고 바사티의 부대와 대결했다. 군대 진영 한가운데로 돌진하는 동안 그는 무기를 휘둘러 적의 대형을 분산시켰다. 반격이 만만치 않았지만 그는 아랑곳하지 않고 화살을 날려 공격을 막고 또 막아냈다. 갑옷으로 화살을 받아내며 적군을 섬멸했다. 쉼 없이 자야드라타를 압박해 들어가는 아르주나의 뒤로 황폐한 땅만이 남았다. 한 시간도 못되어 육만 명의 카우라바 군이 사살당했다. 그나마 목숨을 구한 자들은 등을 돌린 채 달아나 두리요다나와 드로나에게 가 목숨을 구걸했다.

아버지의 복수를 다짐하며 스루타유슈의 세 아들이 달려들었다. 그들은 위대한 전사들이었다. 형제가 쏜 화살에 아르주나의 전차가 뒤덮였다. 아르주나와 크리슈나를 향해 화살과 표창이 비처럼 쏟아졌다. 하지만 아르주나는 침착하게 적들의 무기를 막아냈다. 전차는 다시 모습을 드러냈다. 그는 간디바에 황금 화살을 꽂아 신들의 왕이 선물한 샤크라를 일으켰다. 수천 발의 화살이 번개처럼 날아가 왕자들의 화살과 무기를 동강냈다. 왕자들은 팔다리와 목이 잘려나간 채 그 자리에 쓰러졌다. 왕자들의 지원군도 전멸했다.

칼링가 왕자의 부대를 휩쓸어버린 아르주나는 승리를 만끽할 틈도 없이 다시 카우라바 진영으로 뛰어들었다. 다른 판다바 군이 카우라바의 주력군과 싸우는 사이, 아르주나는 그 위를 불꽃처럼 뚫고 지나갔다. 다른 판다바 군은 한참 뒤에 처졌다.

아르주나가 접근하고 있다는 소식에 두리요다나나는 드로나와 대책을 논의했다. 드로나는 장군들을 보호하며 자야드라타 가까이 있는 것이 낫겠다고 생각했다. 크리파와 카르나, 아슈바타마와 함께라면 아르주나와 맞서는 것이 훨씬 쉬울 것이다. '저 판다바가 나를 지나가기는 쉽지 않을 것이다.'

두리요다나가 근심 가득한 표정으로 사령관을 바라봤다. "스승이여, 아르주나가 우리를 박살내고 있습니다. 아르주나의 분노가 더욱 타오르니 완전히 잡아먹힐 지경입니다. 당신만이 우리의 희망입니다. 모두들 당신과 맞서면 아르주나가 도망가지 못할 것이라 믿고 있습니다. 허나 아직도 판다바를 사랑하는 것 같은 당신을 보며 저는 어찌해야 할지 모르겠습니다."

두리요다나의 목소리는 애원 그 자체였다. 그는 전쟁터를 걱정스럽게 바라보았다. 카르나는 일찌감치 출동 준비를 끝내 놓고 멀찍이 떨어져 있었다. 그도 지금으로선 아르주나를 막을 수 없다는 것을 알고 있었다. 오직 드로나만이 그를 저지할 수 있다. 그가 원한다면 말이다. 전쟁터에서 드로나를 이길 수 전사는 없다. 아르주나의 스승으로서 그는 그의 전투 기법과 약점을 모두 알고 있었다. 그가 아르주나를 죽이지 않은 이유는 오직 하나다.

두리요다나가 얼굴을 찡그렸다. "스승이여, 지금껏 당신을 기쁘게 하려고 노력해왔건만 당신은 만족하지 않을 것 같습니다. 끝없는 용맹을 가진 이여, 그리 헌신했건만 당신은 우리의 행복을 원치 않는 것 같단 말입니다. 이제 보니 당신은 꿀단지에 담긴 면도날이었습니다. 당신의 약속이 없었더라면 본국으로 돌아가겠다는 자야드라타를 막지 않았을 것입니다. 당신을 믿은 내가 어리석었습니다. 이제 자야드라타를 죽음의 제물로 바치게 생겼습니다. 네, 죽음의 늪에 빠져도 살아날 길은 있을 것입니다. 허나 그 상대가 아르주나라면 다릅니다."

두리요다나는 화가 나서 눈물을 흘리며 드로나로 하여금 아르주나를 공격하게 하려고 갖은 수를 다 썼다. 그러는 한편 역효과를 우려해 부드럽게 말을 이었다. "영웅이여, 내가 슬픈 나머지 당신께 무례하게 굴었습니다. 이렇게 엎드려 사과합니다. 자야드라타를 살려주소서. 아르주나로부터 우리를 살려주소서."

드로나는 슬슬 부아가 치밀기 시작했다. 도대체 몇 번을 반복해야 하는가. "만인의 지배자여, 아니다. 그대의 말에 전혀 불쾌하지 않다. 모든 방법을 써서 내 아들과도 같은 그대를 도우려 애썼다. 그리하여 그대에게 온갖 충고를 했건만 그대는 듣지 않았다. 그대의 이득을 위해 맹세했고, 맹세를 지키려 노력했다. 만인 앞에서 유디스티라를 잡겠다고 약속했지만 그렇게 할 수 없었다. 또 자야드라타를 보호하겠다고 약속했다. 하지만 크리슈나와 아르주나가 함께 있는 이상 그 또한 어려운 일이다. 그저 노력할 뿐 결과에 대해 내가 할 수 있는 일은 없다. 운명이 결정해 줄 일이지 노력으로 될 일이 아니다. 운명의 신은 아르주나의 편이다."

드로나는 머리를 흔들며 자야드라타를 지키고 있는 거대한 군사들을 바라봤다. '저들도 곧 죽어 넘어지겠지. 자야트라를 죽이기 위해 아르주나는 그 누구도 살려두지 않을 것이고, 크리슈나는 친구의 맹세를 위해 무슨 일이든 할 것이다. 하지만 두리요다나는 신앙이 없으니 이 진리를 깨닫지 못하리라.'

드로나는 손을 흔들어 자신을 에워싼 전사들을 가리키며 말했다. "저들은 자야드라타를 지키는 최후의 방어선이다. 나는 아르주나와 직접 맞서지 않고 여기에 있을 것이다. 그와 나 사이에 전투도 벌어지지 않을 것이다."

드로나는 상황이 절망적이라고 생각했다. 판다바들은 전략을 제대로 짰다. 그들은 아르주나가 주의를 분산시키는 사이 그 뒤에서 카우라바를 압박했다. 카우라바의 주요 전사들은 자야드라타를 지키기 위해 제 위치를 지키거나 적군을 맞아 싸우며 여기저기로 분산되었다. 누군가 아르주나를 막아야 했다. 두리요다나뿐이었다.

드로나가 말을 이었다. "영웅아, 너는 위대한 마하라타이자 적을 무찌르는 명예로운 아이이다. 아르주나가 있는 곳으로 가라. 네가 가서 그가 전진하는 것을 막아라."

그 말에 두리요다나는 충격을 받았다. "스승이여, 제가 어찌 그를 막을 수 있겠습니까? 신의 군단을 이끌고 번개를 휘두르는 인드라를 정복할 수는 있어도 아르주나를 상대하기란 불가능합니다. 그는 이미 당신과 크리타바르마를 꺾었고 칼링가의 지배자들도 작살냈습니다. 야만족 전사들도 이미 당했습니다. 당신만 믿겠습니다. 부디 내게 영예를 허락하소서."

"네 말이 옳다. 왕이여, 아르주나를 이길 자는 없다. 상황이 급하지 않았더라면 너에게 이런 위험한 일을 맡기지 않았을 것이다. 하지만 우리는 중요한 일을 앞두고 있다. 두려워 말라. 내가 너를 아르주나보다 막강하게 만들어줄 것이다. 그 어떤 무기도 뚫을 수 없는 갑옷을 만들어주마. 삼계의 만물이 달려들어도 겁낼 필요가 없다. 아르주나만이 알고 있을 뿐 다른 사람들은 모른다. 갑옷을 벗어라. 브라흐마가 읊었던 주문을 넣어줄 것이다. 이제 너는 아무 두려움 없이 판다바에게 달려들 수 있을 것이다."

그 말에 두리요다나는 재빨리 황금 갑옷을 벗었다. 드로나는 성수에 손을 씻고 입을 씻은 뒤 주문을 외워 갑옷을 개조했다. "이제 너는 당당하게 아르주나와 맞설 수 있다. 내 기도로 탄생한 이 천상의 갑옷은 본디 브라흐마가 인드라에게 선물한 것이다. 인드라는 이 갑옷을 입고 천상의 모든 존재를 억누르던 브리트라수라를 물리쳤다. 왕이여, 달려나가 아르주나와 싸우거라. 시간이 없다."

* * *

열사흘째 태양이 꼭대기에 이를 무렵, 두 진영은 계속해서 맞섰다. 드리스타디윰나는 드로나를 만나기 위해 꾸준히 전진했다. 비마는 끊임없이 두리요다나의 형제들을 찾아다녔고, 유디스티라는 샬리야 부대와 맞붙었다. 사티야키는 바흘리카, 사하데바는 샤쿠니와 맞섰다. 가토트카차와 라크샤사 부대는 알람부샤 군단과 맞섰다. 지상과 천상의 무기들을 총동원하여 공격을 주고받으며 온갖 무술을 펼치니 위대한 전사들은 아름답게 빛났다.

그러는 사이 아르주나는 빽빽하게 밀집한 카우라바 군대를 뚫고 나아갔다. 그의 전진 소식에 자야드라타는 더욱더 불안감에 휩싸였다. 카르나와 아슈바타마는 굳은 얼굴로 그의 옆을 지켰다. 아직 저 멀리 떨어진 곳에 있었지만 아르주나는 무자비했다. 아르주나가 불같은 화살로 카우라바의 방어선에 구멍을 내면 크리슈나는 그 틈을 놓치지 않고 잽싸게 전차를 몰아 들어갔다. 아르주나가 지나는 곳마다 카우라바 군은 태양에 패퇴한 어둠처럼 퇴각했다. 아르주나의 화살에 반경 삼 킬로미터 이내에 있는 카우라바 군이 모두 죽었다. 아르주나는 앞을 막아 선 적들을 모두 전멸시켰다. 크리슈나는 능숙한 솜씨로 공격을 피하며 전차를 몰았다. 상황에 따라 제자리를 맴돌기도 하고 뒤로 가기도 하고 옆으로 가기도 하면서 아르주나의 공격에 힘을 더했다.

아르주나의 공격 또한 빠르기도 하고 느리기도 했지만 화살은 멈추지 않았다. 활은 언제나 휘어 있었고 화살은 끊임없이 날아갔다. 수천 명의 전사가 죽음을 불사하고 달려들었지만 모두 불나방처럼 사라졌다.

태양이 지기 시작할 즈음 아르주나는 아반티Avanti의 두 왕자 빈다Vinda와 아누빈다Anuvinda의 공격을 받았다. 두 왕자는 마하라타였다. 그들은 양쪽에서 아르주나를 협공해 들어왔다. 둘 다 패기에 찬 모습으로 아르주나에게 달려들었다. 수백 발의 화살이 아르주나에게 쏟아졌다.

갑작스런 공격에 아르주나의 갑옷에 예순 발의 화살이 꽂혔다. 크리슈나도 화살을 맞았다. 아르주나는 불같이 화를 내며 화살을 떨쳐내더니 적군을 향해 화살을 겨누었다. 아르주나의 화살에 공격이 잠깐 멎었다. 두 왕자도 이에 질세라 아르주나에게 화살 세례를 퍼부었다. 그들의 공격을 무시하며 아르주나는 넓은 두 개의 화살을 날려 왕자들의 활을 부서뜨렸다. 또 다른 두 대의 화살로는 깃대를 부러뜨리고, 열 발의 화살로 전차몰이꾼과 말을 죽였다. 이 모든 일이 눈 깜짝할 사이에 벌어졌다. 왕자들이 반격을 하기도 전에 아르주나는 반달 모양의 화살을 날려 아누빈다의 목을 잘라버렸다.

형의 죽음에 아누빈다가 슬픔에 울부짖으며 전차에서 뛰어내렸다. 그는 철퇴를 흔들며 아르주나를 향해 달려갔다. 아르주나의 전차에 닿은 그는 크리슈나의 이마를 향해 힘껏 철퇴를 내리쳤다. 그러나 크리슈나는 꿈쩍도 하지 않았다. 화가 솟구친 아르주나가 다섯 발의 화살을 쏘았다. 왕자는 두 팔과 다리, 머리가 잘린 채 그대로 땅에 쓰러졌다.

두 지도자의 죽음을 목격한 아반티 군사들이 떼로 달려들었다. 아르주나는 화살을 날려 그들을 모조리 죽였다. 전차 위에서 사방을 돌며 적군을 몰살했다. 이어 수천 명의 병사가 달려들었다. 전차가 보이지 않을 만큼 어마어마했다. 어느 방향으로도 전차를 움직일 수가 없었다. 전투가 길어지자 크리슈나가 말했다. "아르주나, 전투가 생각보다 격렬하다. 말들이 지쳐가고 있다. 아직 갈 길이 먼 만큼 말들을 쉬게 해줘야겠다."

아르주나가 동의했다. "내가 길을 뚫을 테니 전차를 몰고 나가 고삐를 풀어 휴식을 취하게 하소서. 내가 저들을 막아내는 동안 화살도 뽑아주소서."

아르주나는 적군을 향해 화살을 퍼부어 그들을 물러나게 했다. 그리고는 전차에서 뛰어내려 다시 화살 공세를 퍼부었다. 크리슈나는 전차를 타고 멀어져갔다. 카우라바 군은 아르주나가 땅으로 뛰어내리는 것을 보고 승리가 가까워졌다고 생각하고 크리슈나는 무시한 채 아르주나에게 모든 무기를 쏟아부었다. 아르주나는 땅에 버티고 서서 그들을 맞아 싸웠다. 사방으로 몸을 돌리며 화살 공격을 가했다. 빈틈을 찾을 수 없을 만큼 아르주나는 완벽했다. 그에게 접근하는 것은 화살의 장벽에 뛰어드는 것과 같았다. 아르주나와 카우라바 군이 맞붙으니 허공에 불꽃이 튀었다. 카우라바 군은 결국 초토화된 상태로 퇴각했다.

일전을 무사히 치른 아르주나는 크리슈나에게 달려갔다. 크리슈나는 물이 필요하다고 했다. 그 말에 아르주나는 황금 화살을 활에 잰 뒤 바루나스트라Varunastra를 부르는 주문을 외웠다. 그리고 대지를 향해 살을 쏘니 거대한 호수가 나타났다. 연꽃과 백합이 피어 있는 호수에는 백조와 오리를 비롯한 새들이 떠다녔다. 하늘에서 내려온 물은 깨끗하고 시원했다. 부드러운 바람이 불더니 천상의 현자들이 내려와 주변에 앉았다.

아르주나는 또 다른 주문을 외워 화살로 만든 마구간을 세웠다. 크리슈나는 큰 소리로 웃으며 매우 흐뭇해했다. 그리고는 말들을 마구간으로 끌고 갔다. 말들은 목을 충분히 축인 뒤 풀밭에 누워 휴식을 취했다. 크리슈나는 말에 꽂힌 화살을 뽑고 부드럽게 안마를 해줬다.

휴식도 잠깐, 카우라바 군이 몰려와 다시 아르주나를 포위했다. 아르주나는 여전히 전차 없이 그들과 맞섰다. 화살과 표창이 쉴새없이 쏟아졌지만 그는 강했다. 마치 비를 맞는 산처럼 그 모든 무기를 받아내며 혼자서 수많은 적들을 물리쳤다. 천상의 존재들도 그를 찬양했고, 카우라바 군도 그의 용맹에 박수를 보냈다. 그들은 아르주나가 만들어낸 호수와 마구간을 보며 놀라움을 감추지 못했다. 끝없이 달려들었지만 그들은 전차도 없는 아르주나를 꺾을 수 없었다. 그는 매우 민첩했다. 아르주나가 카우라바 군을 상대하는 동안 크리슈나가 말들을 몰고 돌아왔다. 신비한 호수와 현자들은 어느새 사라지고 없었다.

아르주나는 다시 전차에 올라 나팔을 불었다. 크리슈나는 말들을 재촉해 카우라바 진영으로 전차를 몰았다. 아르주나는 사방으로 죽음의 화살을 날렸다. 카우라바 진영은 폭풍에 휩싸인 바다처럼 순식간에 대파멸이 일어났다. 카우라바 진영은 이제 아르주나를 막을 수 없을 만큼 엉망이 되어 버렸다. 아무리 용감한 카우라바 군도 바다로 들어가는 강물처럼 두 번 다시 돌아오지 못했다. 다른 겁쟁이들은 두말할 것도 없었다.

전투에 지친 카우라바 군사가 소리쳤다. "우리가 이렇게 된 것은 그 잘난 두리요다나 때문이다. 저 두 영웅은 누구도 살려두지 않을 것이다." 다른 군사가 말했다. "드리타라스트라는 자야드라타의 장례식을 준비하라."

아르주나는 거침없이 앞으로 나아갔다. 이제 네 시간만 지나면 해가 진다. 허나 아직도 십오 킬로미터는 더 뚫고 나가야 한다.

크리슈나가 모는 오색전차는 아루나가 끄는 태양신 수리야의 전차처럼 찬란했다. 전차는 카우라바의 진영을 가르며 계속해서 전진했다. 충분한 휴식을 취한 말들은 하늘을 날아갈 것처럼 거침없이 달렸다. 아르주나와 크리슈나는 우주 종말의 순간에 떠오르는 두 개의 태양처럼 빛났다. 아르주나에게 접근하는 자들은 모두 그의 무기에서 뿜어져 나오는 열기에 화상을 입고 쓰러졌다. 카우라바 군은 점차 사기가 떨어지고 희망을 잃어갔다. 아르주나를 막으려 했건만 한 시간도 채 지나지 않아 그들은 아르주나에게 드로나의 깃발이 보이는 곳까지 허락하고 말았다. 승리의 고함을 지르며 아르주나가 말했다. "저기 스승님의 깃발이 보이나요? 자야드라타에게 근접했습니다. 이제 조금만 더 가면 됩니다."

크리슈나는 시간을 아끼기 위해 드로나와의 대결을 피하라고 충고했다. 하지만 드로나가 이들을 향해 먼저 화살을 날렸다. 삼 킬로미터 이상을 날아온 화살들이 크리슈나와 아르주나에게 꽂혔다. 상처에서 피가 흐르니 두 사람은 붉은 꽃이 만개한 카르니카라 나무처럼 보였다. 크리슈나는 전차를 몰아 드로나의 공격을 피했다. 중간에 카우라바 부대를 두고 크리슈나는 커다란 원을 그리며 전차를 몰았다. 아르주나는 연이어 화살을 날려 사람과 말, 코끼리를 가리지 않고 쓰러뜨렸다.

자야드라타가 있는 곳까지 근접했을 때 갑자기 두리요다나가 나타났다. 그 무엇도 뚫을 수 없는 갑옷을 입은 그는 찬란한 빛을 발하며 고래고래 고함을 지르며 달려왔다. 아르주나가 있는 곳까지 전차를 몰고 온 왕자는 아르주나에게 결전을 신청했다.

크리슈나가 전차를 세우고 말했다. "보라. 드리타라스트라의 아들이 겁도 없이 저기 서 있구나. 저자는 수많은 전사를 한꺼번에 상대할 수 있는 능력을 갖추었다. 이제 저자와 싸울 때가 왔다. 승패는 저자에게 달려 있다. 분노의 독을 퍼부어라. 저자 혼자 나타난 것은 우리에게 행운이다. 이제 곧 자신의 선택을 후회하게 될 것이다. 저자를 쓰러트리면 전쟁은 끝난다. 저자를 죽이고 카우라바의 근원을 뿌리뽑거라."

아르주나는 두리요다나를 바라보며 말했다. "그리하겠습니다. 저 망나니를 향해 전차를 몰아주소서. 날카로운 화살로 끝장을 내버리겠습니다. 드라우파디가 당한 모욕을 갚아주겠습니다."

크리슈나는 두리요다나를 향해 전차를 몰았다. 카우라바 왕자를 바라보면서 많은 전사들이 박수로 응원했다. 왕이 죽는구나 하며 두려움에 질려 우는 이도 있었다.

울음소리를 듣고 두리요다나가 웃으며 말했다. "겁내지 말라. 내 저 두 놈을 반드시 죽음의 땅으로 보낼 것이다."

두리요다나가 아르주나를 조롱했다. "솜씨나 한번 보자. 스승에게 배운 실력과 하늘에서 받은 무기 솜씨를 발휘해보라. 모두 되돌려주마. 너희 두 놈의 목을 모두 베어주마."

말을 마친 두리요다나는 곧바로 아르주나에게 세 발의 화살을 날렸다. 그리고는 네 발의 화살을 더 쏘아 말을 공격하고, 열 발을 더 날려 크리슈나를 공격했다. 또 다른 화살에 크리슈나의 손에 있던 채찍이 떨어졌다. 아르주나는 간디바를 힘껏 당겨 강철 화살 네 발을 날렸다. 그러나 화살은 두리요다나의 갑옷을 맞고 힘 없이 땅에 떨어졌다. 열여섯 발의 화살을 더 날렸지만 모두 갑옷을 맞고 튕겨 나왔다. 아무리 강력한 화살도 두리요다나의 갑옷 앞에서는 무용지물이었다.

크리슈나가 놀라서 말했다. "처음 보는 일이로다. 네 화살은 세상을 뚫을 수도 있거늘 두리요다나의 갑옷에는 쓸모가 없구나. 괜찮은 것이냐? 간디바가 힘을 잃은 것은 아니겠지? 어찌하여 저자를 맞히지 못하는 것이냐? 아직 때가 이르다. 도대체 무엇이 문제인 것이냐?"

아르주나는 사태의 심각성을 깨달았다. 웃고 있는 두리요다나를 바라보며 그가 대답했다. "스승께서 두리요다나에게 강철 갑옷을 준 것 같습니다. 삼계의 힘을 모아 놓은 갑옷이지요. 스승님만이 그 비밀을 알고 있는데, 저에게도 가르쳐주셨습니다. 어떤 무기도 저 갑옷을 뚫을 수는 없습니다. 허나 크리슈나여, 당신은 전지전능하니 그 비밀을 알고 있겠지요. 저 어리석은 자를 보소서. 갑옷만 입었을 뿐 그것을 이용할 줄은 전혀 모릅니다. 천하무적의 갑옷을 입었다 한들 반드시 저놈을 눌러버릴 겁니다."

두리요다나가 전차에서 아르주나를 비웃었다. "또 해보거라. 혹시 방법을 잊어버린 것은 아닌가?" 그러면서 그는 아르주나와 크리슈나를 향해 화살 세례를 퍼부었다. 영웅들의 전투를 지켜보던 카우라바 군은 아르주나의 공격에 꿈쩍도 않는 두리요다나를 보고 환호했다.

두리요다나의 공격을 막아내며 아르주나는 분통을 터뜨렸다. 그는 싸늘한 웃음을 날리며 화살을 쏘아 두리요다나의 말들을 죽였다. 이어 전차를 박살내고는 끝이 길다란 화살 네 발을 꺼내 주문을 외운 뒤 카우라바를 조준했다. 화살은 그대로 날아가 갑옷이 닿지 않는 손가락 끝에 정통으로 맞았다. 막 화살을 쏘려던 두리요다나는 고통을 참지 못해 자리에서 펄쩍펄쩍 뛰며 손을 흔들어댔다.

이를 본 카우라바 전사들이 달려와 아르주나를 포위했다. 크리파가 재빨리 두리요다나를 자신의 전차에 태워 안전한 곳으로 도망쳤다.

아르주나는 다시 카우라바 군을 학살하기 시작했다. 포위는 금방 풀렸다. 적의 진영에서 전차가 솟구치자 아르주나와 크리슈나는 있는 힘껏 나팔을 불었다. 나팔소리가 전장을 가득 채우니 카우라바 군은 또 다시 겁에 질렸다. 소리가 나는 곳을 바라보고 있던 자야드라타도 그 자리에 그대로 얼어붙었다. 아르주나와 크리슈나뿐만 아니라 다른 판다바 군도 곳곳에서 전투를 벌이며 수천 명의 카우라바 군을 베어내고 있었다. 양 진영의 피해는 어마어마했다. 대지는 다시 끔찍한 모습으로 변했다. 전차와 갑옷, 무기의 잔해 사이로 죽어나간 군사와 짐승의 시체가 나뒹굴었다.

4 권에 계속